T'AIMER, QUAND MÊME

T'AIMER, QUAND MÊME

FEDERICO MOCCIA

Traduit de l'italien
par Audray Sorio

City
Poche

Couverture : Shutterstock/Studio City
ISBN : 978-2-8246-1793-0
Code Hachette : 88 3741 7

Collection dirigée par Christian English & Frédéric Thibaud.
Catalogue et manuscrits : city-editions.com

Dépôt légal : Novembre 2020

1

Les hirondelles volaient bas dans le crépuscule. De temps à autre, elles s'engouffraient sous le portique de la vieille villa aux murs de pierre épais. Avec son jardin impeccablement entretenu, celle-ci semblait avoir été dessinée au milieu du paysage vallonné des Langhe[1]. Un peu plus loin, les rangées de vignes de *nebbiolo* s'étiraient, chargées de raisin sombre, gorgé du soleil de tout un été. Tancredi et son frère Gianfilippo couraient, s'époumonaient, riaient aux éclats. Bruno, le jardinier, venait de terminer d'élaguer quelques massifs avec son grand sécateur. Il les regarda passer comme des flèches à deux pas de lui, puis rentra dans la maison en souriant. Le romarin fraîchement taillé embaumait l'air.

Maria, la gouvernante, déposa un pain à peine sorti du four sur la grande table en pierre qui trônait entre deux saules pleureurs, devant la maison. Son fumet appétissant se répandit et Tancredi accourut pour subtiliser un quignon.

— Tancredi ! Je t'ai déjà dit mille fois de ne pas grignoter avant le dîner ! Tu n'auras plus d'appétit tout à l'heure !

Il repartit à toutes jambes vers le jardin avec un sourire malicieux. Amusé par sa course, un jeune golden retrie-

1 Région du Piémont.

ver jusque-là couché à l'ombre d'une chaise en fer forgé se leva et s'élança derrière lui. Ils foncèrent dans les hautes herbes, aussitôt pris en chasse par Gianfilippo.

Leur mère se précipita dehors.

— Où allez-vous ? Nous allons bientôt passer à table !

Puis elle secoua la tête.

— Ah, tes frères…, soupira-t-elle avant de rentrer.

Elle s'était adressée à Claudine qui venait de s'asseoir à la grande table du jardin.

Dans la cuisine équipée de nombreux tiroirs et aux murs ornés de poêlons suspendus, une feuille de pâte fraîche tout juste confectionnée attendait sur l'ancienne table en bois. Un peu plus loin, le plan de travail en marbre était couvert de farine et plusieurs marmites chauffaient sur la cuisinière en fonte.

La mère donna ses instructions à la cuisinière pour le dîner, puis s'entretint avec les deux gouvernantes. Ce soir, ils avaient des invités.

Dehors, Claudine, assise bien droite, observait ses frères en train de s'amuser. Ils étaient loin à présent. Les aboiements du chien lui parvenaient. Si seulement elle avait pu courir et se salir avec eux, mais leur mère lui avait ordonné de ne pas bouger. *Moi, je suis obligée de rester à table.*

Tout à coup, cette voix.

— Claudine ?

Elle ferma les yeux.

Debout sur le seuil, immobile, austère, il observait les frêles épaules de cette enfant, son petit cou tendre qui dépassait du col brodé de sa robe, surmonté d'un nuage vaporeux de boucles brunes.

Peut-être n'avait-elle pas entendu ? Alors il fit une deuxième tentative, sur le même ton.

— Claudine ?

Cette fois, elle se tourna et ils se dévisagèrent en silence pendant un instant. Puis il tendit la main vers elle en souriant.

— Viens.

La petite fille se leva et le rejoignit. Sa main fut engloutie par celle de l'homme.

— Viens, ma puce.

Claudine s'arrêta sur le perron de la grande maison et jeta un dernier regard en arrière. Au loin, ses deux frères couraient toujours avec le chien dans les hautes herbes. En sueur, ceux-ci s'amusaient beaucoup. Soudain, Tancredi s'arrêta net. Il aurait juré avoir entendu quelque chose, une voix, un cri, son nom peut-être. Il pivota vers la maison. Trop tard. Il n'y avait plus personne.

2

— Dis donc, tu as vu cette jolie fille ?
Tancredi sourit à Davide.

— Cette jolie femme.

Sur le terrain de tennis, Roberta frappa dans la balle. En face d'elle, Fabrizio, son mari, riposta d'un coup droit en visant la ligne. Roberta s'élança vers la balle ; alors que tout semblait perdu, elle dérapa, se jeta dessus et la réexpédia de justesse d'un magnifique revers qui mit un terme à la partie.

Le petit Mattia battit des mains.

— Gagné ! Maman est trop forte !

— Papa aussi est fort, rétorqua aussitôt Giorgia.

— Non, c'est maman la meilleure.

Ils commencèrent à se bousculer. Fabrizio intervint tout de suite.

— Du calme, vous deux.

Il prit Giorgia dans ses bras.

— C'est gentil de prendre ma défense, ma petite princesse, mais c'est vrai : maman est très forte… et cette fois, c'est elle qui a gagné.

Roberta les rejoignit, en nage. Le premier soleil de mai avait déjà hâlé ses longues jambes galbées. Elle ébouriffa les cheveux de Mattia.

— Tu as raison, mon trésor, c'est maman la meilleure !

Elle décocha un regard taquin à son mari, puis s'empara d'une bouteille de Gatorade et but longuement, les yeux fermés. Lorsqu'elle eut terminé, Fabrizio s'approcha d'elle et l'embrassa sur la bouche. Un mélange de saveurs sucré-salé. La petite Giorgia tira sur le tee-shirt de son père.

— Dis, papa, et si tu prenais ta revanche ?

— Oui, ma princesse... La prochaine fois. Aujourd'hui, papa a trop de choses à faire.

La famille De Luca s'achemina vers la sortie du terrain : le père, la mère et leurs deux enfants, un garçon d'environ huit ans et une fille un peu plus jeune. Ils s'éloignèrent, presque blottis les uns contre les autres. Bien sûr, ils ne purent passer la porte grillagée ensemble ; les enfants passèrent d'abord, puis Fabrizio et enfin Roberta, qui se retourna au dernier moment.

Son regard croisa celui de Tancredi et elle entrouvrit brièvement les lèvres, peut-être pour pousser un soupir. Elle semblait songeuse, voire contrariée, ou du moins dans l'expectative. Cela ne dura qu'une fraction de seconde. Ensuite elle rattrapa sa fille.

— Allez, vite. Maman doit prendre une douche.

Bientôt, la famille parfaite disparut à l'intérieur du bâtiment.

Tancredi observa la scène jusqu'au bout. Allait-elle se retourner une dernière fois ? Davide interrompit le fil de ses pensées.

— Ça alors ! Tu as vu le regard qu'elle t'a jeté ?

— Un regard de femme.

— Oui, mais de femme folle de désir. Ce n'est pas possible, qu'est-ce que tu leur fais ?

Tancredi sourit.

— Rien. Ou alors tout. C'est peut-être ça qui leur plait : je suis imprévisible. Regarde...

Il sortit son téléphone.

— J'ai réussi à obtenir son numéro et j'ai commencé par un message. Je lui ai envoyé ça en faisant semblant de m'être trompé de destinataire : « Je pourrais te contempler des millions de fois sans jamais te connaitre par cœur. »

— Et ensuite ?

— Rien. J'ai attendu tout l'après-midi, persuadé que j'allais finir par recevoir une réponse qui lui ressemble.

— C'est-à-dire ?

— Simple et polie. Quand elle a découvert mon message, une partie d'elle a sûrement eu envie de répondre poliment et l'autre devait avoir peur de faire une bêtise.

— Et pour finir ?

— Elle m'a écrit : « Je crois que vous vous êtes trompé de numéro. » Alors j'ai embrayé avec : « Et si c'était la chance qui m'avait poussé à commettre cette erreur ? Et si c'était un coup du hasard ? » J'ai eu l'impression de l'entendre rire.

— Pourquoi ?

— Parce que c'était le bon moment. Toutes les femmes, même les plus épanouies, avec de beaux enfants, une famille heureuse et un métier gratifiant, finissent par se sentir seules un jour ou l'autre. Et ce jour-là, elles se souviennent d'avoir ri. Et surtout de celui qui les a fait rire.

Davide prit le téléphone des mains de Tancredi. Ils avaient continué à s'écrire. Il lut leurs échanges ; les semaines défilèrent sous ses yeux.

Tancredi sourit.

— Pour elle, tu deviens une habitude, tu commences à faire partie de sa vie. Chaque jour un petit mot, une gentille attention, sans aucun sous-entendu… Puis, sans crier gare, tu t'arrêtes, continua-t-il, tout à coup très sérieux. Plus rien pendant deux jours, pas le moindre message. Et là, elle s'aperçoit que tu lui manques, que tu es devenu une sorte de rendez-vous fixe, un petit moment tant attendu, un sourire quotidien. Au bout d'un certain temps, tu reprends contact, tu t'excuses, tu prétextes un problème quelconque et tu lui poses une question très simple : « Je t'ai manqué ? » Quelle que soit sa réaction, votre relation a changé.

— Et si elle ne répond pas ?

— Le silence est une forme de réponse. Ça veut dire qu'elle a peur. Et si elle a peur, c'est parce qu'elle sait qu'elle risque de succomber. Dans ce cas, tu peux te mouiller un peu plus et avancer ton pion avec un : « Toi, tu m'as manqué. »

Il lui montra un autre message, puis un autre et encore un autre. Jusqu'au dernier : « Je veux te rencontrer. »

— Mais celui-là date d'il y a dix jours. Que s'est-il passé ensuite ?

— Nous nous sommes rencontrés.

Davide le dévisagea.

— Et… ?

— Et tu ne crois quand même pas que je vais te raconter où, quand, comment ? Je voulais juste te faire comprendre que les apparences sont parfois trompeuses. Cette famille, tu l'as vue comme moi. Ils ont l'air heureux, ils ont deux enfants magnifiques, il ne leur manque rien. Pourtant, d'une seconde à l'autre… pouf ! Tout peut s'envoler. Ainsi va la vie.

Tancredi lui montra quelques photos sur son téléphone. Cette femme, Roberta, nue, à peine coiffée d'un chapeau, en train de se caresser les seins. Sur d'autres clichés plus coquins, on la voit rire aux éclats.

— Quand une femme a franchi cette limite, elle n'a plus honte de rien, elle se laisse aller sans retenue, elle est éprise de liberté.

Davide réfléchit longuement avant de répondre.

— En tout cas, je suis bien content que tu n'aies jamais eu envie de ma femme…, finit-il par déclarer d'un ton un peu dur, hésitant entre la plaisanterie et le sérieux. Enfin, il est possible que ça te soit arrivé, mais j'ai de la chance : tu n'es pas du tout le genre de Sara.

Tancredi se leva. Décidément, les apparences étaient si trompeuses. Encore une preuve s'il en fallait.

— C'est vrai. Allez, viens. Allons déjeuner, lança-t-il en s'éloignant.

Ils s'avancèrent dans le grand jardin du très sélect cercle *Antico Tiro a Volo.* Le nord de Rome s'étendait devant eux avec, sur la droite, le quartier Parioli et le long viaduc du *corso di Francia* qui rejoignait au loin la *via Flaminia*. La vue dégagée laissait même entrevoir les montagnes à l'horizon.

Au bord de la piscine, quelques tables étaient installées sur un gazon à l'anglaise. Une brise légère remuait le bord en toile des parasols et rafraîchissait les membres qui déjeunaient déjà.

Tancredi et Davide s'installèrent. Quelques instants plus tard, la famille parfaite arriva à son tour et prit place autour d'une autre table. Giorgia et Mattia n'arrêtaient pas de se chamailler.

— Eh ! Arrête de voler dans mon assiette !

— C'est pas la tienne ! Ça vient du buffet, donc tout le monde peut se servir.

Mattia chipa une olive sous le nez de sa sœur et la fourra dans sa bouche. Giorgia lui donna une tape sur l'épaule.

— Ça ne compte pas !

— Vous avez bientôt fini de vous disputer ? les gronda leur mère.

Mais le petit garçon s'entêta, volant cette fois un morceau de mozzarella. Un filet de lait frais coula sur son menton tandis qu'il mâchait.

— Mattia, mange proprement !

Roberta s'empara d'une serviette et épongea vivement la rigole de lait avant qu'elle n'atterrisse sur le tee-shirt. Puis, son regard de mère se transforma et se perdit entre les tables, jusqu'à ce qu'il croise celui de Tancredi. Il lui adressa un sourire amusé. Roberta rougit, se remémorant sûrement une scène peu chaste, puis reprit son rôle de maman.

— Si vous n'arrêtez pas de vous disputer tout de suite, c'est terminé, je ne vous emmènerai plus au cercle.

Un serveur s'approcha de la table de Tancredi et Davide.

— Bonjour, messieurs. Vous avez choisi ?

— Qu'est-ce qui te tente ?

— J'hésite à prendre une entrée…

— Ils font d'excellents *paccheri* à la tomate et à la mozzarella, suggéra Tancredi, sûr de lui.

— D'accord, va pour les *paccheri* alors.

— Et pour moi, une salade de calamars. Pourriez-vous aussi nous apporter un vin blanc bien frais ? Un chablis grand cru Les Clos de 2005, s'il vous plait.

Le serveur s'éloigna.

— Pour suivre, nous pourrions opter pour le poulpe grillé ou un beau filet de bar poché. Le poisson est très frais ici.

Tandis qu'ils attendaient leur commande, Tancredi se tourna vers le bâtiment principal du cercle. Cheveux courts, complet léger, Gregorio Savini était là, devant la porte d'entrée, l'esprit en apparence distrait. Ses yeux noirs impénétrables suivaient les gens sans en avoir l'air, captant tout et rien à la fois, à l'affût du moindre mouvement.

— Il ne te lâche jamais d'une semelle, hein ?

Tancredi versa un peu d'eau dans le verre de Davide.

— Jamais.

— Il connait ta famille par cœur. Il y est depuis longtemps.

— Oui. J'étais tout petit quand il est arrivé ; pour moi, c'est comme s'il avait toujours été là.

Le serveur leur apporta leur bouteille de vin, puis repartit.

— C'est pratique d'avoir quelqu'un comme ça à son service. Par contre, il sait tout sur tout, tu ne dois avoir aucun secret pour lui.

Tancredi but une gorgée d'eau, le regard perdu au loin.

— Oui. Impossible de lui cacher quoi que ce soit.

Davide sourit, amusé.

— Il est aussi au courant pour cette Roberta ?

— C'est lui qui m'a déniché son numéro et qui m'a fourni tous les renseignements nécessaires sur elle.

— Tu es sérieux ?

— Bien sûr. C'est lui qui m'informe de tout. Les bijoux que porte une femme, les fleurs qu'elle préfère, les cercles qu'elle fréquente… Sans lui, je ne réussirais jamais à faire tout ce que je fais en si peu de temps.

— Et pour entrer dans ce cercle-ci, qu'as-tu dû faire ?

— Rien de plus simple. J'ai découvert qu'ils avaient quelques dettes et je les ai toutes épongées en rachetant des parts.

À cet instant, le serveur apparut sur le seuil de la porte. Il balaya l'assistance du regard, puis repéra la personne qu'il cherchait et traversa la pelouse à petits pas pressés, slalomant entre les tables.

— Ah ! Observe bien. Voilà une scène qu'il ne faut surtout pas rater, déclara Tancredi.

Ne comprenant pas à quoi il faisait allusion, son ami l'interrogea du regard. Le serveur s'arrêta à la table de la famille De Luca.

— Excusez-moi…

Fabrizio leva la tête de son assiette. Il n'avait rien demandé et n'attendait personne.

Roberta arrêta de manger, elle aussi.

— Je dois remettre ceci à madame.

Le serveur lui tendit une fleur magnifique, une orchidée sauvage moirée, emballée dans une boîte et une feuille de cellophane. Une petite carte l'accompagnait.

— Et ceci est pour vous, monsieur De Luca.

Fabrizio prit l'enveloppe qu'on lui présentait. Il la tourna dans tous les sens, curieux. Elle ne portait aucune indication. De son côté, Roberta ouvrit le petit billet.

Est-ce que tu m'aimes vraiment ?

Aussitôt elle leva la tête en direction de Tancredi qui achevait de servir le vin en la dévisageant. Il souleva son verre comme pour porter un toast et y goûta. Température parfaite.

— Ce chablis est délicieux.

À l'autre table, Fabrizio De Luca devint blême. Il venait de décacheter l'enveloppe et n'en croyait pas ses yeux. Des photos qui ne laissaient pas de place au moindre doute. Son épouse, Roberta, dans les bras d'un autre homme et dans les positions les plus passionnées, pour ne pas dire violentes. Le pendentif qu'il lui avait offert pour leurs dix ans de mariage apparaissait, bien en évidence, comme pour prouver que ces clichés étaient récents. Il lui avait fait cadeau de ce bijou un mois plus tôt, ces scènes avaient donc eu lieu ces dernières semaines.

Fabrizio De Luca montra les photos à sa femme et, sans lui laisser le temps de se remettre de la surprise, la gifla violemment. Roberta tomba de sa chaise. Giorgia et Mattia se figèrent, muets. Puis Giorgia se mit à pleurer. Mattia, plus solide, resta interdit.

— Maman... Maman...

Il était désemparé. Ensemble, les deux enfants aidèrent leur mère à se relever. Fabrizio De Luca saisit quelques-unes des photos ; elles seraient sûrement très utiles à ses avocats pour la procédure de divorce. Ensuite, il s'en alla sous le regard stupéfait des autres membres du cercle.

Roberta tenta de consoler Giorgia.

— C'est tout, ma chérie, ce n'est rien...

— Mais pourquoi papa a fait ça ? Pourquoi il t'a frappée ?

À cet instant, l'une des photos tomba de la table. Giorgia la ramassa.

— Maman... mais c'est toi, cette dame !

Roberta lui confisqua le cliché honteux et, le visage ruisselant de larmes, l'enfonça dans la poche arrière de son jean. Puis elle prit Giorgia dans ses bras, Mattia par la main et se mit en marche. Tous les regards étaient braqués sur elle. Sa joue portait la trace rouge des cinq doigts de son mari. Elle s'arrêta à hauteur de la table de Tancredi.

Davide ne savait pas où se mettre. Roberta resta debout devant eux, en silence. Les larmes continuaient à couler sans qu'elle puisse les retenir.

Mattia ne comprenait pas, il la tira par le bras.

— Maman, pourquoi tu pleures ? Pourquoi vous vous êtes disputés, avec papa ? Qu'est-ce qui se passe ?

— Je ne sais pas, mon cœur.

Puis elle toisa Tancredi.

— C'est à toi de me le dire.

Tancredi prit son verre, but une gorgée de vin, se tamponna les lèvres avec sa serviette et la reposa lentement sur ses genoux.

— Tu étais en train de te lasser du bonheur. Maintenant, quand tu le retrouveras, tu sauras l'apprécier à sa juste valeur.

3

— Tu es là, mon chéri ?

Au moment où Sofia prononça ces mots, son cœur se serra. Bien sûr qu'il était là, où aurait-il bien pu aller ? Et surtout : comment aurait-il fait ? L'écho d'un coup de frein retentit dans son esprit, suivi d'un choc violent, du verre qui explose en mille morceaux, de la tôle qui se froisse ; une fois de plus, la séquence se rejouait au ralenti.

Elle posa le sac des courses sur la table et s'essuya le front. Elle était en nage. Les mains sur les hanches, elle regarda autour d'elle. Quelle triste cuisine, avec ses verres usés, sa fenêtre vétuste. Elle croisa son reflet dans le miroir et faillit ne pas se reconnaitre. Traits tirés, cheveux défaits, mais surtout regard éteint. Voilà ce qui lui manquait : la lumière. En réalité, sa beauté, celle qu'on lui avait tant vantée comme étant sa seule qualité, et qui l'avait parfois franchement ennuyée, était toujours bien présente. Sofia était juste fatiguée. Elle arrangea un peu ses cheveux, posa sa veste sur une chaise et commença à ranger les courses. D'abord, le lait au frigo. Depuis son plus jeune âge, sa beauté l'encombrait, elle aurait préféré qu'on la remarque uniquement pour sa grande passion, son incroyable talent, ce don qu'elle avait reçu toute petite : son amour pour la musique. Le piano était sa seule raison de vivre. Les notes emplissaient ses pensées. À l'âge de six ans, alors qu'elle prenait ses premières leçons, elle avait choisi quelques morceaux classiques et avait demandé l'autorisation d'emporter les partitions chez elle. Elle les avait réarrangées et interprétées à sa façon, se les appropriant pour en faire la bande sonore de sa vie. Quoi qu'elle fasse, qu'elle soit à la balançoire, en train de courir, de se jeter dans la mer, d'admirer le coucher de soleil, elle avait toujours des notes et des accords en tête. Chaque instant de sa vie s'accompagnait du morceau de musique qui lui correspondait le mieux.

Sofia était ainsi faite. Un jour, elle avait décidé qu'*Après une lecture de Dante* de Franz Liszt serait son hymne à l'amour.

Elle ne le jouerait que pour l'homme de sa vie, celui qui saurait la rendre heureuse, et amoureuse. Hélas, elle n'avait rien vu venir. Jusqu'à ce qu'elle croise le chemin d'Andrea, architecte et joueur de rugby. Le corps et l'esprit. Exactement comme elle. Passion et rationalité. Ils s'étaient rencontrés lors d'une soirée et avaient commencé à sortir ensemble. Pour la première fois, elle avait réussi à se laisser aller et c'était arrivé. Elle était tombée amoureuse. Elle allait enfin pouvoir jouer son hymne à l'amour. Au cours des jours précédents, elle avait beaucoup répété pour que ce soit parfait, exactement comme elle le voulait, comme elle entendait le jouer pour lui, juste pour lui, pour son Andrea. Et puis, le fameux soir, elle s'était sentie prête. Si seulement ce n'était pas arrivé…

* * *

Au moment où elle rentrait, elle entendit le téléphone sonner. Elle claqua la porte, posa son sac et courut répondre.

— Allô ?

— Ah enfin ! Mais où étais-tu ?

— Au conservatoire. Je rentre à l'instant.

— D'accord, ma chérie. Alors, je t'ai pris une pizza tomates mozzarella…

— Mais je t'avais dit uniquement des tomates, des tomates et rien d'autre !

— Pourquoi es-tu si agressive ?

— Parce que tu ne m'écoutes jamais !

— Ça va, ce n'est pas la fin du monde. Le temps que j'arrive, la mozzarella sera froide et tu pourras l'enlever sans difficulté. Comme ça, tu n'auras que des tomates, comme tu le voulais.

— Ce n'est pas la pizza, le problème. C'est que tu ne m'écoutes jamais ! Tu comprends ça ?

— J'ai compris… Allez, j'arrive.

— Je ne t'ouvrirai pas !

— Pas même si je fais demi-tour et que je te rapporte une pizza avec tomates et mozzarella ?

— Uniquement tomates !

— Mais oui… J'ai pigé, c'était pour rire !

— C'est ça, tu ne m'écoutes jamais et en plus, tu me traites toujours comme une débile mentale !

— Dis donc, quand tu as décidé que tu voulais la bagarre et que tu t'y mets, pas moyen d'y couper avec toi, hein… ?

— J'ai l'impression d'entendre ma mère ! C'est exactement pour ça que je suis partie de chez mes parents dès que j'ai eu dix-huit ans… Et voilà que je me retrouve avec un homme qui ne m'écoute pas et qui se fout de moi.

Elle lui raccrocha au nez. Andrea rangea son téléphone dans sa veste en secouant la tête. Il démarra sa moto rageusement et accéléra. Pourquoi fallait-il toujours qu'elle trouve à redire à tout et à tout prix ? Première, deuxième.

Pourquoi est-ce que ça vire toujours à la dispute avec elle, merde ? D'accord, j'ai oublié qu'elle ne voulait pas de mozzarella, et alors ? Elle est vraiment obligée d'en faire tout un plat ?

Troisième, quatrième. Toujours plus vite, toujours plus en colère, il dévala la colline, rebroussant chemin vers cette fichue pizzeria. Quatre-vingts. Cent. Cent vingt. Cent quarante. À une telle vitesse, sa vision de la route s'était rétrécie, le vent et la colère l'aveuglaient presque, si bien qu'il ne remarqua pas la voiture à l'arrêt au bout de la descente, à l'angle.

La main du conducteur actionna le clignotant, une fois, deux fois, puis le véhicule déboucha de l'obscurité sans plus attendre et s'engagea dans la rue, pile au moment où Andrea arrivait à tombeau ouvert. Tout se passa très vite. C'était une vieille dame qui était au volant de cette voiture et lorsqu'elle vit le phare d'Andrea foncer comme un éclair, elle prit peur et freina sec, s'immobilisant au beau milieu de la route. Pétrifiée, elle resta là, incapable d'avancer, de reculer ni de prendre la moindre initiative.

— Mais…

Andrea n'eut pas le temps de rétrograder ni même de freiner. Bouche bée, les yeux écarquillés, il regarda cette voiture à l'arrêt devant lui se rapprocher à une vitesse vertigineuse.

Pas le temps de crier. Il serra le guidon de toutes ses forces et ferma les yeux au dernier moment. Pas le temps de rien, pas même de prier. Seule une pensée jaillit dans son esprit : *Une pizza avec tomates, mais sans mozzarella*. Il ne l'oublierait plus. Jamais plus.

Ensuite, les ténèbres.

4

— J'ai un peu peur de te le présenter.

— Pourquoi ?

— Parce qu'il risque de te plaire beaucoup plus que moi…

— Impossible, répondit Benedetta en pouffant, une main devant la bouche.

Elle but une gorgée de Campari.

Gianfilippo la dévisagea avec curiosité.

— Pourquoi « impossible » ? Il est plus jeune que moi, plus beau que moi et surtout beaucoup, beaucoup plus riche que moi…

Tout à coup, Benedetta devint très sérieuse.

— Alors c'est sûr, il va me plaire.

Gianfilippo haussa un sourcil.

— Ah.

— Oui… mais surtout parce que tu n'es qu'un idiot. Sérieusement, tu crois que je pourrais craquer pour quelqu'un parce qu'il est plus riche que toi ?

Cette fois, elle était en colère.

— J'ai dit « beaucoup, beaucoup plus riche ».

— Alors tu es beaucoup, beaucoup plus idiot !

Gianfilippo se réfugia dans son verre de Campari.

— Mais, mon amour, on ne peut jamais plaisanter avec toi…, lança-t-il ensuite avec un petit sourire, cherchant à retomber sur ses pattes.

— Tu ne plaisantais pas.

Vexée, Benedetta se détourna et observa le salon. Les tableaux, les statues et enfin les hôtes du *Circolo della Caccia*, l'un des cercles les plus huppés de Rome.

Ils se déplaçaient tous tranquillement, d'un pas assuré. Certains se saluaient avec le sourire, ils se connaissaient depuis toujours pour la plupart ; ce club très fermé regroupait les Romains les plus puissants et les plus riches.

Gianfilippo tenta de lui prendre la main.

— Allez, arrête de bouder.

Benedetta s'empressa de se dégager.

— Ta blague était de mauvais goût, je ne vois pas ce que le fait qu'il soit plus riche que toi a de drôle…

Gianfilippo leva les bras.

— Mais ce n'est pas une blague ! Il l'est… et pas qu'un peu.

Benedetta secoua la tête. Irrécupérable. Jamais elle ne comprendrait. Enfin, inutile de discuter, c'était peine perdue. En plus, il exagérait sûrement. Comment pouvait-on être beaucoup, beaucoup plus riche que lui ? Elle n'avait jamais croisé plus grande fortune que celle de Gianfilippo. Aussitôt gênée d'avoir eu cette pensée, elle lui sourit et tenta de détourner la conversation.

— Allez, faisons la paix. Et si tu m'en disais un peu plus sur ton frère avant qu'il arrive ? Je suis curieuse.

Gianfilippo poussa un soupir.

— Il a toujours été casse-cou. Il collectionne les accidents de moto, il fait du surf et il a voyagé un peu partout dans le monde pour les compétitions : Hawaï, Canaries… Puis ça a été le tour du canoë, du parachute, du parapente.

Bref, il a tout essayé. Je crois qu'il choisit les sports les plus extrêmes exprès pour risquer sa vie…

— Si je comprends bien, je suis loin d'être un génie ! lança tout à coup une voix.

Benedetta se tourna vivement. Un homme se tenait debout derrière elle.

— D'après ce que tu racontes, je suis un candidat au suicide qui s'est toujours raté, c'est bien ça ?

Grand, élancé, il portait une chemise blanche parfaitement repassée dont les manches retroussées découvraient ses avant-bras musclés. Il avait le teint hâlé et des yeux d'un bleu intense, marqués par la vie.

Son regard lui donne l'air plus âgé, songea Benedetta. *Non, plus sûr de lui, plus homme, plus... plus tout.*

Elle lui sourit. *Je ne sais pas si, comme dit Gianfilippo, il est beaucoup, beaucoup plus riche que lui, mais une chose est sûre : il est beaucoup, beaucoup plus beau.*

Il s'assit en face d'elle avec une grande prestance et lui tendit la main.

— Tancredi.

— Benedetta.

Puis il croisa les jambes et posa les bras sur les accoudoirs du fauteuil.

— Alors, que fait une femme aussi belle avec un homme aussi… aussi… comment dire ?

— Merveilleux ? suggéra Gianfilippo en souriant.

Tancredi grimaça.

— Ce n'est pas tout à fait le mot que je cherchais.

— En tout cas, si pour être passionnant, il faut mener la même vie que toi, je préfère être ennuyeux à mourir.

— Pourquoi ? Qu'est-ce qui ne te convient pas dans ce que je fais ? demanda Tancredi, l'air faussement choqué.

En réalité, son frère ignorait presque tout de ses activités, mais il désapprouvait le peu dont il était au courant.

— Disons que le fait que tu sois toujours en vie me parait déjà une réussite en soi, on peut même parler de miracle…

Gianfilippo préférait ne pas se hasarder sur une pente glissante.

Benedetta piqua une olive avec un cure-dent et mélangea le reste de son verre avec celle-ci avant de la mettre dans sa bouche. Saveur à la fois douce-amère et salée.

Les deux frères échangèrent un regard. Gianfilippo finit par sourire et Tancredi baissa les yeux. Benedetta fut sidérée par leur étrange réaction, mais Gianfilippo secoua la tête, comme pour lui dire : « Ce n'est rien, je t'expliquerai après. » Au même moment, quelqu'un l'appela.

— Benedetta, toi ici !

Une jeune femme distinguée s'était arrêtée à l'entrée du salon, non loin des fauteuils où ils étaient installés. Cheveux blonds attachés, elle était vêtue d'un tailleur bleu et portait une pochette Gucci. Benedetta se leva avec un grand sourire.

— Gabriella ! Excusez-moi…

Elle abandonna les deux frères et courut rejoindre son amie. Elles s'embrassèrent et se mirent aussitôt à bavarder.

Gianfilippo jeta un coup d'œil à son frère qui avait levé le bras pour attirer l'attention du serveur.

— S'il vous plait.

— Tu as vu ça ? C'est fou, non ?

— Oui, soupira Tancredi.

Enfin, le serveur arriva.

— Pourriez-vous m'apporter une bière ?

— Tout de suite, monsieur.

Croyant la commande terminée, l'homme commença à s'éloigner, mais Tancredi l'arrêta.

— Qu'avez-vous comme bières ?

— Toutes, monsieur.

— Alors, je voudrais une du Démon.

Le serveur allait de nouveau se retirer lorsqu'une dernière précision lui parvint.

— Glacée, si possible.

Tancredi aurait préféré noyer le poisson, mais il n'y échapperait pas. Alors il soutint le regard de son frère.

— Incroyable, pas vrai ? insista Gianfilippo.

— Oui, très étrange.

— Étrange ? Mais c'est carrément absurde ! C'était exactement le même geste qu'elle…

Et ils furent tous les deux propulsés dans le même souvenir.

Souriante, Claudine mélangea le contenu de son verre avec une olive empalée sur un bâtonnet. Ensuite, elle la sortit et, juste avant qu'une goutte du breuvage rouge ne tombe, posa l'ensemble sur sa langue. Elle joua avec l'olive dans sa bouche, comme si elle manipulait une petite acrobate, avant de l'avaler.

— Mmm, que c'est bon.

Elle se caressa le ventre de façon théâtrale pour taquiner son petit frère Tancredi.

— Eh, tu les as toutes mangées ! Celle-là était pour moi.

— Il fallait être plus rapide. C'est pas possible, une telle lenteur.

Et à ces mots, elle s'enfuit vers la piscine, courant comme une gazelle entre les massifs de rosiers, les haies bien vertes et les arbres.

Tancredi se lança à sa poursuite. De temps en temps, sa sœur se retournait en riant.

— Tu n'y arriveras pas, tu ne pourras jamais me dépasser…

Elle accéléra, ôta sa robe légère, la jeta sur l'herbe peu avant d'arriver à la piscine et s'arrêta au bord.

— Tu vois ? Je suis arrivée la première.

Puis elle exécuta un plongeon parfait et refit surface au centre du bassin. Elle ramena sa longue chevelure sombre en arrière, dégageant son visage déjà bronzé, puis rouvrit les yeux et sourit. Tancredi était encore en train de se débarrasser de ses chaussures.

— Alors ? Tu as compris ? Tu es trop lent…

Elle rit, bientôt imitée par Gianfilippo qui était déjà dans la piscine avant leur arrivée. Assis sur un fauteuil gonflable transparent, il retenait avec les jambes le matelas orange sur lequel sa petite amie Guendalina était couchée sur le ventre. Celle-ci s'esclaffa avec les autres. Son bikini bleu clair mettait en valeur son bronzage impeccable et ses courbes. Enfin déshabillé, Tancredi, prit son élan et sauta. Il ramena ses jambes contre lui et atterrit dans l'eau en boulet de canon, éclaboussant tous les autres.

— Eh !

S'ensuivit une bataille d'eau endiablée. Gianfilippo tomba du fauteuil et entraina Guendalina dans sa chute en voulant se rattraper à son matelas. Ils refirent surface en riant. Rapide comme l'éclair, Guendalina se mit à asperger Gianfilippo avec une telle ardeur qu'il n'eut d'autre choix que de l'entrainer sous l'eau. Il la maintint pendant un certain temps, si bien que lorsqu'il la lâcha enfin, elle émergea brusquement et prit une très longue inspiration.

— Mais tu es cinglé ? J'étais en train de me noyer !

— Mais non.

— Quel crétin… C'est pas possible d'être aussi crétin !

Ils luttèrent encore un moment, puis il la coinça et essaya de l'embrasser, mais elle le mordit.

— Aïe !

— Ça t'apprendra.

Gianfilippo se toucha la lèvre, mais non, il ne saignait pas. Alors le combat reprit de plus belle. Au bout d'un moment, ils recommencèrent à s'embrasser, mais cette fois, Guendalina ne montra pas les dents. Ce fut un baiser passionné, profond. Lorsque Tancredi s'en aperçut, il se tourna vers Claudine, stupéfait, et secoua la tête comme pour dire : « Non mais tu as vu ça ? »

Cependant, tout cela n'intéressait pas Claudine. Au contraire, elle semblait même agacée. Au bout de deux ou trois brasses, elle s'agrippa au bord de la piscine, sortit de l'eau et se dirigea vers la maison. Sans la moindre explication sur sa réaction inattendue, elle traversa la pelouse en courant, trempée, toute menue.

Tancredi nagea encore un peu, puis se sentit de trop. Toujours enlacés près du bord de la piscine, Gianfilippo et Guendalina continuaient à s'embrasser. Alors, ne sachant plus quoi faire, il sortit de l'eau et se dirigea à son tour vers la maison. Il entra par le salon et grimpa le grand escalier de bois sombre qui menait aux chambres.

— Claudine ? Claudine ?

Il frappa à la porte de la chambre de sa sœur, mais n'obtint aucune réponse. Alors il poussa lentement le battant qui s'ouvrit en grinçant. Claudine était assise sur son grand canapé, les jambes repliées contre elle, les cheveux encore mouillés. Derrière elle, la fenêtre était ouverte ; les volets à moitié fermés conféraient une ambiance tamisée à la pièce et le vent remuait les rideaux légers, créant un jeu de lumière.

Tancredi se campa devant elle.

— Pourquoi tu n'as pas répondu ?

— Parce que je n'avais pas envie !

Claudine était en train de manger une glace à la cerise. Elle lui tira la langue. Celle-ci était rouge, un rouge vif, agressif. Elle se remit à lécher sa glace avidement en pouffant.

— Alors, que me veux-tu, petit frère ?

Tancredi détestait qu'elle l'appelle comme ça.

— Je veux une glace aussi.

— Il n'y en a plus.

— C'est pas vrai.

— Si, c'est vrai. Regarde…

Claudine se leva et ouvrit son petit frigo.

— Tu vois, il est vide. C'était la dernière.

— Et qui te l'a achetée ? demanda Tancredi, vexé.

— À ton avis ?

— Je ne sais pas, sinon je ne te poserais pas la question.

Claudine se laissa retomber sur le canapé, jambes croisées, et continua à déguster sa glace.

— C'est papa qui me l'a donnée… Et tu sais pourquoi ? Parce que c'est moi sa préférée… Mais surtout ne le dis pas à maman.

Tancredi s'assit sur le lit.

— Pourquoi ?

— Parce que. Un jour, peut-être que je te raconterai un truc.

— Mais pourquoi je ne dois rien dire à maman ? insista Tancredi.

Un gros morceau de glace se détacha ; Claudine le rattrapa avec les dents, puis le prit entre ses doigts et le suça pendant un instant. Toute sa bouche se colora de rouge. Elle esquissa un sourire sournois et haussa un sourcil. Elle seule détenait cet incroyable secret qu'elle avait décidé de révéler à son petit frère.

— Parce que papa ne voulait que moi, et pas vous deux…

— J'essaie de ne pas trop y penser, mais elle revient très souvent me hanter. Ça ne t'arrive jamais ?

Tancredi poussa un long soupir. Chaque fois qu'ils se voyaient, il fallait que Gianfilippo aborde le sujet de Claudine.

— Si, parfois.

Gianfilippo regarda Benedetta toujours en pleine conversation avec son amie.

— Alors, comment la trouves-tu ?

— Je ne la connais pas assez.

Gianfilippo inclina la tête sur le côté, comme s'il la voyait mieux comme ça.

— Moi, elle me rend accro.

— Elles te rendent toutes accro.

— C'est faux. Silvia était parfaite, mais à la fin, j'en avais marre.

La bière que Tancredi attendait arriva enfin. Le serveur la posa sur la table et s'en alla sans attendre le « Merci » qui naturellement ne serait jamais arrivé.

Tancredi but une gorgée.

— Je crois que ça arrive tôt ou tard avec n'importe quelle femme. Et c'est sans doute réciproque…

— Tu as une super opinion de la vie de couple, dis-moi. Alors tu sais déjà que tu ne te marieras jamais ? Moi, j'en ai bien l'intention. Et Benedetta pourrait être la bonne. Je vais bientôt avoir quarante-deux ans, elle en a trente-trois, nous avons tout pour être heureux ; une légère différence d'âge – il y a neuf ans entre nous –, de nombreuses passions communes, les mêmes goûts, la même vision de la vie, et malgré tout, nous sommes capables de nous ménager une certaine liberté.

— Qui sait ? Ça pourrait marcher. Tu crois qu'il suffit de quelques ingrédients bien dosés pour qu'un couple fonctionne ?

— Oui. Et surtout, pour qu'un couple soit heureux.

— J'ai connu un couple heureux. La famille parfaite, même. Je les croisais tous les jours au cercle. Ils étaient riches, beaux, tous les deux excellents au tennis, ils avaient deux enfants superbes... Et puis sans crier gare : pouf !

— Que s'est-il passé ?

— Elle l'a trompé.

— C'est peut-être juste un potin qui circulait...

— Non, je le sais de source sûre : c'est avec moi qu'elle a trompé son mari.

Tancredi but un peu de bière. Gianfilippo se tut.

— Ça a pimenté ma vie quelque temps d'être témoin de la perfection de cette famille, de leur bonheur... et puis de tout détruire. Moi, je déteste le bonheur. Je trouve ça hypocrite. Tous ces gens qui sourient tout le temps, à qui tout semble réussir. Regarde, non mais regarde-les...

Gianfilippo suivit le regard de Tancredi qui erra dans le salon du *Circolo della Caccia*. Des hommes et des femmes élégants, riches, qui échangeaient des sourires et des poignées de main, bavardaient, se saluaient, s'embrassaient sur les joues, riaient, plaisantaient, mais toujours avec sobriété, courtoisie, politesse, jamais un mot plus haut que l'autre...

— Le voilà, le monde conventionnel. Ils ont tous l'air gentils, honnêtes, sereins, sincères, pourtant combien d'entre eux ont trompé, volé, causé du tort voire fait souffrir... Ils font tous semblant d'être heureux. Comme cette femme de la famille parfaite dont je t'ai parlé. Elle était si heureuse, elle avait tout, et pourtant elle y a renoncé en un rien de temps. Elle a tout perdu, comme ça...

Il claqua des doigts.

— Pour un simple caprice…

— Comment le mari l'a-t-il appris ?

— Je lui ai envoyé des photos.

Gianfilippo le dévisagea, l'air soucieux. Tancredi esquissa un rictus.

— Des photos où je suis de dos et où on la voit bien jouir.

À ce moment-là, Benedetta les rejoignit avec son amie.

— Excusez-moi, je ne veux pas vous déranger, mais… Vous permettez que je vous présente mon amie Gabriella ? Je ne l'avais plus vue depuis une éternité.

Tancredi et Gianfilippo se levèrent presque en même temps.

— Enchanté.

Puis Benedetta prit Gianfilippo par le bras pour ne laisser aucun doute sur celui qui lui appartenait.

— Avec Gabriella, nous pensions aller dîner chez *Assunta Madre* ce soir, il parait qu'on y sert le meilleur poisson de Rome.

Elle braqua les yeux sur Tancredi.

— Ça te dit de nous accompagner ?

Tancredi dévisagea Gabriella avec intensité, tellement qu'elle finit par détourner la tête, presque gênée. Alors il sourit.

— Non, désolé. J'ai déjà quelque chose de prévu et je ne peux pas décommander.

— Quel dommage…, regretta Benedetta.

— Je vais raccompagner mon frère, déclara Gianfilippo avant de s'éloigner avec lui.

— Tu n'as rien de prévu, je me trompe ?

— Quelle perspicacité.

— Qu'est-ce qui t'a déplu chez elle ? Je la trouve très jolie.

— Le monde est rempli de jolies filles. Celle-ci n'est ni mariée, ni fiancée… Peut-être vient-elle de rompre et ne demande-t-elle pas mieux que de tomber amoureuse… Et si ça se trouve, je lui plairai.

— Et alors ? Qu'est-ce qui cloche ? Tu pourrais t'amuser. Va savoir quels dons possède cette femme, comment elle fait l'amour, ce qu'elle cuisine, tu as tout à découvrir…

— Sans doute, mais elle m'a semblé banale. Tout au plus saura-t-elle faire ce pour quoi toutes les femmes semblent nées.

— C'est-à-dire ?

— Pleurer.

Gianfilippo s'arrêta là et le laissa partir. Il le suivit du regard jusqu'au bout du couloir, puis retourna s'asseoir près des deux jeunes femmes et caressa la main de Benedetta.

— C'est un drôle d'oiseau, ton frère… Mais il me plait. Dommage qu'il ait un empêchement…

— Oui.

— Il nous a quand même fait très bonne impression. J'étais justement en train de dire à Gabriella que ce serait génial si nous pouvions… Oui, enfin, nous pourrions l'inviter chez nous, à la campagne…

Gianfilippo comprit aussitôt où elle voulait en venir.

— Ce serait super. Seulement, mon frère a un petit problème…

Benedetta et Gabriella le dévisagèrent, d'abord curieuses, puis inquiètes.

— Lequel ?

— Il ne veut pas être heureux.

5

Son casque sur les oreilles, Andrea écoutait de la musique, les yeux fermés. Soudain, il les rouvrit. Sofia était à l'écran, tête penchée. Ses mains virevoltaient sur le clavier. Elle était complètement happée par ses notes. Ses cheveux châtains retombaient devant son visage et dansaient au rythme de ses mouvements. Ceux-ci étaient plus clairs que d'habitude, presque délavés. C'était en septembre. Son dernier concert.

La caméra fit un gros plan sur son visage à présent de profil. Paupières closes, Sofia amorça le final du morceau. Andrea remua la tête et ondula avec la musique, suivant le tempo avec elle jusqu'aux dernières notes, si émouvantes. Il ne put empêcher une larme de rouler sur sa joue. Sa tristesse provenait-elle du souvenir de cet enregistrement qu'il avait lui-même réalisé, sur la scène du conservatoire, à l'époque où il était encore capable de se déplacer, ou bien de la conscience de tout ce qu'il avait perdu peu après ? Depuis, Sofia n'avait plus jamais joué ; ce don incroyable et si acclamé avait été abandonné, mis au placard, oublié. Tel un cadeau qui n'avait jamais été ouvert, un baiser jamais donné.

Tandis qu'une salve d'applaudissements s'élevait dans la vidéo, Andrea se sentit tout à coup observé et baissa l'écran de son ordinateur portable. Devant lui, la Sofia de huit ans plus tard apparut.

— Salut ! Tu chattes avec qui ? Je suis jalouse.

Andrea ôta ses écouteurs et sourit.

— Salut, mon amour, je ne t'avais pas entendue rentrer…

Il tenta de déposer l'ordinateur sur la table de chevet mais eut beaucoup de mal, comme si ce poids pourtant insignifiant constituait un problème, une difficulté insurmontable. Sofia était déjà à côté de lui pour l'aider.

— Non, laisse-le près de moi… J'aurai peut-être encore envie de l'utiliser tout à l'heure.

— Je te le rendrai quand je sortirai.

— Ah…

— Quoi ?

— Rien, je ne savais pas que tu devais encore sortir…

— Mon cœur, au cas où tu l'aurais oublié, je dois aller donner cours, comme tous les jours…

— C'est ridicule de t'imposer ça. Tu pourrais gagner mille fois plus d'argent en te produisant sur scène… Il te suffirait de donner un concert et les gens viendraient du monde entier pour t'écouter. Mais non, toi, tu t'obstines à enseigner la musique dans une école.

— Dans une école ET au conservatoire, je te rappelle. Et puis, j'aime beaucoup enseigner, il y a tellement de jeunes talents prometteurs.

— C'est ça, comme ce Daniele qui t'écrit des lettres d'amour…

— Mais il a sept ans !

— Et alors ? Peut-être qu'il n'est pas pressé et s'accrochera à son rêve.

— Oui, à un petit détail près : quand il aura dix-huit ans, j'en aurai quarante !

— Et alors ? C'est très à la mode les couples où l'homme est beaucoup plus jeune…

— Chéri…

Elle lui sourit et déposa un baiser sur ses lèvres.

— Tu sais à quel point j'aime être démodée, non ?

Elle s'aperçut qu'elle avait heurté les poches contenant les urines et les excréments d'Andrea. Elle voulut les prendre, mais il retint sa main.

— Non, laisse ça…

— Mais elles sont pleines.

— Laisse ça, je te dis ! rétorqua-t-il avec rage.

Sofia s'éloigna, effrayée par cet éclat de voix soudain. Andrea le remarqua et retrouva son calme.

— Susanna doit passer tout à l'heure. Je préfère que ce soit elle qui s'en occupe.

— Bien sûr… Tu as raison.

Ça ne suffisait pas.

— Excuse-moi…

Elle se réfugia dans la cuisine et acheva de vider les sacs de courses pour se changer les idées. Elle rangea tout dans le frigo et les placards, puis s'appuya sur la table. Elle ferma les yeux, prit une profonde inspiration et lorsqu'elle les rouvrit, étudia ce qui l'entourait. Tout à coup, tout lui parut vétuste, comme si tout était resté là, immobile, depuis bien trop longtemps. Cette lampe posée en hauteur dans le coin, à droite du frigo, la boîte à biscuits sur le plan de travail, la planche à découper, le vieux couteau. Sa vie semblait s'être arrêtée ce jour-là.

Elle jeta un coup d'œil à sa montre.

Enfin, ce n'est pas possible, il en met du temps. J'ai une de ces faims... Déjà 21 h 30. Il faut si longtemps pour changer une pizza ? Si j'avais su, je ne lui aurais rien demandé. Tout ça pour de la mozzarella, on ne va quand même pas en faire tout un fromage...

Sofia ne put s'empêcher de rire. Se disputer pour une pizza, c'était ridicule. En plus, elle était si inspirée ces derniers temps… Sans rien dire à personne, et encore moins à Andrea, elle était en train de lui préparer une surprise. Un cadeau qui les lierait à jamais : depuis des semaines, elle étudiait en grand secret la sonate de Liszt, *Après une lecture de Dante*. À ses yeux le morceau le plus beau, mais aussi le plus complexe des *Années de pèlerinage*. Cette œuvre suscitait en elle une profonde émotion, sans doute semblable à celle qu'avait éprouvée le compositeur lorsqu'il l'avait écrite, c'était même une certitude. Liszt était très épris de la princesse Carolyne Iwanowska et, cent cinquante ans plus tard, elle-même, Sofia, princesse de rien du tout, la dédiait à son amoureux, son prince – non, elle n'avait pas honte de l'appeler comme ça.

Elle s'assit au piano et considéra le clavier. Combien de temps consacrerait-elle encore à l'étude de ce morceau ? Deux semaines peut-être et puis… et puis au concert suivant, lorsque les applaudissements du public se tariraient, elle déclarerait avec la plus grande simplicité : « Pour le rappel, j'aimerais vous jouer un morceau de Franz Liszt que je dédie à une personne qui m'est très chère. » Elle regarderait Andrea, au premier rang, et il lui rendrait son regard. Ensuite, elle regagnerait son tabouret et commencerait à jouer, imaginant sa réaction un peu plus ébahie à chaque passage tumultueux, poignant ou particulièrement technique. Ce morceau deviendrait le leur et plus jamais elle ne le jouerait par la suite.

Elle commença à marteler les touches et oublia aussitôt le monde extérieur, sans se douter de la tragédie qui se déroulait non loin. Son téléphone portable se mit à clignoter sans interruption, les appels se succédèrent, ses amies, ses amis, ses parents et enfin l'hôpital. Mais Sofia continuait à jouer, envoûtée par l'intensité de cette œuvre. Elle travaillait dessus depuis un an et l'interpréterait juste pour lui, pour l'homme qu'elle aimait, pour celui qui partagerait le reste de sa vie. Elle sourit en pensant à leurs chamailleries ridicules, à ses petits caprices, à son agitation constante, et son sourire s'élargit encore devant cette seule certitude : *Je jouerai ce morceau pour toi, Andrea.*

Puis elle se laissa complètement emporter par la musique. Ses mains survolaient le clavier, les notes bondissaient, comme folles, sous ses doigts. Tantôt elle s'acharnait sur les touches avec rage, tantôt elle les caressait avec une infinie douceur ; la passion ne la quitta pas jusqu'à la conclusion. Épuisée, elle eut à peine le temps de se redresser qu'un bruit l'alerta. Des coups à la porte, puis la sonnette, insistante, continue, agaçante, comme si quelqu'un y était collé. Puis, de nouveau, on martela le lourd panneau de bois de la porte. Ils devaient être plusieurs là derrière.

J'ai si mal joué que ça ? Sofia sourit en son for intérieur en se précipitant pour ouvrir.

À moins qu'il soit trop tard ? Elle consulta sa montre. *Normalement, j'ai le droit de faire du piano jusque 22 h 30 au moins...*

Elle découvrit avec stupéfaction l'identité de ses visiteurs. Giorgio et Stefania de l'étage du dessous ? Mais que faisaient-ils là ?

— Que se passe-t-il ? Il est arrivé quelque chose ?

Stefania la regarda droit dans les yeux, hésitante, puis prononça un seul mot.

— Andrea...

Sofia plaqua la main sur sa bouche, au comble du désespoir. Elle prit une longue inspiration qui se brisa dans sa gorge. À cet instant précis, ce fut comme si une cathédrale emplie d'hymnes, de chœurs, de notes, de morceaux, bref de toute la musique qu'elle avait tant aimée depuis son enfance s'écroulait sous ses yeux.

Peu après, elle courait dans les couloirs de l'hôpital, à bout de souffle, à la recherche des urgences. Ce n'était pas possible. Elle était en train de vivre un cauchemar, elle avait été propulsée dans l'un des cercles de l'enfer. Elle fit irruption dans cette grande salle où erraient des hommes et des femmes blessés, aux visages blêmes, aux traits déformés par la douleur. Certains pleuraient, d'autres se lamentaient et d'autres encore étaient murés dans un silence hébété, comme s'ils refusaient d'accepter ce qui leur était arrivé.

— Où est-il ? Dites-moi où il se trouve ! hurla-t-elle au premier homme en blouse blanche qu'elle croisa.

Quelqu'un finit par lui répondre et elle atterrit devant une salle d'opération. Seule. Elle avait prévenu la mère d'Andrea, mais celle-ci était en voyage et n'arriverait pas tout de suite. Les minutes s'écoulèrent, interminables, puis les premières heures. Il régnait un silence inconcevable. On entendait presque les secondes s'égrener. Comme s'il ne restait plus qu'une seule et immense horloge au centre de la Terre pour mesurer le lent et inexorable passage du temps. Dévastée, Sofia restait immobile, prostrée, le visage enfoui dans les mains, les coudes enfoncés dans les genoux. Puis un médecin, le seul qui paraissait crédible, prononça ces mots implacables :

— Nous sommes en train de l'opérer, mais je ne vous cache pas que ses chances d'en réchapper sont minces. Et s'il s'en sort, ce sera très difficile pour lui. Il ne pourra peut-être plus jamais remarcher.

Les jambes de Sofia se dérobèrent sous elle et elle serait tombée si le médecin ne l'avait pas soutenue.

« Plus jamais remarcher... »

La terrible sentence résonnait dans son esprit. Alors que faire ? Que pouvait-elle espérer ? Si on lui laissait le choix, que déciderait-elle ? Si un spécialiste lui demandait : « Dites-moi, Sofia, que choisissez-vous pour Andrea ? La vie… ou la mort ? »

Mais quelle vie, docteur ? Une vie malheureuse ? Une vie d'handicapé, d'invalide ? Lui qui a toujours tant aimé son physique, sa force, lui qui n'avait pas de limite, qui ne connaissait pas la peur, qui pratiquait mille sports, lui, l'homme aux mille aventures. Lui qui n'avait jamais sommeil et ne connaissait pas la fatigue. Lui et sa soif d'amour, de vivre... Et vous me demandez ce que je choisis pour lui, c'est bien ça, docteur ? Et s'il parvenait à remarcher un jour ? Combien de fois vous êtes-vous trompés, vous, les médecins... ?

Pour l'instant, Sofia ne pouvait que prier. *Seigneur, faites qu'il survive...*

Petit à petit, elle dressa une liste de sacrifices possibles et formula des promesses silencieuses, l'une après l'autre, renonçant à tout ce qu'elle aimait en échange de la vie d'Andrea.

Le chirurgien sortit de la salle d'opération à l'aube. Sofia leva lentement la tête et croisa son regard. Elle ferma les yeux pendant un instant. Elle appréhendait tellement ce moment.

Seigneur, je t'en supplie, je jure que je serai fidèle à tout ce que je t'ai promis en échange de sa vie...

Lorsqu'elle rouvrit les yeux, le chirurgien souriait.

— Il va s'en sortir. Il faudra du temps, mais ça va aller.

Alors elle fondit en larmes, de joie, mais aussi de douleur en pensant au serment qu'elle avait fait : plus jamais elle ne jouerait de musique.

Un peu plus tard, elle se rendit sur les lieux de l'accident. La moto complètement détruite gisait encore sur le bord de la route ainsi que quelques bris de verre de la voiture et mille autres éclats plus petits provenant du phare de la moto, des clignotants, du compteur. En étudiant le sol de plus près, Sofia ne repéra aucune trace de freinage. Il n'avait pas eu le temps. La voiture de la dame avait été déplacée un peu plus loin, portière avant défoncée en son centre, vitre explosée, carrosserie déchiquetée. Sofia passa la main sur l'endroit de l'impact. Elle ressentit à travers ses doigts le hurlement d'Andrea, la douleur, le choc, tous ces rêves qui volent en éclats, ses pensées jetées aux quatre vents. Elle s'écarta aussitôt. La perspective de toutes ces pertes incommensurables lui donnait le vertige. Entre les rares touffes d'herbe du bas-côté, elle fit une douloureuse découverte, un peu par hasard. Une vague de culpabilité la submergea aussitôt, comme si tout le poids de cette tragédie lui revenait, comme si tout était sa faute, et uniquement la sienne. Dans l'aube naissante, elle avait repéré une boîte en carton béante, offerte au ciel.

Une pizza maculée de terre était renversée sur l'asphalte. Les fourmis étaient en train de se repaître de mozzarella et de tomates fraîches désormais froides.

Alors Sofia tomba à genoux et éclata en sanglots. Jamais elle ne s'était sentie si coupable, si sale, aussi sale que cette pizza, sinon plus.

6

— La majeure partie de tes revenus proviennent de lui. C'est peut-être pour ça qu'il t'est si sympathique.

Sara rangeait les chemises qu'elle avait récupérées au pressing. Elle ouvrit la grande penderie blanche de leur chambre et prit quelques cintres.

Davide, qui venait de rentrer de Turin, la suivit.

— Je l'ai toujours trouvé sympa. Déjà au lycée. Et puis ce n'est pas vrai, je ne base pas mes sentiments ou mes relations sur l'argent. Plutôt le contraire…

Sara se tourna vivement.

— Plutôt le contraire ? Tu insinues peut-être que je ne te fais pas gagner de fric ou, pire, que je t'en fais perdre ?

Davide s'assit sur le lit.

— Je ne parlais pas de toi. Je faisais allusion à certains de mes amis qui ont parfois fait des affaires grâce à moi. Regarde Caserini. Je lui ai permis d'acheter une maison, pourtant on ne peut pas dire qu'il roule sur l'or… En fait, je n'ai même pas réclamé ma commission. Je l'aurais mis en difficulté.

— C'est ça…

Sara enfila deux chemisiers en soie sur des cintres et referma la penderie.

— Pourtant c'est bizarre, Tancredi est ton préféré. Tu as acheté pour son compte des maisons à Miami, à Lisbonne, à New York, à San Francisco et je ne sais où dans le monde encore, mais aussi cinq ou six villas dans les plus beaux coins d'Italie : Capri, Venise, Florence, Rome, toutes énormes et bien situées. Et comme si ça ne suffisait pas, tu lui as même fait acquérir une île…

— C'est l'homme le plus riche et le moins célèbre que je connaisse. S'il ne veut que moi pour gérer ses biens immobiliers, c'est pour ne pas faire de vagues et surtout pour éviter les problèmes. Pourquoi devrais-je refuser de l'aider à dépenser son argent ?

Sara continua à s'affairer un peu partout dans la maison, Davide sur les talons.

— Et puis, si ce n'était pas moi qui m'en occupais, quelqu'un d'autre s'en chargerait… Seulement, c'est moi qu'il a choisi et il n'a confiance en personne d'autre. Je ne vois pas ce que je fais de mal ?

Sara fit volte-face et s'approcha de lui.

— Toi ? Rien. Mais tu dois rester honnête : s'il est si sympa à tes yeux, c'est aussi parce qu'il t'a permis de t'en mettre plein les poches. Et si tu ne lui trouves aucun défaut… Eh bien, c'est pour la même raison.

Sur ce, Sara fonça dans la cuisine. Davide courut derrière elle.

— Toi, tu as décidé de te disputer aujourd'hui…

Sara ouvrit le frigo et se servit un peu d'eau.

— Absolument pas. Tu en veux ?

— Non, merci.

Davide s'assit face à elle.

— Cela dit, tu as tort. Il y a plein de choses chez lui que je n'approuve pas. Comme ce qu'il a fait tout à l'heure, par exemple.

— Qu'a-t-il bien pu faire de si grave pour mériter ta désapprobation ? demanda-t-elle sur un ton ironique avant d'achever son verre.

Aussitôt, Davide comprit qu'il s'était laissé emporter et avait commis un impair. Parfois, la colère fait perdre toute lucidité. S'il lui racontait l'histoire de cette femme au cercle, des photos révélées à table devant ses enfants, jamais Sara ne l'autoriserait à continuer à fréquenter Tancredi. Et en plus d'un ami, il perdrait une fameuse source de revenus. Il tenta donc de faire diversion.

— Au fait, tu te rappelles la famille Quarti ? Ils traversent une période difficile. Tancredi veut absolument visiter une de leurs villas. Une propriété magnifique, quoiqu'un peu laissée à l'abandon. Elle doit valoir pas moins de quinze millions d'euros, mais nous allons essayer de faire baisser le prix à douze.

— Alors, on peut savoir ce que ton cher ami Tancredi a fait aujourd'hui ?

Il n'avait pas réussi à détourner son attention.

— Ah oui…

Davide se résigna à reprendre cette conversation.

— Il a semé la zizanie dans un couple. Des connaissances du cercle, je crois…

— Un de ses amis ?

— Pas vraiment. En tout cas, il n'a pas été très délicat…

— Peut-être feront-ils la paix. Si ce n'est que ça.

— Sans doute…

Sara retourna dans le salon. Davide haussa les épaules. *Faire la paix… avec de telles photos… Je crois plutôt que ce sera le divorce le plus expéditif de tous les temps.*

Sara attrapa des magazines qui trainaient sur le canapé et les rangea sur la table basse, devant la télévision.

— Maintenant que j'y pense, ce n'est pas la première fois qu'un couple se dispute à cause de lui. C'est déjà arrivé à la mer, à Tavolara. Nous étions sur son superbe yacht.

— Il l'a vendu.

— Grand bien lui fasse. L'entretien à l'année devait coûter une petite fortune…

— Trois cent mille euros, il me semble. Mais il en a acheté un encore plus grand.

— Ah… Bref, il avait semé la discorde dans ce couple, on aurait dit qu'il les avait invités exprès. Pourtant ils étaient si mignons. Beaux, jeunes, l'air très amoureux, elle était enceinte… Tu te souviens de cette histoire ?

— Vaguement…

— Mais bien sûr… Tu as la mémoire sélective. Une grosse dispute a éclaté et ils ont quitté le yacht tous les deux juste après. Ils s'étaient même battus dans leur cabine.

— Qu'en sais-tu ?

— Nous avions la cabine voisine. Quand ils sont descendus du bateau, Tancredi était sur le pont, il buvait un verre. J'ai été frappée par sa façon de les regarder.

— Qu'est-ce qu'elle avait de si bizarre ?

— Il souriait.

— Mais non, tu as toujours eu des préjugés sur lui.

— C'est toi qui n'as jamais voulu le voir tel qu'il est. Je t'assure, c'est comme s'il se réjouissait du malheur des autres, comme s'il n'aimait personne et trouvait les gens heureux d'un profond ennui… Alors un couple heureux, n'en parlons pas. Voilà, c'est ça : il cherche à tout prix à les pousser à la rupture… Tu ne trouves pas ça bizarre ?

Davide tenta de calmer un peu le jeu.

— Dit comme ça, si…

— Je ne vois pas comment le dire autrement. Et comme par hasard, il n'a jamais eu que des aventures sans lendemain.

— C'est vrai, reconnut Davide, songeur.

Tancredi comptait parmi ses conquêtes des femmes célèbres, des actrices, des mannequins sublimes. Un jour, il avait repéré une sommelière dans une émission où elle expliquait la particularité de ses cépages en Australie. C'était la fille d'un magnat qui s'était lancée dans le secteur du vin pour s'amuser et qui rencontrait un franc succès. Grâce à Gregorio Savini, Tancredi avait appris tout ce qui pouvait l'intéresser sur elle. Ensuite, il était parti sur un coup de tête pour lui faire une surprise. Il avait atterri en hélicoptère non loin de sa propriété, sur une colline, là où se terminaient ses vignes. Il avait dressé une table avec une nappe en lin et sélectionné les spécialités italiennes les plus variées, y compris naturellement les meilleurs vins. Elle était tombée sur lui au cours de sa promenade quotidienne. Au début, elle avait été stupéfaite, puis elle avait souri. Il avait réussi à la faire rire et l'avait conquise. Le lendemain, il était reparti en lui laissant une rose et un petit mot :

« Tes vins sont un délice et toi bien plus qu'un rêve... »

Toutefois, il ne l'avait plus jamais revue.

Cette femme, comme toutes celles qu'il a séduites, était d'une beauté renversante, inoubliable. Mais ça aussi, il valait mieux s'abstenir d'en informer Sara.

Il se servit un verre de Talisker en souriant intérieurement. Il était parvenu à une drôle de conclusion sur les relations de couple : la longévité d'un mariage dépend de la rapidité avec laquelle on détermine ce qu'il faut dire et ne pas dire à sa moitié.

— Il a eu une histoire sérieuse au lycée…

Sara alla dans la chambre et se déshabilla.

— C'est vrai. Comment s'appelait-elle déjà ?

— Olimpia Diamante.

Elle abandonna ses vêtements sur le sol et se dirigea vers la cabine de douche.

— Ah oui, c'est ça…

— C'est justement à cette époque que nous nous sommes rencontrés, continua Davide du salon. Je me demande ce qu'est devenue cette Olimpia Diamante…

Il s'avança sur le seuil de la salle de bains.

— Tancredi était fou amoureux d'elle… Je m'en souviens comme si c'était hier…

Sara tourna le robinet et mit la tête sous le jet. Elle aurait préféré ne pas entendre ça, mais Davide ne lui laissa aucun répit.

— À cette époque, toi aussi, tu trouvais Tancredi sympa, non ? Tu n'étais pas aussi remontée contre lui…

Sara se massa le cuir chevelu avec son shampoing, puis se rinça les cheveux et commença à les peigner.

— Quoi ? Je n'entends rien…

Davide haussa la voix pour couvrir le bruit de l'eau.

— O.K. Ça ne fait rien ! Ce n'était pas important. Je retourne dans le salon.

— D'accord !

En réalité, Sara avait très bien entendu. Elle avait menti, tout comme elle lui mentait depuis toujours sur ce qu'elle pensait de Tancredi.

7

— Qui t'a laissé entrer ?

— J'ai plus d'un tour dans mon sac…

Malicieuse, aguichante, Sara souriait. Tancredi fit encore quelques brasses dans sa grande piscine couverte, puis alluma le jacuzzi. Sur le rebord, une bouteille de Cristal l'attendait, avec une seule flûte.

— Tu en veux un peu ?

— Tu sais que c'était mon anniversaire avant-hier ?

Tancredi sourit.

— Joyeux anniversaire en retard alors.

— Si tu veux mon avis, tu étais parfaitement au courant, mais tu ne me l'as pas souhaité exprès.

— Je t'assure que j'avais oublié, désolé.

Sara inclina la tête sur le côté pour mieux l'observer et tenter de deviner s'il mentait.

— En psychologie, j'ai appris à repérer quand quelqu'un ment, tu le savais ?

— Ah bon, et comment ?

— Il suffit de décoder le langage du corps : les yeux fuyants, les mains qui triturent quelque chose ou bien la façon de gigoter sur sa chaise, de remuer une jambe.

— Mais je suis dans l'eau !

— Le fait de parler trop ou sur un ton agressif…

— Et donc ?

— Tu mens. Tu savais que c'était mon anniversaire et tu t'es délibérément abstenu de me le souhaiter. Mais peut-être était-ce une ruse pour m'attirer ici, dans ta piscine ?

— Sara, si j'étais si malin, je serais un autre homme.

— Que veux-tu dire ?

— Rien. Parfois, je raconte n'importe quoi.

— Faux, il y a une signification derrière chaque phrase.

— Ça aussi, on te l'a appris en psychologie ?

— Tu vois ? Tu te moques de moi. Bon, tu as un maillot pour moi ?

— Oui, dans le vestiaire.

Sara se dirigea vers la porte que Tancredi lui indiquait, au fond de la pièce. Avant d'entrer, elle se tourna et lui décocha un sourire coquin, de petite fille. Le sourire d'une femme qui a quelque chose derrière la tête ou, en tout cas, qui veut le faire croire. La porte se referma derrière elle. Tancredi sortit de l'eau et prit une autre flûte dans le meuble ancien qui lui servait de bar. Il la remplit de champagne puis reposa la bouteille dans le seau à glace.

Qui a bien pu la laisser entrer ? Il jeta un coup d'œil par la grande baie vitrée : les rangées de vignes au loin, les pelouses éclairées de sa propriété. Celles-ci venaient d'être tondues et les rosiers étaient parfaitement alignés. Une allée de gravier blanc traversait le jardin et passait entre deux grands chênes au fond avant de se perdre derrière la petite colline. Des agents de sécurité étaient postés à la grille. Outre ceux-ci, trois femmes de chambre, un cuisinier et un chauffeur étaient employés dans cette villa. Et bien sûr, il y avait Gregorio, son fidèle homme de main depuis toujours. Depuis le temps, il devait avoir atteint la soixantaine, pourtant son corps d'athlète rendait son âge indéfinissable. Tancredi n'était sûr que d'une chose : ce ne pouvait pas être lui le coupable. Cette intrusion l'ennuyait. Beaucoup, même. Il exigeait la solitude la plus totale. C'était lui qui décidait quand rencontrer ou recevoir quelqu'un, quand faire la fête, s'amuser ou juste faire semblant.

Il se versa un peu de champagne, le but d'un trait, remplit de nouveau son verre et le posa à côté de l'autre, sur le bord du jacuzzi, avant de se laisser glisser dans le bassin principal. À cet instant, Sara ressortit du vestiaire. Elle avait relevé ses cheveux, ce qui lui donnait un air encore plus juvénile. Avec ses yeux aux reflets violets et le visage ainsi dégagé, elle paraissait plus délicate et, en quelque sorte, plus belle. Le peignoir moelleux indigo qu'elle avait revêtu, un peu trop large pour elle, accentuait sa petite taille.

Qu'avait-elle choisi : bikini ou maillot une pièce ? Ce fut la première chose qui traversa l'esprit de Tancredi. Foncé, clair ou imprimé fantaisie ? Il y en avait de toutes sortes et de toutes les tailles dans le dressing qu'il avait fait apprêter exprès pour ses invités, hommes et femmes. Tout était neuf et portait encore une étiquette. Il avait confié la sélection de chaque pièce à Arianna, sa styliste personnelle. C'était elle qui gérait le confort et l'aspect esthétique de sa vie jusque dans les moindres détails, en plus de l'organisation des dîners et de tout ce qui touchait à l'hospitalité. Naturellement, tout devait être parfait.

Âgée d'une cinquantaine d'années, Arianna était une femme très élégante mais dans un style très sobre, pour ne pas dire austère ; elle aimait son métier et ne souhaitait pas apparaitre en public. Elle préférait œuvrer en coulisses, disait-elle. Pour elle, on obtenait de grands résultats uniquement à la sueur de son front. Elle était en couple avec un Anglais richissime qu'elle ne voyait qu'occasionnellement, pendant ses rares week-ends de libre ou les vacances d'été. Toutefois, Tancredi ne croyait pas beaucoup à cette relation. Il lui avait même découvert une certaine attirance pour les jeunes femmes. En toute discrétion et de manière distinguée, elle commentait toujours la façon de s'habiller de ses conquêtes, mais il avait surtout remarqué qu'elle admirait leur beauté. Plus d'une fois, il l'avait surprise à les contempler, émerveillée, voire avec une pointe de désir.

Malgré tout, elle ne pouvait pas avoir introduit son invitée surprise dans la maison. Entretemps, Sara s'était arrêtée au bord de la piscine, près du mur. Elle tendit la main vers l'interrupteur et la lumière diminua d'intensité. Tancredi était curieux. Comment était-elle faite ? Avait-elle le sein généreux ou petit, et ses fesses, ses jambes ? À vrai dire, il ne lui avait jamais prêté grande attention, non pas qu'elle soit laide, bien au contraire, mais pour la simple et bonne raison qu'elle était la compagne de son meilleur ami. À l'évidence, Sara ne partageait pas ses scrupules et elle rassasia sa curiosité sans tarder. Elle laissa tomber son peignoir à terre. Elle était nue.

— Je n'ai pas trouvé de maillot qui me corresponde.

Pas « à ma taille » ni « qui me plaise ». Au moins avait-elle eu le bon goût de choisir cette excuse particulière : « Pas de maillot qui me corresponde ». Elle resta immobile, bras le long du corps, jambes légèrement écartées. La lumière tamisée soulignait la perfection de son corps, ses jambes fuselées, sa taille fine, ses seins ronds, naturels. Plus bas, entre ses cuisses, il découvrit le triangle bien net d'une toison soignée. Comme il se surprit à rester focalisé à cet endroit, il s'empressa de relever la tête. Sara n'était plus du tout la même qu'un peu plus tôt, elle était beaucoup plus femme.

Décidément, les hommes sont tous pareils, songea-t-elle. Elle ouvrit les jambes de façon encore plus provocante, ôta la barrette qui retenait ses cheveux et jeta celle-ci à terre. Elle secoua la tête pour libérer sa crinière, puis, avec un petit sourire, plongea. Elle nagea quelques instants sous l'eau et émergea près de Tancredi.

Le reflet des lampes ondoyait en silence à la surface. Seul l'écho des vaguelettes dans le bassin troublait le silence, ainsi que leur respiration. Et leurs non-dits. Sara s'enfonça de nouveau sous l'eau et rabattit ses cheveux en arrière lorsqu'elle resurgit. Elle sourit, forte de sa nudité totale.

— Alors ? Tu ne m'offres pas un peu de champagne ?

Elle se rapprocha de lui et s'accouda au bord de la piscine, remuant les jambes pour être plus légère. Sous elle, ses mouvements se confondaient dans la lumière. Tancredi nagea en arrière et entra dans le jacuzzi. Il tendit le bras pour attraper la flûte qu'il venait de remplir, mais eut à peine le temps de se tourner que Sara était déjà là, rayonnante. Elle s'installa à côté de lui dans la vasque peu profonde et prit le verre.

— Merci…

Elle le vida d'une traite.

— Mmm, délicieux. Bien frais, juste comme il faut…

Tout en parlant, elle se glissa petit à petit contre lui.

— Tu m'en sers un autre, s'il te plait ?

Tancredi s'exécuta. Soudain, il sentit les mains de Sara se refermer autour de son torse par-derrière.

— Tes abdominaux sont parfaits…

Lentement, elle caressa le relief sculpté de son ventre. Il se tourna de nouveau vers elle et lui rendit sa flûte pleine.

— Merci… Certaines choses sont trop belles pour qu'on y résiste, gloussa-t-elle.

De nouveau un long sourire, plus long que le précédent, puis elle but, renversant presque la tête en arrière. De la main droite, elle continua à lui caresser le ventre, descendant de plus en plus bas, toujours plus bas, les yeux rivés aux siens. Lorsqu'elle atteignit l'élastique de son maillot, elle se mit à jouer avec le nœud puis le défit délicatement. Ses doigts taquinèrent le bord un petit moment, puis se faufilèrent en dessous, d'abord l'index, puis le majeur.

— Où est Davide, ce soir ? demanda alors Tancredi avec un air de défi.

Aussitôt, Sara s'interrompit et retira sa main. Elle acheva son verre et la posa sur le rebord.

— Je crois que ton cher ami avait une énième réunion à Milan cet après-midi et d'autres demain. Qui dit nouvelles constructions, dit nouvelles affaires juteuses, mais aussi nouvelles absences. Je peux donc rester chez toi sans problème, conclut-elle avec un regard malicieux.

Elle se souleva légèrement dans l'eau, découvrant sa poitrine, et s'avança vers lui sans le quitter des yeux. Ses seins fermes, bien pleins, avaient les mamelons dressés vers lui, durcis par l'eau, mais aussi par une bouffée soudaine de désir. Elle se mit à quatre pattes et enjamba Tancredi. À quelques centimètres de son visage, elle plongea brusquement et entreprit de baisser son maillot. Soudain, il l'arrêta avec ses bras puissants et l'obligea à refaire surface. Ensuite, il se dégagea et alla se réfugier de l'autre côté du jacuzzi.

— Ça fait combien de temps que tu es avec Davide ?

— Deux ans, mais je suis amoureuse de toi depuis au moins cinq ans.

— Les femmes adorent être amoureuses. Y compris quand ce n'est pas réciproque. D'ailleurs, c'est même encore mieux si ça ne l'est pas.

— Pourquoi ?

— Ça leur donne l'occasion d'être encore plus salopes.

Sara lui rit au nez.

— Si tu crois me faire mal, Tancredi, c'est raté. Tu me plaisais déjà à l'époque où tu sortais avec cette très jolie fille au lycée. Comment s'appelait-elle encore ?

— Ça ne me dit rien.

— Je ne te crois pas, mais ce n'est pas grave, je vais répondre à ta place : Olimpia. Je la détestais, j'étais jalouse. Pas à cause de sa beauté – je suis orgueilleuse et j'ai toujours pensé que je pouvais rivaliser avec n'importe quelle autre –, non, parce qu'elle t'avait, toi.

— Elle ne m'avait pas. Je la baisais, c'est tout.

— Tu n'as jamais appartenu à aucune femme ?

Tancredi resta silencieux. Il s'approcha du bord, se servit un peu de Cristal, but quelques gorgées, puis sourit.

— Tu es venue pour m'interviewer, en fait ? Tu sais qu'à la télé hollandaise, il y a une fille qui présente la météo toute nue ? Tu n'as rien inventé.

Sara s'empara de la bouteille à son tour, se resservit et s'assit à côté de lui. Elle savoura le champagne plus tranquillement cette fois.

— Donc la réponse est non. Aucune d'entre elles ne t'a jamais possédé. Tu n'as jamais été amoureux. Toutes ces conquêtes splendides, c'était juste pour le sexe. Alors pourquoi pas avec moi ce soir ? Je t'aime exactement comme ces demoiselles ont dû t'aimer, si ce n'est plus. Tu sais, je crois même que si j'ai commencé à sortir avec Davide, c'était uniquement pour te voir plus souvent.

Sara acheva son verre, puis s'approcha de lui et tenta de l'embrasser. Tancredi resta immobile, lèvres pincées, bras écartés sur le bord de la piscine.

Peu à peu, Sara fléchit ; son impétuosité et son désir refluèrent. Elle s'arrêta. Sans un mot, elle s'écarta, tête baissée.

— Qu'ai-je donc de si différent des autres ? demanda-t-elle presque dans un murmure.

Cette fois, Tancredi daigna répondre.

— Rien. Juste Davide.

Sara le dévisagea une dernière fois, puis sortit de l'eau. Elle s'éloigna, nue, sans se retourner. Tancredi la regarda s'en aller sans aucun remords, puis recommença à nager. Arrivé au bout du bassin, il exécuta une culbute, se propulsa contre le mur et repartit dans l'autre sens. À mi-longueur, il entendit une porte claquer, mais continua comme si de rien n'était.

Le lendemain matin, à 10 heures, Gregorio avait déjà découvert l'identité de la personne qui avait laissé entrer Sara. Non seulement ça, mais en perquisitionnant la chambre de la responsable, il avait découvert d'autres détails non négligeables. Ainsi, c'était vrai. Arianna aimait les femmes. Le lord anglais qui se montrait de temps en temps le week-end existait bel et bien, mais ce n'était qu'une couverture.

— J'ai cru que c'était une amie et qu'il serait heureux de sa visite.

— Tancredi n'a pas d'amis.

— C'est vrai, mais…

— Lorsque je dénonce quelqu'un, sa seule chance de rester est de prouver que j'ai tort. Vous êtes en mesure de le faire ?

Arianna se tut. Puis elle tourna les talons, regagna sa chambre et commença à faire sa valise. À 11 heures et quart, elle quittait la villa.

À midi, Gregorio lui avait déjà trouvé une remplaçante. Ludovica Biamonti, cinquante-cinq ans, mariée et mère de deux enfants vivant à l'étranger. Naturellement, Gregorio avait pris soin de vérifier ces éléments, ce qui n'était guère compliqué pour lui.

À l'heure du déjeuner, Ludovica Biamonti était déjà en possession du fichier contenant les adresses des personnes importantes aux yeux de Tancredi, sa liste noire – les personnes à éviter à tout prix –, ainsi que l'inventaire de toutes ses propriétés en Italie et à l'étranger. Elle était ravie d'avoir trouvé cette place de styliste personnelle, et le salaire proposé donnait le tournis.

Le lendemain, dans l'après-midi, Ludovica Biamonti se rendit compte qu'il lui faudrait au moins deux jours entiers pour avoir une idée précise de la fortune de Tancredi Ferri Mariani. Il avait à peine plus de vingt ans lorsque son grand-père lui avait légué un patrimoine d'environ cent millions d'euros et, depuis lors, sa richesse n'avait fait que croître. Investissements divers et variés, création d'entreprises aux quatre coins du globe pour commercialiser du bois, du pétrole, de l'or, du diamant, des matières premières, bref toutes sortes de produits très prisés dont la valeur marchande était susceptible d'augmenter sur les différents marchés. Il avait créé une multitude de sociétés qu'il avait confiées à des personnes de confiance triées sur le volet et qui reposaient sur une structure pyramidale où chacun devait contrôler ce que faisait son voisin. Douze ans plus tard, en plus d'avoir acquis une douzaine de biens immobiliers un peu partout sur la terre, Tancredi possédait également tous les moyens de transport possibles et imaginables, du jet privé à la simple Harley-Davidson. Lorsque Ludovica Biamonti referma le dernier dossier et éteignit l'ordinateur, il faisait déjà nuit noire et elle n'eut qu'un seul regret : elle aurait pu demander une rémunération beaucoup, beaucoup plus élevée.

8

Sara sortit de la douche et enfila son peignoir. Elle se pencha devant le miroir et se frictionna les cheveux avec une serviette. Combien d'années s'étaient écoulées depuis ce soir-là, dans la piscine ? Deux. Non, trois. Pourtant, elle s'en souvenait comme si c'était la veille, quelques heures plus tôt, une seconde même. Une vague de chaleur se répandit dans son ventre. L'ombre du désir. Avant ce fameux soir, elle n'avait jamais rien dit à Tancredi. Et puis elle avait craqué. Elle lui avait tout dévoilé, tout raconté, elle s'était mise à nu devant lui, et pas uniquement au sens propre ; elle lui avait ouvert son cœur, son âme. Cette nuit-là, elle aurait tant voulu qu'il la prenne. Se sentir possédée, aimée. Lui appartenir, tout simplement. Désespérément. Elle aurait tant voulu mourir dans ses bras, pouvoir ainsi éteindre une bonne fois pour toutes cette toquade née par hasard au lycée qui s'était accrue au fil des ans, au point de prendre racine dans son cœur jusqu'à se muer en passion insensée, dévorante. Lui, c'était lui qu'elle voulait et aucun autre. Seulement voilà, il semblait qu'au contraire, elle fût la seule qu'il ne toucherait jamais. À cause de Davide. Davide qu'elle avait fini par épouser l'année suivante, avec l'intention de faire enrager Tancredi, de le blesser, de le secouer un peu. Tancredi et son attitude détachée, froide, hautaine.

Elle avait fait de son mariage l'événement de l'année. Feignant d'être amoureuse, elle avait soigné jusqu'au plus petit détail, depuis les précieuses alliances en platine jusqu'au menu sophistiqué en passant par les bonbonnières en cristal fin de Murano emplies de vrais pétales de rose et la location de la villa Sassi, sur les hauteurs turinoises. Sans compter l'orchestre de soixante musiciens, avec le chanteur le plus en vogue à l'époque et un vaste répertoire alliant classique et jazz, et voyageant des années soixante-dix et quatre-vingts jusqu'aux succès les plus récents.

Elle avait fait dépenser jusqu'au dernier cent disponible à son père, très riche propriétaire d'une entreprise qui produisait et exportait des barres de fer dans le monde entier.

Tout cela dans le but, non pas d'impressionner ou de combler Davide, non, mais de faire comprendre à Tancredi qu'elle, Sara, était comme ça. Elle avait même rêvé d'une fin digne d'un conte de fées ou des plus beaux films, dans laquelle Tancredi faisait irruption dans l'église au moment où elle s'avançait vers l'autel et lui demandait pardon pour ce soir-là, pour l'erreur qu'il avait commise dans la piscine ; il regrettait de ne pas avoir compris l'amour qui les liait et d'avoir refusé qu'elle se donne à lui. Devant tout le monde, y compris son ami Davide, il la prenait dans ses bras sans pudeur, parce que l'amour ne connait pas la pudeur, et l'enlevait au nez et à la barbe des invités à la fois stupéfaits et ravis d'assister à ce conte moderne, à cet amour surprise, à cette passion éclatant tout à coup au grand jour.

Hélas, rien de tout cela ne s'était produit. Lorsqu'elle avait fait son entrée dans sa superbe robe de mariée au bras de son père, Tancredi se tenait déjà près de l'autel. Elle avait croisé son regard tandis qu'elle s'avançait sur le tapis bordé de superbes bouquets de fleurs. Il souriait, debout devant le premier banc, à côté du père de Davide.

Au départ, Tancredi leur avait annoncé qu'il ne pourrait sans doute pas assister à leur mariage. Cependant, quelques jours avant la cérémonie, mais ça, Sara ne l'avait appris que plus tard, il avait rappelé Davide pour lui confirmer sa présence. En outre, il avait aussi affirmé qu'il serait heureux d'être son témoin.

— Tu es sûr ?

— Mais oui, si ça te fait toujours plaisir et si tu ne l'as pas encore proposé à quelqu'un d'autre. À une condition, par contre. Je voudrais que ce soit une surprise pour tout le monde, et pour Sara aussi.

— Pour elle aussi ? Mais pourquoi ?

— À ton avis ? Pour que la nouvelle ne s'ébruite pas.

— D'accord, c'est promis.

Et Davide avait tenu parole. C'est ainsi qu'au lieu de vivre le plus beau jour de sa vie, Sara s'était retrouvée coincée dans un véritable cauchemar. Lorsque le oui avait franchi ses lèvres, elle avait compris que le rêve de sa vie était désormais derrière elle, qu'elle l'avait perdu pour toujours. À la sortie de l'église, elle avait même cru voir Tancredi sourire.

— Ma chérie ?

Sara arrêta de s'essuyer les cheveux.

— Oui ?

— J'ai un trou de mémoire : c'est bien ce samedi que nous organisons un dîner à la maison ?

— Oui.

— Qui sera là ?

— Les Saletti, les Madia, Augusto et Sabrina…

— Je pourrais aussi inviter Tancredi et l'une de ses amies, qu'en dis-tu ?

Sara se tut.

— Bien sûr… mais je mets ma main à couper qu'il ne viendra pas. Tu as déjà remarqué qu'on ne le voit jamais lorsque nous sommes tous les deux ? Il ne fréquente que toi.

Davide réfléchit un instant.

— Ce n'est pas vrai : l'autre jour, chez les Ranesi, nous étions tous ensemble.

— Sans blague, il devait bien y avoir deux cents personnes ! Nous l'avons à peine croisé.

— Là, tu tombes dans la parano. En tout cas, si tu n'y vois pas d'inconvénient, je vais l'appeler.

— Au contraire, ça me ferait même plaisir, mais je parie qu'il déclinera. Il inventera une excuse pour ne pas venir.

Sans plus l'écouter, Davide prit son téléphone et composa le numéro privé de Tancredi. Il était le seul à l'avoir, en plus de Gregorio naturellement, ce qui en soi était déjà une incroyable marque d'estime et d'amitié.

Il décrocha dès la première tonalité.

— Salut !

— Quoi de neuf, Davide ? Quelle occasion en or pour toi et arnaque monumentale pour moi as-tu à me proposer cette fois ?

Davide rétorqua aussitôt sur le ton de la plaisanterie.

— D'accord, si c'est comme ça, j'appelle Paoli…

Paoli était un entrepreneur avec lequel ils s'étaient plusieurs fois retrouvés en concurrence. Jusque-là, Tancredi était toujours sorti vainqueur, même s'il avait parfois dû prendre quelques risques financiers. Cependant, même ces investissements réalisés par défi plus qu'autre chose s'étaient à la longue révélés extrêmement rentables. Aussi fou que cela puisse paraitre, tout ce que Tancredi touchait se transformait en or.

Tancredi éclata de rire.

— Paoli ? Mais il lui reste de l'argent à dépenser, celui-là ? Alors tu ne dois pas être sur un très gros coup… Encore une de ces petites opérations que tu affectionnes tant : j'achète et je revends à plus offrant avec un petit bénéfice au passage…

Davide rit à son tour. En effet, ce type d'affaires lui convenait plutôt bien. Il suffisait d'avoir un peu de liquidités et de trouver un nouvel acquéreur rapidement.

— Non, non… Cette fois, tu n'auras presque rien à dépenser. Tout au plus une bouteille ou des fleurs pour la maîtresse de maison. Nous voudrions t'inviter samedi soir ; nous organisons un dîner chez nous avec les Saletti, les Madia, Augusto et Sabrina… Je sais que tu les apprécies aussi…

Davide attendit. Il s'imagina Tancredi arrivant avec une bouteille de Cristal, ou même deux, au vu du nombre de convives, mais ce n'était pas pour cette raison qu'il tenait tant à l'inviter. Il serait vraiment heureux de le voir et surtout il pourrait faire taire les convictions absurdes de Sara. À l'autre bout du fil, Tancredi se leva de son bureau et se tourna vers la fenêtre. Le Golden Gate absorbait l'éclat du soleil qui baignait la baie de San Francisco. Plus tard, il irait déjeuner avec Gregorio dans le bar de Francis Ford Coppola, où il goûterait le dernier millésime de Rubicon, le vin du cinéaste. Il le rencontrerait en personne puisqu'il avait l'intention de s'associer à sa société de production, Zoetrope, afin de financer son prochain film, avec son accord bien sûr. Il savait que Coppola fonctionnait beaucoup au feeling, bien plus qu'à l'argent ou aux affaires. *Tant mieux*, songea Tancredi. *Ce sera plus facile, je peux très bien jouer les types sympas.* Son imagination l'entraina dans le monde du cinéma et il visualisa aussitôt une scène.

La caméra exécute un travelling, le plan se resserre sur la porte d'un appartement. Gros plan sur une main qui sonne.

À l'intérieur, Sara arrête de dresser la table et traverse le salon.

— *J'y vais.*

Elle ouvre la porte sans demander l'identité de son visiteur au préalable et se retrouve face à un énorme bouquet de roses rouges agrémentées de petites fleurs des champs blanches. Puis, Tancredi apparait.

— *Salut... Que dirais-tu d'oublier ce soir-là ?*

Sara reste plantée devant lui, muette. À l'image, le plan américain cède la place à un plan plus rapproché. Une musique vient souligner l'intensité de l'attente.

Tancredi jeta un coup d'œil à son agenda sur le bureau.

— Le dix-huit en soirée, c'est bien ça ?

— Oui.

Il fit glisser son index à la bonne date pour vérifier son emploi du temps. Il avait une soirée prévue au cercle, mais rien d'important. D'ailleurs, s'il avait bonne mémoire, il s'était déjà décommandé. Puis il revint à sa scène avec le bouquet de fleurs.

Sara est toujours bien là, sur le seuil, silencieuse. Soudain, elle secoue la tête.

— *Non. C'est impossible à oublier.*

Tancredi poussa un soupir.

— Désolé, Davide, je viens de vérifier, mais je serai à l'étranger. Une autre fois peut-être.

— D'accord. Dommage.

— Passe le bonjour à Sara, tu m'excuseras auprès d'elle.

— Bien sûr.

Ils raccrochèrent. Davide aurait voulu ajouter : « Sara l'avait bien dit. »

Cette dernière apparut derrière lui.

— Alors, il vient ou pas ?

— Non. En plus, il me l'avait déjà dit, je viens de me le rappeler… Il a un empêchement.

— Tu vois ? Il refuse de nous fréquenter tous les deux, décréta Sara avec un sourire triomphant.

Davide la rattrapa et la fit pivoter pour la prendre dans ses bras.

— Ma chérie, je t'en supplie, ne te monte pas la tête avec ça. Tancredi est mon meilleur ami, jamais il ne ferait une chose pareille.

— Faire quoi ?

— Éprouver de l'antipathie pour toi.

— Pourtant, ça peut arriver, tu sais ? Parfois, la dynamique des relations est imprévisible.

Davide la lâcha. Il alla s'asseoir sur le canapé, prit la télécommande et alluma la télévision.

— En ce qui me concerne, j'ai toujours eu l'impression que c'était plutôt toi qui n'appréciais pas Tancredi.

— Ah bon, qu'est-ce qui te fait dire ça ?

— Je ne sais pas, ce n'est qu'une impression. Au début ça m'attristait un peu, mais j'avoue que je n'en suis pas mécontent non plus.

— Pourquoi ?

— Parce que je me dis : enfin une femme à laquelle Tancredi ne plait pas, et qui le trouve même carrément antipathique. S'il avait été à ton goût, il se serait peut-être bien fichu que l'on soit amis, lui et moi, et il n'aurait pas hésité à t'ajouter à sa collection privée, à son tableau de chasse…

Puis il la considéra et sourit.

— Et ça, j'en mourrais.

Debout au milieu du salon, Sara resta immobile. Davide continua à la dévisager. Plus le temps passait, plus la situation prenait une tournure étrange. D'ailleurs, combien de temps parviendrait-elle encore à supporter celle-ci ?

— Il ne m'est pas antipathique. Il m'est indifférent. Disons que je n'aime pas son attitude dans certaines circonstances. Cela dit, c'est ton ami, alors si, toi, ça ne te dérange pas…

À ces mots, elle se dirigea vers la cuisine. Davide changea de chaîne, puis ajouta une remarque.

— Oui, mais rappelle-toi qu'il a beaucoup changé après ce qui est arrivé à sa sœur !

Tout à coup épuisée, Sara s'assit à table. C'était justement ce jour-là qu'elle avait commencé à aimer Tancredi et éprouvé le besoin de combler sa solitude. Les années passaient, mais la passion ne semblait pas vouloir s'éteindre. Leur relation irait-elle plus loin un jour ? Une seule chose était sûre : Davide, son mari, avait beau être un excellent agent immobilier, il faisait un bien piètre psychologue.

9

— Non, ça ne va pas. Tu n'entends pas que tu changes le tempo ?

Sofia prit une profonde inspiration. Avec Jacopo, il fallait faire preuve de patience, de beaucoup de patience. Cependant, tous les cours étaient importants, y compris ceux-là, et puis il fallait bien qu'elle gagne sa vie.

— Oui, mais l'original est trop lent…

Sofia sourit.

— Peut-être, mais si Mozart a imaginé, composé et écrit ce morceau comme ça, c'est qu'il voulait ce tempo-là, tu ne crois pas ? Regarde, la partition indique 60 pour la noire ! Toi, tu débarques plus de deux cents ans après que cette *Sonate en do majeur* a été écrite et on te croirait sur un circuit de formule 1. Tu sais, les plus grands pianistes aussi exécutent ce morceau lentement. Lent et précis, Jacopo.

Le jeune garçon sourit. Sofia lui plaisait, elle n'était pas comme les autres profs qu'il avait eus avant, elle était plus sympa, plus jeune et surtout plus jolie.

— D'accooooord…

Il avait volontairement tiré le « cord » en longueur.

— Pourtant, ça se fait beaucoup, aujourd'hui, insista-t-il. On reprend des musiques du passé et on modifie la vitesse. Moi, je crois que c'est permis ! Tu n'as jamais entendu le *Canon* joué par Funtwo à la guitare électrique ? Et dans mon dernier jeu vidéo aussi, il y a une musique de dingue. Tu veux l'écouter ?

Il se leva et plongea la main dans la poche de son pantalon comme s'il allait en sortir un lapin ou Dieu sait quoi.

— Je te crois, s'empressa de lui assurer Sofia, insistant pour qu'il se rasseye. Cela dit, je doute que ton père et ta mère seraient ravis de me voir jouer à des jeux vidéo avec toi…

— Ah oui, c'est vrai… Et puis tu perdrais de toute façon.

— En plus ! Pas question de m'infliger ça. Et surtout, tes parents veulent que, pour Noël, tu saches jouer au moins un morceau du début à la fin, si possible sans trop d'erreurs ! Ce qui, pour l'instant…

Elle lui ébouriffa les cheveux.

— … est loin d'être gagné. Allez, on reprend à l'andante, l'encouragea-t-elle en désignant la partition. Et attention au tempo.

— O.K.

Jacopo repéra l'endroit où il devait repartir et commença à jouer. De temps en temps, il soufflait pour ôter la mèche de cheveux qui lui retombait devant les yeux. Sofia les avait défaits lorsqu'elle les lui avait ébouriffés. En réalité, il détestait qu'on touche à ses cheveux, du moins lorsque c'était son père ou son papi qui le faisaient. Oui, surtout eux. Alors que, venant de Sofia, ça ne le dérangeait pas. Bizarre. Maintenant, il devait se concentrer et jouer ce morceau le mieux possible, même s'il restait convaincu que Mozart aurait dû être plus rapide. *Mais si ça lui plait comme ça, enfin, si ça plait comme ça à Mozart*, rectifia-t-il mentalement. Il resta concentré pendant les quatre pages de la sonate et ne se trompa presque pas.

— Bravo ! Ah, mais quand tu me le joues comme ça, j'adore !

Elle l'attrapa par les épaules et le serra contre elle. Jacopo faillit tomber du tabouret, mais quel bonheur de se perdre dans son chemisier, de humer son délicat parfum et surtout de pouvoir s'appuyer contre son sein si doux.

Sofia remarqua qu'il s'attardait un peu trop et s'écarta.

— Bien… Alors à la semaine prochaine.

— D'accord…

Jacopo se leva, prit sa veste au portemanteau. Soudain, il eut une idée lumineuse. Peut-être pouvait-il prolonger le plaisir de jouer avec elle.

— Eh ! Dis donc, Sofia, est-ce que tu es sur Facebook ?

Sofia s'habillait elle aussi pour partir.

— Non.

— Même pas sur Twitter ?

— Non.

— Donc on ne peut te trouver nulle part sur Internet ?

Quelle déception. Jacopo aurait enfin pu découvrir son âge, ses goûts, bref en savoir un peu plus sur elle et peut-être même lui écrire.

— Je vais te confier un secret, Jacopo : j'ai un ordinateur chez moi, mais je ne m'en sers jamais…

Le seul qui l'utilisait, c'était Andrea. Cet ordinateur était sa porte de sortie, le seul moyen pour lui d'avoir des contacts avec le monde extérieur, de voir des gens, des vidéos, des nouveautés. De vivre. Sans cela, il n'y avait pas accès. Toutefois, ce n'était pas le genre de choses que l'on raconte à un préado.

Jacopo haussa les épaules.

— Bon, tant pis. Dommage. Tu ne sais pas ce que tu rates. On est entré dans un nouveau monde, l'ère 2.0…

Puis, il prit une petite revanche :

— C'est pour ça que tu insistes pour que je joue la sonate de Mozart comme ça, tu appartiens encore à l'ère analogique.

Sofia sortit de la classe en éclatant de rire.

— Voilà, exactement… Allez, passe le bonjour à tes parents. À mercredi.

Au fond, ce gamin était sympa. Du haut de ses dix ans, il était vif d'esprit et amusant. Il avait aussi déjà quelques attitudes d'homme. Elle aurait aimé avoir un fils comme lui. Un enfant. Cette idée paraissait si lointaine, comme un vieux rêve, un projet qu'elle caressait dans sa jeunesse. À l'époque, elle planifiait toute sa vie, au point que ses amies se moquaient d'elle. Comment l'appelaient-elles encore ? Ah oui : la calculatrice. Puis un jour, sa vie s'était enlisée, tel un grand navire prêt à appareiller pour un tour du monde, chargé de provisions en tout genre, du champagne à l'eau minérale, des fromages aux desserts, des vins de Bourgogne aux cépages australiens. Bref, il était paré à prendre la mer pour toujours, sans devoir faire la moindre escale dans un port… Et soudain, tout s'était arrêté. Le navire s'était échoué, avec une telle force et à une telle vitesse qu'il n'y avait plus moyen de le dégager du banc de sable où il avait fini sa course. Impossible d'avancer ni de reculer, à l'image de sa vie. Elle était coincée. Comme une arme qui s'enraie, un rouage en métal bloqué qui fait « clang » à longueur de temps. Voilà. Et son amour pour Andrea ? Il émettait un étrange bruit sourd en ce moment. Où était passée la musique qui résonnait dans son cœur et qu'elle aimait tant ?

Elle prit un café à la machine. Tandis qu'elle buvait, quelqu'un la héla.

— Sofia ?

Elle se tourna.

Son ancienne professeure de piano était là, devant elle, dans le couloir sombre de cette école où elle avait elle-même joué ses premières notes, des années plus tôt.

— Bonjour Olja.

Olja, de son vrai nom Olga Vassilieva, enseignait avec Sofia à l'église des Florentins ainsi qu'au conservatoire. Elle était russe et portait toujours des tenues archaïques, plusieurs couches de longues jupes surmontées d'une étrange sur-robe, sans doute tout droit sorties d'une vieille malle ayant survécu à l'arrivée en Italie de sa famille. Les deux femmes s'embrassèrent, puis Olja s'écarta sans la lâcher.

— À quoi pensais-tu ?

— Pourquoi ?

— Tu avais une expression… Ton sourire habituel avait disparu.

« Pendant un instant, tu as eu l'air aussi vieille que moi », faillit-elle ajouter, mais ces paroles risquaient de la blesser.

Sofia sourit.

— Oh. Je pensais à tout ce que j'ai oublié de faire…

— Ou à tous ces rêves auxquels tu as renoncé ? Tu as reçu un don et ton innocence était si belle, ajouta-t-elle sans lui laisser le temps de répondre.

— Quelle innocence ?

— Cette façon de considérer comme naturel le prodige de tes doigts de virtuose.

Elle lui prit les mains.

— Quand je pense que nous avons préparé Rachmaninov ensemble… Tu avais à peine dix-sept ans. Maintenant, tes mains sont marquées, fatiguées, gâchées. Et surtout…

Elle sonda son regard.

— … je te sens coupable.

— Allons, Olja… Je n'ai rien fait.

— C'est justement ça, ton crime. Tu ne fais plus rien.

Cette fois, Sofia retrouva tout son sérieux.

— Je t'ai pourtant bien expliqué que je ne jouerais plus. C'est une promesse que j'ai faite pour lui, en échange de sa vie. J'ai prié pour ça et j'ai renoncé à ce que j'avais de plus cher. Abandonner le reste aurait été trop facile… J'espère qu'il guérira un jour et que je pourrai recommencer à jouer. Malheureusement, jusqu'à présent, ça n'a pas été possible…

Olja perçut dans ce « jusqu'à présent » un soupçon d'espoir, une étincelle, cette petite veilleuse qu'on laisse parfois allumée dans la chambre des enfants pour les rassurer au cas où ils s'éveilleraient en pleine nuit. Alors elle sourit. Sofia était encore très jeune, mais en raison de son talent, et surtout de son amour pour la vie, il fallait que quelqu'un la secoue un peu.

— Tu es coupable, Sofia, non pas d'avoir renoncé à la musique, mais d'avoir renoncé à la vie.

Le silence retomba et elles restèrent immobiles dans ce couloir où Sofia avait commencé à étudier la musique à l'âge de six ans dans le but d'obtenir le diplôme de piano. La seule, parmi tous les élèves du conservatoire, qui avait été capable de jouer de mémoire les *Douze études d'exécution transcendante* de Liszt avant son dixième anniversaire.

Olja avait été sa principale professeure de piano et jamais elle ne s'était lassée de cette bouffée d'émotion qui l'envahissait dès que sa plus brillante élève posait les mains sur le clavier. Sofia, le jeune prodige italien, la pianiste qui allait faire sensation dans le monde entier, voilà ce qui se disait dans le milieu, à l'époque. Et à présent ? Elle était réduite au niveau de simple enseignante.

— Les mariages et les plus belles histoires d'amour aussi ont une fin, ajouta Olja avec plus de douceur.

Ça n'enlève rien à leur importance. On s'efforce presque toujours de trouver le coupable, mais parfois, aucun des deux partenaires n'est en tort. C'est ce qui t'arrive, Sofia.

Sofia baissa les yeux pour tâcher de retrouver un semblant de calme, comme ces pianistes qui attendent le silence du public et la concentration avant de poser les deux mains sur les touches. Cependant, aucune interprétation ne suivrait, cette fois.

— Je ne peux pas, finit-elle par répondre avec un faible sourire, morose, bien que pourvu d'une certaine détermination.

D'un regard plein de douceur, elle chercha le pardon de son mentor, en vain. Olja ne la comprenait pas.

Alors Sofia s'en alla d'un pas pressé, se mit à courir même, grimpa l'escalier, ouvrit la porte et sortit du conservatoire. Une fois dehors, à la lumière du jour, au milieu des gens, elle s'arrêta. Elle resta longuement debout au centre de la place tandis que les passants la frôlaient, devant, derrière, sur le côté, sans prêter attention à elle. Celui-ci se rendait au kiosque à journaux, celui-là dans un bar, certains se promenaient en bavardant, d'autres attendaient à l'arrêt de bus.

Voilà ce que je veux : n'être qu'un individu parmi les autres, inconnue du public. Je ne veux ni succès ni célébrité, je ne veux pas être une pianiste parfaite, je ne veux pas qu'on s'intéresse à moi, je ne veux pas de questions ni trouver les réponses qui vont avec.

Alors elle se remit en marche, lentement, comme si elle avait été invisible, loin de se douter que, bientôt, elle serait confrontée à la question la plus difficile de sa vie : « Veux-tu à nouveau être heureuse ? »

10

Les pales de l'hélicoptère tournaient à toute vitesse. Le pilote inclina le manche à droite, amorçant en douceur une dernière crête particulièrement enneigée.

— Voilà, nous arrivons. Le terrain d'atterrissage est juste là.

Armé de puissantes jumelles, Gregorio Savini repéra le petit terrain en question, à environ cinq mille mètres de distance. Celui-ci semblait avoir été dessiné en suivant le profil du soleil qui était en train de se lever un peu plus loin.

Le pilote tira le manche vers lui, appuya sur quelques boutons et se prépara à atterrir. Le bruit du rotor ralentit. Gregorio étudia ses gestes ; ce garçon était doué malgré son jeune âge. Après six bonnes heures de vol à bord du jet privé de Tancredi, ils avaient atterri à l'aéroport de Toronto et étaient aussitôt repartis en hélicoptère en direction des montagnes qui encerclaient Thunder Bay. Ils volaient depuis près de quatre heures et ses membres commençaient à s'engourdir. Gregorio avait tout fait dans sa vie : entrepreneur, parachutiste, commandant de bord et même pilote d'hélicoptère. Il avait entre autres tenu le manche d'un Sikorsky S-69, le même modèle que celui à bord duquel ils se trouvaient en ce moment, raison pour laquelle il était capable de juger les compétences du jeune pilote. Au cours de sa propre jeunesse, il avait longtemps été attiré par la guerre. Il était d'ailleurs devenu mercenaire, il avait connu le sang, la violence et la cruauté, jusqu'à en avoir la nausée. Alors il était entré dans l'armée de terre et avait été affecté à la détection et au contrôle des menaces terroristes. C'était là qu'il avait appris les techniques de mise sur écoute, de protection et de renseignement les plus pointues. Personne ne pouvait échapper à Gregorio Savini ; il pouvait tout savoir sur tout le monde, avec une certaine facilité, même. Grâce au réseau qu'il s'était bâti au fil des échanges de faveurs et de services, il avait des connexions aux quatre coins du globe.

C'était Tancredi qui avait insisté pour qu'il entretienne ces relations. Au début, Gregorio avait eu quelques réticences, puis il avait compris à quel point c'était important pour le jeune homme. Très vite, il s'était retrouvé à utiliser ce réseau pour tout : répondre à leurs besoins, résoudre leurs problèmes et faciliter toutes leurs manœuvres. Gregorio avait dû revoir sa conception des choses et, à partir de là, il n'avait plus vu le jeune Tancredi avec les mêmes yeux.

Gregorio et Tancredi entretenaient d'excellents rapports. Alors que son fils était encore tout petit, le père de Tancredi avait embauché Gregorio afin qu'il devienne son tuteur, son garde du corps, son chauffeur, mais aussi, en quelque sorte, un substitut de figure paternelle. Lorsqu'il était arrivé à la villa des Ferri Mariani, il avait presque trente ans.

— Pourquoi tu as un fusil ?

Le petit Tancredi était accoudé à la fenêtre ouverte sur le jardin. Gregorio s'en était aperçu depuis un moment, mais avait fait semblant de rien. Tancredi, le plus jeune de la fratrie, était aussi celui qui manifestait le plus de curiosité à son égard.

Il se tourna vers l'enfant et sourit.

— Ça ? C'est pour que les méchants se tiennent à carreau.

Tancredi fit le tour, entra dans la maison et vint s'installer une chaise en paille dans un coin.

— Ils sont combien, les méchants ? Il y en a plus que des gentils ?

Il attendit la réponse, curieux, avec son regard ingénu et son beau sourire de chérubin.

Gregorio acheva de lustrer son arme et la rangea dans l'étui qu'il portait à l'épaule gauche.

— Il y en a le même nombre. Parfois, ce sont les gentils qui s'égarent après avoir eu foi pendant longtemps.

La réponse plut à Tancredi, même s'il n'avait pas tout compris.

— Alors tu dois tirer sur Gianfilippo. Il avait promis de faire du tennis avec moi et il est toujours en train de jouer avec son copain dehors. Avant, il était gentil, et maintenant, il est devenu méchant.

Gregorio lui caressa la tête.

— On ne devient pas méchant pour si peu.

— Mais il m'avait promis !

— Alors il a été un peu méchant. Tiens, et si nous allions rendre visite aux chevaux, ça te dit ?

— Oh oui, je les adore…

Ils se rendirent aux écuries et y passèrent tout l'après-midi. Gregorio se sentait bien avec Tancredi ; il avait toujours voulu un fils. La vie lui réservait peut-être encore cette surprise, mais au vu de la voie qu'il avait choisie, ce ne serait guère facile.

Il n'avait connu que des histoires très courtes, qui s'achevaient en général lorsque ses missions dans un endroit ou l'autre prenaient fin. Bien sûr, cela faisait déjà quelques mois qu'il était en poste dans cette famille. Il était bien payé, le boulot lui plaisait… Peut-être se poserait-il plus longtemps que d'habitude cette fois. Il rencontrerait peut-être une fille du coin et passerait le restant de ses jours ici, qui sait.

Ils caressèrent un jeune étalon pur-sang arabe fraîchement arrivé. Tancredi tira sur sa veste.

— Gregorio, je peux le monter ?

— Tu n'as pas peur ?

— Pourquoi, je devrais ? Ce cheval est à moi, mon père me l'a offert.

Ah, d'accord, cet enfant raisonne comme ça.

— Oui, mais ce n'est pas un objet, c'est un animal, et les animaux sont différents des hommes. Ils sont très instinctifs. On ne peut pas vraiment les acheter. Si ce cheval se sent bien avec toi, alors tu n'auras aucun problème. Dans le cas contraire, il pourrait bien ne jamais t'appartenir.

— Pas même si c'est moi qui l'ai payé… ?

Gregorio sourit.

— Non, pas même dans ce cas-là.

— Comment faire alors ?

— Avec amour. Viens.

Il le prit dans ses bras et le souleva vers l'étalon, approchant avec beaucoup de douceur sa main de la crinière.

— Voilà, caresse-le. Oui, comme ça.

Cependant, à la première tentative de Tancredi, l'animal hennit et releva brutalement le museau. Effrayé, l'enfant retira aussitôt sa main. Gregorio Savini se mit à rire.

— Je croyais que tu n'avais pas peur !

— C'est toi qui m'as donné peur avec tes grands discours !

Gregorio le reposa sur le sol. Il était malin, ce petit.

— Tiens, donne-lui ça…

Il lui remit quelques morceaux de sucre. Cette fois, le cheval se montra plus calme et Tancredi parvint à lui glisser le sucre dans la bouche avant de retirer sa main.

À peine une semaine plus tard, le petit garçon montait ce cheval et se promenait avec lui dans la cour, devant les écuries. Bien sûr, Gregorio le maintenait sous contrôle à l'aide d'une longue corde ; il les faisait avancer en rond. Peu à peu, ce fut Tancredi lui-même qui, à l'aide de ses talons, le poussa au trot.

— Regarde, Gregorio… Regarde comme il avance, maintenant ! Ça marche !

— N'oublie pas que c'est un animal et qu'il a besoin de ton amour.

Alors, tout en continuant d'avancer, Tancredi flatta le cou de son destrier et lui murmura quelque chose à l'oreille. Gregorio était heureux de lui avoir appris à monter à cheval. Et ce ne fut que la première des nombreuses choses qu'il lui inculqua, même si, par la suite, Tancredi continua à grandir et changea beaucoup après la mort de Claudine. À dix-neuf ans, il décida de quitter pour toujours la villa familiale du Piémont et se mit à voyager. Il avait insisté pour garder Gregorio avec lui en permanence. D'ailleurs, c'était sans doute pour ça que Gregorio avait définitivement abandonné l'idée d'avoir un enfant lui-même ; il avait en quelque sorte trouvé un fils en lui, sans écoper de toutes les difficultés liées à la présence d'une femme à ses côtés. Leur relation avait continué à évoluer, même s'ils avaient toujours maintenu une certaine distance.

— Voilà, nous y sommes.

Les patins touchèrent le sol, s'enfoncèrent dans la neige, et les pales ralentirent. Ils eurent à peine le temps de descendre de l'appareil qu'un vieil Amérindien les accosta.

— Bienvenue ! Vous avez fait bon voyage ?

— Très bien, merci.

— J'imagine que vous avez envie de vous reposer un peu… Deux tentes ont été apprêtées juste pour vous. À l'intérieur, vous trouverez des tenues plus chaudes, comme vous me l'avez demandé. Je vous ai fait apporter des blousons en polaire et en microfibre. Mettez-vous à l'aise, je vous attends dehors.

Tancredi se tourna vers Gregorio et sourit. Savini avait pensé à tout, dans les moindres détails et en un temps record. Cet homme était unique.

J'ai de la chance, pensa-t-il avant de gagner sa tente. Lorsqu'il en ressortit un peu plus tard, Gregorio et l'Indien étaient déjà prêts. Ils grimpèrent tous à bord d'une Jeep et empruntèrent une petite route escarpée qui gravissait la montagne.

— Je m'appelle Peckin Puà. Enfin, c'est comme ça qu'on m'appelle par ici. Mon vrai nom est beaucoup plus long et plus compliqué, mais c'est pas la peine que je vous le dise parce que je me suis tellement habitué à celui-ci que si vous m'appeliez par l'autre, je ne me retournerais même pas… Ha ha ha !

Son rire lourdaud se transforma en une quinte de toux trahissant son penchant pour la cigarette. Quel humour consternant.

Tancredi et Gregorio échangèrent un regard. Gregorio leva les mains, contrit, comme s'il se sentait responsable de la blague ratée de leur guide. Tancredi le rassura d'un sourire. Au fond, cela faisait partie de la beauté de l'immersion locale. La Jeep continuait à grimper sur la montagne. Le soleil se levait rapidement ; tout à coup, quelques parois rocheuses s'illuminèrent. L'aube rosée se refléta sur la neige scintillante, pénétrant jusque dans les anfractuosités les plus sombres et reculées.

— Voilà, nous nous arrêtons ici.

Tout le monde descendit de la Jeep.

Peckin Puà claqua les portières et ouvrit le coffre.

— Mettez ça…

Il tendit à Tancredi et à Gregorio de grandes raquettes de neige qu'ils enfilèrent aussitôt.

— Tenez.

Cette fois, il leur remit la véritable raison qui avait poussé Tancredi à venir jusque-là : des arbalètes en fibre de carbone. Légères, précises, mortelles. Équipées de dix flèches prêtes dans le chargeur, celles-ci avaient une portée précise allant jusqu'à trois cents mètres. Tancredi avait découvert cette arme redoutable dans un article consacré à un nouveau type de chasse au Canada et l'idée l'avait tout de suite séduit.

— Venez, c'est par là. N'oubliez pas de tenir la pointe vers le bas.

Peckin Puà ne plaisantait plus. Ils gravirent à grand-peine une colline couverte de neige fraîche. Leur progression était lente, ils continuèrent comme ça pendant plus d'une heure jusqu'à ce qu'ils aboutissent à un canyon plus petit.

Soudain, Peckin Puà s'accroupit derrière un rocher.

— Chhhhhut… Ils devraient être ici.

Il se souleva, risqua un petit coup d'œil par-dessus le gros rocher et sourit. Oui, exactement comme il l'avait prédit. Ils paissaient tranquillement dans la petite vallée, se nourrissant de baies dans les buissons. Le soleil était plus haut dans le ciel et il faisait plus chaud. Tancredi et Gregorio s'approchèrent à leur tour et scrutèrent le paysage dans la direction indiquée par Peckin Puà. Ils les aperçurent à leur tour. Un magnifique couple de chevreuils blancs. Le premier, plus gros, plus grand, austère, portait des bois robustes et puissants ; de temps à autre, il enfonçait ceux-ci dans les buissons et secouait la tête, déracinant presque les arbustes à la force de son cou. En réalité, il faisait tomber les baies dans la neige pour sa compagne. Peckin Puà saisit les jumelles pendues à son cou et les ajusta, puis il fit un rapide calcul à partir du numéro que lui indiquaient les lentilles.

— Ils sont à plus de trois cents mètres. Impossible de tirer d'ici.

— Difficile, mais pas impossible, répliqua Tancredi en ôtant la sécurité de son arbalète.

— Disons quasiment impossible. Il faudrait beaucoup de chance.

Tancredi s'accroupit, arma l'arbalète, la coinça entre deux rochers et plaça son œil contre le viseur. Le mâle apparut dans sa ligne de mire, gracieux, insouciant, innocent. Il continuait à se débattre avec les branches des buissons sous le soleil. Il exécutait presque une danse sauvage avec ses bois, arquant le dos, exhibant toute la force de ses muscles et de ses pattes habituées depuis toujours à escalader les rochers. Tout à coup, l'animal s'arrêta net ; on aurait dit qu'il avait repéré quelque chose. Il releva la tête et fixa un point du regard, méfiant. Il avait décelé un danger, un autre animal ou, pire encore, un homme. Brusquement, le cervidé pivota une fois, deux fois. Son œil ne croisa que les reflets du soleil. Alors l'imprudent retourna à ses buissons.

Tancredi approcha l'index de la détente.

— Stop.

La main de l'Amérindien se posa sur l'arbalète.

Tancredi se tourna vers lui. L'homme avait les yeux vissés à ses puissantes jumelles.

— Regardez.

Il pointa du doigt la même direction qu'un peu plus tôt. Tancredi se pencha de nouveau sur le viseur et déplaça celui-ci de quelques millimètres. Un tout petit faon blanc était apparu entre les deux chevreuils. Encore hésitant sur ses pattes toutes frêles, il glissait, tombait de temps en temps le museau dans la neige. Alors sa mère l'aidait à se relever comme elle pouvait, le poussant par-dessous. Le silence régnait sur ces montagnes enneigées baignées de soleil.

De temps à autre, les branches des grands pins se délestaient d'un excédent de neige. Le bruit de la chute était étouffé par le manteau blanc au sol et un léger écho flottait dans toute la vallée. Cette famille de chevreuils était libre, heureuse, parfaite, le cycle naturel dans toute sa splendeur : vivre, se nourrir, se reproduire.

Peckin Puà les observait avec le sourire.

— Venez, nous trouverons d'autres spécimens un peu plus loin.

Tancredi secoua la tête. Gregorio comprit et arrêta aussitôt l'Indien.

— Pas de sentimentalisme, nous sommes venus pour chasser.

— Mais…

— L'argent que vous avez réclamé pour ça – une somme non négligeable, je vous le rappelle – ne s'encombre pas d'émotions.

Soudain, un sifflement interrompit la discussion. L'arbalète sursauta à peine. La flèche était partie. Peckin Puà empoigna ses jumelles à deux mains pour suivre le projectile meurtrier, espérant de toutes ses forces qu'il raterait sa cible. À trois cents mètres, ce chasseur inexpérimenté n'avait pas pu la mettre dans le mille. Et pourtant… « Tchac ! » Ce fut comme si ce beau tableau immaculé, les deux jeunes cervidés et leur petit avec les montagnes et les arbres enneigés à l'arrière-plan, se fissurait. Peu à peu, la neige se teignit de rouge. L'Indien laissa tomber ses jumelles.

— Vous vous êtes trompé de cible !

Tancredi rechargea son arbalète.

— Non. C'était celle-là la plus difficile. C'est bien lui que je visais.

Les pattes du petit faon ployèrent et il culbuta, le museau dans la neige, le crâne percé de part en part. Une petite flaque de sang s'élargit autour de lui. Immobiles, les deux chevreuils adultes observaient leur progéniture sans comprendre. La partie de chasse était terminée.

— Allez, rentrons en ville.

11

Rome. Quelque part dans l'Aventin. Tancredi courait dans les petites rues qui bordaient les arcs antiques, au début de la *via Appia*, au milieu des villas romaines et des pierres du passé. Quelques touches de verdure, de la chaleur.

Chaque jour, il allait courir, où qu'il soit, New York, San Francisco, Londres, Rome, Buenos Aires, Sydney. Pour lui, c'était une distraction, un moment propice pour remettre de l'ordre dans ses pensées, préparer la journée, ses projets, ses souhaits. Ses plus belles idées lui étaient venues pendant son jogging, un peu comme s'il suffisait qu'il s'élance pour qu'elles se mettent en place toutes seules, comme si tout devenait plus clair à chaque foulée.

Il augmenta la cadence. Les succès du monde entier défilaient dans son minuscule iPod dernier modèle : Shakira, Michael Bublé, Coldplay… Ludovica Biamonti avait préparé cette playlist pour lui. Elle remplaçait Arianna depuis plus de trois ans désormais et tout se passait pour le mieux. C'était la perle des stylistes personnelles, dotée d'un goût irréprochable. Elle s'était entourée de tout un réseau de personnes qui veillaient sur chaque détail de la vie de Tancredi. Ainsi, il retrouvait par exemple son eau minérale préférée, la Ty Nant, dans chacune de ses demeures, de la Sicile au Piémont en passant par Paris,

Londres, New York et jusque sur sa petite île des Fidji. Où qu'il aille, il était sûr de pouvoir en boire. Il en allait de même pour les vins, le café, et tout autre produit de consommation. Tout était goûté, évalué et approuvé avant de prendre place dans ses diverses propriétés. À la fin de chaque mois, elle faisait procéder à un inventaire dans chaque maison afin de renflouer les stocks, si bien que Tancredi pouvait arriver à n'importe quel moment, il avait toujours l'impression d'être parti la veille. Depuis le pain frais jusqu'au lait, journal et compte rendu des derniers événements importants survenus sur place et partout dans le monde compris.

Chaque année, Ludovica Biamonti renouvelait toute la déco, maintenant ses intérieurs *à la page*[1], à l'exception de sa villa dans les Fidji ; inutile d'en faire trop sur une île aussi belle et naturelle. Là-bas, elle privilégiait un style intemporel, d'autant que le grand architecte qui était à l'origine de cette villa en avait fait un véritable bijou incrusté dans la roche, en parfaite harmonie avec l'écrin vert de l'île. Il avait même conçu une piscine naturelle qui pénétrait directement dans la maison. Murènes, requins et tortues de mer vivaient au fond de celle-ci, séparés par une solide paroi de verre de plus de dix centimètres d'épaisseur. On avait donc l'impression de se baigner dans un gigantesque aquarium sans courir le moindre risque.

Le salon en bois blanc provenait des immenses forêts russes où, pendant des années, Tancredi avait acheté de vastes parcelles de terrain, élargissant ainsi son empire jusqu'à la démesure sans jamais se faire remarquer. De l'extérieur, il n'était qu'un jeune homme de trente-cinq ans comme les autres, élégant peut-être, avec un

1 En français dans le texte.

penchant pour les belles choses, certes, mais jamais personne n'aurait pu imaginer qu'il caracolait en tête du classement des plus grosses fortunes mondiales.

Ludovica Biamonti avait pensé à tout. La demeure des Fidji était enchanteresse, avec son salon raffiné, son immense baie vitrée ouverte sur la nature et ses canapés gris tourterelle qui s'accordaient à merveille à ses deux tableaux : *Aha oe feii ?* de Paul Gauguin et *A Bigger Splash* de David Hockney. Une sculpture de Damien Hirst, *Le Requin*, trônait également dans un angle. Cette maison semblait conçue pour l'amour, raison pour laquelle, sans doute, c'était aussi celle dans laquelle Tancredi séjournait le moins souvent au cours de ses innombrables voyages. Car cet homme cultivé et richissime ne voulait pas aimer. Cette propriété, comme les autres, du reste, ne connaitrait jamais le rire d'une femme heureuse et aimée, pas plus que les gazouillis d'un enfant. Pourtant, Ludovica Biamonti ne savait pas encore qu'elle se trompait sur un point.

Un an après l'avoir recrutée, Tancredi avait contrôlé personnellement tous ses biens. Il avait tout épluché dans les moindres détails, du contenu des frigos aux nouveaux rideaux, en passant par les tapis, les serviettes de bain, le linge de lit et jusqu'à la vaisselle. Il avait visité chacune de ses propriétés l'une après l'autre, voyageant avec son jet sans interruption. Ensuite seulement, il avait confirmé l'engagement de la styliste à durée indéterminée.

— Elle est parfaite, on la garde ! avait-il déclaré à Gregorio.

Avant de sortir de son bureau, il lui avait jeté un dernier coup d'œil et avait lancé sur le ton de la plaisanterie :

— Mais, rassure-moi : elle est bien mariée, n'est-ce pas ? Je ne veux plus risquer de voir débarquer Sara dans ma piscine…

Gregorio avait ri, mais dès le lendemain, il était allé vérifier en personne l'acte de mariage de Mme Ludovica Biamonti avec un certain Claudio Spatellaro. Tout était vrai. Ils s'étaient mariés à l'église et à la mairie. Savini avait poussé un grand « ouf » de soulagement.

Un coup de tonnerre retentit dans le ciel dégagé, tel un signe du destin, en ce magnifique après-midi de juin. Ce fut inattendu. Violent. Sinistre. Puis le monde bascula. Le ciel s'obscurcit. Le soleil disparut et le vent se souleva, emportant quelques feuilles tombées à terre. Sans crier gare, la pluie se déchaîna, intense, furieuse. Le déluge. On aurait dit qu'un locataire stupide de tout là-haut, agacé par le tapage diurne, jetait des seaux d'eau entiers.

Tancredi était en train d'écouter Ben Harper lorsque cette averse estivale torrentielle et inopinée s'abattit sur lui. Il pressa le pas, mais se retrouva bientôt trempé jusqu'aux os. Tee-shirt, short, sous-vêtement, chaussettes et chaussures, tout fut imprégné en un rien de temps. Il ne put s'empêcher de rire. Lui d'ordinaire si précis, si organisé, presque agacé par le moindre contretemps, batifolait comme un gamin sous cette pluie diluvienne. Le ciel s'assombrit encore davantage et les trombes d'eau devinrent froides. La grêle ne tarda pas à prendre le relais. Dans un grondement sourd, petits et gros grains de glace tombaient dru sur tout ce qu'ils rencontraient : poubelles, tôles, voitures… Une véritable séance de tir à la verticale sur des cibles bien trop faciles, ou un concert de percussions dont le rythme rapide et continu semblait issu d'un mystérieux répertoire africain.

Tancredi n'eut d'autre choix que de s'abriter. Il repéra une église un peu plus loin, grimpa les marches quatre à quatre et se réfugia sous le portique. Cependant, le vent continua à souffler et sembla même gagner en puissance. La pluie et la grêle fouettaient à présent sur le côté et son abri se révéla inutile. Alors il essaya la grande porte en bois. C'était ouvert. Il poussa le battant à deux mains. Aussitôt, il fut frappé par la lumière et la chaleur qui régnaient dans cette église. Une multitude de cierges et de bougies de tailles diverses brûlaient sur de vieux candélabres de toutes sortes, du plus simple au plus ouvragé. Toutes ces flammes dansaient, ployaient d'un côté ou de l'autre dans le courant d'air. Elles s'apaisèrent lorsque la lourde porte se fut bruyamment refermée. À l'autre bout de l'église, des voix s'élevèrent toutes ensemble.

Deux violons, un alto, une flûte et quelques autres instruments accompagnaient une chorale d'une dizaine d'enfants. Ils terminaient une aria. Même s'il n'avait entendu que quelques mesures, Tancredi trouva leur chant magnifique. Un long silence suivit. Puis, une femme installée devant le chœur se mit à chanter. En allemand. Devant elle, une dame souriante, plus âgée, sans doute la professeure, jouait de l'orgue avec assurance, comme si c'était la chose la plus simple au monde. À côté d'elle, une autre enseignante battait la mesure pour tout le monde, caressant l'air des mains. Les flammes des bougies les plus proches semblaient presque respecter le tempo ; les vitraux changeaient sans cesse de couleurs, un effet obtenu au gré du passage des nuages dans le ciel, à l'extérieur. Ce jeu d'ombre et de lumière rendait l'atmosphère de l'endroit encore plus magique.

— *Erbarme dich, mein Gott, um meiner Zähren willen !*

« Aie pitié, mon Dieu, à la vue de mes larmes… »

Sans raison, Tancredi éprouva soudain le besoin de se tourner. Comme s'il avait entendu quelque chose. Mais non, il n'y avait rien. Ou peut-être tout. Elle émergea de la pénombre de l'une des allées latérales, à quelques pas de lui. Lorsque la lueur des bougies dévoila son visage, Tancredi resta bouche bée. Un profil délicat, des yeux bleu-vert, une discrète constellation de taches de rousseur, des cheveux châtains illuminés de reflets blonds… Cette femme, cette beauté, les lèvres entrouvertes, découvrant des dents blanches parfaites. N'en croyant pas ses yeux, Tancredi battit des paupières, comme s'il était face à une apparition divine. Fait inédit : son cœur battait à tout rompre, à cause de la jeune femme qui se tenait là, à quelques mètres de lui, dans cette église. De temps à autre, les flammes dansantes l'illuminaient tout entière. Grande, mince, elle portait un chemisier blanc sous une veste bleue, un jean et des baskets. D'où venait-elle, qui était-elle ? Tancredi observa ses mains marquées, abimées par le froid ou peut-être une tâche pénible. Pourtant, celles-ci remuaient avec beaucoup de grâce, légères. Ses doigts exécutaient de petits mouvements presque imperceptibles, virevoltaient dans le vide, marquant chaque note à la perfection, dans le bon tempo. Pas de doute, c'était une pianiste. Tancredi était fasciné par ces mains. Puis il s'intéressa de nouveau à son visage. Les yeux fermés, elle remuait la tête de droite à gauche en rythme avec la musique.

Pris d'une appréhension, il étudia les phalanges de la jeune femme, à la recherche d'une alliance. Aucune à première vue. Pour la première fois, il fut heureux. Hélas, en y regardant de plus près, il finit par repérer un anneau. Cruelle déception. Cela dit, rien n'était éternel, il pouvait peut-être tout de même la séduire. Il sourit. Nourrir de telles pensées dans la maison du Seigneur… Il continua à l'observer. Et si elle captait son regard ? Que ferait-il ? Un sourire ? Un regard intense et déterminé pour lui communiquer tout son désir ?

Pile à ce moment-là, elle se tourna lentement vers lui et leurs regards se croisèrent. Elle soutint le sien. Il eut l'impression qu'elle pénétrait en lui, jusqu'au plus profond de son cœur, faisant sauter les vieilles règles qu'il s'était imposées et derrière lesquelles il était enfermé, comme terré au fond d'une cellule secrète, en pleine phase d'hibernation. Puis, elle sourit, tout simplement. Le sourire tendre, poli, d'une femme qui ne partageait qu'une seule chose avec cet inconnu : sa passion pour la musique. Pris au dépourvu, Tancredi se détourna sans lui rendre cette simple marque de politesse. Il baissa la tête et feignit de n'avoir rien remarqué, presque gêné de sa propre réaction.

Soudain, la musique se tut. Tancredi se réveilla enfin. Il se tourna. Droite. Gauche. Un profond désarroi le gagna. Elle avait disparu. Des applaudissements et des rires fusèrent au centre de l'église. Les enfants étaient joyeux ; la jeune femme avait rejoint l'enseignante plus âgée au milieu du groupe. Tancredi n'entendait pas distinctement ce que les jeunes choristes disaient, mais ils semblaient la connaitre. L'un d'entre eux tira sur sa veste, un autre, planté devant elle, la contemplait d'en bas, une petite fille rayonnante sautillait pour attirer son attention. La jeune femme se pencha et lui ébouriffa les cheveux. La petite fille la serra contre elle avec ses petits bras qui ne lui arrivaient même pas dans le dos. Tancredi sourit. Ils l'aimaient tous. Là, tout de suite, il aurait bien voulu être l'un de ces enfants. Il ne put s'empêcher de rire en imaginant la réaction de ceux qui le connaissaient à cette idée. En tout cas, faute de mieux, cette inconnue le mettait de bonne humeur.

Sofia prit Simona dans ses bras. Cette petite coquine, qui n'avait guère plus de six ans, chantait parfaitement juste et avait une voix des plus mélodieuses.

— Mais dis-moi, tu es devenue excellente. Comment as-tu fait ?

— C'est grâce à notre prof, Olja, répondit-elle en désignant l'enseignante du menton. Elle nous explique tout plein de trucs…

Sofia la serra contre elle.

— En musique, il n'y a pas de trucs. On ne peut pas tromper les autres. Tout repose sur ton talent, ton travail, les répétitions et ta passion.

Simona l'étreignit de nouveau, se cachant dans ses cheveux.

— Oui, mais avec toi, c'était plus amusant…

Sofia entra dans son jeu et lui chuchota :

— C'est vrai qu'on s'amuse toujours beaucoup, nous deux.

Elle la déposa. Simona rejoignit le reste du groupe en courant et se mit à jouer avec les autres.

Olja s'approcha de Sofia.

— Ça me fait plaisir que tu sois passée.

— Moi aussi.

Elle observa les enfants. Il émanait d'eux une candeur, une lumière, une pureté unique. Bien sûr, après avoir autant chanté, ils étaient un peu fatigués. À présent, ils bavardaient comme des grands, poliment, abordant tous les tracas de leur vie, à cette différence près : ils étaient dépourvus de méchanceté.

— Ils ont fait beaucoup de progrès. Vous avez interprété un choral de Bach. C'était… je ne sais pas, j'étais émerveillée.

— Oui. Pourtant, ils pourraient faire encore mieux. Tout le monde peut s'améliorer, c'est ce que Bach disait toujours.

Sofia fit semblant de ne pas avoir entendu. Cependant, Olja, qui la connaissait bien, remua un peu plus le couteau dans la plaie.

— Quand je pense à ce que tu as sacrifié… Cela dit, si c'est définitif, je suis certaine que tu ferais une maman géniale. Ça comblerait le vide dans ta vie.

— Olja, ma vie, c'était la musique ; jouer, c'était, c'est et ça restera ma passion pour toujours. C'est pour ça que j'ai décidé d'y renoncer.

— Tu sais qu'aujourd'hui encore, même après tout ce temps, des chefs d'orchestre célèbres me demandent ce que tu deviens. Ils te veulent tous, tu pourrais donner des concerts dans le monde entier. Ils sont prêts à te payer des sommes incroyables.

— Je n'ai pas besoin d'argent. Ce qu'il me faut, personne ne pourra plus jamais me le donner.

— Et que te faut-il, Sofia ?

Alors seulement elle regarda son mentor dans les yeux.

— Un miracle.

Olja ne savait plus quoi répondre, alors elle regarda s'éloigner en silence ce talent, ce jeune et superbe prodige qui aurait pu aller si loin et qui, au contraire, avait décidé de se cloîtrer chez elle. Elle poussa un soupir.

— Allez, les enfants. On reprend une dernière fois. Page 12. Je veux que tout le monde reste bouche bée devant *Ich will hier bei dir stehen* pendant la messe de dimanche.

Dehors, il venait de cesser de pleuvoir. Sofia s'arrêta sur les marches du parvis de l'église et prit une profonde inspiration. Les yeux fermés, elle s'enivra des effluves d'herbe mouillée, de terre, de vie. Oui, de vie. Mais où donc était passée la sienne ? Son enthousiasme, cette musique dans son cœur ? Lorsqu'elle rouvrit les yeux, il était là, à quelques pas d'elle. Elle avait vu cet homme à l'intérieur et avait été surprise qu'un inconnu soit venu écouter la chorale, puis elle l'avait oublié. Sûrement l'un de ces touristes qui font leur jogging dans l'Aventin et en profitent pour visiter l'une ou l'autre église. Il était très beau, et il lui souriait. L'espace d'un instant, elle crut le reconnaitre. Pourtant, jamais elle ne l'avait vu auparavant, elle l'aurait juré, ce ne pouvait être qu'un inconnu. Ses yeux bleus, sombres, intenses, renfermaient une certaine froideur. Ses vêtements ne pouvaient pas l'aider à l'identifier puisqu'il ne portait qu'un tee-shirt et un short.

Tandis qu'il attendait devant l'église, Tancredi avait imaginé leur rencontre. Quelle pouvait être la bonne phrase d'accroche avec une femme comme celle-là ? Il ignorait tout d'elle. De quel milieu social provenait-elle ? Quelles écoles avait-elle fréquentées ? Quelles étaient ses origines ? Vivait-elle à Rome et, si oui, dans quel quartier ? Quel métier exerçait-elle ? Impossible de deviner tout ça. Tout ce qu'il savait, c'était qu'elle connaissait la musique. Oui, c'était une pianiste, ou une cheffe d'orchestre, ou peut-être une violoniste. Pour sa part, il n'y connaissait rien, ou presque.

Ils s'attardèrent sur cet escalier pendant un long moment, en silence. Les nuages étaient en train de se dissiper. Un peu plus loin, dans le parc, à cheval entre le vert de la végétation et le bleu des cieux, un arc-en-ciel annonçait la fin de l'orage. Tancredi observa la scène, cette lumière si particulière, et puis eux deux, plantés sur le grand escalier, immobiles. La situation commençait à devenir embarrassante.

— On se croirait dans un tableau de Magritte. Tu connais Magritte ?

Il est italien, pensa Sofia. *Et insolent.*

Il continuait à sourire. Sofia l'étudia. Silhouette mince et bien découpée, grand, musclé, bien proportionné. Ce pouvait être n'importe qui, y compris un type dangereux.

Cela dit, son sourire avait quelque chose de rassurant, ou plutôt, évoquait une souffrance lointaine malgré les apparences. En son for intérieur, elle secoua la tête. Elle se faisait trop de films. Ce n'était qu'un inconnu qui voulait engager la conversation. Ou pire, un pauvre type qui lui faisait du charme pour lui voler son sac. Inconsciemment, elle serra celui-ci contre elle.

— Oui, je connais Magritte. Par contre, je ne me souviens d'aucun tableau dans lequel deux personnages perdent leur temps.

Tancredi ne se laissa pas démonter.

— Tu te rappelles ce tableau qui représente une pipe ? En général, c'est celui que tout le monde connait. En-dessous, il est écrit : *« Ceci n'est pas une pipe. »**

— Oui, je sais, je connais le français.

— Je ne mets pas ça en doute, mais tu ne m'as pas laissé achever. Ce tableau signifie que tout ce qui existe n'existe pas en réalité. Cette pipe n'est pas seulement une pipe, c'est une représentation, c'est l'homme ou la femme qui l'a fumée avant et c'est aussi un tableau célèbre. Donc nous…

Sofia avait du mal à suivre, mais son sourire était d'une beauté déconcertante.

— Eh bien, nous ne sommes pas juste deux personnages qui perdons notre temps, continua-t-il. Si Magritte avait pu choisir, il nous aurait peut-être peints différemment, nous nous retrouverions dans l'un de ses tableaux aux mille et une réalités et interprétations possibles… Nous pourrions être deux amants à la cour d'un roi du passé, ou deux promeneurs à Paris, à New York, dans un parc londonien… Ou bien nous serions représentés dans un grand théâtre, interprètes d'une pièce en costumes d'époque ou que sais-je encore ? Pourquoi n'as-tu vu en nous qu'une perte de temps ?

Grisée par ses paroles, Sofia s'était laissé transporter dans tous ces tableaux imaginés par cet homme. Deux personnages de Magritte… Il continuait à parler, avec ce sourire incroyable, mais elle n'écoutait presque plus ; elle s'était perdue dans son regard, dans sa conviction amusée que tout était possible.

— … tu serais musicienne, continuait-il, peut-être pianiste dans une grande salle à Paris et moi, debout à côté de ton piano, je tournerais les pages de ta partition.

Cette dernière image lui fit l'effet d'une claque. D'un coup, elle revint les pieds sur terre et le caractère absurde de ces élucubrations lui apparut.

— J'ai une mauvaise nouvelle pour toi, déclara-t-elle.

L'inconnu se tut, stupéfait. Son enthousiasme retomba comme un soufflé.

— Magritte est mort depuis longtemps.

Sofia le dépassa et se mit à dévaler les marches de l'église aussi vite que possible.

Il lui emboita le pas.

— Ouf, tu m'as fait peur. Oui, ça, je le savais… Mais pourquoi t'enfuis-tu ? Attends…

Il parvint à l'arrêter de justesse dans l'escalier. Il lui avait attrapé le bras, mais Sofia n'avait pas peur. Au contraire. Un frisson parcourut tout son corps, une sensation inédite, insensée. Se faire prendre par un inconnu, là, sur le parvis de cette église. Elle eut honte de cette bouffée de désir aussi soudaine qu'inexplicable. Son cœur battait la chamade. *Mais qu'est-ce que je fiche ? Je suis folle ? Qu'est-ce qui me prend ? Oui. J'ai envie de bouleverser ma vie, de faire l'amour tout de suite, comme ça, sur les marches, j'ai envie qu'il me prenne sauvagement dans la poussière et les flaques d'eau.* Elle n'en revenait pas de ce qui lui passait par la tête. Même son souffle était devenu plus court. Elle leva les yeux vers lui. Il n'avait pas compris.

Il lâcha son bras.

— Excuse-moi… Je ne voulais pas te faire fuir. Est-ce que tu crois au hasard ? Aujourd'hui, c'était une journée comme les autres, j'étais en train de courir quand tout à coup il s'est mis à tomber des cordes, alors que ça n'était plus arrivé depuis longtemps. Du coup, je me suis réfugié dans cette église… Tu sais depuis quand je n'avais plus mis les pieds dans une église ?

Il pensa à Claudine, mais cela ne dura qu'une fraction de seconde.

— Depuis presque vingt ans… Et voilà qu'il fallait que tu arrives pour me rapprocher de la foi.

Sofia sourit.

— Ce n'est pas drôle. On ne plaisante pas avec ces choses-là.

— Oh, arrête. C'est faux, tu as souri…

— Alors, j'ai tort aussi.

Tancredi prit une longue inspiration.

— Tu as raison. Reprenons depuis le début. Tu ne crois pas que ce pourrait être un signe du destin ? Un signe qui nous invite tous les deux à réfléchir ? Peut-être que nous ne sommes pas assez heureux dans la vie, que nous devrions repartir de zéro, ici, tout recommencer aujourd'hui…

Sofia ne répondit pas. Tancredi se dit que si elle n'était pas partie et continuait à l'écouter, c'était déjà une petite victoire en soi. Plus de temps à perdre, il fallait qu'il insiste encore un peu.

— Et si nous nous donnions une chance ? Apprenons à nous connaitre, allons prendre un café. Tiens, que dirais-tu d'un verre dans ce bar ? proposa-t-il en désignant un petit troquet voisin. Passons un peu de temps ensemble…

Il vit passer l'ombre d'une hésitation sur ses traits.

— Une heure. Juste une heure, pas plus. S'il n'y a rien entre nous, si ça n'en valait pas la peine et si nous pouvons continuer notre chemin chacun de notre côté, nous nous en rendrons vite compte. Sinon, que va-t-il se passer ? « Il était sympa. Peut-être… Qui sait ce qu'il avait à me dire… » Nous nous poserons la question pour le restant de nos jours, nous n'aurons jamais la réponse. Le doute subsistera à jamais…

Sofia réfléchit un instant. Un nouveau départ… Cela lui rappela les pensées qu'elle avait eues quelques jours plus tôt, devant le miroir de la cuisine. Sa fatigue, le temps qui filait, le monde qui continuait de tourner alors que sa vie à elle s'était arrêtée. Oui, mais et sa promesse ? Et d'abord, qui était cet homme devant elle ? Ce jeune homme. Certes, il était beau… Et après ? Il ne cherchait sûrement qu'une aventure sans lendemain, une bonne partie de jambes en l'air improvisée, ou bien à lui voler son sac à main en profitant d'une seconde d'inattention. Il avait peut-être besoin d'argent. Il parlait bien, mais parfois, les paroles ne suffisent pas. La vie, c'est autre chose. Il faut du concret. Bâtir. Autrefois, elle avait peut-être été superficielle, capricieuse, une fille parmi tant d'autres, mais, que ce soit en bien ou en mal, sa vie avait changé. Désormais, Sofia se sentait importante pour quelqu'un, pour Andrea. Il avait besoin de son soutien dans ses projets, dans ses progrès.

Elle étudia d'un peu plus près l'homme qui se tenait devant elle. Ses yeux d'un bleu profond étaient pleins d'espoir, comme s'il n'attendait que sa réponse, comme si celle-ci allait signer un tournant de sa vie. Elle se mordilla les lèvres sans le vouloir. Il était beau et son sourire plein d'assurance lui plaisait, exerçait une attraction dangereuse sur elle, mais d'un autre côté, il lui faisait peur. Soudain, tout fut limpide. Cet homme était une épreuve qu'on lui envoyait. À l'instar de ce besoin presque irrépressible et constant de s'asseoir au piano et de jouer. Alors, avec un long soupir, elle retrouva son aplomb et sa force.

— Il faudra se résigner à vivre avec ce doute. Je suis désolée.

Sur ce, elle descendit les dernières marches et se dirigea vers sa voiture. Abattu, Tancredi la suivit. Vite, vite, il fallait qu'il trouve le moyen de la retenir, de la convaincre, de titiller sa curiosité… Hélas, l'inspiration l'avait abandonné ; il ne connaissait rien d'elle, sinon qu'elle était magnifique, qu'elle l'avait envoûté et que jamais de sa vie, il ne s'était senti aussi troublé, attiré, bouleversé.

Il tenta une dernière flèche.

— Je refuse de croire que tu n'es pas curieuse, que tu ne peux pas accorder une infime chance…

— À qui ?

— À nous deux.

Sofia émit un petit rire.

— À nous deux ? Mais nous ne sommes rien.

— Ce n'est pas vrai, rétorqua-t-il, très sérieux à présent. Chaque fois que tu rencontres quelqu'un, ta vie change et, que tu le veuilles ou non, nous nous sommes rencontrés. Je suis entré dans ta vie et moi dans la tienne. C'est comme cette musique dans l'église et tes mains qui jouaient dans l'ombre, quand tu avais les yeux fermés…

Sofia fut frappée par le fait qu'il l'ait repérée.

— Qu'est-ce que c'était, d'ailleurs ? demanda-t-il. Du Schubert, du Mozart…

— Bach. *La Passion selon saint Matthieu.*

— Voilà. Un morceau que je n'avais jamais entendu, que je ne connaissais pas du tout. Et tout ça, selon moi, c'est un signe…

Sofia était arrivée à sa voiture.

— Tu n'es pas d'accord ? Ça veut forcément dire quelque chose, non ? insista-t-il.

Elle s'installa derrière le volant.

— Oui. Qu'il te reste encore quelques compositeurs à découvrir.

Elle démarra et s'en alla.

— Tu as bien raison. Je le ferai ! cria Tancredi, resté seul au milieu de la rue.

Sofia lui jeta un coup d'œil dans son rétroviseur et sourit.

— Tant mieux, mais en ce qui me concerne, je n'aurai pas l'occasion de vérifier…

Si elle avait su à quel point elle se trompait…

La voiture tourna au bout de la rue. Tancredi enfonça les mains dans les poches de son short. Rien. Il n'avait rien sur lui, à part son iPod. Pour Gregorio Savini, ce serait un jeu d'enfant. Il fallait à tout prix qu'il retienne le numéro de cette plaque d'immatriculation.

12

Dès qu'il entendit le bruit de la porte, Andrea se dépêcha d'achever sa phrase puis ferma le document. Il était satisfait. Encore un peu de travail et il aurait terminé. Ça allait être génial, Sofia en resterait sans voix.

Elle entra dans la chambre et lui sourit.

— Salut…

Andrea posa le portable sur la table de chevet.

— Bonjour, mon amour. Tu m'as tellement manqué aujourd'hui.

Sofia se dirigea vers la salle de bains avec un haussement d'épaules.

— Tu dis ça tous les jours… Ce n'est plus crédible.

— Pourtant, c'est la vérité.

Elle se lava les mains.

— Mais puisque je t'ai déjà tellement manqué hier… tu dirais que c'était pire hier ou aujourd'hui ? demanda-t-elle en élevant la voix pour couvrir le bruit du robinet.

— C'est un manque exponentiel… Comme une boule de neige qui dévale une pente et se transforme en avalanche.

Sofia réapparut.

— C'est-à-dire ?

— Plus tu t'éloignes, plus le manque augmente.

— Hum, pour un architecte, tu n'es pas très convaincant.

— Pourtant, c'est comme ça !

Ce petit jeu avait assez duré, il changea de sujet.

— Qu'as-tu fait de beau de ta journée ?

— Oh, je suis allée écouter Olja et sa chorale dans une église de l'Aventin…

— C'était bien ?

— Oui. Ils ont fait beaucoup de progrès et j'ai croisé Simona, la petite qui venait prendre des cours ici, à la maison, tu te rappelles ? Elle est très, très douée.

Andrea fut tenté d'en profiter pour aborder une fois de plus la question du piano, mais Sofia lui avait bien fait comprendre qu'elle ne reviendrait pas sur sa décision.

— Qu'ont-ils chanté ?

— Du Bach. Ils préparent deux chorals de la *Passion*.

— *La Passion selon saint Matthieu.* Magnifique !

— Tu t'en souviens…

— Oui. Une œuvre vraiment… enivrante. Oui, voilà, je ne trouvais pas le bon mot, mais enivrant lui va bien. C'est comme un vin blanc remarquable.

Sofia se dirigea vers la cuisine.

— Tu en veux ?

Peu après, elle revint avec deux verres d'un excellent sauvignon. Elle en tendit un à Andrea, puis alla régler l'interrupteur pour atténuer la lumière. Andrea l'observa, surpris. Elle se tourna et leva son verre. Il l'imita. Le silence s'installa tandis qu'ils cherchaient un motif pour trinquer, mais Sofia ne tarda pas à trouver.

— À ce moment enivrant, comme tu dis.

Elle but une grosse gorgée. Le vin, à la température idéale, glissa tout seul. Elle ferma les yeux. L'espace d'un instant, elle sentit de nouveau le contact de la main de cet homme sur son bras, revit son regard pénétrant, son sourire. En revanche, pas une seule de ses paroles ne lui revint. Juste le désir qu'elle avait éprouvé sur cet escalier. Alors elle rouvrit les yeux et considéra Andrea. Sans se douter de rien, il buvait tranquillement son vin. Sofia acheva le sien et se resservit. Elle prit encore une gorgée, puis posa le verre sur la table de chevet et commença à se déshabiller. D'abord sa veste et son chemisier. Ensuite, ses chaussures et son pantalon. Elle prit une chaise et s'installa à côté du lit. Andrea la dévora du regard, le verre figé à mi-chemin entre la table et sa bouche. Il sourit.

— Le mot enivrant t'a plu, on dirait…

Sa voix était plus rauque.

— Oui…

Sofia se caressa les jambes, remontant petit à petit du genou jusqu'à la hanche, d'abord avec la main droite, puis avec les deux. Lentement, elle écarta les cuisses et continua vers l'intérieur en regardant Andrea droit dans les yeux. Il avisa la ravissante culotte noire en dentelle qu'elle portait. Elle effleura le tissu avec douceur, ferma les yeux et poussa un soupir. Elle but de nouveau un peu de vin et, après avoir reposé le verre, glissa la main droite sous les draps sans quitter Andrea des yeux, l'air déterminée.

Elle progressa vers le haut et se faufila dans son pantalon de pyjama.

Il retint son souffle.

— Oh…

L'accident ne l'avait pas privé de sensations à cet endroit et il était toujours capable d'éprouver du plaisir. Sofia le prit dans sa main et le caressa, de haut en bas, sans précipitation. De l'autre main, elle écarta sa culotte et chercha la volupté, entrant et sortant à un rythme de plus en plus soutenu. Elle se donnait du plaisir autant qu'à lui.

Elle marqua une pause, le temps de boire une gorgée de sauvignon qu'elle garda en bouche. Coquine, elle décocha un regard malicieux à Andrea, puis, prise d'une impulsion, enfonça la tête sous les draps. Elle se déplaça rapidement dans le noir, le trouva et le prit dans sa bouche, laissant échapper quelques gouttes de vin. Andrea sursauta, surpris par le contact froid du liquide avant de se laisser happer par la chaleur de sa bouche. Il savoura beaucoup cet instant ; décidément, Sofia était étonnante.

De son côté, toujours sous les draps, elle se sentait plus audacieuse que jamais. Elle pensa à lui, à cet inconnu, à ses mains raffinées, à son corps élancé, puissant, à son sourire, à ses yeux. Dans le noir profond du lit, elle se visualisa sur l'escalier du parvis de l'église, elle lui baissait son short et faisait ça devant tout le monde, devant les passants, et même devant Olja, son mentor. Elle continua à se caresser de la main gauche, puis, n'y tenant plus, elle se débarrassa de sa culotte et se glissa tout entière sous les draps. Elle baissa le pyjama d'Andrea et l'enfourcha. Son excitation était telle qu'elle n'eut aucun mal à le faire pénétrer en elle. Les yeux fermés, elle se mit à le chevaucher avec fougue, remuant les hanches de plus en plus fort, se déchaînant comme elle ne l'avait encore jamais fait. En réalité, c'était comme si elle faisait l'amour à deux personnes en même temps et elle jouit presque instantanément. En sueur, épuisée, elle s'affaissa sur Andrea sans rouvrir les yeux. Son dos était trempé de sueur. Elle se libéra de son soutien-gorge, l'arracha presque et le jeta à terre. Ensuite, elle inséra l'un de ses seins dans la bouche d'Andrea qui se mit à le lécher avec frénésie tandis qu'elle continuait à le caresser. L'orgasme le frappa à son tour. Elle se laissa tomber à côté de lui et ils restèrent comme ça quelques instants, sans rien dire, au son de leurs souffles saccadés dont le rythme ne parvenait pas à s'accorder. Sofia déposa un petit baiser sur ses lèvres.

— Je vais prendre une douche… Tu as besoin de quelque chose ?

La question était purement rhétorique et lorsque Andrea répondit non, elle était déjà sous l'eau. Peu après, elle réapparut enveloppée de son gros peignoir blanc, plus détendue, le visage un peu rougi par la vapeur. Andrea avait placé un oreiller derrière ses épaules et redressé le dossier du lit.

Il lui sourit.

— Alors ?

Elle s'assit sur le lit.

— Quoi ?

— Rien, je me disais… Tu devrais écouter du Bach plus souvent.

Sofia rejeta la tête en arrière et éclata de rire.

— Aucun rapport… C'est à cause de toi et de ton « enivrant ».

Encore repus de leurs ébats, ils rirent ensemble. Sofia lui resservit un peu de vin puis remplit son verre. Ils continuèrent à parler de tout et de rien en écoutant de la musique. Cependant, lorsque Sofia mit un CD de Leonard Cohen, ce qu'était en train de lui raconter Andrea – son boulot, ses e-mails, un projet qui avançait bien – devint flou et elle se laissa entrainer dans un souvenir.

Grèce, Tinos, une île inconnue. C'est là qu'ils s'étaient retrouvés avec des amis pour fêter leur dernière session d'examens universitaires de juin. Ce soir-là, ils avaient mangé tous ensemble sur le port, dans une petite taverne. Ils avaient dégusté des souvlakis[1], de la moussaka et du tzatziki que Sofia aimait tout particulièrement. Bien sûr,

1 Brochettes de viande.

les hommes avaient descendu deux bières chacun au moins. Ensuite, ils étaient allés se promener et s'étaient retrouvés dans un petit pub, à deux pas de la plage. Andrea l'avait repéré en premier lorsqu'ils étaient entrés.

— Sofia ! Tu ne pourras pas te défiler ! C'est un signe du destin ! À mon avis, il n'était pas là avant-hier…

Il parlait du petit piano noir installé dans un coin du bar. Quelques inscriptions y étaient gravées, souvenirs d'amours de vacances éphémères. Ses amis se mirent à l'acclamer et à l'encourager ; ils faisaient un tel raffut que bientôt, les autres touristes du bar, Anglais, Américains, Allemands et même un couple de Japonais, se joignirent à eux sans tout à fait comprendre la raison de leur enthousiasme. Amusés, tous frappèrent dans les mains avec cette bande d'Italiens, prêts à assister au divertissement qui allait suivre, quel qu'il soit.

Sofia soupira. Cette comédie avait assez duré. Elle houspilla Andrea.

— Franchement, tu exagères ! On est en vacances, merde ! Est-ce que je te demande de dessiner une carte altimétrique de l'île, moi ?

Puis elle attrapa un tabouret à une table voisine et s'installa au piano. Elle souleva le couvercle et découvrit avec surprise l'inscription en anglais du tissu qui couvrait le clavier : *Life is Music*. Elle secoua la tête et commença à jouer. Comme ils étaient dans un pub, avec un groupe de touristes mixte, elle évita d'attaquer avec de la musique classique et opta pour du jazz. Ainsi, elle interpréta de mémoire quelques morceaux de St Germain, puis s'efforça d'aller dans toutes les directions, proposant une sorte de medley international réunissant musique allemande, espagnole, américaine, et même un air japonais. Elle y allait à l'oreille. À un certain moment, elle attrapa au vol la casquette de baseball d'un jeune homme qui passait à côté d'elle et se la vissa sur la tête. Elle avait aussi commandé une bière. Elle espérait survivre à cette soirée, surmonter son émotivité, sa timidité et la honte de se donner comme ça en spectacle avec ce piano désaccordé. Enfin, elle termina en donnant un accent plus classique à sa piètre démonstration et se risqua à interpréter un morceau de Tony Scott. L'un des plus grands jazzmen italo-américains à ses yeux, snobé à tort par son pays d'origine. Qui sait, peut-être que quelqu'un dans l'assistance apprécierait ce choix raffiné.

C'est ainsi qu'après avoir emmené son public un peu partout, elle conclut sa drôle de prestation par quelques extraits de *Music for Zen Meditation*, de Tony Scott, donc. Lorsque la dernière note mourut, elle reçut un tonnerre d'applaudissements. Tout le monde vint la trouver pour la couvrir de grandes claques amicales dans le dos, signes de profonde reconnaissance comme chacun sait. Quelqu'un lui offrit une autre bière. Lorsqu'elle voulut rendre la casquette à son propriétaire, le jeune homme s'empressa de secouer la tête.

— *No, no... It's yours, it's yours.*

Il sourit en lui tapant dans la main.

— Tu as vu ce que tu m'as fait faire ? lança Sofia à Andrea avec une bourrade du coude.

— Tu rigoles ? Tu as été géniale ! J'ai déjà discuté avec le patron du bar : deux concerts par soir et nos vacances sont payées !

— Crétin…

Hilare, Andrea l'embrassa. Il était très surpris que Sofia, désormais habituée à donner des concerts dans toute l'Europe, qui avait interprété le *Concerto en do majeur* de Prokofiev sous la direction de Chailly, soit aussi gênée de jouer dans un petit bar grec pour s'amuser, devant quelques touristes éméchés. Mais elle était ainsi faite, avec ses accès de colère imprévisibles et son caractère lunatique, tantôt petite fille douce et délicate, puis tout à coup femme passionnée et sauvage. D'ailleurs, son regard pétillant de malice et un peu ivre lui disait qu'elle se trouvait dans l'une de ces phases plus audacieuses. Aussi s'éclipsèrent-ils du pub discrètement, tandis que tout le monde se jetait quelques bières derrière la cravate dans l'euphorie générale et chantait – faux – certains airs que Sofia avait joués.

Andrea et Sofia se promenèrent sur la plage, non loin du port. Elle ôta ses chaussures et marcha dans les vaguelettes qui venaient mourir sur le sable en répandant de petits éclairs. Du plancton lumineux.

Elle se pencha et prit un peu d'eau dans ses mains.

— Regarde…

D'étranges et minuscules êtres phosphorescents grouillaient dans la petite flaque qu'elle avait formée. Ensuite, elle les rejeta à la mer. Peu après, ils s'enfoncèrent dans une zone d'ombre, une langue de sable proche des récifs. Le rai lumineux du phare passait juste au-dessus de leur tête, illuminant le reste de la plage. Andrea souleva la robe de Sofia, lui ôta sa culotte, déboutonna son pantalon et, en un instant, fut en elle. Ils s'aimèrent en douceur. Leur bouche avait ce goût salé, leur peau était chaude et veloutée. Enveloppés dans la nuit, ils prirent tout leur temps, le temps de s'aimer. Ils avaient tout l'avenir devant eux…

L'avenir devant eux. Sofia se leva pour aller dans la cuisine.

— Je vais nous préparer une salade. Ah, j'ai aussi pris un peu de thon. Je pensais le griller, ça te va ?

Andrea resta dans le vent, dépité. Il était en train de lui raconter quelque chose. Tant pis, il décida de ne pas se formaliser.

— Oui, bien sûr… Mais pas trop cuit alors !

Sofia ouvrit le frigo, sortit la salade et le thon, puis installa la poêle à griller sur la gazinière et alluma la taque. L'avenir devant eux…

Ce soir-là, après avoir fait l'amour, ils s'étaient déshabillés et jetés à l'eau. Sofia, qui était sortie la première, lui avait volé ses vêtements et avait pris la fuite.

— Ça t'apprendra à m'obliger à me donner en spectacle ! Tu rentreras nu comme un ver !

Toutefois, il n'avait pas fallu longtemps à Andrea pour la rattraper et la plaquer sur le sable, nu, encore mouillé. Avec son physique de joueur de rugby, ça avait été un jeu d'enfant pour lui.

— Aïe, tu m'as fait mal…

— Mais, ma chérie…

— Chérie, mon œil ! Je ne suis pas l'un de tes coéquipiers, moi !

La soirée s'était terminée par une dispute. Le lendemain, il avait eu droit à sa mine boudeuse et elle, à un beau bleu sur la cuisse gauche. Cependant, il était impossible de rester fâché bien longtemps sur une île aussi paradisiaque, et ils avaient fait la paix de la plus délicieuse des façons.

Qu'elle était loin, cette vie-là, désormais. Zut, le thon était déjà trop cuit d'un côté. Sofia saisit une fourchette et se dépêcha de le retourner. Elle soupira. Ces deux jeunes touristes amoureux n'existaient plus. Tout à coup, au milieu de toute cette fumée, assaillie par l'odeur de chair de poisson brûlée sur le grill, elle se sentit submergée.

* * *

Une heure s'était écoulée depuis qu'elle était arrivée aux urgences. La dernière infirmière qui était sortie du bloc opératoire avait affirmé n'être au courant de rien. On lui avait peut-être interdit de parler. Sofia avait bien envie de se taper la tête contre les murs ou, mieux encore, de défoncer l'une des grandes baies vitrées à coups de poing. Il fallait qu'elle prenne l'air, elle devenait folle. Alors elle emprunta le premier couloir jusqu'à ce qu'elle tombe sur une porte. Elle l'ouvrit, puis en trouva une autre et continua comme ça à déambuler dans l'hôpital. Lorsqu'elle arriva au bout du dernier couloir, qui donnait sur la cour, elle fit demi-tour et rebroussa chemin jusqu'à la salle d'opération avant de tout recommencer.

Une deuxième heure passa comme ça. L'aube était en train de se lever lorsque, au détour d'un nouveau couloir, elle ouvrit une énième porte et s'arrêta net. La chapelle de l'hôpital. Elle entra sur la pointe des pieds. À la première rangée, une religieuse âgée priait en silence, presque complètement repliée sur elle-même. Elle adressait peut-être une requête au Seigneur, ou peut-être répétait-elle mécaniquement l'*Ave Maria* ou le *Notre Père*. Pour Sofia, cette visite était assez inédite. Au fil du temps, elle s'était éloignée de l'Église, sans raison particulière. C'était arrivé, c'est tout, comme lorsqu'on perd un ami de vue après avoir terminé ses études.

Les premières lueurs du jour filtraient à travers les grands vitraux. Les murs blancs se teignirent peu à peu de violet, d'azur et d'indigo. Dans cette atmosphère aurorale, Sofia comprit qu'elle avait besoin de toute l'aide possible, y compris de celle du Seigneur, à condition qu'il existe, bien sûr, ou de quiconque entendrait sa prière. Alors, elle s'agenouilla au dernier rang et, en silence, le visage enfoui dans les mains, elle se mit à prier. Elle commença par justifier sa longue absence et demanda pardon, comme si elle reprenait une conversation abandonnée depuis une éternité.

Excuse-moi d'avoir disparu comme ça sans raison, et surtout sans prévenir. Elle crut entendre des réponses à son monologue silencieux, qui peu à peu devint une sorte de dialogue, comme si une personne généreuse et pleine d'empathie la comprenait et lui pardonnait.

J'ai conscience que ma démarche est un peu lâche... Me présenter comme ça, sans crier gare, juste parce que cette tragédie me tombe dessus...

Sofia releva la tête et s'adressa au Christ peint au-dessus de l'autel, tout au fond de la chapelle. On aurait dit qu'il la regardait droit dans les yeux.

Mais je t'en supplie, aide-moi, je ne sais pas vers qui d'autre me tourner. Nous sommes sûrement des milliers à te solliciter en ce moment même, mais par pitié, occupe-toi de moi et d'Andrea. Je suis prête à tout. Je renoncerai à tout ce que tu me demanderas, si tu lui laisses la vie sauve.

Tout à coup, une petite musique s'éleva, les premières notes de l'*Ave Maria*. Le volume était bas, à peine perceptible, pourtant elle y vit un signe, un message très clair. Elle ferma les yeux et fondit en larmes ; c'était une évidence.

D'accord. Je renonce à jouer pour qu'il puisse vivre. Elle fut incapable d'ajouter quoi que ce soit. Pour elle, c'était le plus grand des sacrifices. Soudain envahie d'un grand calme, elle se releva. La vieille religieuse avait disparu et la musique s'était tue.

Elle parcourut tous les couloirs dans le sens inverse et revint devant la salle d'opération. Elle s'installa sur une chaise et attendit. À 6 h 25, un chirurgien sortit du bloc, baissa son masque et se dirigea vers elle. Sans doute l'avait-on prévenu qu'une jeune femme attendait des nouvelles d'Andrea. Il s'avança vers elle, la mine fatiguée, las. Son regard n'augurait rien de bon. Une véritable torture pour Sofia. Ce n'est qu'une fois en face d'elle qu'il sourit.

— Il va s'en sortir. Il faudra du temps, mais ça va aller.

Alors Sofia s'effondra et éclata en sanglots. Les grosses larmes baignèrent son visage marqué par l'épuisement, la tension et la culpabilité. Elle avait bien cru voir sa vie s'achever en même temps que celle d'Andrea. Le chirurgien la serra dans ses bras. Peu après, elle quitta l'hôpital, convaincue que son vœu avait été exaucé et qu'elle allait donc devoir respecter sa promesse. Plus jamais elle ne jouerait de musique.

Ce n'est qu'au cours des jours suivants qu'elle prit conscience du chemin long et difficile qui l'attendait. Andrea était devenu paraplégique. Il ne pourrait plus marcher. Suite à une fracture des vertèbres inférieures, sa moelle épinière avait été touchée et ses jambes étaient paralysées. Sofia se rappela le regard du Christ peint sur le mur de la petite chapelle de l'hôpital. Sacrifier sa pratique du piano, était-ce suffisant pour lui ? L'avait-il jamais entendue jouer ? Avait-il conscience de la passion incommensurable à laquelle elle renonçait pour sauver Andrea ?

— Eh ! Je t'avais pourtant bien dit de faire attention à la cuisson ! C'est quoi, toute cette fumée qui sort de la cuisine !

La voix d'Andrea ramena Sofia dans le présent. Huit ans s'étaient écoulés depuis ce jour-là et peu de choses avaient changé.

— Tu as raison, mon chéri ! Excuse-moi ! J'étais en train de nettoyer la salade et j'ai oublié le poisson. Je l'enlève tout de suite.

Peu après, elle installa leur petite table desserte devant le lit et choisit un disque adapté, quelque chose de calme, du Diana Krall. Sofia adorait cette artiste, l'une de ses préférées. Elle s'assit face à Andrea et ils commencèrent à manger. Andrea était de bonne humeur, il plaisanta même sur le thon.

— Plus cuit que ça, tu meurs…

— C'est vrai, désolée. Je t'ai expliqué, j'étais distraite…

— Le mot « enivrant » qui continuait à te faire de l'effet ? suggéra Andrea en remuant les sourcils de façon suggestive.

Sofia éclata de rire.

— Mais non… Que tu es bête !

Andrea s'essuya la bouche, posa sa serviette sur le lit à côté de lui et la regarda droit dans les yeux.

— Cela dit, j'ai l'impression que tu me caches quelque chose.

— Ah bon ?

Sofia s'essuya la bouche à son tour, mais c'était surtout un prétexte pour se cacher derrière sa serviette. Le rouge lui monta aux joues. Elle savait déjà où il allait en venir.

— Même avant l'accident, tu n'avais jamais été aussi… débordante de passion pendant l'amour, déclara-t-il, tout à coup très sérieux.

— Tu es injuste.

Andrea s'adossa à son coussin.

— Non, réaliste. Aujourd'hui, tu as rencontré quelqu'un.

Elle émit un petit rire, puis tenta par tous les moyens de le convaincre du contraire.

— Je t'assure que non. Je n'ai croisé qu'une dizaine d'enfants et Olja. Si tu crois que ce sont eux qui m'ont rendue si « enivrée », comme tu dis, alors tu dois me prendre pour une sacrée perverse.

O.K., celle-là, elle aurait pu s'en passer. Pourquoi ne s'était-elle pas contentée de répondre « non », point ? Elle soutint son regard, cette fois très sérieuse, elle aussi.

— Andrea, je t'assure que je n'ai rencontré personne.

Pour finir, son attitude fut assez convaincante. Andrea soupira, reprit sa serviette et continua à manger sa salade.

— Ça m'a semblé si bizarre. J'avais l'impression d'être face à une autre femme.

À présent plus sereine, Sofia se permit de plaisanter.

— Attends, c'est moi qui suis jalouse maintenant. Tu préférais celle-là ?

— Non.

Andrea marqua une pause.

— Tu m'as fait peur, avoua-t-il. C'était comme si tu courais après la vie, comme si tu avais envie d'être loin d'ici.

Sofia posa ses couverts.

— Andrea… Tout ce dont j'avais envie, c'était de faire l'amour avec toi. Pendant un instant, j'ai été ailleurs. C'est grave ?

— Excuse-moi. C'est juste que je suis coincé dans ce lit, je ne sais pas ce qu'il y a derrière cette porte, je ne sais pas où tu vas ni qui tu fréquentes.

— En gros, accident ou pas, tu as les mêmes inquiétudes que des milliers d'autres hommes qui partagent la vie d'une femme plus ou moins belle et désirable…

Sofia se leva et commença à débarrasser.

— Arrête de te prendre la tête, conclut-elle.

Andrea l'attrapa par le bras.

— Tu as raison. Excuse-moi.

— Ce n'est rien. La prochaine fois, j'y mettrai beaucoup moins d'ardeur.

Elle se libéra et continua vers la cuisine.

— Oh, allez, ne le prends pas comme ça ! C'était pour rire…

Sofia posa les assiettes dans l'évier, ouvrit le robinet et attendit que l'eau soit chaude pour les rincer. La main d'Andrea sur son bras lui avait rappelé celle de cet homme, devant l'église. *« Mais pourquoi t'enfuis-tu ? Attends... »* Il l'avait arrêtée, elle avait ri. Et à présent, plus moyen d'effacer cette main de son esprit. Ce soir, c'était avec lui qu'elle avait fait l'amour, lui qu'elle avait désiré, tandis qu'elle se touchait, lui qu'elle avait caressé, qu'elle avait pris dans sa bouche. Elle avait fait l'amour à cet homme et elle avait joui avec lui. L'eau était déjà trop chaude, elle orienta le mitigeur un peu plus vers l'eau froide. Pour la toute première fois, elle avait trompé Andrea, même si tout s'était passé dans ses pensées. Et pour la première fois en dix ans, elle lui avait aussi menti. Quelque chose s'était brisé.

13

— Non. Il faut acheter.

Tancredi raccrocha. Il était certain de ce qu'il avançait. Le marché s'effondrait, il fallait absolument continuer à acheter. D'ici à un an ou deux, les cours sur lesquels il avait misés repartiraient à la hausse. Au cours de l'année qui venait de s'écouler, tous ses investissements lui avaient rapporté un bénéfice net de 25 %. Il avait réinjecté ses gains dans de grosses entreprises en difficulté, rachetant leurs parts majoritaires. Il avait importé d'Amérique du Sud toutes sortes de marchandises : café, fruits, bois, papier, et même du charbon. Il avait investi dans des mines et des hectares de terres cultivables. À la tête de tout ce secteur, il avait placé un très jeune analyste financier et un trader d'un peu moins de quarante ans, auxquels il avait associé un expert-comptable. Pour chacun de ses secteurs d'activité, il mettait sur pied ce qu'il appelait le « tiercé magique » : un spécialiste du domaine concerné, un investisseur doué et un maître en comptabilité. Son secret : toujours clôturer la journée sur un bonus. Depuis qu'il avait adopté cette stratégie, son patrimoine augmentait de façon exponentielle.

Douze ans plus tôt, il avait reçu le vaste patrimoine de son grand-père en héritage, et depuis lors, il n'avait fait qu'acheter et vendre, rentabiliser et réinvestir. Chaque année, il se débarrassait de quelques entreprises improductives et en achetait de nouvelles. Il suivait le cours de toutes les Bourses, nourrissait un grand intérêt pour la *New Economy* et, dès la fin des années 1990, il avait investi dans deux nouveaux marchés prometteurs : la Chine et l'Inde. Dès leur création, il s'était passionné pour les réseaux sociaux et pour toutes les nouveautés qui brassaient de l'argent, même virtuel. Dans ce secteur, il avait d'ailleurs doublé le nombre de ses collaborateurs pour passer à six, intégrant notamment deux spécialistes qui n'avaient pas démérité depuis leur arrivée. Il avait ainsi pu amasser la coquette somme de mille cinq cents millions de dollars et continuait à faire des profits.

Tancredi s'adossa à son fauteuil et regarda par la fenêtre. Du haut de sa villa de Lisbonne, nichée dans la partie la plus verte et la plus riche de la ville, il bénéficiait d'une vue dégagée sur l'océan. Un voilier penché par le vent traversait un bras de mer à toute vitesse. Plus loin, à l'horizon, il repéra de petits points qui semblaient immobiles, des pétroliers. Lui appartenaient-ils ?

Gagner de l'argent. Voilà ce qui lui réussissait le mieux ; pour lui, c'était le plus simple et le plus évident. Dès que ses collaborateurs lui envoyaient des indications utiles, il les déchiffrait et était capable de déterminer le meilleur coup à jouer grâce à son instinct infaillible. Chaque fois, son opération se soldait par un succès. Il avait cessé de compter ses possessions, entreprises, voitures, avions, bateaux, biens immobiliers. Ce dont il était sûr, c'était qu'il possédait une île, mais avait refusé d'en acheter une autre, de peur de les confondre. Ce bout de terre perdu au milieu de l'océan était son petit port d'attache, son havre de paix. Étonnamment, c'était là qu'il se sentait le plus serein. Comme si, une fois sur place, tous les soucis s'envolaient. Peut-être était-ce pour cette raison, d'ailleurs, qu'il s'y rendait le moins souvent. Lorsqu'il prenait le temps de souffler, il repensait invariablement à ce jour-là. À Claudine.

Au décès de leur grand-père, son testament prévoyait un héritage de cent millions d'euros pour chacun de ses trois petits-enfants. La partie de la succession censée revenir à leur sœur avait été répartie entre son frère Gianfilippo et lui. Tancredi avait trouvé ça injuste : ces cent millions appartenaient à Claudine, ils auraient dû être consacrés à quelque chose d'important, qui ait un sens, pour honorer la mémoire de leur sœur. Une fondation, ou un organisme de ce genre, bref quelque chose qui resterait, grâce auquel on se souviendrait et on parlerait d'elle pendant longtemps.

Gianfilippo n'avait pas été d'accord. « Ce sont les volontés de grand-père. Il tenait à ce que nous nous partagions sa part. Tout le monde se souviendra de Claudine comme il pense devoir le faire. C'est ce qui a été décidé. »

En effet, la clause prévue dans le testament prévoyait ce cas de figure. Gianfilippo s'était donc fait verser les cinquante millions d'euros sur son compte et les avait utilisés comme bon lui semblait. Peut-être les avait-il investis dans quelque chose de particulier. Il aurait suffi que Gregorio Savini passe un coup de fil pour obtenir cette information, mais Tancredi le lui avait interdit. Il ne voulait rien savoir.

De son côté, il avait placé les cinquante millions de Claudine sur un compte séparé de tous les autres et déciderait un jour de ce qu'il en ferait. D'ici là, il avait bien d'autres chats à fouetter.

Il consulta sa montre. Bientôt, il saurait tout d'elle. Il réprima une forte envie de rire. Elle. Il ne connaissait même pas son prénom. Il était à la fois curieux et soucieux. Cette jeune femme qui jouait du piano dans le vide à l'église, qui suivait la musique les yeux fermés, qui l'anticipait même, avec passion. Cette jeune femme renversante. Cette jeune femme sur l'escalier, insaisissable, pleine d'humour et de caractère, au si beau sourire. Cette jeune femme lui avait redonné goût à la vie, à l'amour. Cependant, que se passerait-il si elle se révélait complètement différente ? Combien de fois fantasmons-nous sur une image à peine aperçue, projetons-nous nos rêves et nos désirs sur celle-ci, pour ensuite nous prendre la réalité, ô combien différente, dans la figure ? La vie n'est qu'une succession de rêves avortés, cette étoile filante qui exauce toujours le vœu du voisin.

Il sourit devant tant de pessimisme. Il était sur le point de faire arrêter toutes les recherches sur elle lorsque des coups retentirent à la porte. Trop tard.

— Entrez.

Gregorio Savini pénétra dans le bureau, referma la porte derrière lui et attendit, debout. Tancredi regagna son fauteuil.

— Assieds-toi, Gregorio.

— Merci.

Il prit place devant lui avec à la main un dossier rempli de documents.

— Tu veux que je te dépose ça là ?

Tancredi se tourna de nouveau vers la fenêtre qui donnait sur l'océan. Le voilier avait disparu, les pétroliers s'étaient éloignés.

— Non. Lis-moi le rapport.

Il ferma les yeux et se prépara à recevoir toutes les informations qui allaient fuser. Il ne savait pas trop à quoi s'attendre ni ce qu'il avait envie d'entendre. Gregorio ouvrit le dossier et passa rapidement en revue des pages de notes imprimées.

— Alors. Elle vient d'avoir trente ans. Mariée, sans enfant, elle vit dans la maison que lui ont léguée ses grands-parents. Elle travaille, mais plutôt de façon occasionnelle, comme intérimaire ; elle ne s'en sort pas trop mal, mais pas trop bien non plus. Elle ne peut jamais déroger à son budget ni se permettre un petit écart dans les dépenses…

Gregorio releva la tête. Tancredi lui tournait le dos, impassible, alors il continua à lire.

— Elle a toujours obtenu d'excellentes notes, est allée au lycée, a eu quelques amourettes avec des compagnons de classe, des histoires ordinaires comme n'importe quelle jeune fille à cet âge. Aujourd'hui, elle habite avec son mari dans le quartier San Giovanni…

Tancredi écoutait le résumé de la vie de cette jeune femme en silence, les yeux fermés. Tout lui semblait bien trop normal, comme si la description ne correspondait pas à l'image de sa rencontre, à ce qu'il avait ressenti. Gregorio lui dressait le portrait d'une femme quelconque, sans la moindre particularité. Aucune passion, une existence sans intérêt, sans hauts ni bas, sans lumière.

— Ah ! Voilà une information un peu plus palpitante.

Gregorio semblait avoir lu dans ses pensées, deviné sa frustration. En même temps, ils se connaissaient depuis trente ans. Cependant, il n'était pas certain que ce qu'il s'apprêtait à lui révéler allait lui plaire.

— Depuis quelques semaines, elle trompe son mari.

Tancredi rouvrit les yeux, mais ne bougea pas. Il se concentra sur le bleu de l'océan devant lui. Cette vue était spectaculaire. Encore une fois, Ludovica Biamonti avait fait un travail remarquable. Elle avait fait peindre les murs de la pièce dans un indigo délicat et la moulure qui encadrait la vitre en blanc, donnant à la baie vitrée l'aspect d'un tableau qui mettait le paysage en valeur. À présent, la mer était vide. Il n'y avait plus rien sur les flots, même les pétroliers avaient disparu. Il ne restait que du bleu à perte de vue, un bleu d'une telle profondeur qu'il semblait tout droit sorti de la palette d'un peintre.

Il se remémora la détermination qui luisait dans le regard de la jeune femme. Cette femme-là était entière, sans demi-mesure, le genre qui était prête à se battre pour sa meilleure amie même si celle-ci avait tort, à ne jamais donner d'explications en public, à ne partager la vie que d'un seul homme, peut-être même pour le restant de ses jours. Il se surprit d'ailleurs à lui donner un surnom : la dernière romantique. Il ne put s'empêcher de sourire en pensant à sa propre vie, toujours par monts et par vaux aux quatre coins du monde : vendre, acheter, investir, risquer le tout pour le tout, sans jamais se poser. C'était un pari perpétuel. Il réussissait toujours parce qu'il se laissait guider par son instinct. Était-il possible que cette fois, ce dernier se soit trompé ? Il décida de tenter le tout pour le tout.

Il fit pivoter son fauteuil vers Gregorio Savini et le regarda droit dans les yeux, amusé.

— Tu t'es trompé de personne.

Gregorio arrêta de lire. Ces mots lui firent l'effet d'une douche froide. Depuis plus de dix ans, il fournissait à Tancredi des enregistrements téléphoniques issus de véritables mises sur écoute, des documents, des photos, des rapports complets sur des immeubles, des gens ordinaires, des hommes et des femmes politiques, des directeurs, des propriétaires d'entreprises, des entrepreneurs, et même sur quelques gros bonnets de la mafia, mais jamais jusqu'à ce jour, il ne s'était trompé. Cependant, il y avait toujours une première fois à tout et c'était peut-être celle-ci. Mortifié, il referma le dossier.

— C'est possible.

Il aurait aimé ajouter : « C'est même probable, parce que cette personne n'a absolument rien qui puisse t'intéresser, tel que je te connais », mais ce commentaire tout à fait personnel était surtout inutile.

Il tendit donc le dossier à Tancredi qui s'empressa de l'ouvrir, aussi curieux qu'un petit garçon. Il feuilleta les documents, étudia quelques photos et finit par sourire. Il avait suivi son instinct et il avait bien fait, une fois de plus. La jeune femme qui apparaissait sur ces clichés était brune, et surtout, ce n'était pas celle qu'il cherchait. Grâce à la dernière romantique, comme il l'avait baptisée, il avait réussi à poser une véritable colle à Savini.

— La voilà… C'est elle.

Il tourna le dossier vers Gregorio pour la lui montrer.

— C'est l'autre femme que tu vois sur cette photo, celle aux cheveux châtain clair. Elles doivent être amies.

Gregorio Savini l'étudia attentivement. Il s'était trompé. Il faut dire qu'il avait dû baser ses recherches sur très peu d'éléments : un simple numéro de plaque d'immatriculation. Tancredi leva les mains.

— Ça arrive, Gregorio. Je vais même t'avouer qu'au bout de trente ans, cette petite erreur te rend enfin plus humain.

Savini éclata de rire et saisit la balle au bond.

— Pourtant, je le suis bien trop. D'ailleurs, je suis tellement humain que j'aimerais prendre quelques jours de vacances.

— Tu pourras partir dès que nous l'aurons retrouvée.

Savini reprit le dossier.

— Pour tout savoir sur elle, il va me falloir un peu de temps.

— J'ai une idée. Je sais comment la retrouver. Ce sera très facile, tu vas voir.

14

Lorsqu'elle l'aperçut à travers la vitrine, elle n'en crut pas ses yeux.

Sofia entra dans le petit salon de thé qu'avait choisi Lavinia, non loin du Panthéon. Le *Caffè della Pace* proposait un très large choix de thés.

— Ça alors ! Qu'est-ce qui t'arrive ?

Lavinia releva la tête, surprise.

— Quoi ? De quoi parles-tu ?

Sofia s'assit en face d'elle et posa son sac sur une autre chaise.

— D'habitude, tu es toujours en retard et là, tu arrives carrément avant moi !

— Tout le monde change…, expliqua-t-elle avec un sourire énigmatique, comme si cette ponctualité cachait autre chose.

Sofia ne releva pas et ouvrit le menu.

— Que prends-tu ?

Lavinia jeta un coup d'œil à l'autre menu ouvert sur la table à côté d'elle.

— Oh, moi, un thé vert…

Sofia baissa sa carte, stupéfaite.

— C'est tout ?

— Oui.

Elle secoua la tête.

— Ça ne va pas… Ça ne va pas du tout.

Lavinia éclata de rire.

— Je suis au régime, voilà tout, comme la majeure partie des trentenaires de notre pays, de notre planète même.

Sofia lui concéda ce point.

— Je vois. Tu as raison. Alors puisqu'il me reste trois mois avant de passer le cap, je vais prendre une belle crêpe aux fruits des bois.

— Mmm, je suis jalouse.

— C'est idiot. Allez, autorise-toi un petit caprice… Tu feras quelques séances de sport en plus. Au fait, comment vas-tu ?

— Très bien.

Sofia accrocha le regard d'une jeune serveuse qui slalomait entre les tables et l'appela d'un signe de la main.

— Bonjour, nous voudrions un thé noir avec le citron à part et un thé vert, c'est bien ça ? demanda-t-elle en consultant Lavinia du regard pour s'assurer qu'elle n'avait pas changé d'avis.

Celle-ci acquiesça.

— Je vais aussi prendre deux crêpes, une aux fruits des bois et une autre aux marrons glacés.

La jeune fille nota tout sur son carnet, puis s'éloigna. Lavinia dévisagea Sophia, horrifiée.

— Aux marrons glacés… Tu es perfide.

Sofia joua les ingénues.

— Ah bon, pourquoi ?

— Tu sais très bien pourquoi. C'est le goût que je préfère et tu l'as fait exprès. Tu vas me mettre cette crêpe sous le nez, juste pour voir combien de temps je résiste…

— Et tu résisteras ?

Lavinia éclata de rire.

— Pas une seule seconde.

— Alors, j'ai bien fait. Il y a des désirs licites que l'on peut se permettre, non ? En plus, ce sont les tentations les plus douces et les moins dangereuses.

Lavinia acquiesça, mais le sujet semblait la rendre nerveuse.

— C'est vrai. Tu viendras expliquer ta théorie à ma prof d'aérobic…

— Mais bien sûr ! Parce que, quand on y pense, c'est justement grâce à ce genre de petits écarts que les gens comme elle deviennent tout à coup indispensables !

Peu après, la serveuse arriva avec leur commande. Lavinia subtilisa aussitôt un morceau de crêpe aux marrons glacés.

— D'accord, j'avoue : zéro volonté, déclara-t-elle avant d'enfourner le morceau.

Elles éclatèrent de rire.

— Bravo ! Je te préfère comme ça, c'est plus sain.

Elles continuèrent à manger tout en bavardant à bâtons rompus.

— Au fait, encore merci de m'avoir prêté ta voiture l'autre jour. Sans ça, j'aurais pris un méchant orage sur la tête.

— Aucun problème, et tu n'étais pas obligée de faire le plein.

— C'était la moindre des choses !

— J'étais au boulot, donc je ne m'en servais pas de toute façon.

Sofia la dévisagea avec tendresse.

— En tout cas, j'ai récupéré la mienne hier et tout est en ordre…

— Mmm... Mmm…

Lavinia but un peu de thé et reposa sa tasse en tâchant de faire le moins de bruit possible. Elle ne voulait pas gâcher l'atmosphère qui s'était installée. Maintenant qu'elles étaient rassasiées, qu'elles avaient ri et plaisanté, c'était le moment idéal pour lui dire. Et puis, de quoi avait-elle peur ? Sa meilleure amie pourrait très bien comprendre cette autre petite faiblesse, non ? Elle considéra Sofia. Celle-ci était en train de couper sa crêpe avec sa fourchette. Autant attendre qu'elle ait la bouche pleine. Sofia porta la fourchette à sa bouche et s'arrêta à mi-chemin. Elle avait remarqué que Lavinia la dévisageait avec intensité et fronça les sourcils, intriguée. Le moment était venu, songea Lavinia.

— J'ai une aventure.

Sofia faillit s'étrangler et se mit à tousser. Lavinia avait envisagé cette possibilité. Aussitôt, elle se leva et lui donna de petites tapes dans le dos.

— Regarde en l'air… Regarde le petit oiseau…

C'était sorti tout seul et lorsqu'elle se rendit compte du ridicule de sa technique de sauvetage, elle eut envie de rire. Pour finir, Sofia reprit son souffle. Elle but un peu de thé et s'essuya la bouche, les yeux braqués sur Lavinia.

— Dis-moi que c'est une blague.

— Non, malheureusement.

Lavinia regretta ce « malheureusement », mais il lui avait échappé. En réalité, elle était heureuse, elle vivait une histoire magnifique. Sofia s'efforça de remettre de l'ordre dans ses pensées.

— Pourquoi me racontes-tu ça ?

— J'avais besoin de me confier à quelqu'un.

— Mais pourquoi à moi ?!

— Parce que tu es ma meilleure amie.

— Oui, mais Stefano est le psy d'Andrea, comment vais-je pouvoir le regarder en face quand il viendra chez nous ? Tu viens de faire de moi ta complice. Je vais culpabiliser, je le sais déjà. Je vais rougir devant lui.

— Alors je t'en supplie, fais comme si je n'avais rien dit. Je ne voulais pas te causer de problèmes.

— Trop tard.

Elle se réfugia derrière sa tasse de thé.

— Tu es fâchée contre moi ? s'inquiéta Lavinia.

Sofia réfléchit, puis secoua la tête.

Lavinia sourit.

— Merci. Ce que je vis est incroyable et si je ne le disais pas à quelqu'un, si je ne le partageais pas avec toi, j'allais devenir folle. Je suis trop heureuse.

— Qui est-ce ?

— Je l'ai rencontré à la salle de sport. Grand, brun, un physique de rêve…

Tandis que Sofia écoutait la description de cet homme, celui qu'elle avait elle-même rencontré lui revint en mémoire sans qu'elle le veuille. Enfin, rencontré… disons plutôt à peine croisé devant l'église. *Et si c'était le même ? Non, c'est impossible. La coïncidence serait trop énorme.* Pourtant, elle ne put s'empêcher d'interrompre son amie :

— De quelle couleur sont ses yeux ?

— Je viens de te le dire : sombre, noisette, je crois. Dis donc, tu ne m'écoutes pas ?

— Si, si, bien sûr…

Elle poussa une sorte de soupir de soulagement. L'idée que Lavinia puisse avoir une relation avec cet homme l'avait rendue jalouse. C'était absurde. Honteuse, elle s'efforça de se concentrer sur ce qu'on amie lui confiait.

— Et surtout, il baise comme un dieu…

— Lavi !

— Oh, allez, fais pas ta bourgeoise. Ça fait du bien, de faire l'amour, non ? Eh bien, avec lui, c'est encore mieux.

— Quel âge a-t-il ?

— Deux ans de plus que moi. Il est en couple.

— Ah.

Lavinia avait lâché ça comme si c'était censé la rassurer, mais Sofia ne comprenait pas pourquoi.

— Ça a commencé par quelques plaisanteries à la salle de sport. Nous faisions les mêmes exercices, même si, bien sûr, il soulevait beaucoup plus de poids que moi. Puis nous nous sommes inscrits à un cours d'aérobic ensemble et, au fil des jours, je l'ai senti de plus en plus proche de moi…

— Plus proche ? C'est-à-dire ?

— Je ne sais pas. Ce qui est sûr, c'est que s'il arrivait que j'aille à la salle de sport et qu'il ne soit pas là… eh bien, il me manquait. Par exemple, la semaine où il a dû s'absenter pour le boulot, j'ai cru devenir dingue. Puis, un soir, nous sommes sortis.

— Qu'as-tu donné comme excuse chez toi ?

— J'ai dit que j'étais avec toi.

— Avec moi ? Sans me prévenir ? Et si Stefano m'avait appelée par hasard ? Ou si Andrea l'avait contacté parce qu'il avait besoin de lui et lui avait dit que j'étais à la maison ?

— J'ai pris le risque…

— Mais tu es folle !

— Oui…

Lavinia baissa la tête, prit sa fourchette et commença à jouer avec ce qui restait dans l'assiette. Puis elle se redressa.

— Ce soir-là, on l'a fait dans la voiture et ça a été génial. Il m'a fait jouir deux fois.

Sofia ne savait plus où se mettre, la situation était absurde.

— Lavi, que veux-tu que je te dise…

— Je me sens bien avec lui, il me donne l'impression d'être importante à ses yeux. On parle énormément, il m'écoute, on rit et on baise.

— Mais ça n'allait plus avec Stefano ?

— Si, mais… Il est toujours parti, et quand il rentre, il est fatigué et c'est à peine si nous nous adressons la parole. On ne rit plus. Il résout les problèmes de tout un tas de gens, mais il ne pense jamais aux nôtres.

Soudain, Lavinia se souvint qu'Andrea figurait parmi tous ces gens « à problèmes » auxquels elle venait de faire allusion.

— Excuse-moi…

— Ce n'est rien. Ce n'est vraiment pas le plus important pour l'instant.

— Alors, qu'en penses-tu ?

— Je crois que ça te passera.

— Mais je n'en ai pas envie, moi. Je suis amoureuse !

Sofia était abasourdie. La situation était beaucoup plus grave qu'elle ne le craignait.

— Je me sens comme une gamine de seize ans, je te jure. Je lui envoie des textos et s'il ne me répond pas tout de suite, je me sens bête…

Hum, tu n'as pas tout à fait tort, pensa Sofia, mais inutile de lui en faire part, son amie avait l'air réellement épanouie. Alors elle lui sourit.

— Bon. J'imagine que c'est comme pour le régime : tu fais partie d'une tranche assez large de la population de notre pays… de notre planète, même…

Lavinia lui rendit son sourire.

— J'aimerais pouvoir te donner des conseils, continua Sofia, mais je ne sais pas par où commencer ni que te dire !

Lavinia était au comble du désarroi, elle qui avait tant espéré que Sofia détiendrait la solution.

— En tout cas, une chose est sûre, tu ne dois rien dire à Stefano…

Lavinia baissa les yeux.

— Tu ne l'as pas fait, n'est-ce pas ? s'inquiéta Sofia, soucieuse.

Lavinia releva la tête.

— Je comptais le faire. D'ailleurs, un soir, j'ai bien failli… Je lui ai lâché : « Il faut qu'on parle… », et juste à ce moment-là, le téléphone a sonné. C'était Andrea, il ne se sentait pas bien. Je ne devrais pas te le raconter, mais ils sont restés pendant une heure au téléphone. Quand Stefano est revenu près de moi, je n'ai plus eu le courage…

Sans le savoir, Andrea l'avait sauvée. Bizarre, songea Sofia, il ne lui avait pas parlé de ce coup de fil. Cela dit, c'était normal. Des moments difficiles, il y en a des milliers dans la journée d'un homme dans son état.

Soudain, la serveuse s'approcha de leur table.

— Vous désirez autre chose ?

— Non, merci, répondit Sofia.

Puis elle ajouta, à voix basse :

— En réalité, j'aurais bien besoin d'une vodka pour me remettre !

Lavinia retrouva toute sa bonne humeur.

— Eh bien, prends-la ! Pourquoi résister aux tentations les plus douces ?

— C'est ça… Comme c'est pratique, te voilà excusée sur toute la ligne… Tu sais, je parlais uniquement de nourriture.

— Et moi de boisson !

— Non, toi, tu faisais allusion au sexe !

Lavinia se tut.

— Tu m'en veux ? s'enquit-elle au bout d'un moment.

— Quoi ? Mais pas du tout.

— Est-ce que ça t'est arrivé aussi, sans que tu ne me l'aies jamais raconté ?

Sofia la dévisagea, stupéfaite.

— Attends, je viens de me prendre une révélation monumentale dans la figure. Je suis en train de découvrir une Lavinia que je n'aurais jamais pu imaginer… Si on me l'avait dit, je n'y aurais pas cru.

— D'accord, d'accord… mais là, tu gagnes du temps. Alors, tu n'as jamais trompé Andrea ?

— Non.

— Tu es en train de me dire que depuis l'accident, alors que vous ne pouvez plus partir en voyage, sortir, aller au théâtre, au cinéma, à la pizzeria, à la salle de sport… tu n'as jamais eu d'aventure ?

— Tu oublies qu'on ne trompe pas son mari juste parce qu'on ne peut plus faire certaines activités… C'est la façon dont tu te sens avec lui qui compte, la relation, ce que le couple ressent au quotidien. Aller à la salle de sport ou pas ne fait pas partie des critères déterminants…

Forcément, avec son raisonnement habituel, la situation de Lavinia paraissait aberrante. Sofia but un peu de thé. Il était froid, mais qu'importe, elle avait besoin de se rafraîchir après avoir tant parlé. Lavinia choisit justement ce moment pour lui poser une question complètement inattendue.

— Alors tu n'as jamais trompé Andrea, pas même en pensée ?

Sofia resta sans voix. Son amie s'était confiée à elle, elle avait été sincère. Cette question… Elle ne pouvait pas mentir, ça n'aurait pas été honnête envers elle.

— Si, une fois.

— Ah ! s'écria Lavinia, triomphante. Alors, tu vois que tu me comprends ?

Elle arrêta la serveuse.

— Excusez-moi… Deux vodkas, s'il vous plait.

15

Rome. Dans l'Aventin. Tancredi jeta un coup d'œil à sa montre. Si ses calculs étaient exacts, ce devait être terminé depuis dix minutes environ. Ils étaient exacts. La grande porte de l'église s'ouvrit. Un groupe d'enfants en sortit en courant et dévala les marches. Nous étions mercredi, mais contrairement à la semaine précédente, il n'avait pas plu. Quelques parents attendaient devant leur voiture et un petit bus était garé à côté du parvis. Il devait sans doute raccompagner plusieurs enfants chez eux.

Gregorio Savini observa la scène, curieux et stupéfait à la fois. Il en avait fait des choses, ces dernières années, mais celle-ci, de par son caractère à la fois simple et incongru, les surpassait toutes.

— La voilà, c'est elle.

Tancredi désigna une petite fille du menton.

Cheveux bouclés, joues constellées de taches de rousseur et grands yeux sombres, elle descendait les marches quatre à quatre.

— Maman, maman ! J'arrive !

Elle gesticulait comme si on risquait de ne pas la remarquer au milieu des autres.

C'était la plus joyeuse, la plus vive et la plus mignonne des petites filles qui venaient de sortir de cette église.

Cela dit, pour être honnête, Tancredi n'avait même pas prêté attention aux autres. Il attendit encore un peu. Pendant une fraction de seconde, il espéra la voir sortir de l'église à son tour, « elle », la dernière romantique, mais c'eût été trop facile. Et il n'aimait pas la facilité. Cependant, il était loin de se douter de la difficulté de ce nouveau défi ; il allait être servi.

La petite Simona se jeta sur sa mère pour l'embrasser et la submergea de tout son enthousiasme sans lui laisser une seconde de répit.

— Olja a dit que j'allais essayer un solo. Je vais être soliste au prochain concert, maman, c'est génial ! J'adore ! Et peut-être même que la télé viendra !

Sa mère secoua la tête.

— Simona...

La petite remarqua son air désapprobateur et tenta de rattraper le coup.

— Enfin, je parlais des gens du journal télévisé, parfois ils font ça, le dimanche, dans les églises.

— Oui, mais ça, c'est la retransmission de la messe célébrée par le pape.

— Ça veut dire quoi célébrée ? Qu'elle va devenir célèbre ?

Sa mère pouffa. Pendant un instant, elle avait oublié que cette petite souris pétillante n'avait que six ans.

— Ça veut dire prononcée pour les fidèles, pour tous les croyants et les chrétiens, et aussi pour les touristes qui viennent voir le pape sur la place Saint-Pierre.

— Ah...

Elle tira sur le pull de sa fille pour le remettre correctement, puis lui ouvrit la portière pour qu'elle monte en voiture. Soudain, une voix l'interrompit.

— Excusez-moi, madame...

Un homme élégant, veste bleue, chemise blanche et pantalon gris foncé, se tenait devant elle. Un bel homme, qui devait avoir autour de trente-cinq ans, peut-être moins, bronzé, les cheveux soignés, au sourire doux et aux magnifiques yeux bleus. Pendant un instant, la mère de Simona resta interdite. Était-ce bien à elle qu'il s'adressait ? Que voulait-il ? Une voiture foncée s'avança et s'arrêta derrière l'homme, une Bentley. Un autre homme, plus âgé, mais tout aussi élégant, en descendit. Un enlèvement ? *Mais non, dans quel but ? Nous n'avons pas un rond.*

Puis le plus jeune des deux hommes mit fin à ses doutes.

— Excusez-moi de vous déranger. En fait, j'aurais aimé m'entretenir un instant avec cette demoiselle. C'est votre fille ?

La mère se raidit.

— Oui. Mais que se passe-t-il ? Que lui voulez-vous ?

Nerveuse, ne comprenant rien à ce qui se passait, elle sortit son téléphone de son sac.

— Attention, sinon j'appelle la police…, les menaça-t-elle.

Gregorio Savini n'en revenait pas. Tancredi et ses lubies. Des années qu'ils affrontaient les situations les plus délicates sans rencontrer le moindre problème et voilà qu'il mettait en péril le travail de toute une vie. Tancredi intervint aussitôt et la rassura.

— Non, madame, il y a méprise. Avant tout, je réitère mes excuses, je ne me suis pas présenté et c'est très impoli de ma part. Je m'appelle Tancredi Ferri Mariani et voici M. Savini qui a eu la gentillesse de m'accompagner.

M. Savini, pensa Gregorio, *il ne me l'avait encore jamais faite, celle-là. Ce n'est pas trop mal, cela dit.*

— Et vous êtes madame… ? continua Tancredi avec le sourire.

— Carla Francinelli.

— Et la petite est votre fille.

— Oui, maintenant je peux savoir ce qui se passe ?

— Je voudrais simplement demander une information à votre fille, mais je préfère lui parler devant vous pour éviter tout malentendu.

La femme sembla rassurée, bien que toujours intriguée par cette étrange situation. Tancredi jeta un coup d'œil à l'intérieur de la voiture.

— Comment s'appelle cette jolie demoiselle ?

La petite sauta du véhicule sans laisser le temps à sa mère de répondre.

— Simona. Et vous, vous êtes qui ? Vous êtes de la télé ?

Le moins qu'on puisse dire, c'est que Simona avait de la suite dans les idées.

— Non…

— Oh.

La petite baissa les épaules, déçue. Alors Tancredi s'agenouilla devant elle et lui sourit.

— Pourrais-tu m'aider ?

Simona accepta de l'écouter.

— La semaine dernière, il y avait une dame à l'église. Elle est venue te voir à la fin de la répétition et elle t'a prise dans ses bras. Ce doit être une dame qui joue très bien du piano…

— Ah oui ! Sofia !

Le sourire de Tancredi s'élargit La dernière romantique avait désormais un prénom. C'était un petit pas en avant. Il s'adressa ensuite à la mère.

— Voilà, madame, c'est tout ce que je voulais savoir… En fait, j'aimerais offrir à ma nièce, la fille de mon frère, des cours de piano auprès de cette dame. C'est pour son anniversaire.

— Alors toi, tu n'as rien à voir avec la télé ? insista Simona, pétulante.

Tancredi écarta les bras pour marquer son impuissance.

— Non, désolé.

Cela dit, si cette enfant parvenait à lui procurer l'adresse, le numéro de téléphone ou tout autre renseignement concernant Sofia, peut-être pourrait-il exaucer son vœu de passer à la télé.

— Sais-tu où je pourrais trouver cette Sofia ?

Simona se contenta de secouer la tête, puis son visage s'illumina.

— Ah, mais maintenant je me rappelle où je t'ai déjà vu. Tu es le monsieur aux jambes toutes nues qui attendait sur l'escalier de l'église, la semaine dernière !

Tancredi se releva avec un petit sourire gêné et tenta aussitôt de s'expliquer.

— Oui, c'est vrai. J'étais en short. C'est parce que, vois-tu, ce jour-là, je faisais mon jogging…

Il croisa le regard de Savini, qui, pour toute réponse, haussa un sourcil. À l'évidence, on était loin de ses méthodes habituelles. Cela dit, la petite n'avait l'air au courant de rien, alors Tancredi lui sourit.

— Bon, eh bien, ce n'est rien. Merci quand même.

Puis il s'adressa à la mère.

— Au revoir et désolé de vous avoir dérangée.

— Aucun problème.

Elle aurait bien voulu ajouter : « Vous ne m'avez pas dérangée du tout… au contraire », mais devant sa fille, ce n'était pas très judicieux.

Tancredi retourna vers la Bentley, dépité.

— Rien à faire…

Gregorio Savini, quant à lui, remonta dans la voiture satisfait. En quelque sorte, il venait de démontrer que sans lui, Tancredi n'irait nulle part.

— Monsieur !

Simona avait échappé à sa mère et se précipita vers eux. Savini ravala ses jubilations.

— Sofia donne cours au conservatoire tout l'après-midi, et un jour sur deux à l'église des Fiorentini sur la *piazza dell'Oro.* Si vous allez là-bas, vous la trouverez sûrement.

Tancredi grimpa en voiture et lui décocha un grand sourire.

— Merci…

Puis il murmura :

— Surtout ne le dis pas à ta maman, mais dimanche, je ferai venir une équipe de télévision pour faire un reportage, rien que pour toi !

— C'est vrai ? Merci ! exulta Simona avant de rejoindre sa mère en coup de vent.

Tancredi claqua sa portière.

— L'après-midi au conservatoire ou à la *piazza dell'Oro*… Tu vois, Gregorio ? Et toi qui ne me faisais pas confiance.

— M. Savini, je vous prie. Ça me donne une certaine importance, ajouta-t-il en jetant un coup d'œil dans le rétroviseur.

Tancredi se cala dans son siège en ricanant. Gregorio accéléra et la Bentley fila à toute vitesse.

— Sofia. J'aime beaucoup ce prénom. Je ne connais personne qui s'appelle comme ça.

Il continua à fantasmer sur elle, ou du moins, sur le peu qu'il savait d'elle et sur tout ce qu'il était impatient de découvrir.

— Dites-moi, monsieur Savini, pourriez-vous m'obtenir quelques renseignements sur cette Sofia ?

— Mais certainement, monsieur Ferri Mariani.

— Oh non, continue à m'appeler Tancredi. Je déteste me donner des airs qui n'ont pas lieu d'être.

— Comme tu veux…

Savini le regarda une dernière fois dans le rétroviseur. Sofia. Encore un caprice à satisfaire. Qui sait quelle mouche avait piqué Tancredi cette fois ? Impossible à deviner, mais nul doute que cette femme serait bientôt archivée comme toutes les autres. Il ignorait encore qu'avec elle, tout serait beaucoup, beaucoup plus compliqué…

De son côté, Tancredi, pour la première fois depuis l'adolescence, réfléchissait à la stratégie qu'il allait adopter pour débarquer dans ces quartiers en ayant l'air le plus naturel possible.

Comment me présenter ? Riche, sportif, de nouveau en short et en tee-shirt ? Elle me prendrait pour un de ces abrutis obsédés par leur physique. Il songea à cette petite fille, Simona. Ça paraissait incroyable et pourtant elle l'avait bien repéré l'autre jour.

Lui n'avait pas du tout remarqué qu'elle s'était arrêtée en haut de l'escalier et avait assisté à toute la scène. Autrefois, ce genre de détail ne lui aurait jamais échappé. Sofia lui avait tourné la tête.

Carla Francinelli roulait tranquillement. Du coin de l'œil, elle avisa sa fille, à l'arrière, en train de feuilleter une revue qu'elle avait trouvée sur le siège. Elle finit par se décider à lui poser la question.

— Simona, que t'a dit ce monsieur quand tu es allée près de sa voiture ?

Surprise, la petite cessa de feuilleter le magazine. Elle n'avait pas pensé à préparer une réponse. Qu'allait-elle bien pouvoir répondre à sa mère ?

— Oh rien, que j'étais très gentille. Pourquoi tu me demandes ça, maman ?

— Je ne sais pas, quand tu es revenue, tu avais l'air d'être la personne la plus heureuse au monde… Il ne t'a pas parlé de la télévision, n'est-ce pas ?

Simona rougit un peu, mais essaya que ça passe inaperçu.

— Maman, non mais tu t'entends parler ? C'est une vraie obsession.

— Non, c'est toi qui fais une obsession là-dessus.

— J'aime la télévision et j'aime la musique, et alors ? J'ai toujours des bonnes notes, alors tu n'as rien à dire.

Carla Francinelli jeta un coup d'œil à sa fille. *« Tu n'as rien à dire. » Est-ce que j'aurais osé répondre comme ça à ma mère ? Je ne crois pas, non. C'est fou ce que les enfants ont changé ! Mais est-ce notre faute ? Ou bien celle de cette télévision qu'elle aime tant ?*

— Dis, maman, tu crois qu'il a inventé cette histoire de nièce ?

— Comment ça ?

— Peut-être que Sofia lui plait juste beaucoup, mais qu'il ne savait pas comment la retrouver…, expliqua-t-elle, amusée.

— Tu as trop d'imagination.

Simona haussa les épaules.

— Moi, je suis sûre qu'elle lui plait, et puis c'est tout.

Le silence retomba pendant un moment.

— De toute façon, ajouta Simona, s'ils se mettent ensemble, je serai bien contente. Sofia est très gentille, je l'aime bien, et lui… c'est un sacré beau mec !

— Simona !

— Mais, maman, c'est la vérité, tu ne trouves pas ? Hein, dis, tu ne trouves pas que c'est un beau mec ?

Comme par magie, une image de la semaine précédente s'imposa dans l'esprit de Carla. Son mari, Luca, en train de jouer à la PlayStation avec des amis de l'université. Sa calvitie naissante, son ventre de plus en plus proéminent, son tee-shirt un peu trop petit et ses lunettes qu'il portait un peu bas sur le nez. Ensuite, Tancredi lui apparut avec sa veste bleue, sa chemise blanche, son teint hâlé, son sourire et son regard profond. Un sacré beau mec. Oui, la définition lui correspondait. Cependant, Carla Francinelli était plutôt de nature diplomate, et surtout maman d'une petite fille qui grandissait à toute vitesse. Alors elle se contenta d'un simple sourire.

— Eh bien… disons que c'est un mec.

16

— Stop, ça ne va pas. Tu ne vois pas que tu as sauté deux notes ? Ici, il y a un mi et ici, c'est un do.

Sofia replaça les mains de son élève sur le clavier.

— Ah oui… C'est vrai, fit-il avec un long soupir.

Il ne manquerait plus que ce soit faux. Je ne comprends pas pourquoi certains parents veulent à tout prix qu'un membre de la famille soit capable de jouer du piano. Ce petit garçon abandonnera, c'est évident. Pourquoi gaspillent-ils leur argent ? Un gamin, surtout à cet âge, doit être motivé par la passion, sinon, dès qu'il en aura l'occasion, il laissera tout tomber.

— Quel âge as-tu, Saverio ?

— Neuf ans.

— Quelqu'un d'autre joue d'un instrument dans ta famille ?

— Oh, ma grand-mère était très douée au piano, mais elle est morte ; ma tante, la sœur de ma mère, en fait très bien aussi, mais elles se sont disputées. Et maman, elle aurait tellement voulu apprendre, mais elle n'a jamais eu l'occasion…

— Tu es fils unique, pas vrai ?

— Oui…

— Et toi, tu aimes jouer de la musique ?

Saverio se tut et baissa la tête avant de la relever vivement avec un petit sourire.

— Oui, ça va…

Ce que Sofia traduisit par : « Pas du tout, mais je n'ai pas le choix. »

Elle consulta discrètement sa montre. Il restait cinq minutes. Elle pouvait tenir.

— D'accord, Saverio. Alors parle-moi plutôt de ce que tu adores faire.

— Oh, plein de choses : regarder la télé, jouer à la PlayStation, à la Wii, lire des bandes dessinées… Je raffole de Dragon Ball et des Gormiti. J'aime bien aussi aller au cinéma, jouer au ballon. La piscine, pas trop, parce que c'est fatigant et puis il faut se sécher après.

La liste semblait loin d'être terminée. En somme, cet enfant avait de nombreuses passions, mais la musique n'en faisait pas partie. Pourtant, sa mère l'obligeait à passer quatre heures par semaine devant un piano. Tout ça parce qu'elle-même n'avait pas appris à en jouer alors que sa sœur oui. Et donc, ce pauvre enfant devait faire les frais d'une vieille rancœur vis-à-vis de sa tante ? Enfin, pauvre, il ne l'était pas. Ses parents habitaient une magnifique villa du quartier Parioli et, d'après ce qu'elle avait compris, son père était consul et toujours en vadrouille aux quatre coins du monde.

— J'aime bien chatter avec mes copains et aussi envoyer des messages.

Saverio continuait sa liste. Évidemment, il avait déjà un ordinateur et un téléphone portable à son âge. Il était bien trop jeune. Au fond, le piano lui faisait peut-être du bien. Elle consulta de nouveau sa montre. Ils allaient pouvoir en rester là pour cette fois.

— Très bien, Saverio, le cours est terminé. On se voit mardi.

Le petit garçon prit son manteau, son sac et sortit. Sofia rassembla les partitions. Elle avait proposé le *Prélude* et la *Suite anglaise en la mineur* de Bach à Allegra, une petite fille de dix ans qui adorait le piano, et celle-ci s'en était bien sortie. Elle-même avait étudié ces morceaux à l'âge de sept ans. Elle se les rappelait comme si c'était la veille. Elle ouvrit la partition, lut les premières mesures et ferma les yeux. Le son du piano résonna dans son esprit, les notes lui revinrent au galop, pleines, rondes. Puis elle vit les pieds d'une petite fille qui écrasaient les pédales tandis que ses mains couraient sur le clavier. La tête pleine de boucles de cette petite fille était penchée en avant. La concentration était si intense qu'elle se mordait la lèvre supérieure, mais elle rayonnait. Pour elle, c'était une promenade. Ensuite, son premier concert. Une grande salle, mille spectateurs, et cette petite fille de huit ans, pas impressionnée le moins du monde.

— Mi, la, la…

Une voix dans son dos l'arracha au souvenir qui l'avait propulsée vingt ans en arrière.

— Tu étais arrivée à ce passage ? Tu te rappelles, tu te trompais toujours à cet endroit ?

Sofia, qui n'avait pas encore rouvert les yeux, sourit. Elle avait reconnu cette voix. C'était Olja.

— Ouf, tu m'as épargné ça. Je n'étais pas encore à cet endroit.

Elle referma la partition.

— Si ça se trouve, tu l'aurais réussi cette fois. Il est plus facile de ne pas reproduire les mêmes erreurs.

— Cet endroit m'a toujours posé problème parce que j'aurais voulu que Bach l'écrive comme moi je l'entendais.

Olja la considéra avec indulgence.

— Il y a des choses qu'on ne peut pas changer, il faut les accepter telles qu'elles sont. En revanche, il y en a d'autres que l'on peut changer…

Sofia enfila sa veste.

— Je crois que je ne jouerai plus, Olja. N'insiste pas.

Olja ferma les yeux.

— Je ne parlais pas de ça, mais ça ne fait rien.

— À bientôt.

— Passe quand tu veux, je serai ici. Sinon, à mercredi.

Sofia sortit. Elle avait terminé plus tôt que prévu. Domitilla Marini, la jeune fille de son dernier cours, de 20 à 21 heures, n'était pas venue. Pas grave. Certes, ça ferait de l'argent en moins, mais la journée avait déjà été suffisamment fatigante comme ça. Une belle petite promenade avant de reprendre la voiture et de rentrer chez elle n'était pas une mauvaise idée. Elle partit d'un bon pas vers le Tibre, parcourut un tronçon du *corso Vittorio Emanuele* et traversa le pont qui menait à la *via della Conciliazione*. En proie à une étrange sensation, elle accéléra ; elle avait l'impression d'être suivie. Elle s'arrêta, fit semblant d'admirer une vitrine, puis fit brusquement volte-face. Un coup d'œil à droite, à gauche, puis au bout de la rue. Non, elle s'était trompée. Il n'y avait que quelques passants, des ados et un ou deux couples de touristes. Un commerçant fumait une cigarette devant sa vitrine, un autre raccompagnait une cliente à la porte de son magasin après ses achats, mais personne n'avait fait de mouvement brusque, personne ne s'était caché, bref personne ne semblait s'intéresser à elle.

Rassurée, elle emprunta un petit raccourci. Elle déboucha sur une petite place où elle aperçut un bar avec quelques tables en terrasse. Elle vérifia l'heure. Il était encore tôt. Alors elle décida de s'asseoir et de prendre un verre. Elle chercha à attirer l'attention d'un serveur à l'intérieur, mais il n'y avait personne. En se retournant, elle le trouva devant elle.

— Une petite photo ?

Un petit garçon d'une dizaine d'années vêtu d'un tee-shirt coloré qui lui descendait sous les fesses lui souriait. Cheveux sombres, yeux noisette. Il devait être originaire du Bangladesh.

— Quinze euros seulement…

— Seulement ? Tu demandes bien trop cher pour tes photos, et puis, tu devrais t'adresser aux bonnes personnes, lui conseilla-t-elle gentiment. Moi, je ne suis pas une touriste.

Le garçon sembla décontenancé pendant quelques instants, puis son visage s'éclaira et il sortit toutes sortes de babioles de la poche de son pantalon.

— Tu préfères un briquet ? Une lampe de poche ? Un petit cœur porte-bonheur ? Il rend les gens amoureux…

Sofia secoua la tête.

— Non merci, je ne fume pas et je n'ai besoin de rien.

Déçu, le petit garçon resta planté devant elle, les bras ballants.

— D'accord, voilà ce qu'on va faire…

Sofia ouvrit son portefeuille.

— Je te donne un euro si tu vas prévenir le serveur qu'il y a quelqu'un en terrasse qui aimerait commander.

— Tout de suite, m'dame…

Le petit garçon se dépêcha d'attraper son euro et courut dans le bar, tout heureux de sa mission. Sofia sourit, puis balaya la place du regard. De l'autre côté, on apercevait le Tibre et le château Saint-Ange. Les murs de ce dernier semblaient avoir été peints en orange. Sans doute le reflet du soleil couchant sur le fleuve. Quelques nuages roses bourgeonnaient dans le ciel.

— Bonjour, que prenez-vous ?

— Un bitter, s'il vous plait. Et des chips…

Curieux, elle aurait juré avoir déjà entendu cette voix. Mais oui ! Elle se tourna vivement. Dès qu'elle le vit, ses derniers doutes s'envolèrent. C'était bien lui. L'homme en short devant l'église, celui qui l'avait rattrapée par le bras dans l'escalier, celui qu'elle avait imaginé en faisant l'amour. Celui qu'elle avait cru ne plus jamais revoir. De toute évidence, elle s'était trompée. Elle rougit malgré elle.

— C'est vous ?

Il sourit.

— Eh oui, c'est moi.

— Alors vous habitez ici ?

— Vous aussi, on dirait.

Sofia s'efforça de surmonter son embarras et de feindre l'indifférence.

— Jamais je n'aurais imaginé que cet établissement vous appartenait…

— Pourquoi ? Si vous aviez su, vous ne vous seriez pas arrêtée ?

— Je ne dis pas ça, c'est juste que…

Le serveur arriva à ce moment. Sauvée par le gong.

— Vous désirez commander ?

— Oui.

Tancredi prit la situation en main.

— Alors, un bitter pour madame, et des chips…

Il se tourna vers Sofia.

— À propos, le bitter, blanc ou rouge ?

— Rouge…

— Donc, pour madame, un bitter rouge et des chips, et pour moi, une bière, merci.

— Parfait.

Le serveur s'éclipsa à l'intérieur.

Sofia plissa les yeux.

— Mais alors, ce n'est pas votre bar…

— Je n'ai jamais rien affirmé de tel.

— Mais vous l'avez laissé entendre.

Il la dévisagea avec un air curieux.

— Non, je vous assure… Au fait, j'étais persuadé qu'on se tutoyait, non ?

Sofia s'empourpra de nouveau.

— Si, je crois que si…

— Nous avons bien ri aussi, sur cet escalier…

— C'est vrai.

— Bref, tu m'as demandé : « Alors vous habitez ici ? » et j'ai répondu oui, mais jamais je n'ai prétendu que c'était mon bar. Tu permets ?

Il désigna la chaise à côté d'elle.

Sofia regarda autour d'elle. Peu de monde sur la place. Et les rues avoisinantes étaient presque désertes. À l'intérieur du bar, quelques clients prenaient l'apéritif, mais ce n'était pas ça le problème, ou plutôt sa véritable préoccupation. Il attendait toujours, avec le sourire, mais elle mettait trop de temps à répondre.

— Si tu préfères, je m'assieds à la table voisine et nous parlerons en élevant la voix…

Sofia pouffa.

— Non, non, assieds-toi ici.

— Trop aimable. Merci, répondit-il avec un soupçon d'ironie.

Cela dit, il était satisfait de ce premier pas. Pour l'instant, tout marchait comme sur des roulettes.

— Au fait, je m'appelle Tancredi…

— Sofia.

Ils se serrèrent la main.

— Sofia…

Tancredi fit mine d'analyser son nom.

— Tu sais que j'aurais parié que tu t'appelais comme ça…

— Ah oui ?

— Oui, je te le jure. Ce prénom te va à ravir. Je suis très sérieux.

Elle sourit.

— Merci.

Ce compliment semblait la ravir.

— Si tu veux mon avis, tu l'aurais parié parce que tu savais déjà que je m'appelais comme ça…

Le sourire de Tancredi s'envola et il essaya de paraitre le plus innocent possible.

— Moi ? Mais comment aurais-je fait ?

— Eh bien, à première vue, comme ça, je dirais que tu es retourné à l'église où nous nous sommes rencontrés et que tu as interrogé quelqu'un. Ou alors tu n'y es même pas retourné, tu l'avais peut-être déjà demandé le jour même. À mon ancienne professeure, par exemple, la dame qui dirigeait la chorale.

— Qui ça ?

— La dame plus âgée. Arrête, tu vois très bien de qui je parle, tu l'as vue dans l'église. Elle jouait de l'orgue…

— Ah oui. Non. Je ne le lui ai jamais adressé la parole…

— Bien sûr, parce que tu te doutais qu'elle m'en informerait aussitôt. Elle tient à moi.

Tancredi leva les mains.

— Mais pourquoi faut-il que je représente un quelconque danger ?

— Ce n'est peut-être pas le cas… Ou alors, si.

Le serveur réapparut à cet instant.

— Voici le bitter rouge de madame et la bière de monsieur.

Tancredi sortit son portefeuille et régla la note.

— Gardez la monnaie.

— Merci.

Le serveur s'éloigna.

— Tu ne m'as pas demandé la permission de payer pour moi, s'indigna Sofia.

— Il m'a semblé normal de t'offrir ce verre. C'est de la politesse élémentaire.

— Et si je n'en avais pas envie ?

— Alors c'est trop tard. Tu règleras l'addition la prochaine fois.

— Quelle prochaine fois ?

— Nous serons peut-être amenés à nous revoir, va savoir… La vie est pleine de surprises. Regarde, nous… Des années sans jamais se rencontrer et voilà qu'en une semaine, nous nous croisons deux fois.

— Je reste persuadée que ce n'est pas le fruit du hasard…

Tancredi but une gorgée de bière et s'essuya la bouche avec une serviette en papier.

— Excuse-moi, Sofia, mais c'est un peu présomptueux de ta part…

Sofia goûta à son tour à son bitter, calmement.

— Mmm… Possible.

— Si ça c'était passé comme tu le prétends, ça voudrait dire que j'ai de l'attirance pour toi.

— On peut dire ça… Oui.

Tancredi ne s'attendait pas à cette réaction.

— Mais.

— Mais quoi ? Excuse-moi, ce n'est pas toi qui m'as retenue par le bras devant l'église ?

— Si.

— Ce n'est pas toi qui m'as déballé toute une théorie sur le cours de nos vies qui pouvait changer et sur nos personnages dans un tableau de Magritte ? Tu as dit que nous n'étions pas…

— Une pipe…

— Exact. Et que nous pouvions tout aussi bien être les protagonistes de je ne sais plus quelles autres scènes. C'est bien toi, ou je me trompe ?

— C'était moi, mais… alors tu as tout retenu ?

— Plus ou moins. Disons que ça reste l'un des moments les plus originaux que j'aie vécus ces dernières années.

— Ils sont nombreux à tenter leur chance ?

— Bzz.

— C'est quoi, ça ?

— C'est le signal de haute tension : quand tu me poses une question qui ne me plait pas ou que tu sors des rails, tu te prends une décharge électrique, c'est clair ?

Tancredi baissa les bras, comme pour dire : « C'est bon, je me rends. » Cette femme lui plaisait beaucoup, mais ça n'allait pas être simple. Il ne parvenait pas à mettre le doigt sur ses points faibles, pour peu qu'elle en ait. Elle semblait détachée de tout et de tout le monde. Une phrase de son père lui revint en mémoire : « Tout le monde a un point faible, il suffit d'avoir le temps et l'argent pour le découvrir. » Il posa son verre et prit une chips. À la réflexion, il n'était pas pressé. Et le reste ne posait pas vraiment de problème.

Au contraire, la difficulté rendrait la partie encore plus amusante.

Sofia acheva son bitter.

— Tu veux autre chose ?

— Non, merci. Et toi, qu'est-ce que tu veux, Tancredi ?

Là, ce n'était plus de la plaisanterie. Il l'observa de plus près. Elle était belle, très belle. Les cheveux lâchés, une robe décolletée mais pas trop, ample au niveau de la taille, en coton léger, avec de jolis petits motifs. Sa bouche pleine ne souriait pas. Tancredi n'était pas prêt pour cette question. Elle était trop directe. Et on ne mentait pas à quelqu'un comme elle.

— Alors ? Qu'est-ce que tu veux, Tancredi ?

— Bzz. Moi aussi, j'ai des câbles à haute tension. Question imprévue au programme. Pas de réponse disponible.

Sofia le scruta. Il soutint son regard. Cette lutte silencieuse dura un certain temps, puis il décida de capituler en premier et sourit.

— D'accord… Ne nous disputons pas.

— Mais ce n'est pas une dispute.

— Que faisons-nous alors ?

— Nous essayons d'avoir une conversation d'adultes. Seulement, l'un de nous deux n'a pas envie de se comporter en adulte.

— Bzz.

Sofia en avait marre des plaisanteries.

— Et le pire, c'est qu'il copie mes idées… Pardon, qu'il me les vole.

— D'accord. J'abandonne. Soyons des adultes. Ça te va ?

— Je demande à voir.

— Pourquoi ne peux-tu pas simplement te réjouir que le hasard nous ait de nouveau réunis ?

— Je te l'ai dit. Je ne crois pas que ce soit le fruit du hasard.

— Mais pourquoi, enfin ? C'est comme si tu ne croyais pas aux contes de fées…

— Ça, c'est différent, mais il y a un temps pour les contes de fées et le nôtre est peut-être déjà loin. Et puis, les contes ne sont beaux que parce qu'ils sont courts.

— C'est-à-dire ?

— Si le récit continuait après le « et ils vécurent heureux », je te garantis que la fin serait très, très différente.

— Donne-moi un exemple.

— Blanche-Neige finirait par ne plus supporter les sept nains, Cendrillon enverrait paître ses deux horribles belles-sœurs et peut-être qu'avec son prince charmant insipide… bref, peut-être que ça ne marcherait pas sur le long terme.

— Tu es cynique.

— Réaliste.

— D'accord, soupira Tancredi. Ce n'était donc pas le fruit du hasard. Tu préfères parler de destin ?

Sofia inclina la tête sur le côté et grimaça comme pour dire : « Tu tiens vraiment à continuer dans cette voie ? »

— Je voulais parler… d'un destin appelé Simona, compléta Tancredi, résigné à jouer franc jeu.

— Simona ? Simona comment ? Nous avons une amie commune ?

Sofia passa rapidement en revue toutes ses collègues et ses amies, mais aucune Simona n'y figurait.

— Cheveux bouclés, très mignonne, un joli sourire et, détail non négligeable, elle a six ans. Tu l'as prise dans tes bras à l'église.

— Ah.

Elle sourit à l'évocation de cette petite chipie pleine de taches de rousseur. Mais oui, Simona Francinelli, sa préférée, excellent élément de la chorale. *Non mais je rêve. Ce type est retourné dans l'église et a interrogé une petite fille. Ensuite, il est parti à ma recherche sur la* piazza dell'Oro *et si ça se trouve, il est ici depuis…*

— Je suis arrivé à 18 heures. Je ne t'ai consacré qu'une partie de l'après-midi. Avant, ce n'était pas possible.

Tancredi avait lu dans ses pensées.

Sofia l'étudia un peu plus attentivement. Il n'était plus en short ; il portait une chemise décontractée et un jean noir délavé à boutons, une belle ceinture neuve et des mocassins Tod's. Visiblement, il avait de l'argent à dépenser et plein de temps libre. Il était beau, très beau. Et sympathique aussi, mais il ne devait pas avoir beaucoup de scrupules, s'il était capable de déranger une petite fille de six ans pour retrouver une femme qu'il avait envie de mettre dans son lit.

— Tu aurais pu te faire arrêter pour pédophilie, tu aurais eu de sacrés ennuis.

— Tu n'imagines pas tous les risques que j'ai pris pour te revoir. Cela dit, j'ai parlé avec sa mère… Pas d'inquiétude.

Sofia continua à le dévisager. Il y avait autre chose que de l'arrogance dans ses yeux bleus. Oui, il était fier de son physique, de son charme, mais il semblait à la recherche de quelque chose, être en proie à une étrange tourmente. Sous la beauté, on décelait une certaine souffrance chez lui. Un homme bien plus complexe qu'il n'y paraissait. Voilà, c'était ça. Une part de sa personnalité était enjouée, amusante, et l'autre enveloppée de tristesse, semblable à des flots agités par un violent courant. L'espace d'un instant, elle fut même tentée de lui prendre la main et de le rassurer, de rire avec lui, de lui dire que oui, tout irait bien et, sans même savoir pourquoi… *Mais qu'est-ce que je fiche ?* Soudain, elle eut une vision de son amie Lavinia dans la voiture avec son amant. Ils se déshabillaient avec ardeur, puis la voiture se mettait à osciller, leur étreinte était furieuse, leurs mains s'imprimaient sur la buée des vitres : coupables. Ensuite, elle se visualisa dans la même situation et en fut dégoûtée. Et Andrea qui était à la maison, devant son ordinateur, en train de lire, sans se douter de rien, de se documenter, de se distraire, de s'occuper comme il pouvait en attendant son retour ; de temps en temps, il consultait sa montre, puis l'horloge du salon, et il soupirait tandis que d'interminables minutes s'écoulaient. Était-elle prête à jeter tout ce qu'elle avait bâti jusqu'à ce jour, pour un caprice, pour un homme… ?

Oui, elle éprouvait quelque chose pour ce Tancredi. Une attraction physique, l'envie de se distraire, de prendre une bouffée d'air, de pimenter un peu sa vie. Cela durerait quelques semaines sûrement, peut-être un mois, et après ? Cet homme voulait juste s'amuser. Et elle ? Que voulait-elle ? La même chose ? Elle n'était sûrement pas la seule à connaitre ce genre d'attirance ? Transgresser les règles, tout envoyer valser, oublier ses principes, trahir ses valeurs, pour quelques heures, juste pour quelques heures, et puis revenir dans le droit chemin… Bzz. Non. Impossible. Ça aurait pu être très sympa, mais que se passerait-il ensuite ? Elle se sentirait sale et malheureuse. Elle voyait d'ici la tête qu'elle ferait en rentrant chez elle. Elle croiserait le regard d'Andrea, tenterait de sourire, mais quelque chose clocherait. Il comprendrait.

Andrea dans son lit. L'ordinateur est éteint. Sofia sur le seuil. Le silence, lourd. Puis : « Tu as couché avec quelqu'un d'autre, c'est ça ? »

Elle acquiesce, simplement. Que dire de plus ? Elle est incapable d'inventer quoi que ce soit, ni mensonge, ni excuse. Alors elle baisse les yeux et se contente de répondre : « Oui. »

Brusquement, elle se leva.

— Je ne peux pas.

Elle lui sourit avec douceur, presque avec tendresse, s'excusant de tout ce qu'elle avait vu et imaginé.

— Je suis désolée…

Tancredi se leva à son tour et tenta d'intervenir.

— Je voulais juste t'inviter à déjeuner, à prendre un autre apéritif, histoire de faire un peu connaissance et de comprendre si nous sommes vraiment faits pour…

— Chuuut.

Elle posa un doigt sur ses lèvres. Il se tut. Le silence retomba pendant quelques instants.

— Puis-je au moins te raccompagner ?

— J'ai ma voiture.

— Je t'accompagne jusque-là, alors.

Sofia n'eut pas le courage de refuser. Ils se mirent en marche sans un mot, côte à côte. De temps en temps, Sofia se tournait vers lui et le contemplait, elle profitait des quelques instants qui leur restaient. Elle s'imprégnait de ses yeux, de ses lèvres, des commissures de sa bouche, des ridules sur son visage, de ses longs cils, sombres, du bleu profond de ce regard plein de vie. Elle s'en nourrissait presque. Là-bas, à cette table, elle était redevenue la jeune fille qu'elle avait été, capricieuse et heureuse, vive d'esprit, piquante, et ça l'avait amusée de flirter avec lui et de rêver un peu, juste pour goûter à un peu d'amour. Cependant, comme elle l'avait dit elle-même : le temps des contes de fées était révolu.

— Voilà, je suis arrivée.

— C'est ta voiture ?

— Oui.

Tancredi sourit. Cette fois, il ne voulait plus avoir de doute sur sa plaque minéralogique.

— J'ai passé un excellent moment avec toi, déclara-t-elle.

— Moi aussi. Quand pouvons-nous nous revoir ?

— On ne se reverra pas.

— Mais tu viens de dire que tu as passé un bon moment avec moi.

— Justement.

Sofia monta dans sa voiture et baissa la vitre.

— S'il te plait, ne cherche plus après moi.

Et elle démarra.

Tancredi resta planté au milieu de la route. Encore une fois, elle le stupéfiait, il ne s'était pas du tout attendu à cette réaction. Il sortit son calepin et, avant de l'oublier, nota le numéro d'immatriculation de sa voiture. Puis il sortit un Polaroid de la poche de sa veste. Il l'avait acheté à ce petit garçon du Bangladesh. Il la contempla. Sofia était toujours aussi belle, mais elle arborait une expression surprise. Ce petit garçon avait pris la photo en traître, elle ne s'y attendait pas. Tout ce qui relevait de l'imprévu, qui la déviait de sa trajectoire, agaçait Sofia. Tancredi sourit en pensant à son prochain coup, mais surtout à la réaction que celui-ci allait susciter chez elle.

17

Des années plus tôt.

Dans le jardin de la grande villa, le jardinier élaguait le magnolia.

Ce dernier trônait au centre de la propriété depuis de nombreuses années et avait beaucoup grandi. Il atteignait désormais les sept mètres. Bruno en était fier ; l'arbre avait été planté alors qu'il venait d'être engagé et témoignait de tout le soin, l'attention et la passion qu'il mettait dans ce jardin. Soudain, un grondement lointain l'avertit que son moment de plénitude touchait à sa fin. Une Aston Martin rouge déboula dans l'allée et freina sec, expédiant autour d'elle le gravier blanc qui avait eu le malheur de se trouver sous ses pneus. Un cabriolet Maserati arriva dans la foulée.

Tancredi descendit de l'Aston Martin.

— Salut, Bruno. Tu veux bien demander qu'on nous nettoie les voitures ?

Il était accompagné d'Olimpia, une magnifique jeune fille vêtue d'une robe légère en lin blanc ornée de quelques roses stylisées. Elle portait aussi un petit sac à main équipé d'une lanière en chaînette verte et des espadrilles rouges. Une tenue à l'accent bucolique, tout à fait de circonstance en ce début de juin ensoleillé et en harmonie avec les champs couverts d'épis bien mûrs.

Deux jeunes hommes et une autre jeune fille, Giulietta, descendirent de l'autre véhicule. L'un des deux garçons prit cette dernière par le bras et désigna la demeure.

— Tu vois ? Exactement comme je te l'avais décrite.

— Oui, elle est magnifique.

— Allez, venez !

Les jeunes se précipitèrent dans la maison.

— Maman, tu es là ?

Tancredi traversa quelques pièces en enfilade, entrainant les autres dans son sillage, puis aperçut sa mère dans le salon.

— Ah ! Te voilà ! On ne te dérange pas ? Je suis avec des copains.

— Bonsoir, madame. Je m'appelle Riccardo et voici Giulietta.

— Et moi, c'est Francesco, enchanté.

— Et cette jolie demoiselle, c'est Olimpia, maman. Tu te souviens ? Je t'ai déjà parlé d'elle.

Emma, la mère de Tancredi, les salua tous, mais son regard s'attarda sur Olimpia. Depuis que Tancredi était au lycée, on ne comptait plus ses petites copines, mais celle-ci était la première qui semblait l'avoir réellement conquis et dont il ne s'était pas lassé tout de suite.

— Ah ! Je te rencontre enfin.

Elle étudia la jeune fille d'un peu plus près.

— Tu es encore plus jolie que dans les descriptions de Tancredi.

Olimpia sourit, consciente de sa beauté.

— Merci, madame.

— Papa n'est pas là ? intervint Tancredi, appréhendant ce qu'aurait pu ajouter sa mère.

— Il est retenu à Milan pour le travail. Peut-être rentrera-t-il ce soir.

La présence de Vittorio dans leur vie avait toujours été assez sporadique. Tancredi haussa les épaules.

— Et Claudine, où est-elle ?

— Ta sœur est au bord de la piscine, elle lit.

— D'accord. Allons la rejoindre, lança Tancredi à ses amis.

Ils saluèrent sa mère et récupérèrent leurs sacs dans les voitures avant de se diriger vers la piscine.

— Il y a des cabines pour se déshabiller…

— O.K.

À l'insu du reste du groupe, Tancredi prit Francesco par le bras et lui souffla :

— Ma sœur va te plaire, tu vas voir.

Au début, Francesco lui adressa un sourire indécis, sans répondre. Après réflexion, il opta pour l'humour.

— Espérons plutôt que je vais lui plaire !

Tancredi lui donna une claque sur l'épaule.

— Mais oui, t'inquiète…

Cependant, il n'en était pas si sûr.

Sa sœur, Claudine, traversait une phase étrange, elle ne voulait voir personne. À dix-neuf ans, elle n'avait encore jamais eu de petit copain et n'avait jamais craqué pour personne, du moins pour autant qu'on sache. Tancredi observa son ami Francesco du coin de l'œil. Oui, lui, il serait parfait. De nature assez calme et naïve, c'était le candidat idéal pour le rôle du premier amoureux. Cette idée le fit sourire. Il imagina Claudine avec lui au cinéma ou au théâtre, ensuite à la pizzeria ou dans un bon restaurant, et pour finir, au lit. Il faillit éclater de rire. Heureusement, ils étaient arrivés à la piscine et il put se concentrer sur autre chose.

— Claudine ? Tu es là ? Rhabille-toi, parce que je débarque avec une bande de potes complètement en rut !

Giulietta lui jeta un regard noir. Riccardo s'esclaffa.

— Pour une entrée en matière, tu fais fort…, releva Francesco.

— Autant aller droit au but, non ?

Claudine se leva du transat où elle se reposait, à l'ombre d'un arbre.

— Salut, gros crétin. Heureusement que tu as prévenu, j'étais à poil.

— Ah zut, dommage. La prochaine fois, je ne dirai rien…

Ils passèrent aux présentations.

— Voici Riccardo et Giulietta, et lui, c'est Francesco…

Tancredi guetta un signe d'intérêt chez sa sœur. Inutile, celle-ci resta totalement indifférente.

— Et elle, c'est Olimpia.

Claudine daigna enfin sourire.

— Ah enfin ! La sainte !

Ce surnom sembla contrarier Olimpia ; Claudine s'en aperçut et essaya aussitôt de se justifier.

— Je fais allusion à ta patience d'ange ! Comment parviens-tu à supporter mon frangin ? Ça me dépasse. Il ne tient pas en place, une vraie pile électrique. En plus, c'est toujours lui qui doit décider de tout et, le pire, c'est qu'il n'en fait qu'à sa tête !

— Hé oh ! Merci de faire ma pub ! Si elle me quitte, tu pourras m'en retrouver une comme ça ?

Cette phrase déplut à Olimpia.

— C'est impossible…, rétorqua-t-elle avec un petit sourire crispé.

Tancredi tâcha de retomber sur ses pattes.

— Exact, il n'en existe aucune autre comme toi. D'ailleurs, c'est pour ça que je lui en veux autant de déblatérer sur moi. Si je te perds, je suis fichu…

Il tenta de l'embrasser, mais Olimpia se libéra aussitôt de son étreinte.

— C'est ça ! Si tu crois t'en sortir aussi facilement… Ce n'est pas toi qui décides, qu'est-ce que tu crois ? Bon, je croyais qu'on était venus profiter de la piscine ?

Giulietta approuva d'un hochement de tête.

— Oui ! Oui ! répondirent les autres en chœur.

— Tu devrais venir dans l'eau, ça rafraîchira tes ardeurs, conseilla Olimpia à Tancredi avec un sourire narquois. D'ailleurs… tu devrais plonger tout de suite !

Elle le poussa en traître et il culbuta dans le bassin, déclenchant l'hilarité générale. Giulietta sauta sur l'occasion et bouscula Riccardo de toutes ses forces. Pris au dépourvu, ce dernier battit l'air avec les bras pour tenter de garder l'équilibre, en vain. Il tomba dans l'eau à côté de Tancredi. Francesco était le dernier garçon au sec. Il observa ses amis qui remuaient les jambes pour ne pas couler, alourdis par leurs vêtements mouillés. Soudain, il repéra un mouvement du coin de l'œil. Trop tard.

— Et maintenant, à ton tour…

Claudine se précipita sur lui, les deux mains en avant pour le propulser dans la piscine, mais Francesco l'esquiva et ils commencèrent à lutter. Olimpia et Giulietta coururent à son secours et elles s'associèrent pour régler le sort de Francesco. Il attrapa Claudine et la serra contre lui pour l'entrainer dans sa chute, mais les autres réussirent à la libérer et il termina dans l'eau comme ses deux amis.

— Toi, tu as le sens de l'hospitalité, merci beaucoup, petite sœur ! lança Tancredi.

— Avec plaisir…

Puis elle se tourna vers Olimpia et Giulietta.

— Allez, venez, je vous montre où enfiler votre maillot… Ces hommes, je vous jure, toujours trop pressés pour se changer avant de se baigner !

— C'est vrai…

— Mais oui… De vrais gamins.

Et elles partirent vers les cabines en riant.

En un rien de temps, tout le monde se retrouva dans la piscine. Ils passèrent un excellent après-midi sous le signe du soleil, de la chaleur, des plongeons et des plaisanteries. Riccardo s'assoupit sur un matelas gonflable au beau milieu du bassin et, lorsque l'heure du goûter arriva, ses amis ne purent s'empêcher de le renverser dans l'eau pour le réveiller. Maria Tondelli, la bonne, leur apporta du thé froid à la menthe, à la pêche et aux fruits rouges, ainsi que des biscuits faits maison au chocolat, à la crème, à la vanille et à la cannelle. Maria déposa le grand plateau sur la petite table en fer forgé, non loin des transats, puis s'adressa à Claudine.

— J'ai mis ceux que tu adores.

Claudine sourit.

— Merci.

Elle s'entendait très bien avec Maria Tondelli, ce qui surprenait tout le monde étant donné son caractère très introverti. La domestique s'éloigna et les jeunes se jetèrent sur les biscuits.

— Mmm, délicieux.

Tancredi en piocha un au chocolat.

— Tu sais, Francesco, Claudine les réussit très bien aussi.

Francesco le dévisagea, interloqué. Était-ce encore une blague ?

— Ah bon, tu as un tel talent ?

— Parce que tu crois encore tout ce que dit mon frère ? Rappelez-moi depuis combien de temps vous vous connaissez ? En tout cas, c'est faux : je suis nulle en cuisine…

Tancredi refusa de lâcher le morceau.

— Peut-être, mais tu as tellement d'autres qualités que ça ne saurait échapper à un homme pourvu d'un peu de cervelle…

Claudine se mit à rire.

— Il essaie de t'embrouiller et de te convaincre que je suis douée pour je ne sais quoi…

Malgré lui, Francesco pensa au sexe et cette idée l'excita.

— Ah bon…

Claudine s'en aperçut, mais fit semblant de rien. Ou plutôt, changea de conversation.

— Au fait, tu as des nouvelles de Gianfilippo ?

De temps à autre, Tancredi donnait un petit coup de coude taquin ou lançait une plaisanterie à Olimpia, tentant de rattraper le coup, mais celle-ci le boudait.

— Non, et toi ?

— Oui. Il ne pouvait pas venir ce week-end parce qu'il devait étudier. Il a passé deux examens. Tu te rends compte qu'il va bientôt avoir terminé l'université ?

— Oui.

Tancredi essaya d'embrasser Olimpia qui se déroba à son énième tentative en riant.

— Il doit tenir de papa, ajouta-t-il. Nous, par contre, on a plutôt hérité des gènes de maman : on préfère s'amuser.

Pour finir, Tancredi réussit à voler un baiser à Olimpia par surprise. Elle commença par résister, les lèvres pincées, puis céda.

— Oui…, fit Claudine. C'est possible…

Elle se rembrunit et s'éloigna en grignotant un biscuit. Elle s'arrêta non loin, ôta ses grandes lunettes de soleil, les jeta sur un transat. Puis, sans crier gare, elle s'élança vers la piscine et exécuta un plongeon parfait, les jambes bien collées l'une à l'autre, sans éclaboussures. Elle refit surface au milieu du bassin, rabattit ses cheveux assombris par l'eau en arrière et se mit à nager la brasse. Ses mouvements étaient parfaits. D'où il était, Francesco voyait ses longues jambes bronzées se plier et se tendre. Arrivée près du bord, elle exécuta une culbute et se propulsa avec les pieds contre le mur. Elle nagea sous l'eau quelques mètres, puis émergea et acheva sa longueur à la brasse. Au bout d'un moment, elle s'arrêta, plongea la tête sous l'eau et ne la ressortit pas tout à fait, expirant longuement, le nez juste au-dessus de la surface. Francesco fut impressionné par ses yeux verts. Elle était très belle, sexy et mystérieuse, avec tous ses non-dits et ses secrets. Il ne la cernait pas du tout, mais elle lui plaisait beaucoup. Soudain, elle sembla avoir une idée et retrouva tout son entrain.

— Dis donc, Tanc', et si tes amis et toi restiez pour le dîner ?

Tancredi caressa Olimpia, puis interrogea les autres.

— On pourrait plutôt aller manger un bout tous ensemble quelque part dans les environs ? Il y a plein de super restos !

— Peut-être, mais nous, on a Franca ! C'est la meilleure cuisinière au monde ! Elle te prépare tout ce que tu veux, et bien mieux que dans n'importe quel restaurant… Tu sais que papa est très pointilleux sur la cuisine. Et de toute façon, je n'ai pas envie de sortir !

Tancredi poussa un grognement. Avec elle, c'était toujours la même chose. Il fallait se lever tôt pour la convaincre de sortir de la maison. Toutefois, ce n'était pas le moment de se disputer, pas devant les autres.

— Comme tu veux. Vous êtes d'accord ? demanda-t-il aux autres.

— Oui, bien sûr.

— Moi, ça me va.

— Moi aussi !

Personne n'avait d'objection.

— Vous avez des préférences ? s'enquit Claudine, rayonnante. Plutôt dîner piémontais, lombard, cuisine toscane, sicilienne, ou quelque chose de français ? Je donnerai toutes les instructions à Franca… Je vous jure : chaque soir, je lui lance des défis impossibles, mais je n'ai encore jamais réussi à la coincer. D'ailleurs, à force de chercher de nouvelles idées de plats, je vais finir par devenir cuisinière aussi !

Les filles optèrent pour un repas français, avec des crêpes salées en entrée et plusieurs desserts pour terminer. Elles étaient curieuses de savoir si Franca était capable de préparer du gibier. Olimpia et Giulietta se rappelaient les mets très particuliers qu'elles avaient goûtés dans un restaurant français.

— C'était du chevreuil en sauce.

Fidèle à sa réputation, Franca maîtrisait bien entendu cette recette.

— Vous le préférez avec une sauce au vin ou une sauce blanche ?

Cette question prit les jeunes filles au dépourvu.

Ensuite, ils allèrent prendre une douche. Claudine dans sa chambre, Francesco et Riccardo dans l'une des chambres d'ami, et Giulietta dans une autre, pour elle seule. Tancredi, qui s'était fait pardonner, accompagna Olimpia dans celle qui lui avait été réservée, mais l'emmena d'abord dans la sienne sous un prétexte quelconque.

— Je veux te montrer ma salle de bains, elle est plus chic, tu vas voir…

Il ferma la porte derrière eux. Olimpia le laissa lui ôter son maillot avec un petit sourire coquin et peu après, ils s'embrassaient sous l'eau chaude. Le jet puissant leur noyait le visage, mais ils ne s'en souciaient pas, tant ils étaient pris dans la danse passionnée de leurs bouches. Les mains de Tancredi palpaient, fouillaient, caressaient avec douceur… Puis il la plaqua contre le mur et lui releva les jambes.

— Fais attention…

Elle fut incapable d'ajouter quoi que ce soit, hormis un soupir de volupté lorsqu'il pénétra en elle. Submergés de désir, ils s'étreignirent un moment sous l'eau chaude, puis il l'entraina sur le lit. Encore mouillés, ils s'aimèrent avec passion, se léchèrent, se goûtèrent, se mordirent, jusqu'à se perdre… Soudain, Tancredi se redressa au-dessus d'elle, en silence. Par la fenêtre, les rayons du soleil couchant se déversaient sur eux. Il la regarda dans les yeux et, estimant le moment propice, lui dit une chose qu'il n'avait encore jamais dite à personne.

— Je t'aime.

Elle le dévisagea, illuminée par un sourire incroyable, et le serra très fort contre elle avec un énorme soupir.

— Je voudrais que tes mots s'impriment dans mon cœur et que tu signes en dessous. Comme ça, tu ne pourrais jamais nier les avoir prononcés… Alors comme ça, tu m'aimes…

Caché dans ses bras, Tancredi souriait, mais était incapable de soutenir son regard. Olimpia se tortilla dans tous les sens pour croiser le sien.

— Eh ! Que se passe-t-il ? Tu as déjà changé d'avis ? le provoqua-t-elle en riant.

Olimpia croquait la vie à pleines dents, avec un enthousiasme débordant. Peut-être était-ce ça qui le rendait aussi fou d'elle.

Alors Tancredi se redressa et la regarda dans les yeux.

— Non, je te l'ai dit : je t'aime. Où est-ce que je signe ?

Un peu plus tard, ils se retrouvèrent tous pour le dîner. Les crêpes salées étaient un régal. Francesco, qui semblait en connaitre un rayon sur le vin, était descendu à la cave avec Claudine pour choisir ceux de leur repas. Ils y étaient depuis si longtemps que tout le monde, surtout Tancredi, s'imagina le pire, ou plutôt le mieux. Lorsqu'ils réapparurent, les moqueries fusèrent.

— Ah enfin ! Vous y êtes arrivés !

— Alors ? Vous vous êtes perdus en chemin ? Ou alors… vous vous êtes trouvés ?

Ils posèrent les bouteilles sur la table et Francesco s'assit, l'air un peu agacé.

— Il y a plus de cinq mille vins dans cette cave, je vous signale.

— Qu'as-tu sélectionné pour nous ?

Leur choix s'était porté sur du vin français, pour rester dans le thème du repas, du Château La Mondotte Saint-Émilion.

Contrairement à Francesco, Claudine était sereine et souriante.

Le repas se poursuivit dans le calme. Une fois de plus, Franca s'était surpassée. La mère de Claudine et de Tancredi avait préféré manger plus tôt pour ne pas les déranger, et leur père avait prévenu qu'il ne rentrerait pas avant le lendemain.

Vers minuit, les invités prirent congé.

Claudine les salua en parfaite maîtresse de maison.

— Vous reviendrez bientôt, promis ?

Les voitures avaient été nettoyées et Tancredi décida de ramener Francesco et Olimpia chez eux. Ils raccompagnèrent d'abord Olimpia. Tancredi l'embrassa sur le seuil.

— Ton discours tient toujours ? lança-t-elle avant qu'il s'en aille.

— Lequel ?

— Celui que tu m'as tenu dans ta chambre.

— Je ne me rappelle pas…

Elle comprit qu'il plaisantait.

— Imbécile.

— Mais bien sûr, mon amour. Je t'aime. Et puis, j'ai signé, non ?

Ensuite, Tancredi se dépêcha de regagner sa voiture et démarra. À présent qu'ils étaient enfin seuls, il jeta un coup d'œil à Francesco.

— Alors, comment trouves-tu ma sœur ?

La question l'avait démangé tout l'après-midi.

— Très jolie, et super sympa.

Tancredi acquiesça, satisfait.

— Bien.

Francesco se tourna vers lui.

— Il y a juste un petit problème.

— Ah bon, lequel ?

— Elle a déjà quelqu'un.

Tancredi resta bouche bée. Celle-là, il ne l'avait pas vue venir.

— Qu'est-ce que tu en sais ?

— Elle me l'a dit.

— Quand ça ?

— À la cave, pendant qu'on choisissait le vin.

— Ah, c'est pour ça que tu avais cette tête en remontant.

— Oui…

— C'est qui ?

— Elle n'a pas précisé. Et si même toi, tu n'es pas au courant, tu penses bien qu'elle n'allait pas me le raconter.

— Très juste.

Après ça, Tancredi se tut. Un homme dans la vie de sa sœur. Jamais il ne l'aurait imaginé.

18

L'énorme yacht mouillait au large de l'*Isla Mujeres*, au Mexique. Ce matin, à l'aube, Tancredi était parti au large en canot avec Estéban. Estéban était employé sur le bateau, il s'occupait de renflouer les cales ; c'était aussi un excellent pêcheur.

Tancredi adorait la pêche. Il la pratiquait depuis son plus jeune âge, c'était d'ailleurs la seule chose qu'il ait jamais partagée avec son père. Son frère Gianfilippo trouvait ça ennuyeux à mourir et Claudine, elle, détestait carrément. Un jour, elle avait surpris leur père et Tancredi en train de sortir la barque. Ils étaient encore enfants, ils passaient des vacances en famille aux Maldives. Tendre et sensible comme elle l'était, elle les avait grondés.

— Plein de gens s'amusent déjà à détruire notre planète… Il faut aussi que vous vous y mettiez en assassinant les poissons ?

Comme à son habitude, leur père avait tenté de la rassurer avec calme, sagesse, et surtout pragmatisme.

— Ma puce, nous, nous le faisons pour le sport. Les autres ne sont attirés que par l'appât du gain. Et de toute façon, dis-toi bien que c'est la loi de la nature. Tu te souviens de ce plat que tu as adoré hier soir ? Tu sais ce qu'il contenait ?

Claudine avait attendu la réponse.

— Du homard, un crustacé. Il a été pêché et tu l'as mangé. Ça t'a plu, non ? Alors explique-moi la différence avec ce que nous nous apprêtons à faire.

Assaillie par un gros sentiment de culpabilité, Claudine s'était sauvée. Leur mère, qui prenait le soleil devant leur bungalow, avait vu rentrer sa fille en larmes et claquer la porte derrière elle. Il lui avait fallu toute la matinée pour la convaincre qu'elle n'était pas responsable de la mort de ce homard. Elle avait fini par la convaincre, mais avait dû pour ça renoncer à un bon massage, la raison principale pour laquelle elle avait choisi le *Conrad Rangali Resort* aux Maldives.

Naturellement, Vittorio et Emma s'étaient disputés.

— Alors comme ça, ça t'amuse de traumatiser ta fille…

— Ma chérie, je voulais juste lui faire comprendre la vie…

— C'était si urgent ?

— Non, je te l'accorde, mais reconnais qu'elle est beaucoup trop émotive. Il faut bien que nous l'aidions, tu ne crois pas ?

— Je ne dis pas le contraire, mais maintenant, à cause de toi, elle se considère comme une horrible meurtrière de homards ! Quand je pense que c'était l'un des rares plats qu'elle adorait…

Gianfilippo et Tancredi se moquaient souvent de leur sœur. Ces vacances de Noël aux Maldives resteraient à jamais l'un des plus beaux souvenirs d'enfance de Tancredi. Sans doute la seule fois où il avait senti sa famille soudée. Le matin, il allait pêcher avec son père, et le soir, ils dînaient tous ensemble à cette table dressée sur le ponton qui semblait flotter sous les étoiles.

De temps en temps, Tancredi s'amusait à jeter un bout de pain dans l'eau. Celui-ci n'avait pas le temps de toucher les flots qu'il disparaissait, englouti au vol par l'un des nombreux poissons. Parfois, c'était presque un banc entier qui se ruait dessus. Tancredi les observait, envoûté par le reflet de la lune sur leurs écailles. On aurait dit des éclairs, des lames d'argent. Sous ce ponton, seul le clapotis des poissons troublait le silence.

Il repensait souvent à ces dîners en famille sur l'île. Pour lui, les seuls moments où il s'était réellement senti heureux.

— En voilà un ! En voilà un ! Il est pris ! s'écria Estéban en lui montrant le moulinet de sa canne.

En effet, celui-ci avait commencé à se dérouler à une vitesse incroyable. Tancredi s'était laissé distraire par ses souvenirs.

— Laisse aller, laisse aller… Ce n'est pas encore le bon moment, lui conseilla Estéban.

Il lui recommandait de laisser le fil se dérouler encore un peu, afin de fatiguer le gros poisson qui devait avoir mordu à l'hameçon. Ensuite, l'homme s'empara d'un seau, le jeta dans la mer et le ramena à l'aide de la corde à laquelle il était attaché. Il renversa un peu d'eau sur le moulinet de la canne qui tournait comme un fou.

— C'est pour éviter la surchauffe, lui expliqua Estéban.

Tancredi acquiesça. Lui aussi connaissait ce genre de trucs.

Il ferma les yeux pour se protéger des éclaboussures que renvoyait le moulinet. Avec la chaleur qui régnait, c'était plutôt rafraîchissant. D'ailleurs, il plongea sa main libre dans le seau et se mouilla les épaules, le torse et le ventre. Il avait bronzé et minci. Voilà une semaine qu'il se trouvait au large du Mexique avec son yacht, le Ferri 3. Aujourd'hui, c'était le grand jour. Il consulta sa montre. Il lui avait dit de l'attendre pour 15 heures et il serait au rendez-vous, il n'en doutait pas.

— Maintenant ! s'écria Estéban.

Le dérouleur s'était arrêté. Le poisson devait être fatigué, c'était donc le moment de le ferrer.

— Allez, tire ! Tire !

Tancredi essaya, mais la résistance était encore trop forte, alors il relâcha la tension. De nouveau libre, la bobine continua à se dérouler. Mieux valait laisser le poisson s'épuiser quelques minutes de plus. Estéban observa le fil, puis l'océan.

— Oui, c'est mieux comme ça…

Puis il jeta un coup d'œil à Tancredi.

— Ce doit être une fameuse bête…

— En effet !

D'abord content, Estéban fut tout à coup soucieux. Ce combat durait déjà depuis plus d'une heure. Tancredi était bien bâti, mince, musclé, entrainé, mais serait-il capable de supporter un tel effort physique ? Il avait vu des hommes bien plus forts que lui renoncer.

— Je vais y arriver.

— Quoi ?

Tancredi se tourna vers Estéban.

— Je disais : je vais y arriver. Ne t'inquiète pas, je ne compte pas le lâcher. Même si ça prend plusieurs heures, je te garantis que nous le mangerons pour le dîner.

— Mais je n'en doute pas, mentit Estéban.

— Oh si, rétorqua Tancredi avec le sourire.

Il connaissait bien les gens qui l'entouraient.

— Si je perds ce poisson, alors c'est moi qui te servirai le dîner ce soir ; je te préparerai un de ces délicieux homards que nous avons à bord. Par contre, si je parviens à le ramener à bord, tu me le cuisineras comme tu sais si bien le faire…

Estéban sourit. Il avait été découvert. Cela dit, ce pari le tracassait un peu. Il serait bien embarrassé de se retrouver assis à table, servi par Tancredi Ferri Mariani en personne. Et le patron, comme il l'appelait, n'était sûrement pas du genre à ne pas tenir parole, même dans un cas aussi particulier. Pire : qu'en penseraient le commandant et le reste de l'équipage ? Que diraient-ils de lui ? Il soupira. De toute façon, il n'avait pas le choix. Il avisa la canne à pêche qui ployait un peu trop.

— Pas comme ça, pas comme ça, *señor.* Vous tirez trop fort.

— Laisse-moi faire. Je joue avec lui. Je le laisse se fatiguer encore un peu… Parfois, je tire, puis je lui donne de nouveau un peu de mou. Voilà, comme ça.

Tancredi lâcha le moulinet. La bobine recommença à se dérouler.

— Tu vois… ?

Il glissa la canne dans le passant de sa ceinture et s'étira les bras pendant quelques instants.

— Donne-moi une bière, Estéban, *por favor…* J'ai l'impression que ça va prendre un certain temps.

— Tout de suite, *señor.*

Et il en fut ainsi. Il fallut trois heures et demie. Trois heures et demie de ce petit jeu de « je te tiens, je te lâche », mais Tancredi finit par avoir le dernier mot, et il ramena un marlin de soixante-dix kilos dans le canot.

— Pfiouuu, quel monstre !

— Bravo, *señor* !

Estéban était étonné, pour ne pas dire ébahi, de la façon avec laquelle le patron avait réussi, après être resté le dos courbé sous le soleil pendant si longtemps.

Tancredi était épuisé. Le puissant marlin remuait son rostre impressionnant sur la table. Avant de lui laisser l'occasion de sauter dans l'eau et ainsi de lui faire gagner le terrible pari, Estéban s'empressa de le transpercer de part en part avec une machette.

— C'était un vrai *diablo, señor* ! Félicitations !

Tancredi s'ouvrit une autre bière.

— Tu n'y croyais pas, hein ? Pas vrai, Estéban ?

— Non, *señor*, reconnut-il, sincère. Ce poisson était trop gros pour la majorité des hommes. Seuls les grands pêcheurs y arrivent.

Heureux de ce compliment, Tancredi but sa bière en l'observant. Puis il s'empara du seau, le remplit et se le renversa sur la tête. Il était fourbu. Il consulta sa montre. Midi. Encore trois heures…

— Allez, rentrons sur le bateau.

Des membres de l'équipage hissèrent le marlin sur le pont à l'aide d'un petit treuil.

Ils applaudirent leur camarade et le complimentèrent en lui tapant dans la main.

— Bravo, Estéban ! Quelle bête !

Mais Estéban fut encore plus fier de révéler le véritable héros du jour.

— Non, non, pas bravo Estéban… Bravo *el señor* ! Avec moi, ça se serait fini en queue de poisson…

Ils éclatèrent tous de rire, mais étaient surtout surpris et ravis du résultat de cette partie de pêche. Un peu plus tard, Estéban servit le marlin à Tancredi. Ce dernier s'était installé à la poupe, à l'ombre du pont principal.

— Voilà, *señor*. Je l'ai fait cuire sur le feu, comme vous l'aimez, en l'arrosant de jus de citron et de vin blanc pendant la cuisson.

— Bravo, Estéban. Assieds-toi donc avec moi et mange un morceau.

— Je ne peux pas, *señor*. L'équipage…

— Oh, allez… tiens-moi un peu compagnie.

— Une autre fois, *señor*.

Tancredi n'insista pas. Que se serait-il passé s'il avait perdu son pari ? Il faut respecter ses dettes de jeu et, dans ces cas-là, il n'y a ni patron ni serviteur qui tiennent. Il savoura sa belle prise, et lui trouva même une saveur particulière, peut-être celle de tous les efforts déployés pendant ces trois heures et demie de lutte acharnée. Tancredi cambra les reins. Il avait très mal au dos. Ses muscles endoloris étaient enflés ; il ne s'était plus démené comme ça depuis très longtemps. Il accompagna son assiette d'un verre de Ruinart, un blanc de blancs de 1995. Bien frais, délicieux, ce champagne se mariait à merveille avec le poisson. Il goûta à la salade – tomates et laitue – qu'Estéban lui avait servie en accompagnement. Comment faisaient-ils pour se procurer des légumes aussi frais, si loin des côtes ? L'espace d'un instant, il se demanda même s'ils n'avaient pas un potager à bord. Cette idée stupide le fit sourire. Cela dit, c'aurait été bien pratique. Il faudrait qu'il en touche un mot à Ludovica, sa styliste. Si c'était possible, à tous les coups, elle trouverait le moyen d'organiser ça.

Il avait les muscles complètement noués, mais Ludovica avait déjà pensé à tout. Tancredi descendit au deuxième. Les jeunes employées de son spa privé l'accueillirent avec le sourire et l'accompagnèrent dans une cabine. Elles lui demandèrent s'il avait des souhaits particuliers.

— Un massage complet, en insistant sur le dos. J'ai les trapèzes en compote.

Peu après, la masseuse se présenta. Elle l'invita à s'allonger sur la table de massage. Tancredi lui accorda à peine un regard. Cheveux châtains, peau mate, elle était très belle. Elle lui sourit avec gentillesse, mais Tancredi ferma les yeux.

Que m'arrive-t-il ? Depuis quand la beauté me laisse-t-elle indifférent ? Enfin, à part celle de Sofia peut-être ? Il sourit en son for intérieur. *Ce doit être ce poisson, il m'a pompé toute mon énergie. Je suis éreinté.* Et tandis que ses trapèzes commençaient à se détendre sous les doigts de la jeune femme, il s'endormit. À son réveil, il vérifia tout de suite l'heure : 14 h 50. Il allait arriver. En se levant, il constata que la masseuse avait fait un boulot remarquable. Il prit une douche chaude pour se débarrasser de l'huile de massage et enfila un peignoir à disposition dans la cabine. Ses initiales y étaient brodées en gris acier et bleu, les mêmes tons que pour la déco de son yacht. Décidément, sa styliste avait du goût.

Il grimpa sur le pont et demanda un café. Il le sirota en scrutant le ciel du côté de la côte ; 15 h 20 et toujours rien. Bizarre, il était en retard. Il posa sa tasse sur la table basse et resta encore assis quelques minutes sur le grand canapé en cuir blanc. Il feuilleta quelques journaux du jour, mais ceux-ci ne contenaient rien qu'il ne sût déjà ni qui fût susceptible de le surprendre. Il consulta de nouveau sa montre : 15 h 40. Le temps s'écoulait avec une lenteur désespérante.

Pour s'occuper un peu, il descendit sur le pont inférieur et rassembla son matériel. Il y avait un peu de vent et celui-ci semblait même gagner en puissance. *Oui, mais alors il me faudra un autre massage après. Peut-être que je ne m'endormirai pas, cette fois...* Quelques instants plus tard, il était en mer. Il tira la barre vers lui et la voile se gonfla aussitôt, les câbles se tendirent et le kitesurf s'éleva dans le ciel, l'arrachant à l'eau. Tancredi s'envola, les pieds bien calés sur sa planche, avant d'atterrir quelques mètres plus loin. Au moment où la planche toucha l'eau, il la maintint fermement et commença à glisser. En quelques secondes, il était déjà loin du yacht. Il fonça vers le large. Le bateau était de plus en plus petit, l'eau de plus en plus sombre et profonde. Il pensa au marlin qu'il avait pêché et à tous les poissons qui nageaient sous ses pieds. Risquait-il une vengeance ?

Son appréhension ne dura qu'une seconde. Cette petite planche était une merveille, elle fendait les vagues à la perfection. Il aurait même pu semer un requin… mais mieux valait ne pas tenter le diable. Cela dit, il n'avait pas peur. Pour lui, la vie était un défi perpétuel. Il n'y avait qu'ainsi qu'il avait pu surmonter l'épreuve de Claudine. Mais l'avait-il surmontée, au fond ? Il continua à courir sur l'océan, porté par le vent, assailli de questions impossibles. Puis il changea de direction et prit vers l'ouest. Alors que le soleil était sur le point de se coucher, il rebroussa enfin chemin.

Peu à peu, le yacht se rapprocha. Tandis qu'il arrivait en trombe avec son kitesurf, un hélicoptère se matérialisa derrière le bateau. Enfin. Il consulta sa montre : 19 h 30. Il diminua progressivement la prise de vent du kite et la voile finit par s'affaisser dans l'eau, pile au moment où il atteignait l'échelle avec sa planche. Il confia son équipement au marin venu à sa rencontre, prit une rapide douche extérieure, se sécha, enfila un pull et se précipita sur le pont supérieur où l'hélicoptère était en train d'atterrir. Les pales ralentirent, la porte s'ouvrit et Gregorio Savini sauta à bas de l'appareil. Tête baissée, il courut vers Tancredi en serrant contre lui ce qui risquait de s'envoler.

— Mais que s'est-il passé ? Pourquoi tout ce retard ?

— Ça n'a pas été facile, s'excusa Savini.

Tancredi avisa le dossier qu'il tenait sous le bras.

— Tout est là ?

— Et là aussi.

Savini leva la valisette qu'il tenait dans l'autre main.

— Cette fille a eu un parcours assez particulier.

— Ça, je n'en doute pas, répondit Tancredi.

Enfin, il allait connaitre la véritable histoire de Sofia.

19

Tancredi se rendit dans sa cabine. Installée à la proue, celle-ci se composait d'un grand salon, d'un bureau, d'une salle de bains et d'une chambre à coucher avec deux gigantesques fenêtres latérales en Plexiglas. D'une épaisseur de plus de quarante-cinq centimètres, ces hublots géants plongeaient jusqu'à quatre mètres de profondeur. Ils étaient munis d'un système occultant, mais lorsque celui-ci n'était pas activé, on pouvait voir la mer défiler de la chambre. Parfois, lorsque l'eau était particulièrement transparente, on apercevait même les fonds marins.

Il entra dans son bureau. Le coucher de soleil donnait à la pièce une atmosphère très chaude. Il s'installa, ouvrit le dossier et sortit tout ce que contenait la valisette : photos, notes et autres documents. Cette fois, Gregorio Savini avait fait un travail remarquable. Il était remonté aux premières années de la vie de Sofia et avait compilé tout ce qu'il pouvait jusqu'au jour où Tancredi l'avait aperçue pour la première fois. Jamais encore, il n'avait reçu une documentation aussi détaillée, pas même lorsqu'il préparait de grosses négociations impliquant des sommes astronomiques. Tancredi n'en croyait pas ses yeux. Rien n'avait été laissé au hasard, vingt-neuf années d'existence passées au peigne fin, un dossier de plus de cent pages remplies de notes.

Gregorio Savini avait compris que l'enjeu était ailleurs cette fois. Rien à voir avec les défis habituels et, surtout, l'issue n'était pas certaine du tout. Cependant, Tancredi préférait ne pas y penser. Il se plongea donc dans la vie de cette jeune femme, feuilleta les documents, un à un, à la fois ému, curieux et inquiet. Il tomba d'emblée sur son acte de naissance. Un 18 juillet. Il sourit. Il lui restait environ un mois pour trouver un cadeau. Puis il resta sans voix devant ses premières photos, avant même qu'elle vienne au monde. L'échographie d'un petit être à peine esquissé, une ébauche de visage, un minuscule nez, une main. La toute première image de Sofia. Ensuite, il suivit son évolution, ici dans un berceau, là dans une poussette ou encore agrippée aux barreaux d'un balcon. Derrière ce dernier, on apercevait la mer. Où pouvaient-ils bien séjourner ? Il vérifia le numéro de la photo : 9. Il chercha à quoi cela se référait dans les notes : 9, Mondello, premières vacances à Palerme. En continuant de fouiller, il apprit que ses parents étaient siciliens, originaires d'Ispica, un petit village voisin de Modica, pour être exact. Ils avaient déménagé à Rome alors qu'ils étaient très jeunes avant de retourner vivre en Sicile. Ils vivaient toujours et ne s'étaient jamais séparés. Tancredi reprit le fil des photos. La petite fille grandissait au fil des pages : les premières dents, les premières fêtes, les premiers pas, le premier vélo, le premier scooter. Et puis l'école.

Gregorio Savini s'était même procuré ses premières rédactions ; il s'était vraiment surpassé. Tancredi commença à les lire et très vite observa l'évolution de son écriture au fil des travaux. D'abord ronde et enfantine, elle était petit à petit devenue plus fine, plus précise, tout comme la construction de ses phrases et l'articulation de ses pensées. Puis il y avait eu les épreuves, le diplôme et, tout à coup, cette petite fille s'était métamorphosée en femme.

Le premier amour, le premier baiser. Tancredi étudia les pages photocopiées de l'un de ses vieux journaux intimes : dessins, photos, petits cœurs dessinés, parties écrites au stylo, noms de ses amies, de flirts possibles, quelques citations piquées à de grands auteurs ou provenant d'elle-même.

Il s'imprégna de la vie de cette femme, en huma les parfums, analysa les changements qui s'étaient opérés, imagina ses pas, sa voix, se nourrit de ces mille et un petits détails. Au milieu des papiers, il tomba sur une enveloppe. À l'intérieur, il découvrit une minicassette. Il l'inséra dans son magnétophone. Les enregistrements de sa boîte vocale. Il écouta sa voix, celle de ses amies, les invitations à des fêtes. Il lut quelques textos. Quelle évolution en quelques années ! D'Ispica, elle était partie pour Rome où elle avait étudié pendant une courte période, ensuite elle avait continué à Florence, où elle avait vécu chez une tante. Pendant tout ce temps, elle avait toujours poursuivi la passion de l'une de ses grands-mères siciliennes : le piano.

Sur une autre cassette, Tancredi entendit son premier concert. Du Schubert. Sofia avait à peine six ans, mais déjà on devinait l'excellente pianiste qu'elle était, en tout cas s'il en croyait le peu qu'il connaissait en musique. Il continua à passer les cassettes, l'une après l'autre, tandis qu'il lisait ses dissertations du lycée fourmillant d'idées, de réflexions, parfois tordues et alambiquées, parfois plus simples et plus naïves. Au fil des nombreuses photos, Sofia s'épanouit sous ses yeux : cheveux sombres, puis plus clairs, puis plus courts, tenues de petite fille puis de préadolescente, puis de jeune fille et enfin de femme.

Fêtes de Noël, de Pâques, vacances à la mer, Nouvel An à la montagne. De temps en temps, il se replongeait dans ses journaux intimes : sa première fugue, son premier voyage à l'étranger. Il était presque agacé d'être témoin de toutes ces années passées un peu partout en Italie ou dans le monde, de toutes ces fêtes, de ces jours d'école, de ces après-midi amusants ou ennuyeux, de tous ces sourires, mais aussi de ces pleurs, tout ça sans que jamais lui, Tancredi, n'apparaisse nulle part. Il se sentit pris d'une bouffée irrationnelle de jalousie envers tout ce temps désormais écoulé qui ne pourrait plus jamais lui appartenir.

Ensuite, il se pencha sur sa « première fois ». Il essaya d'en comprendre le déroulement à partir d'extraits de son journal, de lettres, de photos prises peu avant et juste après. Avait-elle aimé le sexe ? Avait-elle eu peur ? Avait-elle eu mal ? Avait-elle ri, pleuré, savouré ? Comment ce jeune homme lui avait-il fait l'amour ? Avec douceur, avec passion, ou bien de manière distraite, précipitée, expéditive ? Il relut plusieurs fois ces passages et imagina son histoire. Giovanni, le premier petit copain, originaire du même village, Ispica. Sofia l'avait observé à la plage chaque été, elle l'avait vu grandir… Les premiers poils, la voix qui mue, l'apparition de la barbe. Un jour, elle l'avait croisé dans un bar. Il était plus âgé qu'elle, mais Sofia avait décidé de ne pas se prendre la tête. Elle lui avait fait comprendre qu'il lui plaisait, mais lui la considérait comme une petite ado sympa, amusante, plutôt mignonne même, mais certainement pas comme une femme. Alors elle avait attendu. Des jours, des semaines, des années. Elle n'était pas pressée. Chaque été, elle s'y était préparée, tout était documenté dans ses journaux intimes. Les progrès, les rencontres, les blagues, les coups de téléphone… Petit à petit, elle était devenue sa meilleure amie, et elle avait commencé à jouer avec lui. Elle lui faisait des cadeaux, des surprises, passait chez lui pour lui déposer un truc à manger, lui laissait des petits mots sur son scooter. Année après année, Sofia avait avancé son pion ; une réflexion malicieuse par-ci, une allusion par-là, un soupçon de séduction. Ainsi, au fil du temps, elle avait su se rendre désirable à ses yeux jusqu'à devenir une véritable obsession pour lui. Et soudain, le changement s'opéra. Elle qui plaisantait toujours et ne semblait jamais lui laisser de répit, disparut sans prévenir. Au bout de quelques jours, Giovanni devenait fou, alors il alla la chercher chez elle, demanda à ses parents où elle était, mais Sofia les avait mis dans la combine. « Je vais étudier chez Lucia parce qu'il y a un garçon qui me colle un peu trop. Surtout ne lui dites pas où je suis, même s'il insiste ! »

Ses parents l'avaient prise au mot, si bien que lorsque Giovanni avait frappé à la porte, ils avaient fait semblant d'être inquiets, eux aussi, et lui avaient appris que de temps en temps, Sofia les appelait pour les rassurer, mais qu'ils ne savaient absolument pas où elle se trouvait ; elle refusait de leur dire. Cela avait mis Giovanni hors de lui. D'ailleurs, son attitude alarma les parents de Sofia ; ils avaient trouvé ce jeune homme très nerveux, beaucoup trop même. Ils envisagèrent le pire, une de ces histoires d'amour qui finissent mal, comme on en voyait tellement.

— Ce genre de tragédie arrive si souvent de nos jours ! Oh *santa Maria*… Notre fille finira comme ça, elle aussi…

Au contraire, lorsque Sofia revint au village, tout se passa pour le mieux. Giovanni laissa tomber sa petite amie pour sortir avec Sofia. Ainsi débuta une belle histoire passionnelle. Elle passa cet été-là avec lui, exactement comme elle l'avait planifié, un été de liberté, de baisers, de découvertes, de balades en scooter et de soirées sur toutes les plages de Modica et des alentours. L'été de sa première fois. Après ça, elle retourna à Rome pour entrer au conservatoire. Naturellement, Giovanni perdit tout intérêt à ses yeux. Il n'avait été qu'un caprice, elle l'avait voulu uniquement parce qu'il était inaccessible et une fois qu'elle l'avait obtenu, elle s'en était vite lassée.

Tancredi se pencha sur les photos de cette période de sa vie. Le visage de Sofia, son regard. Il comprit beaucoup de choses sur cette fille : elle était ambitieuse, volontaire, douée et déterminée. Elle était belle et elle en était consciente. Sur l'un des clichés, elle portait une robe de coton léger, sans soutien-gorge. Le vent lui ébouriffait les cheveux et elle avait une main sur le front pour tenter de les retenir. Elle arborait une expression ennuyée. Sans doute avait-elle compris qu'on la prenait en photo alors qu'elle n'en avait pas envie, qu'elle ne se sentait pas parfaite à cet instant. Pourtant, au contraire, elle l'était. Tancredi l'analysa de plus près. Et même plus. Magnifique, simple, provocante. Sa robe fouettée par le vent était plaquée contre elle. Le tissu formait quelques plis sous son ventre et épousait le reste de son corps. On devinait même sa culotte. Tancredi plissa les yeux et aperçut la forme d'un tout petit nœud de dentelle. Ce devait être sexy. L'étoffe se plissait légèrement au niveau de son sexe. Il se délecta de la saveur sauvage de cette photo qui cachait tout sans rien cacher. Elle l'excitait. Il l'examina encore. Sofia, assise sur un scooter, avec ses longues jambes bronzées en partie découvertes et à peine fermées.

Soudain, Tancredi fut foudroyé par un éclair de passion, une chaleur croissante s'empara de tout son corps. Il voulait cette jeune femme, maintenant, tout de suite, l'avoir comme elle avait eu ce Giovanni à vingt ans, la posséder sur ce scooter, sur cette plage, sur ce bureau. Mais d'où sortait cette passion venue de nulle part, irrationnelle, pour cette femme qu'il avait à peine rencontrée deux fois ? Quel souvenir, quelle ressemblance insensée provoquait tout ça en lui ? Et avec qui, quand, comment ? Un véritable ouragan s'abattait sur lui.

Je la veux. Je dois l'avoir.

C'était presque de la rage, il avait faim de sexe et l'impression de devenir fou. Lui, d'ordinaire habitué à tout maîtriser, était complètement désarçonné ; sa vie venait de basculer, de se vautrer par terre, et le regardait, muette de stupéfaction. *Comment est-ce possible ? Comment est-ce possible ? Qu'est-ce qui t'arrive, Tancredi ?* se répéta-t-il plusieurs fois. Il finit par se résigner : il savait déjà qu'il ne trouverait pas la réponse. Il était pris au piège. Cette pièce, son bureau, ces documents, ces photos, tout ce qui l'entourait portait son odeur. Il se servit un rhum avec un glaçon et une rondelle de citron. Oui, il se le servit lui-même, il ne voulait voir ni entendre personne. Ensuite, il reprit sa lecture, feuilleta, regarda d'autres photos, se replongeant en un instant dans la vie de cette jeune femme. Le conservatoire, la vie à Florence, la succession d'examens, puis le retour à Rome. Sofia avait commencé à jouer avec les plus grands orchestres européens. À l'âge de dix-neuf ans, elle avait démarré à Vienne pour ne plus s'arrêter ensuite. Paris, Londres, Bruxelles, Zurich, elle avait parcouru le monde entier et s'était produite aux côtés des plus grands chefs d'orchestre. Les vidéos avaient remplacé les journaux intimes et les photos. Grâce à celles-ci, Tancredi assista à des concerts fabuleux. Pour la première fois depuis sa naissance, il écoutait avec une tout autre émotion Chopin, Schubert, Mozart.

Les morceaux virevoltèrent l'un après l'autre dans sa cabine, tous parfaitement exécutés par une virtuose : Sofia Valentini. Littéralement envoûté, il était incapable de détacher ses yeux d'elle. Il buvait son interprétation. Les télévisions autrichiennes, polonaises, françaises, allemandes et suisses encensaient toutes son talent, sa perfection ainsi que la maîtrise, le sang-froid, la précision de son exécution. Tancredi étudia le mouvement de ses mains pendant des heures, regarda tous ses DVD et suivit ses succès un peu partout dans le monde. Sa beauté ne cessait de croître, que ce soit en Argentine, au Brésil, au Canada ou au Japon. Il était ensorcelé par le talent de cette femme, mais aussi, et surtout, surpris de ses sentiments pour elle. Il avait commencé par éprouver une attirance purement physique ; à présent, il en avait presque honte. Comme si le fait de ne s'être intéressé qu'à son corps était un péché. Oui, un péché. Le mot retentit comme un écho lointain, ricocha dans son cerveau, le tenant éveillé et lucide au plus noir de la nuit, à bord de son yacht, au beau milieu de la mer, au large du Mexique.

Soudain, il coupa la vidéo et s'adossa à son canapé. Où était-elle en ce moment ? Que faisait-elle ? Quelle heure était-il à Rome ? Était-ce la nuit ? Dormait-elle ? Il tourna la tête vers le dossier qu'il n'avait pas encore ouvert. Le dernier, celui qui concernait ces huit dernières années. Pourtant, il était beaucoup plus petit que les autres. Il avala sa dernière gorgée de rhum. Comment était-ce possible ? Que s'était-il passé au cours de cette période ? Qui avait-elle rencontré ? Qui partageait sa vie ? Avait-elle des enfants ? Pourquoi avait-elle arrêté le piano ? Était-elle mariée ? Et surtout : était-elle heureuse ? Pendant une fraction de seconde, une surprenante impulsion lui donna envie de tout brûler, de ne plus rien savoir sur cette femme, de l'oublier, il regretta presque de l'avoir rencontrée. Cependant, entrer dans cette église n'avait été que le commencement. Il le savait. Il ne pouvait plus revenir en arrière. C'était trop tard. Alors il se resservit un verre de rhum, but une grosse gorgée, et attaqua le dernier dossier. Il lut, découvrit d'autres photos, d'autres vidéos et, enfin, comprit.

L'aube commença à poindre. Les goélands volaient bas sur l'eau. Leurs cris résonnaient loin sur cette mer d'huile. Les premiers rayons du soleil illuminèrent le yacht. Des notes de Schubert provenaient de la cabine située à la proue. Son dernier concert. Tancredi la dévorait du regard, belle, impétueuse, penchée sur ce piano. Il avait compris pourquoi, malgré un talent d'une telle envergure, elle avait renoncé à la musique. Il avait aussi compris pourquoi il l'avait rencontrée. Ils étaient semblables. Deux âmes à la dérive.

20

— Alors, comment ça va aujourd'hui ?

— Mieux qu'hier et moins bien que demain.

Andrea sourit à Stefano. C'était devenu leur petit rituel, leur façon de se saluer. Ils se voyaient trois fois par semaine et, le moins qu'on puisse dire, c'est que leur relation avait considérablement évolué depuis leur rencontre.

Bien sûr, dans les premiers temps après l'accident, ça n'avait pas été facile.

— Mon chéri… Le psychothérapeute est là.

Sofia le laissa entrer et resta sur le seuil. Andrea tourna lentement la tête. Dans la pénombre, il distingua un jeune homme de son âge, ou à peine plus vieux que lui. Grand, maigre, cheveux courts, il souriait et, surtout, se tenait debout sur ses deux jambes. Après l'avoir observé pendant un instant, Andrea se tourna de nouveau vers la fenêtre. Le store était baissé. La lumière filtrait à peine à travers. Dehors, il devait y avoir du soleil. Les voix d'une bande de jeunes résonnaient, comme un écho lointain.

— Passe, passe ! Vas-y, tire…

Des bruits d'efforts, de course sur un terrain qu'il imagina ensoleillé, sec, blanc, poussiéreux. Une partie de foot. Il visualisa les jambes des joueurs, pourvues de chaussettes jusqu'aux genoux pour certaines, poilues ou imberbes, bronzées, certaines plus longues que d'autres, mais toutes avec un point commun : elles couraient. Ces jeunes, qu'ils aient une bonne vision du jeu ou pas, qu'ils soient habiles ou pas, couraient tous derrière cette balle, ce que, pour sa part, il ne pourrait plus jamais faire. Une fois de plus, il se sentit mourir à l'intérieur, il étouffait. Entêté, il essaya de bouger les jambes, comme s'il avait juste fait un cauchemar, comme si tout ce qui s'était passé n'était que le fruit de son imagination.

*Allez, tu vas y arriver, c'est juste un mauvais rêve. Il suffit d'un peu de volonté. Pousse, comme quand tu jouais au rugby à l'*Acqua Certosa, *pousse comme quand la balle arrivait, qu'enfin tu la serrais entre tes bras, qu'elle était à toi. Alors tu fonçais, tu baissais la tête et tes jambes volaient sur ce gazon vert et personne ne pouvait te rattraper, personne ne réussissait à te plaquer au sol. Elles volaient, littéralement, tes jambes, ça oui, elles volaient...*

Andrea essaya de nouveau. Il poussait et tirait comme un fou, serrait les dents, suait, déployant toutes ses forces. De petites gouttes de sueur coulaient sur son front, sur ses joues, dans son cou. On aurait pu croire qu'il pleurait. Mais non. Du coin de l'œil, il surveillait le bout du lit, dans l'espoir de capter un mouvement, un tout petit, un minuscule soubresaut des draps, un signe de vie de ses jambes. Rien.

Une main se posa à l'endroit exact sur lequel il avait les yeux rivés. C'était ce type.

— Je peux m'asseoir ? Je m'appelle Stefano.

Sans attendre sa réponse, il prit une chaise et s'approcha du lit. Andrea resta immobile, le visage toujours tourné vers la fenêtre. Il avait entendu la porte se fermer. Il était désormais seul avec lui dans cette chambre. Sofia l'avait préparé à cette visite. « L'hôpital nous envoie quelqu'un. J'aimerais que tu essaies de parler avec lui. Il peut t'aider. »

Trois mois à peine s'étaient écoulés depuis l'accident. Au début, il était resté dans un lit, puis avait pu utiliser un fauteuil roulant et avait commencé à se promener dans les couloirs de l'hôpital jusqu'à ce qu'il tombe sur le chirurgien qui l'avait opéré. Ce matin-là, Andrea était de bonne humeur.

— Bonjour, docteur Riccio ! Dites-moi, quand pourrai-je me lever ?

Le professeur Riccio lui avait souri, puis lui avait fait une caresse sur la tête, comme l'aurait fait ce père qu'il n'avait plus depuis bientôt dix ans.

— Il faudra du temps, Andrea, mais je te trouve en forme…

Puis il lui avait tourné le dos et s'était éloigné, aussitôt rejoint par un jeune assistant qui voulait lui remettre le dossier d'un patient. Le chirurgien avait commencé à feuilleter le dossier, puis, comme s'il avait senti le regard insistant d'Andrea, il avait pivoté et lui avait jeté un coup d'œil. Cela n'avait duré qu'un instant, mais Andrea avait lu la culpabilité de son mensonge dans ses yeux, et il avait compris. Il ne se relèverait plus jamais, il serait coincé pour toujours dans ce fauteuil.

— Ça fait trois ans que je fais ce métier…

Le psy, toujours assis à côté de son lit, parlait depuis un moment. Il n'avait rien écouté. Là, tout de suite, il aurait voulu être ailleurs, sur une île, dans l'eau, dans la mer. Il avait trop chaud.

— … et je crois avoir compris ce qui m'a poussé à choisir cette vocation.

L'homme marqua une pause, comme s'il cherchait à attirer son attention, guettait un signe d'intérêt ou juste la confirmation qu'il avait suivi. Conscient qu'il n'en obtiendrait pas, il continua.

— Un film.

Puis il se tut, comme si cette déclaration avait été censée créer un quelconque effet. Andrea continua à regarder la fenêtre. Stefano reprit son récit.

— C'est un film qui m'a convaincu de choisir ce boulot. Si je n'étais pas resté chez moi ce soir-là et si je n'avais pas allumé la télé, je ne serais peut-être pas ici aujourd'hui. Voilà, tout ça à cause d'un film, conclut-il en riant.

Il tentait de faire de l'humour, mais Andrea ne lui accordait aucune attention. *Et moi ?! Quel film ai-je vu, moi ? Qu'est-ce que j'ai fait, quel choix m'a-t-on laissé ? Personne ne m'a demandé : ça te dirait d'avoir cette vie-là ? N'aurait-on pas pu m'oublier sur le bord de cette route ? Pourquoi ne m'a-t-on pas laissé mourir contre cette bagnole et basta ? Ou alors il aurait fallu que mon handicap soit tel que je ne puisse plus rien comprendre ni espérer... Comme ça, je ne serais pas en train d'écouter ce ramassis de conneries.* Une larme lui échappa. Tant pis, on la confondrait avec la sueur, et même si on la remarquait, il s'en fichait complètement. Plus rien ne l'intéressait, rien de rien.

Le psy continuait à parler. Andrea ne l'écoutait de nouveau plus. Les yeux fermés, inondés de larmes, il était ailleurs. Il était dehors, au soleil, en tee-shirt et en short ; il avait chaud, il courait. Oui, il courait avec les jeunes footballeurs, balle au pied, il dribblait un adversaire, puis un autre, faisait une passe à l'avant, fonçait sur le côté sans s'arrêter, vite, plus vite que tous les autres, sur ses deux jambes, sur ses deux belles jambes.

Lorsqu'il s'éveilla, la chambre était vide. La chaise avait regagné sa place, la lumière qui filtrait à travers le store était moins forte. Plus aucun bruit ne lui parvenait du terrain de foot, la partie était terminée. La porte s'ouvrit doucement et, comme si elle avait senti qu'il venait de s'éveiller, Sofia entra avec un plateau. Une théière pleine, un jus de tomate assaisonné, quelques biscuits sucrés, des chips et des olives. Andrea se redressa à la force de ses bras, en soulevant son bassin. Sofia lui replaça l'oreiller derrière le dos, puis entama la conversation comme si elle parlait de la pluie et du beau temps.

— Stefano est parti. Qu'est-ce que tu en as pensé ?

— C'est la dernière personne au monde que j'avais envie de rencontrer, déclara-t-il, sarcastique. Je méprise sa pitié et sa condescendance. Il se croit très intelligent. Il m'a traité comme si j'avais reçu un choc sur la tête et pas à la colonne vertébrale, comme si j'étais un chiard de six ans apeuré par tout ce qui l'entoure… Si j'avais pu, je l'aurais expédié à l'hosto à grands coups de pied aux fesses.

Il la défia longuement du regard. Il cherchait l'affront, il débordait de colère et réagissait comme ça parce qu'il voulait éloigner Sofia.

Cependant, elle l'avait bien compris et se surprit elle-même en répondant comme si c'était une autre qui parlait à sa place.

— Tu as toujours tes jambes et tout espoir n'est pas perdu. Ils disent que tu pourras peut-être remarcher un jour. Et puis, l'hôpital n'est pas si loin ; si ça se trouve, tu pourras réellement y expédier ce psy à coups de pied un jour.

Elle aussi se réfugiait derrière l'humour. En réalité, elle était à court d'arguments.

— Mais qui ça, « ils » ? Qui prétend ça ? Les médecins ? Ils se reposent entièrement sur l'espoir, ils n'ont rien d'autre à proposer à leurs patients, à part des analgésiques, des anxiolytiques, des neuroleptiques et des antidépresseurs. Ils assomment les gens pour pouvoir se taper leurs infirmières discrétos, les leurs ou celles des autres… Je déteste les médecins. Sans parler de ces psychothérapeutes à la con.

Il s'empara du verre de jus de tomate avec une telle hargne qu'il heurta la théière. Le thé bouillant se renversa sur les draps et sur une partie de ses jambes.

— Mais qu'est-ce que tu fais ?

— Ce que je fais ? C'est quoi, cette putain de question ? Je me renverse du thé dessus, ça ne se voit pas ? De toute façon, je ne sens rien ! Je me suis brûlé ? Oh je suis vraiment désolé, mais je sens que dalle !

Là-dessus, il saisit la tasse et la jeta de toutes ses forces contre la fenêtre ; le verre de jus ne tarda pas à suivre, contre le mur cette fois, puis ce fut au tour des chips et des olives de valser. Il faucha même une lampe avec le plateau. Il se mit à balancer tout ce qui se trouvait à sa portée, le livre sur sa table de chevet, un tiroir. Puis il s'affala sur le matelas et s'agrippa aux rideaux à deux mains. Les fixations au mur supportèrent son poids pendant un instant, mais finirent par se détacher sur toute la longueur du rail. Il perdit l'équilibre et tomba du lit, entrainé par le poids mort de ses jambes emmêlées dans les draps. Il atterrit dans le thé et le jus de tomate, au milieu des olives, des chips et des morceaux de verre.

Sofia, qui était restée pétrifiée jusque-là, se précipita vers lui.

— Mon chéri, ne fais pas ça. Je t'en supplie, mon amour, arrête…

— Vie de merde !

Il se mit à rouer le carrelage de coups de poing, puis voulut se relever, mains plaquées au sol, et se coupa. Le sang se mêla au jus de tomate, au thé et aux biscuits écrasés qui formaient une sorte de cataplasme sucré.

Il se mit à pleurer.

— Pourquoi… Pourquoi… ?

Sofia le serra contre elle de toutes ses forces et fondit aussi en larmes.

— Pourquoi ne m'ont-ils pas laissé mourir ? Pourquoi m'inflige-t-on cette punition ? Je devais mourir, je devais mourir, je ne voulais pas me retrouver ici. Regarde-moi…

Sofia s'écarta de lui sans le lâcher.

— Mais je te regarde et tu es toujours aussi beau…

— C'est faux, je suis dégueulasse.

— Mon chéri, s'il te plait, ne dis pas ça. Et ma vie à moi, tu y penses ? Qu'est-ce que je serais devenue sans toi ?

Andrea se tut.

— Pour toi aussi, il aurait mieux valu que j'y reste.

Sofia l'étreignit avec plus de force encore.

— Mais non, enfin ! Pourquoi dis-tu ça ?

Le visage enfoui dans ses cheveux, il continua à sangloter en humant son parfum.

— Parce que c'est la vérité.

Sofia lui caressa les cheveux.

— Je t'aime, c'est tout ce qui compte.

— Alors jure-moi une chose.

— Je te le jure, mon chéri.

Andrea sourit enfin.

— Tu ne sais même pas encore ce que je vais te demander…

Sofia lui rendit son sourire.

— Peu importe… De toute façon, il faut que ça aille mieux. On ne peut pas continuer comme ça.

Andrea poussa un long soupir.

— Le jour où tu ne seras plus amoureuse de moi, le jour où quelqu'un d'autre te plaira…

Sofia voulut l'interrompre, mais il lui posa aussitôt un doigt sur la bouche.

— Laisse-moi terminer…

Elle ferma les yeux pendant un instant, puis les rouvrit et acquiesça.

Andrea continua.

— Même s'il n'y a personne d'autre et si tu en as juste marre de moi… Bref, tu devras me quitter sans culpabiliser.

— Mais…

— Non, je ne veux rien savoir : on rompra, comme n'importe quel couple. Allez, jure-le-moi.

— Je te le jure.

— Quoi qu'il arrive, si tu n'as plus envie de partager ma vie, alors on se séparera et c'est tout. D'accord ?

— Je viens de te le promettre.

Andrea la regarda droit dans les yeux. Sofia perçut chez lui un homme différent de celui qu'elle avait toujours connu. Un homme fragile, angoissé, avec de gros besoins de tendresse, le besoin de reconstruire ses anciennes certitudes.

— Je veux que tu me donnes l'impression d'être un homme comme les autres.

Les yeux de Sofia se gonflèrent de nouveau de larmes et elle s'échappa de la pièce.

Lorsqu'elle réapparut peu après, elle s'était rafraîchi le visage et avait ôté le mascara qui coulait.

— Excuse-moi.

— Ce n'est rien. Moi aussi, j'ai pleuré.

Ils éclatèrent de rire. Sofia renifla. Andrea avait réussi à se relever et à regagner son lit.

— Je n'ai pas réussi à nettoyer…

— Ça, tu ne le faisais pas non plus avant…, répliqua Sofia avec un petit sourire en coin avant de ressortir de la pièce.

— C'est même pas vrai ! hurla Andrea de la chambre. Il m'arrivait de changer les draps.

— Une fois, par erreur, ou parce que tu avais fait Dieu sait quoi dans le lit.

— Tu es perfide.

Sofia remua les sourcils, goguenarde.

— Et tu n'as encore rien vu !

Elle balaya le sol, ramassa les morceaux de verre, les olives, les chips. Soudain, Andrea attrapa sa robe et la tira vers lui.

— Excuse-moi.

— C'est déjà fait.

Il la serra contre lui.

— Alors excuse-moi encore plus.

— Ça aussi, c'est fait.

— Alors excuse-moi avec amour.

Sofia le dévisagea en souriant, puis lui donna un baiser.

— Voilà, c'est fait.

— Bon. Maintenant, je suis heureux.

Sofia s'aperçut que sa jupe était couverte de sang.

— Oh là là ! Mon cœur, regarde tes mains ! Elles sont pleines de morceaux de verre.

— J'en ai retiré un ou deux.

— Mais il faut tous les enlever…

Sofia se leva et revint peu après de la salle de bains avec de l'alcool et un paquet de disques de coton qu'elle utilisait pour se démaquiller.

— Tiens… Il faut désinfecter.

Elle tamponna ses deux mains avec des cotons imbibés d'alcool.

— Ça va ? Ça ne brûle pas trop ?

Andrea sourit.

— Si peu.

— Bon, alors je vais en mettre plus.

Et elle aspergea directement ses paumes d'alcool.

— Aaah ! Maintenant, je le sens bien !

Sans lui laisser de répit, Sofia continua à nettoyer les plaies.

— Tu dois me faire une faveur…, commença-t-elle sans relever la tête.

— Tout ce que tu voudras.

Elle le dévisagea.

— Je voudrais que Stefano revienne tous les jours.

Andrea haussa les sourcils. Puis sourit.

— Il te plait tant que ça ?

— Que tu es bête !

Elle retrouva tout son sérieux.

— Il faut tout tenter, mon chéri. Si nous voulons y arriver, il faut s'en donner les moyens et nous avons besoin d'aide.

Andrea fut touché qu'elle ait employé le pluriel.

Sofia l'avait bien compris.

— Sans cela, nous n'y arriverons pas. Personne n'y arriverait.

Le silence retomba pendant un moment.

— D'accord, mais alors je veux que tu recommences à jouer de la musique, décréta Andrea.

— Ça, c'est impossible.

— Nous devons nous donner les moyens, tu l'as dit toi-même.

— Oui, mais ça, c'est différent…

Sofia lui expliqua qu'elle avait un serment à respecter. Ensuite, ils établirent quelques règles. Ainsi, il fut décidé qu'elle enseignerait la musique dans son ancienne école, *piazza dell'Oro*, et qu'Andrea verrait le psychologue trois fois par semaine.

Le lendemain, Stefano revint. Cette fois, Andrea accepta de lui parler. Ils regardèrent ensemble le film qui avait aidé Stefano à trouver sa voie. *À propos d'Henry*, avec Harrison Ford. À la fin, Stefano éteignit le téléviseur et sortit le DVD du lecteur.

— Tu connaissais ?

— Non.

— On pourrait considérer que tu es Harrison Ford et que je suis ton Bradley.

— Mais c'était son kiné…

Stefano se tourna vers Sofia avec un clin d'œil.

— Pour la kiné, j'ai été plus généreux. Je t'ai amené une dame…

Sofia fit entrer une femme d'une soixantaine d'années aux bras de camionneur. Marisa.

— Tu pensais peut-être à une gentille petite infirmière toute douce… ?

Marisa les toisa tous les deux avec le sourire.

— Je peux être très douce, quand je veux… mais pas aujourd'hui ! Allez hop, dehors.

Elle chassa Stefano de la chambre et fit une bonne heure de kinésithérapie avec Andrea. Ce fut très éprouvant. Elle lui fit exécuter des mouvements difficiles, destinés à stimuler sa circulation sanguine. Plus tard, lorsque Marisa s'en alla, Andrea se sentait beaucoup mieux. Stefano rentra dans sa chambre et lui découvrit une nouvelle lueur dans les yeux.

— Voilà, c'est comme ça que je veux te voir. La première guérison se joue ici, dit Stefano en indiquant son crâne. Et aussi ici…

Cette fois, il désigna le cœur.

— Et par chance… tout fonctionne encore à merveille de ce côté-ci, d'après Marisa.

Il désigna l'entrejambe d'Andrea.

Ce dernier piqua un fard. Sans le vouloir, il avait eu une érection tandis que Marisa le massait. « Ne t'inquiète pas, lui avait-elle assuré. Je suis habituée et c'est plutôt une bonne nouvelle ! J'aimerais bien retrouver la baguette magique chez moi aussi parfois ! »

Puis elle était partie dans un grand éclat de rire et la gêne d'Andrea s'était envolée.

Sept ans plus tard, Stefano et Andrea étaient devenus amis.

— Terminé… Te voilà comme neuf ! lança Marisa en achevant sa séance de kiné.

Andrea émit un petit rire.

— Si seulement. J'ai tout de même trente-trois ans, je ne suis plus un petit garçon.

Marisa réapparut à la porte de la salle de bains en s'essuyant les mains.

— Je te trouve en bien meilleur état que bon nombre de mes autres patients. Les muscles de tes jambes sont encore toniques, elles répondent à l'électrostimulateur. D'ailleurs, elles sont encore plus musclées qu'avant, dans un sens. De nos jours, ce genre de gymnastique passive est devenu le sport préféré d'un tas de gens.

Andrea la regarda enfiler son manteau. *C'est ça. Alors que moi, je rêve de pouvoir courir en pleine nature, dans les bois.*

— Bien, eh bien je vous laisse, les enfants…

Elle les observa tous les deux avec malice.

— Soyez sages…

Et elle sortit.

Stefano regarda la porte se refermer, amusé.

— Un sacré personnage ! Ça a dû être une très belle femme. Elle est aussi très sympa, et puis, le fantasme de la masseuse… ça m'a toujours un peu excité…

— Moi aussi !

Andrea repensa à toutes ces fois où il avait eu une érection tandis qu'il était entre les mains de Marisa. Chaque fois, elle l'avait rassuré ; elle distinguait parfaitement les réactions physiques naturelles du corps de celles suscitées par le désir.

Stefano s'installa en face de lui.

— Alors, comment vas-tu ? Ne réponds pas tout de suite. Réfléchis bien d'abord. Pendant ce temps-là, je vais chercher quelque chose à boire.

— Fais comme chez toi.

— Mais je suis chez moi ! lança Stefano de la cuisine.

Il revint avec deux bières et en tendit une à Andrea avant de se rasseoir. Il but une bonne gorgée.

— Ahhh… glacée, exactement comme je les aime.

Andrea but à son tour.

— Alors, quoi de neuf ? demanda Stefano, l'air serein, curieux. Je te trouve dans une bonne phase en ce moment… non ?

— Oui, tout dépend du point de vue.

Stefano acquiesça.

— C'est pas faux.

— Oui, ça dépend vraiment de la vision que l'on a des choses… Tu sais, le vieil adage du verre à moitié plein ou à moitié vide…

— Exact.

Ils sirotèrent leur bière pendant un moment. Ils étaient bien, il régnait une bonne atmosphère, paisible, sans tension, un peu comme lorsque deux amis se retrouvent, ce qui était le cas, en quelque sorte. Ils n'avaient jamais eu de secrets l'un pour l'autre. C'était la relation que Stefano avait voulu établir avec Andrea, afin de lui montrer que la vie était la même pour tout le monde, remplie de difficultés, de chutes, de succès, de satisfactions, de souffrances, de compromis, de bonheur, d'oscillations permanentes pour viser l'équilibre.

— Tu te rappelles ce que je t'ai dit le jour de notre rencontre ?

— Tu as raconté tellement de choses…

— C'est pas faux non plus, mais je veux parler de la balançoire.

— Ah oui… Comment avais-tu tourné ça, encore ?

Andrea sonda sa mémoire.

— La vie, c'est comme une balançoire. Parfois, on est en haut…

— Et parfois, on est en bas, acheva Stefano, la mine satisfaite. Très bien ! Alors tu as tout de même retenu quelques trucs du fond de tes sales draps.

— Eh ! On vient de les changer !

Stefano rit, puis passa du coq à l'âne.

— Et avec Sofia, comment ça va ?

Andrea acheva sa bière et posa la vidange sur sa table de chevet.

— Bien… Enfin, il me semble.

— De nos jours, ce n'est pas évident de conserver une relation sur le long terme. Le monde est plein de tentations, c'est si facile de tromper l'autre…

— En ce qui me concerne, ma plus grande tentation est Marisa…, lui rappela Andrea avec un geste d'impuissance. Mais ne t'inquiète pas, je résiste très bien.

Stefano désigna son ordinateur en souriant.

— Et ça ? Tout est à ta portée grâce à ça. Tu pourrais discuter en ligne avec quelqu'un, tomber amoureux, puis la faire venir ici.

— Ici ?

— Mais oui, tu es toujours tout seul !

— Oh, j'ai souvent des amis qui passent me dire bonjour, et ma mère qui me rend de temps en temps visite, sans compter mon psychologue qui rapplique bien trop souvent. Au moins trois fois par semaine.

Stefano éclata de rire.

— Tu sais très bien que je resterais bouche cousue… Je suis tenu par le secret professionnel.

— De toute façon, il y a un petit détail. Il s'appelle Sofia. Au cas où tu l'aurais oublié, c'est ma femme et elle vit sous ce toit. D'ailleurs, c'est grâce à elle que tu as pu descendre cette bière, puisque c'est elle qui fait toutes les courses !

Stefano retrouva tout son sérieux.

— Ah oui, Sofia…

Andrea se crispa.

— Qu'y a-t-il ? Tu es au courant de quelque chose que je ne sais pas ?

Stefano le rassura aussitôt.

— Non, non, rien du tout. Et je suis content que Lavinia et elle soient devenues amies. Vous n'avez jamais pensé à avoir un enfant ?

— J'ai l'impression d'entendre ma mère. Chaque fois qu'elle vient, c'est la même rengaine. Elle voudrait un petit-fils. En réalité, elle a juste besoin d'un peu de distraction. Avec l'âge, on devient égoïste… Retiens bien ça.

— Je suis au courant, sauf que moi, je ne veux pas perdre de temps !

— C'est-à-dire ?

— Je veux être égoïste tout de suite.

— Quelle bonne idée ! Et toi alors, avec Lavinia, c'est pour quand l'heureux événement ?

— Je t'ai posé la question en premier.

— Ce n'est pas au programme pour l'instant. Et toi ?

— Nous, on a essayé. On aurait dit des machines reproductrices. Quand c'était le bon jour, Lavinia rentrait même plus tôt à la maison pour qu'on puisse le faire comme ci ou comme ça, à l'heure préconisée… C'était affreux.

— C'est elle qui le voulait à tout prix, cet enfant ?

— Non, c'est moi qui lui ai demandé, tout comme c'est moi qui lui ai demandé de m'épouser.

— Bravo. Chez nous, c'est Sofia qui a demandé ma main…

C'était trois ans après l'accident.

— Mon chéri… Tu permets ?

Andrea était en train de lire *L'Aveuglement* de José Saramago. Il posa le roman sur la table de chevet après y avoir coincé son marque-page.

— Bien sûr. Comment pourrais-je refuser ?

Sofia entra. Elle était maquillée, avait revêtu une robe de soie noire et attaché ses cheveux, ne laissant que deux mèches retomber de chaque côté de son visage comme pour encadrer son sourire.

Andrea joua les idiots.

— Il doit y avoir erreur… Où est ma compagne ? Il faut sûrement en échanger deux contre une aussi jolie que vous !

— Abruti !

Sofia se jeta sur lui. Peu à peu, Andrea s'abandonna dans ses bras tandis qu'elle l'embrassait passionnément de ses douces lèvres. Lorsqu'elle s'écarta, il la dévisagea, interloqué.

— Mais que se passe-t-il ?

— Rien, pourquoi ?

— Tu es toute maquillée, super élégante, tu me sautes dessus fougueusement et tu voudrais me faire croire que tout est normal ? Ça, c'est le genre de scénario où elle le tue avant de s'enfuir avec un autre…

Sofia se dirigea vers la cuisine en secouant la tête.

— Tu n'y es pas du tout…

Elle réapparut en poussant une desserte sur laquelle étaient disposés des couverts en argent et des assiettes couvertes d'une cloche.

— Il y a eu des gagnants à l'EuroMillions ? Je ne suis pas au courant et surtout… je n'ai pas joué. C'est toi ?

— Alors, j'ai pris tout ce que tu aimes, expliqua Sofia sans l'écouter. J'espère que tes goûts n'ont pas changé.

En effet, ils délaissaient leurs restaurants préférés depuis longtemps.

— *Tagliolini* au beurre et à la truffe blanche, civet de lièvre, pêches et glace à la pistache saupoudrée de pistaches de Bronte concassées, le tout accompagné de…

Elle inclina une bouteille de vin vers lui.

— … d'un excellent *barolo* Brunate. Alors, je m'en sors comment ?

— Tu ne pouvais pas faire mieux… Mais, sérieusement, avoue : c'est le dernier repas du condamné ou quoi ? Non parce que, si c'est ça, je ne mangerai pas à la même vitesse que d'habitude.

Sofia posa les mains sur les hanches.

— Pourquoi faut-il toujours que tout soit si compliqué avec toi ? Je croyais que nous étions d'accord pour rester un couple comme les autres. Tu sais tout de même que les hommes et les femmes se font parfois des surprises, se donnent des baisers enflammés, font des câlins, sont heureux ?

— Ou bien font semblant de l'être ?

— Je suis incapable de faire semblant. Tu n'es pas heureux avec moi ?

Le ton de sa voix avait changé, elle avait relâché les bras et était au bord des larmes.

Andrea s'en aperçut.

— Très, très heureux, ma chérie. C'est juste que… je n'ai pas l'impression de mériter tout ça.

— Tu as raison. Quand tu es casse-pieds comme en ce moment, tu ne le mérites pas du tout. Allez, à table.

Elle s'éclipsa dans la cuisine.

Andrea en profita pour tirer son fauteuil roulant à lui et s'y installer. Il se précipita jusqu'à la penderie et enfila une chemise blanche en lin. Il se démena pour être prêt avant le retour de Sofia. Lorsqu'elle réapparut, il lui adressa un petit sourire, gêné de ne pas avoir réussi à s'habiller entièrement. Elle fit semblant de rien et dressa la table. Peu après, ils s'attablèrent.

— Mmm. Délicieux. Tu es devenue un vrai cordon-bleu, dis-moi.

— Si seulement je pouvais cuisiner comme ça… J'arrêterais ma carrière de prof de musique… Ça me fait trop mal de voir certains élèves aussi indifférents devant de si beaux morceaux…

Andrea s'essuya la bouche.

— Et que ferais-tu ?

— J'ouvrirais une école de cuisine et je voyagerais partout dans le monde, j'organiserais des buffets pour les plus grands événements mondains… et je t'emmènerais avec moi comme superviseur en chef, s'empressa-t-elle d'ajouter avant qu'Andrea n'ait le temps de se sentir exclu de ses projets.

— Ah, voilà.

Sofia sourit.

— Tu ne croyais tout de même pas te débarrasser de moi si facilement ?

Le dîner se poursuivit en silence. Tout était succulent. Sofia avait dû se dépêcher pour ramener tout ça à la maison avant que ça ne refroidisse et que les pâtes ne soient trop cuites. Andrea savourait son vin, appréciant les notes fruitées en fin de bouche. Il ferma les yeux. Pendant un instant, il nagea en plein rêve, envahi par une sensation inédite depuis son accident. Il était satisfait, comblé… Heureux. Voilà, il était heureux, sans pouvoir se l'expliquer.

Le bonheur ne serait donc qu'un état d'esprit ? Nous nous créerions des problèmes tout seuls ou nous ne serions pas capables de gérer ceux que nous rencontrons ? Mais alors, ne plus jamais pouvoir marcher, ce n'est pas si grave au fond ?

Il rouvrit les yeux. Ceux-ci étaient humides, il était ému. Il voulut se tourner vers Sofia et sursauta.

Elle était agenouillée devant lui.

— Tiens… C'est pour toi.

— Qu'est-ce que c'est ?

Andrea prit le petit paquet et le tourna dans tous les sens.

— Ouvre-le… Il m'est peut-être arrivé de me comporter comme une petite fille têtue et capricieuse, continua-t-elle tandis qu'il déballait, de bouder pour des bêtises, de commettre des erreurs…

Elle sourit devant son air soucieux. Là, il devait se demander quelles erreurs elle avait bien pu commettre et dont il n'était pas au courant.

— … mais jamais au point de te faire perdre confiance en moi. Je suis parfois désordonnée, distraite, j'oublie où je range les choses ou, pire, ce que tu viens de me raconter, mais je t'aime et c'est le plus important… Enfin, je crois.

Pile à cet instant, Andrea eut raison de l'emballage et le posa sur la table. Dans sa main, une petite boîte en cuir bleu marine.

— Vas-y, ouvre-la…

Andrea s'exécuta, lentement. Un anneau en or blanc, épais, compact, orné d'un soleil et d'un petit diamant gravés au centre. Sofia le lui prit des mains et le glissa à son doigt.

— Tu as été, tu es et tu resteras ma lumière… Andrea, veux-tu m'épouser ?

Il la dévisagea. Émue, au bord des larmes, elle était toujours à ses pieds. D'abord, il chercha ses mots, une plaisanterie, une simple question : « Pourquoi veux-tu m'épouser, Sofia ? Tu sais pourtant que je ne peux plus marcher. C'est de la compassion ? » Ou bien : « N'est-ce pas aux hommes de demander la main des femmes, avec la bague, la surprise et tout le tralala ? » Ou encore : « Tu me fais peur, Sofia. Qu'est-ce que ça veut dire, tout ça ? » Cependant, il comprit que ce n'était pas le moment de se prendre la tête ni de jouer les marioles, mais d'apprécier à sa juste valeur la simplicité avec laquelle Sofia lui livrait son cœur. Alors il esquissa un large sourire.

— Oui.

Puis ils s'embrassèrent, heureux.

— J'avais peur que tu dises non, confia Sofia entre deux baisers.

— Pourquoi ? Tu n'es pas si mal, tu sais.

— Oui, mais tu es conscient que je ne suis qu'une grosse arnaque ?

— Bien sûr… Mais c'est comme ça que ça marche, l'amour : plus tu morfles, plus tu es heureux.

Deux mois plus tard, ils se marièrent dans une petite église, au bord du lac de Nemi. Une cérémonie magnifique en compagnie de leurs amis les plus chers depuis le lycée, des coéquipiers de rugby d'Andrea, et de tous les musiciens qui avaient contribué aux concerts de Sofia. Parmi les convives, on compta ainsi un célèbre chef d'orchestre chinois, une violoniste suédoise, un trompettiste américain et un autre allemand, ainsi que l'un des plus talentueux joueurs de xylophone au monde. Tout fut organisé pour qu'ils puissent se produire dans l'église et la cérémonie se mua en une sorte de *jam session* que peu de salles de spectacle prestigieuses auraient pu se permettre. Les parents de Sofia firent le déplacement depuis Ispica et la mère d'Andrea depuis Formello.

La mère de Sofia, Grazia, avait tenu à arriver une semaine plus tôt à Rome. Elle voulait s'assurer que sa fille ne commettait pas une bêtise. Ainsi, pour la première fois depuis de nombreuses années, c'était elle qui avait cherché le dialogue et qui l'avait invitée à déjeuner. Elles s'étaient retrouvées au Pain quotidien, une excellente enseigne de la *via Tomacelli*. On aurait dit deux touristes étrangères, si sa mère n'avait pas eu cet accent sicilien prononcé.

— Tu es sûre de ce que tu fais, Sofia ? Le Seigneur doit t'avoir pardonné ton caprice, depuis le temps. Tu n'es pas obligée d'aller jusqu'à l'épouser. Ce sera plus difficile de revenir sur ta décision après.

Sereine, Sofia dégustait un excellent plat de pâtes *alla gricia*.

— Mmm… Tu as goûté, maman ? C'est délicieux.

— N'essaie pas de changer de sujet !

— Mais qu'est-ce que tu racontes ? C'est vraiment délicieux, je t'assure !

Sa mère se tut, pour mieux revenir à la charge.

— As-tu idée du nombre de fois où j'ai eu envie de quitter ton père ? S'il te plait, ne reproduis pas mes erreurs.

Sofia s'essuya la bouche et posa sa serviette sur la table.

— Excuse-moi, maman, mais pourquoi ne l'as-tu pas quitté ?

— Pour toi, et pour ton frère. Et peut-être aussi parce que je n'en ai pas eu le courage.

— Eh bien, je te remercie de t'être sacrifiée pour nous, mais je ne crois que nous aurions beaucoup souffert. Beaucoup de nos amis avaient des parents divorcés.

— Et beaucoup d'entre eux n'ont pas réussi dans la vie, il faut dire ce qui est.

— Tu exagères, maman. Tout n'est pas toujours lié… Aucun de vous deux n'a jamais joué d'un instrument, par exemple.

— C'est vrai, et toi, tu as arrêté.

— Là, tu deviens méchante.

— C'est pour lui que tu as renoncé, non ? Et maintenant, tu vas l'épouser. C'est toujours parce que tu culpabilises pour cet accident ?

Sofia se mura dans le silence et n'en sortit qu'au bout d'un certain temps.

— Maman, si tu avais quitté papa, j'aurais été triste pour vous parce qu'un mariage qui se brise, c'est une histoire qui s'achève et c'est douloureux… Mais mon amour pour vous serait resté intact. Alors là, j'aimerais juste entendre ton amour pour moi. Je suis heureuse de me marier avec Andrea, je suis heureuse avec lui et, même si je reconnais que la musique me manque, je mène une vie heureuse.

Sa mère resta songeuse.

— D'accord. J'ai trouvé la solution : épouse-le…

— Ah ?

— … mais recommence à jouer.

— Je ne peux pas, maman. Tu sais que j'ai fait une promesse.

— C'était insensé. Si tu l'épouses, ça s'annule forcément !

— Tu as une drôle de conception de la foi, maman.

— Oui. Je suis arrivée à ce stade de ma vie où la foi me parait inutile.

— Pourquoi ?

— L'Église, la foi, tout ça ne sert que lorsque tu as quelque chose à demander.

Sofia ne releva pas. Sa mère était très dure. Inutile de vouloir la raisonner. Il faudrait l'accepter comme ça.

— Mange tes pâtes, maman. C'est délicieux, je te jure.

Enfin, sa mère se décida à entortiller un ou deux spaghettis sur sa fourchette. Elle les mâcha et les avala.

— C'est vrai, c'est excellent. Je te souhaite d'être heureuse, ma fille.

— Mais je le suis, maman, je te l'ai dit.

Elles achevèrent leur repas en silence et le sujet ne fut plus abordé ensuite.

Le jour du mariage, sa mère, très émue, pleura. Tout au long de la réception qui suivit, elle ne cessa de chercher l'approbation des gens.

— N'est-elle pas ravissante, ma fille ?

Tout le monde se moqua d'elle.

— Bien sûr, Grazia, tu n'étais pas au courant ?

— Moi aussi, je l'aurais bien épousée !

— Andrea est magnifique aussi…, rétorqua Anna, la mère du marié.

— Bien sûr, bien sûr, concéda Grazia.

— C'est un très beau couple.

Le mariage avait été parfait. Diplômé en architecture, Andrea avait imaginé toute la scénographie de l'église et de la salle de réception. Il avait choisi des plantes superbes, des compositions florales blanches assorties à la petite maison qu'il avait trouvée au bord du lac, à deux pas de la petite église. Il avait pensé cette fête comme une sorte d'excursion entre amis. Après la réception, les époux avaient compilé sur un fichier toutes les musiques qui avaient été interprétées par les amis de Sofia, ces grands musiciens internationaux, afin que tout le monde puisse garder un souvenir sonore de ce mariage.

Le lendemain, les parents de Sofia étaient rentrés en Sicile et les jeunes mariés étaient partis en lune de miel. Ils avaient opté pour une croisière dans le Nord. Un magnifique voyage, au contact de la nature, sur un grand navire qui les avait emmenés jusqu'à l'extrémité du Sognefjord, le plus long fjord norvégien, avant de regagner Oslo. Là, ils avaient passé deux jours merveilleux. Ils avaient même assisté au concert donné par une jeune pianiste japonaise qui avait joué les *Variations Diabelli* de Beethoven.

— Ça t'a plu ? avait demandé Sofia à Andrea en sortant.

— Beaucoup, mais tu es bien plus douée…

— Tu dis ça parce que je suis ta femme.

— Ah oui, c'est vrai… J'avais oublié !

Et ils étaient rentrés à l'hôtel en riant.

— Alors ? On peut savoir ce que tu attends pour lui parler bébé ?

La voix de Stefano le ramena au présent.

— Mais tu viens de dire que c'étaient elles qui décidaient de tout !

À cet instant précis, la clé cliqueta dans la serrure.

— Quand on parle du loup… Allez, changeons de sujet. Sofia, c'est toi ? Stefano est là.

Elle apparut sur le seuil.

— Salut, les garçons. Qu'est-ce que vous complotiez ? Vous avez des têtes de coquins.

Elle les observa tous les deux avec un air soupçonneux.

Andrea estima que l'attaque était la meilleure défense.

— Rien du tout, nous sommes en train d'organiser une petite soirée entre hommes.

— Ah d'accord. Bon, vous avez ma permission.

Sur ce, elle alla déposer les sacs de courses à la cuisine, mais la voix de Stefano la prit au dépourvu.

— En plus, vous, les filles, vous êtes sorties avec le club de sport hier soir, non ?

Sofia lâcha les tomates qui roulèrent sur le sol, elle les ramassa juste avant que Stefano se matérialise sur le seuil de la cuisine.

— Comment s'est passée la soirée ? Vous vous êtes bien amusées ?

Sofia répondit sans se redresser.

— Pas mal, mais tu sais comment ça va dans ce genre de soirée…

Sofia n'avait pas la moindre idée de ce dont il parlait et remercia ces tomates de lui permettre de répondre sans devoir soutenir son regard. En même temps, elle maudit son amie Lavinia qui n'avait pas jugé bon de la prévenir. *Quelle cervelle de moineau !* Elle se releva en frottant sa jupe. Hélas, Stefano était toujours là.

— Et où avez-vous dîné ?

— Quelque part dans le quartier Prati.

Elle ouvrit le robinet en croisant les doigts pour qu'il ne pose pas d'autres questions. Sentant son regard dans son dos, elle se résigna à lui fournir quelques précisions.

— Je ne me souviens pas bien, je les ai suivis. Apparemment, ils ont l'habitude de se réunir là-bas.

— Ah oui… Ce doit être la pizzeria Giacomelli, on y mange bien pour pas cher. En tout cas, Lavinia m'a dit qu'ils avaient mangé là-bas la dernière fois…

— Oui, je crois que c'est ça.

Sofia ouvrit le sachet qui contenait la salade. Stefano ne faisait pas mine de s'en aller.

— Tu veux bien me passer les tomates sur la table, s'il te plait ?

— Bien sûr.

Sofia les lui prit des mains sans se tourner. Son ton glacial risquait d'être pris pour un signe évident de culpabilité, alors elle se força à sourire.

— Eh ! fit-elle comme si l'idée venait de la frapper. Ça te dirait de rester avec nous pour le dîner ? J'ai prévu une omelette avec pommes de terre et courgettes…

Stefano la dévisagea en silence. Une vraie torture. Il devait avoir compris. Oui, il avait tout compris. Puis, enfin, il lui rendit son sourire.

— Non merci. Une autre fois avec plaisir. J'ai promis à Lavinia de l'emmener manger quelque part ce soir, et après, nous irons au cinéma. Figure-toi que c'est notre anniversaire de mariage aujourd'hui. Quand je pense qu'elle raconte à tout le monde que j'oublie tout le temps.

— Pas cette fois, heureusement !

— Oui, surtout que vous, les femmes, êtes assez à cheval sur ce genre de truc, non ?

Sofia ferma les yeux pendant un instant. Elle avait l'impression que chacune de ses paroles soulignait sa complicité. Elle continua à nettoyer les tomates comme si de rien n'était.

— Vous aussi, les hommes, quand vous vous y mettez…

— C'est vrai. Tu as raison.

Stefano s'attarda encore un peu.

— Allez, bonne soirée. À mercredi.

Et il sortit de la cuisine.

Les mains appuyées sur le rebord de l'évier, Sofia sentit monter la crise de rage. Elle jeta la salade et les tomates dans l'eau et les y enfonça avec hargne. Elle entendit Stefano saluer Andrea dans le salon, puis la porte d'entrée qui claqua enfin derrière lui. Elle s'essuya les mains au torchon accroché à la poignée du four, prit son téléphone dans son sac et courut s'enfermer dans la salle de bains. Elle composa le numéro et attendit, nerveuse.

— Salut, Sofia !

Elle ne prit pas la peine de la saluer.

— Comment as-tu pu inventer que tu avais dîné avec moi ? Attends, je reformule : comment as-tu pu inventer ça, bordel ?! Alors que Stefano est toujours fourré chez nous…

— Parce que je savais que je pouvais te faire confiance !

— Moi, par contre, je ne peux vraiment pas avoir confiance en toi ! Tu sais ce qu'a fait ton mari ? Il m'a demandé comment s'était passée la soirée d'hier et où nous étions allées.

— Et qu'as-tu répondu ?

— Ça me démangeait de lui dire la vérité !

— Tu pouvais.

— Mais tu es folle ?

Lavinia pouffa à l'autre bout du fil.

— Alors, que lui as-tu raconté ?

— Que nous étions allées dans le quartier Prati.

— Parfait ! D'habitude, avec les autres membres du club de sport, nous allons chez Giacomelli. La pizza y est bonne et ce n'est pas trop cher. Tu vois, tu as assuré !

Sofia secoua la tête.

— Mais tu es complètement cinglée ! Tu es mariée. En plus, c'est votre anniversaire aujourd'hui. Ça fait combien d'années ?

— Six. Quand je pense qu'on n'a même pas tenu jusqu'à la fameuse crise des sept ans.

— Lavinia !

Soudain, elle prit conscience qu'elle criait et baissa d'un ton.

— Tu étais avec lui, hier ? Avec ce type de ta salle de sport ?

— Oui, je suis allée chez lui. Une soirée parfaite, amusante, avec un bon dîner et puis on a baisé… Je dirais même que nous avons fait l'amour.

— Merveilleux. Donc, hier, tu couches avec un quasi-inconnu et aujourd'hui, tu vas joyeusement fêter ton anniversaire de mariage avec ton mari…

— Où est le problème ?

— Je ne sais pas, moi. Tu ne culpabilises pas un tout petit peu ?

— Culpabiliser, c'est culturel. C'est l'Église qui nous inculque ça.

— C'est lui qui t'a raconté ça ?

— Lui qui ?

— Le jeunot.

— D'abord, il a plus de trente ans, ensuite, il s'appelle Fabio. Et troisièmement, c'est un truc que j'ai lu quelque part. Je suis assez grande pour nourrir des idées qui ne m'ont pas été soufflées, tu ne crois pas ?

D'accord, mieux valait laisser tomber. Elles en reparleraient plus tard, en personne, ce serait mieux. Sofia était dans la salle de bains depuis trop longtemps. Andrea allait finir par croire qu'elle avait un amant. Le comble.

— O.K. Laisse tomber, Lavi, on règlera ça plus tard.

— D'accord.

— Je me demande quand même si Stefano n'a pas des soupçons…

— Je crois qu'il a repéré certaines choses. En même temps, je ferais peut-être bien de lui dire…

Sofia en eut le souffle coupé. Impensable !

— Attends au moins que nous ayons eu le temps d'en parler, face à face !

Son amie s'esclaffa.

— D'accord, mais pas dans une éternité. Il faut qu'on se voie d'ici la semaine prochaine, sinon je ne peux rien te promettre. Au fait, tu as revu le type de tes fantasmes ? Celui qui t'a fait tromper Andrea dans tes pensées ?

Sofia resta interdite pendant un instant avant de comprendre qu'elle faisait allusion à Tancredi.

— Non. En ce qui me concerne, tu n'as pas de souci à te faire.

— Oh, mais je ne m'en fais pas du tout. Par contre, préviens-moi quand tu sauteras le pas !

— Quand tu auras un enfant majeur qui considérera sa mère comme une sainte, pas avant.

— C'est ça. Ne jamais dire jamais…

Elles plaisantèrent encore un peu, puis raccrochèrent. Sofia posa son téléphone sur le bord du lavabo et se rinça le visage plusieurs fois. *Mais que lui arrive-t-il ? Comment une femme peut-elle renier tous ses choix ? Lavinia semblait si sûre de son couple...* Elle se retourna la question. *Et moi, suis-je bien certaine de ne rien avoir à me reprocher ? Comment être sûre que ça ne m'arrivera jamais ? Non. Moi, jamais. Ou du moins, je ne m'y prendrai pas comme ça.* Et rien que d'y repenser, d'avoir trouvé une échappatoire, elle culpabilisa.

Elle regagna le salon. Pourvu qu'Andrea n'ait pas entendu sa conversation avec Stefano. Il savait parfaitement qu'elle n'était pas sortie la veille.

— Ça te va : omelette, pommes de terre, courgettes, avec une salade et des tomates ?

Il était d'accord.

— Tu mettras un peu d'oignon dans l'omelette ?

— Ça marche.

— Et un peu de maïs dans la salade ? Et des olives !

Sofia avait déjà rejoint la cuisine.

— D'accord, et des olives !

Peu après, ils se retrouvèrent à table. Sofia décapsula une bière pour Andrea et de son côté, il lui servit un peu d'eau légèrement pétillante. Ils mangèrent dans le calme, en échangeant quelques banalités.

— Comment s'est passée ta journée aujourd'hui ?

— Très bien.

— Il fait chaud, non ? Ou c'est juste moi ?

— Oh, non, je me sens bien. C'est peut-être parce que tu t'es activée en cuisine.

— Tu veux un dessert ?

— Juste un fruit, merci.

Ils allèrent se coucher tôt. De temps en temps, le bruit d'une voiture qui passait au loin sur le périphérique leur parvenait. Andrea termina de lire et éteignit la lampe. Sofia était déjà tournée de l'autre côté. Au bout d'un moment, il lança un « bonne nuit », surtout pour vérifier si elle dormait déjà.

— À toi aussi, mon chéri. Dors bien.

Sofia était encore éveillée. Ils restèrent allongés dans le noir, sans rien dire. Le clair de lune filtrait à travers les stores. Au bout d'un moment, les yeux d'Andrea s'habituèrent à l'obscurité de la pièce. Il devinait désormais la garde-robe, la table, la chaise, son fauteuil roulant. Cependant, le silence était pesant. Il planait dans la pièce une attente étrange. Comme si, pour pouvoir s'endormir, il manquait une phrase de conclusion. Et en effet, les mots finirent par arriver.

— Ne me fais jamais un truc pareil.

Sofia se mordit les lèvres. Andrea avait donc tout entendu, y compris les mensonges qu'elle avait racontés à Stefano. Désormais, il savait qu'elle était capable de mentir. Que pouvait-elle bien lui répondre ? Et si elle faisait semblant de dormir ? Non, pas crédible. Ce qu'il fallait, c'était une réplique qui mette tout le monde d'accord, qui aplanirait tous les doutes, ne laisserait pas la moindre ombre au tableau. Autant être sincère, la vérité était la seule chose qui ne l'étouffait pas.

— Quand je ne t'aimerai plus, si jamais ça arrive un jour, je te quitterai. Je n'attendrai pas qu'un autre homme se présente pour avoir le courage de le faire.

Puis elle se tourna vers lui.

— Et maintenant, ne va pas te faire toutes sortes d'idées. Pitié, pas de jalousie inutile, tu ne peux pas me comparer à elle, jamais. Je serais très vexée. Tu sais à quel point la dignité compte pour moi. Le simple fait de te cacher quelque chose et de mentir me répugnerait.

Puis elle se tourna de nouveau de l'autre côté. Le silence retomba pendant un moment. Ça avait été difficile, mais nécessaire.

— Tu sais, je suis très souvent seul, reprit Andrea. Alors je vais sur Internet, sur des blogs… Des histoires comme celle-là, on en trouve des milliers. Des gens qui ont été déçus, trompés… Si Dieu existe, je me demande comment il se sent. Lui qui connait tous nos tracas, nos désirs, qui assiste en continu à nos bêtises d'hommes.

— S'il existe, il doit sûrement s'ennuyer. Toi non plus, tu ne devrais pas te prendre la tête avec ça. Il y a tellement de choses bien plus belles et de gens bien meilleurs.

— Peut-être, mais alors ils se cachent vachement bien.

La conversation en resta là. L'amertume était palpable. Ils n'auraient jamais dû être concernés par cette histoire, et voilà qu'ils s'y retrouvaient mêlés.

— On n'y peut rien, c'est comme ça. La vie est dégueulasse, conclut Andrea en tournant la tête.

Il resta les yeux rivés au plafond, tâchant de se vider l'esprit, et finit par s'endormir.

21

Sofia se gara, prit son sac et descendit de la voiture. Elle la verrouilla et s'achemina d'un bon pas vers l'*Insalata Ricca*. Elle glissa son sac à son épaule droite. Il contenait des partitions pour ses élèves. *Je veux découvrir quels autres changements il y a dans sa vie et si elle compte encore m'impliquer dans ses idées lumineuses qui provoquent des disputes avec Andrea... Au moins, elle a choisi une brasserie proche de l'école où je donne cours. Je ne devrai même pas reprendre la voiture après. C'est déjà ça de gagné.*

Elle entra dans le restaurant. Il y avait beaucoup de jeunes, avec leurs livres posés sur la table, sans doute des étudiants venus réviser dans une bibliothèque voisine.

Tout à coup, elle fut prise d'une appréhension. *Oh mon Dieu. Elle ne m'a tout de même pas fait venir ici pour me le présenter ? Je lui ai pourtant bien dit que je ne voulais plus être mêlée à ça.* À cet instant, elle l'aperçut. Installée au fond de la salle, elle était seule. Lavinia la vit aussi et lui fit signe. Sofia slaloma entre les tables et s'assit en face d'elle.

— Salut. Pendant un instant, j'ai eu peur…

Lavinia prit le menu en souriant.

— J'ai beaucoup hésité à l'amener ou pas…

— Mais…

Lavinia la devança.

— Ensuite, je me suis rappelé que tu ne voulais surtout pas le rencontrer et que je ne devais plus te mêler à mes histoires… Alors j'ai renoncé.

Sofia ouvrit le menu à son tour.

— Bien. Mais dis-moi, un truc m'interpelle…

Elle baissa la carte du restaurant pour la regarder.

— Depuis quand est-ce que tu écoutes ce que je dis ?

— Depuis que j'ai compris que je risquais vraiment de gâcher notre amitié.

Sofia se réfugia de nouveau derrière la carte.

— Bravo ! C'est comme ça que je te veux. Prudente et intelligente, ce qui n'est pas toujours le cas… Allez, donne-moi une autre bonne nouvelle, maintenant : tu as fini de t'envoyer en l'air avec ce gamin ?

— Hum.

Sofia baissa de nouveau le menu et découvrit un serveur devant elles, calepin à la main, prêt à prendre leur commande. *Pourvu qu'il n'ait rien entendu.* Hélas, son sourire amusé indiquait le contraire.

— Désolé de vous déranger. Vous désirez commander ou je reviens plus tard ?

Oh, et puis zut, décida Sofia.

— On peut passer commande. Pour moi, ce sera une salade César et des fruits en dessert. Qu'avez-vous dans les suggestions ?

— De tout… Raisin, pêche, pastèque, melon…

— D'accord, alors une pêche, ou bien, non… vous avez de la macédoine ?

— Oui.

— Alors une portion de macédoine.

Le jeune homme écrivit le tout sur son calepin.

— Vous boirez de l'eau avec ça ?

— Oui, plate.

— Très bien.

Il se tourna ensuite vers Lavinia qui opta pour un plat de pâtes *cacio e pepe* et une douceur en dessert.

Sofia lui adressa un petit clin d'œil.

— De toute façon, je vais faire du sport après…, se justifia Lavinia. Comme ça, j'éliminerai…

— J'imagine. Alors ? Tu l'as laissé tomber ou pas ?

— Nous ne sommes même pas tout à fait ensemble, comment veux-tu que je le laisse tomber ?

— D'accord, je reformule : tu as cessé de le fréquenter ou pas ?

— Je ne crois pas.

— Écoute, je comprends qu'au début, tout te paraisse beau, merveilleux…

— Il n'y a pas que ça. J'y trouve aussi mon bonheur sur le plan physique. Je veux dire… je n'avais jamais baisé comme ça ! Je profite de la vie comme jamais je ne l'avais fait jusque-là.

Le serveur réapparut avec une bouteille d'eau et les servit. Elles se turent jusqu'à ce qu'il s'en aille.

Sofia prit son verre tandis que Lavinia suivait le jeune homme du regard.

— Je crois qu'il nous prend pour deux cinglées. Cela dit… il est plutôt pas mal.

— Quoi, lui aussi ? Mais il va nous prendre pour deux vamps venues chasser la chair fraîche.

— Je n'ai jamais compris pourquoi seuls les hommes avaient le droit de se choisir des jeunettes…

Sofia vida son verre et le remplit de nouveau.

— Tu m'as fait venir ici pour me montrer tout ce que je rate ?

— D'une certaine manière…

— Écoute, je me suis disputée avec Andrea à cause de toi, je crois que ça ne nous était plus arrivé depuis cinq ans.

Il m'a aussi tiré la tête le lendemain… Raconte-moi plutôt comment s'est passée votre soirée d'anniversaire.

— Euh, très bien. Pizza, cinéma, puis nous sommes rentrés et nous avons fait l'amour de façon on ne peut plus classique, au lit ! Cela dit, j'ai fait de gros efforts pour avoir l'air chaude et dévorée par la passion ! Je me suis inventé des rôles…

— Lavinia !

— Quoi ? Au moins, comme ça, il a dû penser que j'étais encore intéressée par le sexe… Mieux vaut qu'il ne se doute de rien, tu ne trouves pas ?

— Euh, sans doute, mais comment sais-tu qu'il n'est au courant de rien ? Moi, je crois qu'il a compris quand je l'ai croisé l'autre soir…

— Pourquoi ?

— Je l'ai deviné à sa façon de me regarder…

La salade César et l'assiette de pâtes arrivèrent.

— Et voilà. Il y a du parmesan ici, si tu veux, annonça le serveur avant de s'éloigner.

— Merci…

— Tu as vu ? Il m'a tutoyée !

— Tiens, oui.

— J'ai encore l'air d'une jeune fille. N'empêche, il a vraiment un beau petit cul, celui-là…

— Non, mais tu t'entends ? Tu as complètement perdu la tête ?

— Oh allez ! C'était une blague. Par contre, tu aurais quand même pu éviter de tout raconter à Andrea, tu as eu tort de me vendre.

— Enfin, réfléchis un peu ! J'avais passé la soirée de la veille avec lui, comment aurais-je pu lui faire gober que j'étais de sortie avec toi ?

— Comment veux-tu que je le sache ? Tu n'avais qu'à trouver une solution. Quand je t'ai rencontrée, tu avais beaucoup plus d'imagination. Tu aurais sûrement inventé un truc.

— Écoute, ça suffit, j'abandonne.

Sofia se jeta sur sa salade ; elle piqua les feuilles presque avec rage, l'une après l'autre, et termina par un croûton du fond de l'assiette. Ensuite, elle fourra cette belle fourchette dans sa bouche.

Remarquant que certaines feuilles de salade dépassaient de ses lèvres, Lavinia pouffa.

— Fais attention, tu vas t'étrangler.

— Mmm… mmm, fit Sofia, incapable d'articuler.

— Quoi ?

Après avoir enfin avalé, elle reprit la parole.

— C'est toi que je voudrais étrangler !

— Merci, ma chère amie ! Et moi qui te donne la priorité sur tout le monde…

— C'est ça… Ne m'oblige pas à raconter tes priorités en ce moment.

— O.K. Tu veux savoir pourquoi je t'ai invitée ici ?

— J'espère que ce n'est pas encore pour te servir de couverture ?

— Non. J'ai retenu la leçon, je ne t'impliquerai plus jamais, ne t'inquiète pas.

Sofia arrêta de manger et posa ses couverts.

— Écoute, tu n'as peut-être pas bien compris comment ça s'est passé… Andrea culpabilise beaucoup, il pense à Stefano, à tout ce qu'il a fait et fait encore pour lui et à la façon dont il le remercie…

— C'est-à-dire ?

— En se taisant, il a l'impression d'être ton complice, lui aussi.

Lavinia se prépara une fourchette de pâtes, la tête penchée sur son assiette.

— Andrea exagère.

— Peut-être, mais tu n'es pas maître de la sensibilité des autres.

Lavinia lâcha brutalement sa fourchette.

— Et vous, vous ne pouvez pas décider de la mienne !

Elle avait élevé la voix, au point que quelques jeunes installés aux tables voisines se tournèrent vers elles. Lavinia s'en aperçut et se calma.

— C'est vrai, à une différence près, répondit Sofia en baissant la voix. Tu nous as entrainés dans tes embrouilles sans nous demander notre avis et, au cas où tu ne l'aurais pas encore compris, nous ne voulions pas y être mêlés.

Lavinia garda le silence. Cette fois, le message semblait être passé.

— D'accord, laisse tomber. De toute façon, le mal est fait.

Elles continuèrent à manger. Sofia décida de poursuivre la conversation.

— Tu ne le sais peut-être pas, mais Andrea était décidé à tout raconter à Stefano.

— Ah oui ? Eh bien, il m'aurait rendu service. Tôt ou tard, je lui dirai moi-même.

— Tu es libre de faire ce que tu veux, mais je te conseille de te taire.

— Mais dans quel but ? Ma mère m'a tenu le même discours. Je ne vous comprends pas.

— Parce que tu lui as raconté tes aventures ?

— Bien sûr, j'ai confiance en elle…

Elle marqua une pause.

— Et en toi aussi. Seulement, vous avez toutes les deux une vision très bourgeoise.

— Ou peut-être simplement une vision d'adultes. Tu as l'air un peu perdue en ce moment…

— Ah bon, qu'est-ce qui te fait dire ça ?

— Il y a quelques mois à peine, tu étais bien décidée à avoir un enfant avec Stefano, et maintenant, tu es avec un autre type.

— Je ne suis pas avec un autre type, je couche avec un autre type, c'est différent. Et ne pas appeler les choses par leur nom, moi, j'appelle ça avoir une vision bourgeoise.

— D'accord, d'accord. Donc : et maintenant tu couches avec un autre type alors qu'il n'y a pas si longtemps tu voulais un enfant avec ton mari. C'est mieux comme ça ?

— Pas mal. Si cet enfant n'est pas arrivé, c'est peut-être un signe du destin ? Ma rencontre avec Fabio est peut-être aussi un signe du destin. Tu ne crois pas au destin et aux signes ?

— Non.

— Par contre, tu crois au sacrifice et à une promesse…

— Oui.

— Ça aussi, c'est très bourgeois.

— Non.

Lavinia s'essuya la bouche.

— J'envie ta force, tu sais.

Sofia soupira.

— Je ne suis pas si forte. Je n'ai pas eu le choix. Mais je me sens très bien, s'empressa-t-elle d'ajouter avec un petit sourire. Allez, ne nous disputons pas. C'est juste que ton aventure m'a complètement perturbée…

Lavinia sourit à son tour.

— Pourtant, je n'ai pas changé, je suis toujours cette bonne vieille copine foireuse… sauf que je baise un peu plus souvent !

— Ah…

Sofia allait embrayer, mais Lavinia l'arrêta.

— C'est bon, je déconnais. En réalité, je t'ai invitée ici parce que j'ai une surprise pour toi, annonça-t-elle avec son plus beau sourire.

Et sans lui laisser le temps d'ouvrir la bouche, elle sortit un ticket de sa poche.

Sofia resta sans voix.

— U2 ? Non, c'est pas possible !

Lavinia rayonnait de satisfaction.

— Alors ? Et toi qui passes ton temps à me faire la morale…

— Mais parce que tu le mérites ! C'est quand, ce concert ?

— Ce soir.

— Mince, tu n'aurais pas pu me prévenir plus tôt ?

— Je sais, mais je n'étais pas encore certaine d'avoir les places. Tu n'imagines pas la galère pour les dénicher !

— Au moins, j'aurais pu prévenir Andrea. C'est à quelle heure ?

— À 21 heures. C'est parfait, ça te laisse tout le temps. Je passerai te prendre directement devant l'église et on ira à ce concert comme deux ados de seize ans.

Le serveur arriva à ce moment.

— Tout s'est bien passé ? Mais, vous n'avez pas tout mangé !

— Nous n'avons plus faim. Tu veux bien nous apporter la macédoine et le dessert, s'il te plait ?

— Comme vous voulez.

Il débarrassa les assiettes et repartit.

Sofia sortit son téléphone de son sac et appela Andrea.

— Salut, qu'est-ce que tu fais ?

— Je bosse sur l'ordinateur. Tout va bien ?

— Oui, je suis en train de déjeuner avec Lavinia…

Remarquant que son amie l'observait, Sofia se leva et sortit de la salle. Lavinia but un peu d'eau en regardant Sofia faire les cent pas, le portable collé à l'oreille. Elle était en train de tout expliquer à Andrea, du moins ce qu'elle pensait savoir. Comment réagirait-elle lorsqu'elle découvrirait le pot aux roses ? *Pourvu qu'elle ne se fâche pas trop.* Peut-être Lavinia avait-elle eu tort d'accepter, mais c'était trop tard, elle ne pouvait plus reculer. Sofia rentra dans la salle et se rassit devant elle, l'air heureuse.

— Voilà, tout est arrangé et il n'y a aucun problème. Andrea va s'organiser de son côté ; il va commander une pizza, ça lui est déjà arrivé.

La macédoine et le dessert arrivèrent.

— Alors, ça dit quoi ? s'enquit Sofia en désignant le tiramisu de Lavinia.

— Délicieux… Tu veux goûter ?

— Je ne devrais pas… Mais on va dire que c'est un jour particulier…

Elle préleva un morceau de tiramisu avec sa fourchette.

— Mmm, que c'est bon. On mange bien ici.

— Oui ! Alors, qu'a dit Andrea ? Il est content que tu ailles à ce concert avec moi ou pas ?

— Oui. J'ai dû inventer que nous avions eu une grosse dispute à cause de ton comportement, que je t'avais menacée de couper les ponts et que ce concert de U2 était une tentative de ta part pour te racheter…

— C'est presque la vérité…

— Et tu sais ce qu'il a répondu ?

— Quoi ?

— Tu es sûre qu'elle ne te renvoie pas l'ascenseur et que vous ne vous couvrez pas mutuellement ?

Lavinia faillit s'étrangler et dut boire un peu d'eau. Si seulement Andrea avait su à quel point il était proche de la vérité.

— Tu vois comment il me considère, maintenant ? Coupable, comme toi… Avec une toute petite différence.

— Laquelle ?

— Tu couches avec un autre et moi pas !

— Ah oui, c'est vrai…

Lavinia faillit ajouter quelque chose, puis se ravisa. Mieux valait éviter.

— Les hommes amoureux sont jaloux.

— Si tu le dis…

Sofia mangea les derniers fruits de sa coupe.

— Il y a quand même un truc bizarre.

Lavinia se figea. *Oh non. J'ai commis une erreur, c'est ça ? Je le savais, je le savais...*

— Quoi ? demanda-t-elle en s'efforçant de cacher son affolement.

— Je suis dingue de U2, c'est l'un de mes groupes rock préférés, mais… J'y ai déjà pensé tout à l'heure : je ne te l'avais jamais dit, nous n'en avons jamais parlé avant aujourd'hui…

— Dis donc, tu as la mémoire courte, ma vieille, rétorqua Lavinia sans perdre de temps. Tu ne te rappelles pas ? Cette fois où nous sommes allés chez toi avec Stefano, nous avons regardé un film tous les quatre ; pendant une page de pubs, il y a eu une annonce pour un de leurs concerts et tu es devenue presque hystérique.

— Mais quand ?

Lavinia mangea une cuillère de tiramisu, feignant le plus grand naturel.

— Oh… il y a deux ou trois ans, je dirais.

— Je ne m'en souviens pas.

Lavinia lui proposa le dernier morceau de son dessert pour la distraire.

— Tu le veux ?

— Non, non. Merci.

Alors elle l'avala elle-même en poussant un soupir. Décidément, son jeu d'actrice s'était perfectionné.

Sofia jeta un coup d'œil à sa montre.

— Je vais être en retard ! Il faut que j'y aille. Tu paies ? Je te rembourserai ce soir, d'accord ?

— Mais oui, sans problème, ne t'inquiète pas.

Sofia attrapa son sac, mais au moment de s'en aller, elle se tourna une dernière fois.

— Au fait, tu sais aussi quel est mon chanteur ou ma chanteuse préférée ? Bien plus que U2 ?

— Ah, ça, par contre, tu ne me l'as jamais dit !

— Norah Jones !

Et elle s'éclipsa.

Lavinia se rassit. Elle était épuisée. Comment allait se passer la suite ? Après ce soir, peut-être Sofia comprendrait-elle ce qu'elle vivait avec Fabio. Ou alors, elle ne comprendrait rien du tout et elle perdrait une amie. De toute façon, les jeux étaient faits. Elle considéra les deux places de concert. Elle les avait eues gratuitement et, si tout se passait comme elle l'espérait, elle bénéficierait même de la couverture de Sofia. Elle prit son téléphone et commença à écrire un message. Elle vérifia l'heure. Il avait bien insisté : elle devait l'envoyer exactement une demi-heure après son départ.

Sofia arriva en courant devant l'église où se trouvait l'école de musique. Elle manquait d'exercice, il était peut-être temps de s'inscrire dans une salle de sport, comme Lavinia, mais pas pour se distraire, juste pour récupérer un peu d'endurance. Soudain, elle ralentit. Devant l'escalier se tenait une femme qu'elle avait déjà vue quelque part, mais où ? Pas moyen de se le rappeler. Celle-ci vint à sa rencontre en souriant.

— Bonsoir, je suis Ekaterina Zacharova, tu te souviens de moi ? Nous avons fait nos premières années ensemble au conservatoire Santa Cecilia.

Ah oui ! Comment avait-elle pu ne pas la reconnaitre tout de suite ?

— Mais bien sûr ! Comment vas-tu ?

— Bien, merci. J'ai aussi été l'élève d'Olga Vassilieva pendant un certain temps.

Sofia se le rappelait très bien. D'ailleurs, même si elle ne l'admettrait jamais, elle avait été un peu jalouse d'elle. Ekaterina était plus âgée qu'elle et avait commencé le piano avant elle, il était donc normal qu'à cette époque, elle ait remporté plus de concours qu'elle. Par la suite, elle avait tout abandonné, elle s'était mariée, avait eu des enfants et Sofia l'avait perdue de vue. Maintenant qu'elle l'observait d'un peu plus près, la différence d'âge était évidente. Ekaterina avait quelques rides et ses cheveux sombres, qui autrefois avaient fait toute sa fierté, avaient perdu leur éclat. Sofia était curieuse, mais aussi et surtout très en retard. Il fallait qu'elle trouve le moyen de couper court.

— Eh bien, quelle belle surprise. Que fais-tu ici ? Tu habites dans le coin ?

— Non, pas du tout. Je vis à Florence, je suis professeure là-bas, mais on m'a appelée pour te remplacer aujourd'hui.

Sofia fut frappée de stupeur.

— Pour me remplacer ?

— Oui, confirma-t-elle avec un petit rire, presque gênée. On m'a offert une somme que je n'ai pas pu refuser. L'équivalent d'une année de salaire.

Elle s'approcha d'elle.

— Tu sais, je suis divorcée, lui confia-t-elle. J'ai accumulé pas mal de tuiles ces derniers temps et cette proposition est la seule chose positive qui me soit arrivée cette année…

Étonnée par la réaction de Sofia, Ekaterina l'interrogea du regard.

— Ça ne te dérange pas, j'espère ? J'ai déjà été payée.

— Non, non, c'est juste que je n'étais pas au courant… Mais qui t'a engagée ?

— Euh, je ne sais pas… Un monsieur très élégant, environ la soixantaine, s'est présenté chez moi la semaine passée. Il a organisé tout le voyage, hôtel compris, et il m'a payée en liquide sur-le-champ.

Ekaterina aperçut les partitions que Sofia avait sous le bras.

— Je peux ?

Toujours pétrifiée, Sofia la laissa faire.

— Ah ! Toi aussi, tu utilises les exercices de Hanon pour la pratique… J'adore ! C'est parfait quand on débute au piano. J'utilise les mêmes, tu sais ? Tant mieux… Allez, j'y vais, un de tes élèves est déjà arrivé. Je vais les rassurer, ne t'inquiète pas.

Sofia ne réagissait toujours pas, visiblement ébranlée, alors Ekaterina voulut faire preuve de gentillesse.

— Ne sois pas jalouse. C'est juste pour aujourd'hui. Ils seront encore plus heureux de te retrouver à ton retour. Tu es si douée, ce doit être un honneur de suivre des cours avec toi.

Ensuite, elle se dépêcha de grimper l'escalier.

Ekaterina Zacharova disparut dans l'église. Soudain, une voiture s'arrêta de l'autre côté de la rue. Le moteur continua à tourner. Elle était équipée de vitres teintées. Était-ce un hasard ? Lorsque la portière s'ouvrit, Sofia comprit que non, et tout devint clair.

22

Il descendit de la voiture, les mains en l'air comme pour s'excuser.

— Attends, ne te fâche pas, lança Tancredi avec le regard le plus convaincant possible. Je ne te vole qu'une petite minute…

Sofia refusait d'y croire. Non, ce devait être un rêve. Tancredi vint à sa rencontre tandis qu'elle redescendait l'escalier. Et elle était plutôt en colère, au contraire.

— Comment oses-tu t'immiscer dans ma vie sans permission ?

— Je ne m'immisce pas ! Je n'ai fait qu'y jeter un coup d'œil et j'ai constaté que tu travaillais beaucoup trop.

Ridicule. Mieux valait qu'elle rentre chez elle.

En l'observant, Tancredi comprit son intention.

— D'accord, alors voilà ce qu'on va faire : je te propose que nous passions un peu de temps ensemble cet après-midi. Comme ça, nous pourrons joindre l'utile à l'agréable.

Face à l'agacement croissant de Sofia, il s'empressa de continuer.

— L'agréable, ce serait que tu t'accordes une petite parenthèse tout en faisant une bonne action, puisque Ekaterina Zacharova, comme tu le sais, ne va pas très bien. Et l'utile, c'est que cela nous donnera l'occasion de faire plus ample connaissance.

— Et en quoi cela me serait-il utile ?

— Ça t'aidera à décider si tu veux encore me voir. Dans le cas contraire, je disparaitrai.

— Tu me l'avais déjà promis et pourtant te revoilà.

— Faux. Je passais par là par hasard quand je t'ai aperçue sur cet escalier. J'ai compris que ton après-midi venait de se libérer… Au fait, tu ne trouves pas ça étrange qu'on se croise toujours devant les églises ?

— Je ne vois rien d'étrange là-dedans. Tout ça me parait plutôt absurde…

Tancredi était très élégant, avec sa veste bleue, sa chemise blanche et son pantalon de coton gris. Quelle situation abracadabrante… Sofia n'en revenait toujours pas. Il avait recommencé, et cette intrusion dans sa vie l'ennuyait beaucoup. D'un autre côté, elle devait reconnaitre que la persévérance de Tancredi avait éveillé sa curiosité.

— Tu ne capitules jamais, n'est-ce-pas ?

— Presque jamais. Ça peut arriver, mais uniquement quand je me rends compte que je risquerais d'être impoli. Cette fois-ci, si tu insistes pour que je ne cherche plus à te retrouver, je respecterai ta décision.

— Tu tiendras parole ? Promis juré ?

Tancredi leva ses doigts croisés.

— Croix de bois, croix de fer…

Sofia ne put s'empêcher de rire.

— Je n'avais plus entendu ça depuis l'époque des scouts ! Ça doit bien remonter à vingt ans !

— Tu vois, tu avais besoin de moi pour raviver la scoute en toi, et surtout pour te faire rire.

Sofia haussa un sourcil.

— Donc, c'est promis, nous ne nous reverrons plus jamais après aujourd'hui ?

— Si tel est ton souhait, alors il en sera ainsi, je te l'ai dit.

— Et si tu me kidnappes ?

Tancredi poussa un soupir.

— Gregorio ?

La vitre de la portière avant de la voiture se baissa et le visage de Savini apparut.

— Tu veux bien confirmer que je n'ai aucune intention d'enlever qui que ce soit ?

— Il ne ferait jamais ça, madame. Vous pouvez avoir confiance.

Sofia scruta de nouveau Tancredi qui écarta les bras comme pour dire : « Tu vois ? Qu'est-ce qui te retient encore ? » Alors elle finit par lui rendre son sourire. Il fallait reconnaitre que la situation était plutôt amusante, et puis quel mal y avait-il à bavarder un peu ? Ils allaient faire un petit tour et ensuite, ils ne se reverraient plus jamais. Elle décida d'accepter son invitation.

— Bon, d'accord.

Tancredi lui ouvrit la portière afin qu'elle grimpe à bord, puis contourna la voiture et vint s'installer à côté d'elle. L'élégante Bentley Mulsanne démarra sans bruit. Tancredi lui jeta un coup d'œil. Elle ne semblait pas mal à l'aise.

— Je suis ravi d'avoir réussi à te convaincre ; ça aurait été une erreur de ne pas profiter de cette occasion pour faire plus ample connaissance.

Sofia haussa les sourcils.

— Une erreur pour qui ?

— Pour tous les deux…

La voiture évoluait dans la circulation à vive allure. Tancredi appuya sur un bouton et une épaisse paroi vitrée s'éleva entre le chauffeur et eux. Lorsqu'ils furent seuls, Tancredi se tourna vers elle. Elle était encore plus belle que dans son souvenir, plus belle que dans toutes ces vidéos et sur ces photos qu'il avait étudiées. Tandis qu'il observait sa bouche, ses yeux, ses mains immobiles sur ses jambes, il se rappela les dissertations qu'il avait lues, ses poèmes, les phrases qu'elle avait soulignées dans ses livres, celles qu'elle avait écrites dans ses journaux intimes. Il revit cette photo d'elle, toute jeune, sur ce scooter…

— Alors, tu as ce que tu veux, tu es content ? lança Sofia.

— Très. Pas toi ?

— Moi, je n'ai rien demandé.

— C'est vrai.

— Si c'était toi qui te retrouvais confronté à une telle surprise, comment réagirais-tu ?

Tancredi sourit.

— Excellente question. Tu me laisses un peu de temps pour y réfléchir ?

— Bien sûr.

Pendant ce temps-là, Sofia pensa à sa vie, à ses élèves qui étaient avec Ekaterina Zacharova en ce moment même, pendant qu'elle se retrouvait dans la voiture d'un inconnu. Puis elle eut une pensée pour son mari. Qu'allait-elle dire à Andrea après tout ça ? Une phrase de Lavinia lui revint en mémoire. *« Culpabiliser, c'est culturel. C'est l'Église qui nous inculque ça. » Est-ce vraiment le cas ? Est-ce que je me sens coupable ? Non. Je me sens libre.*

— Je crois que j'aurais eu un peu peur, déclara Tancredi, l'arrachant à ses pensées.

— Dans quel sens ?

— De nos jours, le monde est rempli de désaxés… Cela dit, je crois que la vue de Savini m'aurait rassuré. Et qu'en fin de compte, recevoir une telle surprise m'aurait fait plaisir. Pourquoi, tu comptes m'en faire une, toi aussi ?

— J'en serais bien incapable. Je ne suis pas aussi bornée que toi et jamais je n'aurais réussi à mettre la main sur Ekaterina. Et puis moi, quand on me dit non, c'est non. Une fois suffit…

— Alors que moi, je fais la sourde oreille.

— Oui, mais cette fois-ci, tu as juré.

— C'est vrai…

Il refit le signe des scouts et Sofia ne put s'empêcher de pouffer.

— En tout cas, il faut que je sois revenue devant l'église pour 20 h 30. J'ai un rendez-vous ce soir.

— Tu es sûre ?

— Mais oui. Je ne mens pas, moi.

Tancredi ne reprit la parole qu'au bout d'un certain temps.

— Alors voilà ce que je te propose : si ton rendez-vous est annulé, tu passes la soirée avec moi.

— Ça ne risque pas.

— On parie ?

— Et qu'ai-je à y gagner ?

— Ce que tu veux. Tu veux descendre de la voiture ? Tu as peur ?

— Je n'ai pas peur.

— Mais si tu as changé d'avis et n'as plus envie d'être en ma compagnie…

— Je n'ai pas changé d'avis.

Le regard rivé droit devant elle, Sofia eut une idée.

— Si mon rendez-vous de ce soir est annulé, alors tu mettras à ma disposition le monsieur qui est au volant pendant une journée entière, la journée de mon choix. Il me servira de chauffeur et m'emmènera où je veux.

— Avec la voiture ?

— Évidemment !

— D'accord. En revanche, si ton rendez-vous est annulé, tu resteras avec moi jusqu'à minuit…

— Marché conclu.

Tancredi tendit la main.

— On dirait bien que c'est un pari, et les paris se respectent.

Il la regarda droit dans les yeux. Parcourue d'un frisson, Sofia lui serra la main.

— Je respecte toujours les miens.

Il sourit.

— Ça vaut mieux.

Il était si beau, si sûr de lui. Parfois, il lui faisait peur ; à d'autres moments, il la faisait tellement rire. Sofia ôta sa main.

— Je suis au regret de t'annoncer que tu as perdu…

Tancredi éclata de rire.

— Comment peux-tu en être aussi sûre ?

— Parce que mon amie a réservé des places…

— De concert.

Sofia était stupéfaite. Comment le savait-il ? Ce n'était peut-être qu'une simple supposition, une hypothèse lancée au hasard.

— Oui, et comme elle sait que je suis folle de ce groupe…

— … elle ne te poserait jamais de lapin, c'est ça ? Tu oublies un peu vite que les imprévus, ça arrive à tout le monde. Si ça se trouve, elle t'a déjà envoyé un message pour te prévenir qu'elle ne pourra malheureusement pas t'emmener à ce concert…

Sofia le dévisagea. Non, c'était impossible. Il bluffait. Il ne pouvait pas connaitre Lavinia. Il n'avait tout de même pas monté ça de toutes pièces. Elle ouvrit son sac, fouilla toutes les poches, écarta son portefeuille, son agenda, ses clés… Et enfin mit la main sur son téléphone. Aussitôt, elle repéra la petite enveloppe qui clignotait. Ce pouvait être n'importe qui : Andrea, une de ses amies, la notification d'un appel reçu à un moment où elle n'avait pas de réseau. Elle ouvrit le message et fut estomaquée. Lavinia.

Surtout ne te fâche pas. Je vais avec Fabio voir U2.
Je ne peux rien te dire, mais je crois
que ton programme te plaira beaucoup plus. Je t'adore.

— Mon père disait toujours : « Quand on est trop sûr de soi, on perd les paris les plus faciles », déclara Tancredi, triomphant.

Sofia était muette. Qui était cet homme ? Pourquoi faisait-il ça ? Avait-il rencontré Lavinia ? Était-ce lui qui lui avait donné les places de concert ? Comment se faisait-il qu'il soit au courant pour U2 ? Elle n'allait pas tarder à exploser.

— Je veux descendre.

— Mais ce n'est pas juste, protesta Tancredi, tout à coup très sérieux. Tu as perdu notre pari. Tu dois payer ta dette.

— J'ai dit que je voulais descendre !

Sofia se mit à frapper du poing la vitre qui les séparait du chauffeur. Savini s'en aperçut. Il jeta un coup d'œil à Tancredi dans le rétroviseur. Ce dernier lui fit signe d'obtempérer. La voiture se rangea sur le côté et Sofia se précipita dehors, Tancredi sur les talons.

— Attends, ne te mets pas en colère…

Il tenta de l'arrêter, mais elle se libéra aussitôt et s'approcha de lui avec un air de défi.

— Ne me touche pas, sinon je hurle.

— Tu as raison, pardon. Est-ce qu'on peut au moins en discuter ?

Sofia recommença à marcher d'un pas vif, Tancredi à côté d'elle.

— Tout ce que je voulais, c'était te revoir.

— Je n'aime pas du tout tes pratiques. Tu ne peux pas demander, comme tout le monde ?

— Mais quand je te le demande normalement, tu réponds toujours non !

— Et alors ? Ça veut dire que la réponse est non, point barre. Il faut te faire une raison.

Tancredi tenta de sauver la situation.

— Excuse-moi, mais tu es injuste, j'aurais pu te réclamer bien plus pour ce pari ! Je savais déjà que j'allais gagner ! Dans un sens, j'ai été honnête…

— Drôle de conception de l'honnêteté.

— Je n'ai pas profité de mon avantage, si tu préfères. Je t'ai simplement réclamé un peu plus de temps… Allez, ne le prends pas mal.

Il posa de nouveau une main sur son bras. Elle s'arrêta net et se tourna vers lui, irritée. Tancredi ôta aussitôt sa main comme pour dire : « Tu as raison, tiens, regarde : je ne te touche plus. »

— Où as-tu rencontré Lavinia ? demanda Sofia dans un soupir.

— C'est un pur hasard. Je suis un ami de Fabio.

Ce n'était pas vrai, mais au moins, elle se calma. Le silence s'installa pendant quelques instants.

— Tu as raison, je n'aurais pas dû faire ça, j'ai eu tort, finit-il par admettre. Alors, même si tu as perdu ton pari, et pour me faire pardonner, je te prête mon chauffeur !

Cette déclaration lui arracha un petit rire, mais elle retrouva très vite son sérieux.

— Tu n'as plus intérêt à me faire ce genre d'embrouilles.

Elle tourna les talons et regagna la voiture.

Tancredi la rattrapa et lui ouvrit la portière. Sofia le regarda droit dans les yeux.

— Je vais encore te le répéter une dernière fois : plus jamais, tu n'as intérêt à me faire ce genre d'embrouilles.

Tancredi leva la main et…

— Stop, inutile de me refaire le coup du scout.

Sofia se réinstalla à bord de la Bentley. Lorsque Tancredi eut regagné sa place à son tour, Gregorio Savini redémarra. De temps en temps, il jetait un coup d'œil dans le rétroviseur pour voir comment évoluait la situation. Quelle étrange jeune femme. En tout cas, elle semblait différente de toutes les autres. Elle avait plus de caractère, était très indépendante et, d'après le peu qu'il avait lu de la documentation qu'il avait rassemblée pour Tancredi, c'était une jeune femme intelligente et sensible. Savini regarda de nouveau dans le rétroviseur. Tout était arrangé, ils riaient de nouveau. Tancredi gagnerait-il encore la partie cette fois-ci ? Et si oui, se lasserait-il aussi vite d'elle ? Sans doute, comme pour toutes les autres. Il la quitterait un matin très tôt en lui laissant un petit cadeau, des fleurs, un petit mot avec l'une des nombreuses phrases qu'il avait l'habitude de leur servir pour se faire oublier sans rancune.

Et si c'était la bonne, au contraire ? Existe-t-il une femme pour chaque homme ? Était-ce celle qui était destinée à Tancredi ? Savini sourit. Tancredi amoureux. Alors ça, ce serait du jamais-vu.

— Que puis-je t'offrir ? demanda Tancredi en ouvrant un petit meuble de bois clair encastré entre les deux sièges de devant. Une petite lampe éclaira toutes sortes de boissons : bière, bière sans alcool, Crodino, bitter blanc ou rouge, Campari, un demi-litre de vin blanc, un demi de rouge et une petite bouteille de champagne.

— Un Crodino, merci, répondit Sofia sans se montrer impressionnée.

Tancredi décapsula un Crodino et le lui servit dans un verre.

— S'il te plait. Et avec ça, des olives, des chips, des cacahuètes ?

— Rien, merci…

Elle attendit qu'il se serve pour boire. Il ouvrit une bière, la versa dans un verre et porta un toast.

— À notre première sortie…

Sofia aurait voulu ajouter « … et dernière », mais ce n'aurait pas été très poli, alors elle trinqua avec lui et but. Ensuite, elle l'étudia. Comme c'était étrange ; lorsqu'ils s'étaient rencontrés, il n'avait qu'un short et un tee-shirt trempés sur lui. Là, elle le retrouvait élégant, dans une magnifique voiture avec chauffeur. *Les apparences sont trompeuses*, songea-t-elle en continuant à l'épier derrière son verre de Crodino. *Il est beau, mystérieux, riche, sans aucun doute, et peut-être malhonnête. Comment a-t-il bâti sa fortune ? Tu imagines, si tu te fais arrêter en sa compagnie, ma pauvre ? Que penseraient Andrea, tes parents, tes amis, Olja ?!*

— Hum, que fais-tu dans la vie ?

— Tu veux dire, comme métier ?

— Oui. Tu as beaucoup de temps libre, mais à part ça… ?

— Je vois.

Il sourit. La pique était précise.

— Qu'est-ce que je fais, d'après toi ?

Sofia l'imagina dans une grande hacienda en Bolivie, en sueur, un masque sur le visage, en train de se promener au milieu de cuves, contrôlant les différentes phases de préparation de la cocaïne.

— Oh, je ne sais pas. Je te vois bien dans le commerce…

Elle but une gorgée de Crodino.

— Un commerce licite, j'espère…

— Je suis actif dans cette branche, c'est vrai. Et plutôt licite.

Sofia le dévisagea, soucieuse.

— En ce sens que je possède pas mal de sociétés à l'étranger et que j'essaie d'exploiter au mieux les règles de l'import-export, s'empressa-t-il de lui expliquer. Je te donne un exemple : si du bois coupé au Canada arrive directement en Italie, tu dois payer un certain nombre de taxes, tandis que si tu fais transiter ce bois par d'autres pays européens pour ensuite seulement l'importer en Italie, alors tu économises pas moins de 50 %…

— Ah…

Cela dit, elle ne voyait toujours pas de quoi il s'occupait concrètement, alors elle décida d'être plus directe.

— Je ne voudrais pas avoir de problèmes justement le jour de notre première sortie, comme tu dis si bien…

— Si ça peut te rassurer, je ne devrais pas me faire arrêter aujourd'hui… J'ai lu mon horoscope.

Tancredi aurait pu lui parler des centaines d'actions que comptait son patrimoine, de ses investissements et de son immense fortune, mais c'était inutile. Il savait très bien que tout cela ne l'intéressait pas.

— Et toi, tu es professeure de musique, c'est ça ?

— Oui, mais ça, Simona, ta petite espionne de six ans, te l'avait déjà dit. Tu as beaucoup d'informatrices féminines.

Tancredi sourit.

— C'est vrai.

Sofia se demanda ce que lui avait raconté Lavinia. Lui avait-elle parlé de sa carrière internationale, de sa vie privée, de la raison pour laquelle elle avait arrêté de jouer… ?

— Elle ne m'a rien raconté d'autre, lui assura-t-il, comme s'il avait deviné ses pensées et voulait la mettre à l'aise. À part une chose…

— Quoi ?

— C'est une surprise.

— Mais je veux savoir…

— Puisque je te dis que c'est une surprise ! Ne la gâche pas.

Il consulta sa montre.

— Tu seras fixée d'ici cinq ou six heures maximum. Tu tiendras le coup ?

Sans doute rien de bien grave, songea Sofia. Oui, elle pouvait tenir jusque-là. Elle laissa tomber et lui raconta plutôt ce qu'elle avait pensé de lui la première fois qu'elle l'avait vu.

— Tu te rends compte ? Je me suis dit : « Mais qu'est-ce qu'il me veut celui-là, avec son short trempé ? Au mieux, il me vole mon sac et au pire, ma voiture. » Au passage, c'était justement celle que mon amie Lavinia m'avait prêtée.

— Mais enfin !

— Je te jure ! Et ensuite, quand on s'est recroisés à la terrasse de ce bar… Au début, j'ai réellement cru que c'était un hasard. Je suis parfois si naïve. Attention, je dis bien parfois, quand je suis distraite, précisa-t-elle en lui décochant un regard noir.

— Ah, mais je n'en doute pas.

— Tu ne me crois pas ?

— Mais si ! Tu veux encore parier ? Par contre, je n'ai que quelques dates de libres la semaine prochaine…

— Sûrement pas ! Va savoir ce qui me pendrait au nez… Tu savais déjà que Lavinia irait à ce concert avec Fabio. Tu n'as pas été correct.

— Je n'ai jamais prétendu le contraire. Si tu crois que j'aurais misé mon chauffeur aussi facilement…

Ils continuèrent ainsi, entre rires et plaisanteries.

— Rappelle-moi le titre de ce morceau que chantait la chorale…

— *La Passion selon saint Matthieu.* De Bach.

— C'était extraordinaire. Je n'avais jamais entendu ça.

— Il parait que Bach s'est mis à pleurer pendant l'écriture de la scène de crucifixion et que ses larmes ont mouillé la partition originale…

Tancredi était envoûté par sa bouche, ses lèvres, ses expressions comiques.

— Dis, tu m'écoutes ?

— Bien sûr. Bach…

— Oui, mais ça, ça fait une heure que je l'ai dit…

Elle rit de bon cœur. Pour la première fois depuis des années, elle se surprit à ne penser à rien, vraiment à rien. Elle se sentait légère et joyeuse. Tout à coup, son sourire s'évanouit malgré elle, et elle regarda par la vitre. Elle se mit à la place de l'un de ces nombreux piétons sur le trottoir et vit passer cette grosse cylindrée avec chauffeur. À l'arrière, un homme et une femme riaient. Et cette femme, c'était elle. Un échange avec Andrea, peu avant leur mariage, lui revint en mémoire.

— Tu sais de quoi j'ai peur ? avait-il demandé de leur chambre.

Elle était en train de ranger des chemises dans une armoire.

— Toi ? Mais tu n'as jamais eu peur de rien de toute ta vie…

— Attends, attends, ça te concerne…

Sofia s'interrompit et s'avança dans l'embrasure de la porte pour l'écouter.

— De quoi as-tu peur, alors ?

— Qu'un jour, tu aies envie de te laisser séduire…

— Par toi, j'espère !

— Non, par un inconnu. Et que l'envie te prenne de séduire, toi aussi. Voilà ce qui me fait peur. Ton besoin d'être admirée, de plaire, de conquérir. Tu sais, ces petites phrases qu'on ne dit qu'à demi-mot quand on se connait à peine, les sous-entendus, les allusions, les taquineries, bref ce petit jeu de pouvoir qui intervient parfois entre un homme et une femme…

— De pouvoir ? Mais quel pouvoir ?

— Celui de l'amour.

Elle avait médité cette réflexion en silence. Elle était parvenue à la conclusion que c'était une crainte légitime au moment où l'on s'apprêtait à s'engager pour la vie et elle avait décidé de ne pas y prêter trop d'importance. Cinq ans plus tard, cette conversation refaisait surface à l'improviste. Andrea avait-il eu raison ? Une boutade de Tancredi la ramena dans le présent et elle rit, parce qu'elle savait que c'était le moment de rire. Et aussi parce que c'était drôle, parce que cet homme était plein d'humour, beau, mystérieux, riche et fascinant. Et parce qu'il était en train de tenter de la séduire, et qu'elle se sentait admirée, qu'elle aimait lui plaire et qu'elle avait aussi envie de le séduire, d'une certaine manière. Elle acheva son Crodino. Cinq ans plus tôt, elle n'avait pas répondu à la question d'Andrea, alors elle le fit maintenant. *Je ne fais que m'amuser, Andrea, ne t'inquiète pas. Dans le cas présent, il n'est pas question de jeux de pouvoir ni d'amour. Ce n'est qu'une petite fugue. Et comme je l'ai dit, je ne le reverrai plus jamais après cette fois-ci. Qu'il l'ait juré ou pas, moi, je le jure, et tu sais que je n'ai qu'une parole.*

— Alors, vas-tu enfin me dire où nous allons ? demanda-t-elle à Tancredi, reprenant le cours de la conversation.

— Impossible, ça fait partie de la surprise…

— Ah…

Tout à coup, la voix d'Andrea déboula de nouveau dans son esprit avec une autre question : *« Es-tu certaine de savoir qui tu es ? Et si tu avais changé, depuis tout ce temps ? »*

Elle fit semblant de rien. Dans sa tête, Andrea continua : *« Quoi ? Tu ne me réponds pas ? En réalité, tu n'en sais rien, pas vrai ? »*

Elle ferma les yeux, tout à coup fatiguée. Fatiguée de devoir sans cesse se justifier.

— Voilà, nous arrivons, annonça Tancredi, lui épargnant une nouvelle salve de questions qui resteraient sans réponse.

Une barrière se souleva et la voiture pénétra dans un vaste domaine. Elle repéra un panneau.

— Mais… c'est un aéroport !

Une fois la voiture immobilisée, Gregorio Savini lui ouvrit la portière.

— Par ici, je vous prie.

Elle descendit.

— Oui, et ceci est un avion, l'informa Tancredi. Notre pari ne spécifiait pas que les déplacements étaient interdits…

Sofia avait le souffle coupé. Elle avança entre les deux hommes, hébétée.

— Mais je n'ai rien pris avec moi…

— Nous n'aurons besoin de rien…

Une seconde plus tard, elle était installée sur un grand canapé de cuir et l'épaisse porte du jet se refermait devant elle.

— Je dois être rentrée à la maison pour minuit…, rappela-t-elle, inquiète.

— Tu es pire que Cendrillon, mais tu y seras.

Sofia pouffa. Ensuite, une ravissante hôtesse lui demanda si elle désirait quelque chose.

— Rien, merci.

Un commandant aux cheveux grisonnants et à la voix un peu bourrue la salua.

— Bonsoir.

Il se dirigea vers la cabine où l'attendait son copilote et prit place à côté de celui-ci. Sofia les vit appuyer sur plusieurs boutons, baisser quelques manettes, puis le copilote la salua à son tour avec le sourire.

— Après le décollage, vous pourrez venir dans le cockpit si vous le souhaitez.

— Non, non… Merci, déclina-t-elle poliment.

Sans qu'elle s'en aperçoive, elle se retrouva avec une flûte à la main.

— Alors, on trinque ? suggéra Tancredi.

Elle leva son verre.

— À quoi ?

Tancredi réfléchit.

— À la musique, décida-t-il. Qu'on l'enseigne, qu'on l'écoute, qu'elle fasse partie de notre vie, et que les plus belles notes résonnent… À la musique que nous portons en nous.

Sofia fut heureuse de porter ce toast avec lui. Le champagne était très froid, pétillant, léger, sec, parfait. Elle n'eut pas le temps de poser son verre que l'hôtesse arriva pour la resservir avant de disparaitre comme par enchantement. La lumière baissa d'intensité. Sofia aperçut la ville par le grand hublot. Ils étaient déjà haut dans le ciel. Les rares petits nuages se parèrent peu à peu de rouge. On aurait dit des pelotes de laine que les ailes de l'appareil coupaient en deux. Plus loin, elle repéra la mer. Au milieu de tout ce bleu, des taches blanches apparaissaient par intermittence. Les vagues, sans doute.

Un steward s'approcha d'eux.

— Voulez-vous me suivre, madame ? Le commandant aimerait que vous le rejoigniez.

Sofia jeta un coup d'œil à Tancredi comme pour demander sa permission, même si elle pensait plutôt : « Que dois-je faire ? »

Tancredi rit.

— Vas-y si tu en as envie… Il n'a réclamé que toi. Moi, il ne peut plus me voir en peinture.

Ainsi, escortée par le steward, elle se dirigea vers la cabine. Le commandant la salua.

— Je vous en prie, installez-vous.

— Et si je touche à quelque chose sans le vouloir et fais une bêtise ?

— Au moins, ça pimentera un peu la soirée…, s'esclaffa le commandant.

Puis il la rassura.

— Ne vous inquiétez pas, il ne peut rien arriver.

Sofia s'installa à côté de lui et regarda devant elle. Il n'y avait rien, hormis l'horizon si lointain. De temps à autre, ils perçaient un nuage et elle prenait conscience de leur vitesse incroyable. Elle avait à peine le temps de voir la masse blanche arriver qu'ils étaient déjà ressortis. C'était donc ça, voler. Traverser les nuages, foncer comme si les distances n'existaient plus, se retrouver ailleurs en un clin d'œil, ne faire qu'un avec le monde. Voilà l'étrange sensation qu'éprouva Sofia, assise à côté du commandant de bord.

— Merci. C'est magnifique.

— Avec plaisir.

Elle continua à sonder l'infini devant elle. Plus bas, la mer, les villes, les bois, les rues, les lacs et d'autres bois plus sombres défilaient. Petit à petit, l'après-midi avança.

— Excusez-moi, je vais devoir reprendre mon poste, l'avertit le copilote avec un petit air gêné.

— Mais bien sûr ! C'est moi qui m'excuse.

Elle se leva et sortit de la cabine.

Gregorio Savini regarda la jeune femme regagner sa place tandis que la porte du cockpit se refermait derrière elle. Ils échangèrent un sourire et il continua à feuilleter son journal. Sofia reprit sa place. Tancredi s'était levé en l'apercevant.

— Alors, c'était comment ? Terrifiant ?

— Pas du tout. C'était incroyable ! À un certain moment, il a viré à droite, ce qui veut dire que nous nous dirigeons par là…

Elle fit un geste vague, curieuse, cherchant à deviner leur destination.

— Oui…, confirma Tancredi.

Puis il prit son bras et le déplaça légèrement.

— Mais un peu plus par là.

— Ah, fit Sofia, feignant d'avoir compris. Je crois que c'est bien la première fois que je suis ravie d'avoir perdu un pari.

Tancredi sourit.

— Et moi, la première fois que je suis heureux d'aller à Vérone.

23

L'avion atterrit peu de temps après. À la sortie de l'aéroport, une voiture identique à celle de Rome les attendait. Avec humour, Tancredi ouvrit le petit meuble en bois entre les deux sièges.

— Que puis-je t'offrir ? Une bière, un bitter blanc ou rouge, du vin, du champagne…

Sofia entra dans son jeu.

— Tiens, c'est curieux, j'ai l'impression d'avoir déjà vécu cette scène.

Elle posa l'index sur ses lèvres, jouant les petites filles songeuses. Un geste qui excita follement Tancredi.

— J'ai l'impression d'être dans ce film où la même histoire se répète tous les jours, ajouta-t-elle.

— Ah oui, je vois lequel. Celui où Bill Murray revit sans cesse la même journée et parvient à séduire une femme parce qu'il en apprend un peu plus chaque jour sur ses goûts. C'est vrai, la première fois, on se trompe beaucoup, alors que si on connait tout de quelqu'un, c'est beaucoup plus facile…

— Très juste.

— Mais ce serait aussi beaucoup moins drôle, non ?

— Oui, je pense aussi.

Tancredi poussa la réflexion plus loin.

— Certains films donnent l'impression que la vie est beaucoup plus simple qu'elle ne l'est en réalité. C'est pour ça qu'on est si souvent déçu.

— À moins qu'on ne soit déçu parce qu'on a trop de prétentions.

Le silence retomba.

— Mais ce soir, reprit Sofia, c'est aussi beau que dans un film.

— Je suis content que ça te plaise. Voilà, nous y sommes.

La Bentley s'arrêta devant le *Due Torri Hotel Baglioni*. Gregorio Savini descendit aussitôt et lui ouvrit la portière. Sofia fut frappée par la beauté de ce bâtiment, en plein centre de Vérone. Puis elle se raidit. Que signifiait cette halte dans un hôtel ? Pour quoi faire ? Avant tout, il fallait qu'elle garde son calme. Peut-être cela faisait-il partie de la surprise.

— Alors le secret se trouve ici ?

Tancredi secoua la tête.

— Non. Ici, nous venons simplement nous reposer un peu…

— Mais je ne suis pas fatiguée.

— On peut bavarder un peu si tu préfères, ou prendre une douche.

— Alors c'est ici que tu amènes tes conquêtes ? demanda Sofia, agacée.

L'arrivée du directeur de l'établissement sauva Tancredi.

— Monsieur Ferri Mariani. Enfin, vous me faites l'honneur d'une visite, je suis ravi de vous rencontrer.

— Tu vois, c'est la première fois…, murmura Tancredi.

Le directeur appela des grooms.

— Vous avez des bagages ou autre chose ?

— Non, nous ne sommes que de passage, nous repartons presque tout de suite.

L'homme fut surpris.

— Lorsque vous m'avez passé ce coup de fil l'an dernier pour obtenir des renseignements sur l'hôtel, j'ai été très flatté ; lorsque, ensuite, vous l'avez acheté, j'ai senti que j'héritais d'une lourde responsabilité… Souhaitez-vous visiter l'établissement ?

— Non, je reviendrai bientôt. Aujourd'hui, nous sommes en vacances.

— Très bien, comme vous voulez. Alors je vous accompagne.

Le directeur passa à la réception, puis ils prirent l'ascenseur.

— Par ici, madame. Voici votre suite…

Il ouvrit la porte avec une petite carte magnétique et invita Sofia à entrer.

— Je vous en prie… Si vous voulez vous reposer, la chambre est juste là. Voici le salon, la salle de bains, et ça, c'est la fenêtre qui donne sur la terrasse. De là, vous avez vue sur les champs et les vignes de notre délicieux Valpolicella, mais aussi sur le célèbre amphithéâtre qui…

Il remarqua le regard de Tancredi et comprit qu'il était trop bavard.

— Bref, il est célèbre. N'hésitez pas à appeler s'il y a quoi que ce soit, nous serons heureux de vous rendre service.

Une fois seule, Sofia se laissa tomber en arrière sur le lit et resta allongée, la tête vers le plafond. *Inouï. Cet hôtel est magnifique. Et lui, il achète ça comme ça. Cette pièce à elle seule est plus grande que mon appartement.* Elle flâna un peu dans le salon. Il y avait un écran plasma d'au moins cinquante pouces fixé au mur, comme un tableau, ainsi qu'un lecteur CD Bang & Olufsen posé sur une console, avec deux grands baffles et un espace vertical plat pour les CD qui s'ouvrait d'un simple effleurement.

Ensuite, elle se rendit dans la salle de bains en marbre. La décoration était d'un goût exquis et le pommeau de douche énorme. Elle joua avec les boutons pour tester les différents jets. Elle avait le choix entre une espèce de pluie tropicale, un écoulement plus lent, comme l'eau qui tombe dans une gouttière, ou un jet tonique, semblable à une puissante cascade.

Le téléphone sonna. Il était possible de décrocher dans la salle de bains.

— Oui ?

— Tu es couchée ? Tu dors ?

Et voilà, je le savais, pensa Sofia.

— Non. Si je dormais, je ne serais pas en train de répondre.

— J'avais peur de t'avoir réveillée… Tu veux bien sortir sur la terrasse ?

— Bien sûr.

Elle raccrocha et se dirigea vers la fenêtre. Dehors, son balcon était attenant à celui de la chambre voisine. Elle regarda autour d'elle.

Tancredi était appuyé à la balustrade, au fond. Elle le rejoignit.

— Regarde…

Il désigna les collines au loin et le soleil encore haut au-dessus des vignes.

— Quand le directeur m'a parlé de ça, j'ai tout de suite été convaincu. Tu ne trouves pas qu'on dirait une femme allongée sur l'herbe. Là, ses seins, et puis ses longues jambes ? Les vignes représentent l'étoffe de sa robe et le soleil, au fond, son sourire.

Sofia plissa les yeux. Oui, ces collines évoquaient réellement le corps d'une femme.

— Mais oui, tu as raison.

— On oublie souvent d'observer ce qui nous entoure. On est toujours trop pressés…

— Qu'entends-tu par là, exactement ?

Il secoua la tête.

— Tu vois ? Tu cherches toujours un double sens, un sous-entendu derrière mes paroles, mais il n'y a pas d'allusion, rien de plus que ce que je dis. Parfois, nous sommes aveugles, nous ne voyons pas la beauté qui nous entoure, c'est tout.

Alors Sofia se détendit enfin. Tancredi s'en aperçut.

— Ah, on dirait que cette fois, j'ai été clair. C'est une honte de passer à côté des beautés de ce monde. On se retrouve en bas à 18 heures ?

Il jeta un coup d'œil à sa montre.

— Ça nous laisse quarante minutes, ça te va ?

— Oui.

Sofia regagna sa suite, ôta ses chaussures et s'allongea sur le lit, les jambes croisées, les mains sur le ventre. Elle ferma les yeux et passa en revue tout ce qu'elle avait vécu avec Tancredi. La première rencontre dans l'église, leur conversation sur les marches du parvis, puis il y avait eu ce verre au bar et enfin aujourd'hui, Lavinia, les places pour le concert de U2, Ekaterina Zacharova, l'avion et enfin Vérone. Elle n'en revenait pas, elle avait été happée, arrachée à toutes ses certitudes, et elle s'était laissé faire. Où allait-elle finir ?

Elle éclata de rire. Quel sens du psychodrame ! Où pouvait-elle bien finir ? Nulle part. Elle garderait un beau souvenir de cette journée, point. Elle raconterait tout à Lavinia après lui avoir passé un savon.

Se connaissant trop bien, elle régla le réveil de son téléphone pour qu'il sonne à 17 h 50 puis le coupa. Après tout, elle était censée être avec ses élèves, non ? Donc il devait être éteint. Sur ce, elle s'endormit.

Un ciel rose de coucher de soleil. Quelques mouettes volent bas, toujours plus bas, effleurent l'eau. L'une d'elles attrape quelque chose avec son bec ; l'espace d'un instant, on devine sa silhouette en contrejour, au milieu de la mer scintillante, puis elle reprend de l'altitude, toujours plus haut, avant de se perdre dans les nuages avec sa proie. Sofia est étendue sur le sable, appuyée sur les coudes, les jambes légèrement pliées. Elle est entièrement nue, la peau bronzée, sans la moindre trace de maillot. Sa toison claire ressort légèrement entre ses cuisses. Elle se touche un sein, se caresse le mamelon, remet un peu de crème solaire.

— Eh ! Qu'est-ce que tu fabriques, là, toute seule ? Tu ne m'attends pas ?

Sa voix. Chaude, sensuelle, malicieuse. Sofia regarde à droite, à gauche, derrière elle.

— Par ici…

Ça y est, elle le voit. Dans l'eau, devant elle. Il s'avance en souriant. La mer lui arrive jusqu'au torse, puis le niveau descend petit à petit, dévoilant son ventre, sa taille. Mais… Lui non plus ne porte pas de maillot ! Il continue à avancer. L'eau lui arrive aux cuisses à présent. Sofia rougit, mais ne se détourne pas, elle est même hypnotisée par son désir. Sans honte, sans pudeur, Tancredi sourit toujours, les yeux rivés entre les cuisses de Sofia. Soudain, le cri d'une mouette retentit. Puis plus fort, de plus en plus fort. La mer se retire, les nuages s'évaporent, le ciel s'éclaircit.

Sofia ouvre les yeux. C'est son réveil. *Déjà ? Le temps est passé si vite. Pfiouuu, quelle histoire, quelle tension.* Elle était encore échauffée et excitée par son rêve. *Heureusement que le réveil a sonné.* Qui sait ce qui se serait passé ensuite. Il se serait étendu à côté d'elle, et après ? Elle s'empourpra. *Une chance que je me sois réveillée. Comment aurais-je pu le regarder en face après avoir rêvé ça jusqu'au bout ?* Elle se rendit à la salle de bains en riant, se rafraîchit le visage, se maquilla un peu avec les moyens du bord et se recoiffa. Elle se dévisagea dans le miroir. *Mais que t'arrive-t-il ? D'habitude, tu ne te rappelles jamais tes rêves !*

Elle appela l'ascenseur et, arrivée dans le hall, regarda autour d'elle.

Le directeur vint à sa rencontre.

— M. Ferri Mariani vous attend dehors.

Sofia le remercia et se dirigea vers la sortie.

— Me voilà !

Tancredi était en train de tourner en rond à vélo.

— Celle-là est pour toi, déclara-t-il en désignant une autre bicyclette parquée devant l'hôtel, légèrement inclinée sur sa béquille.

— Rassure-moi, tu sais en faire ? Tu ne vas pas tomber ? Tes élèves ne te le pardonneraient jamais s'ils se retrouvaient avec Zacharova pendant un mois entier plutôt qu'une journée !

Sofia éclata de rire.

— N'importe quoi ! Je suis très forte sur un vélo !

Elle releva la béquille, sauta en selle et se mit à pédaler.

— Tu vois… Je peux même rouler sans les mains.

Elle joignit le geste à la parole pendant quelques mètres. Ensuite, son équilibre vacilla et elle reprit le guidon.

— Alors, où va-t-on ?

— Par là…

— Tu es sûr ?

— Le directeur m'a dessiné un plan !

Ainsi, ils s'élancèrent côte à côte, sans se presser, calmes, sereins.

— Tu as pu te reposer un peu ?

— Oui…

Sofia repensa à son rêve, le revit sortir de l'eau avec son érection. Elle pencha la tête en avant, laissant ses cheveux retomber devant son visage pour cacher ses joues pivoine.

— Voilà, nous y sommes. La célèbre maison de Juliette.

Ils posèrent leur vélo dans un coin.

— Tu n'étais jamais venue à Vérone ?

— Une fois seulement.

Sofia se rappelait avoir joué dans les arènes pour un important concert en compagnie de musiciens de renom, y compris étrangers.

— Cela dit, je n'ai jamais mis les pieds dans la maison de Juliette.

— Voici son balcon et là, sa statue. Tu sais ce qu'il faut faire… ?

— Oui.

Les yeux fermés, elle caressa le sein gauche de Juliette.

— Quel est ton vœu ? demanda Tancredi.

— Je ne peux pas le révéler, sinon il ne se réalisera pas.

— Mais s'il se réalise, tu me le diras ?

— Oui…

Puis Tancredi effleura le sein de la statue à son tour. Il se tourna vers Sofia.

— Moi aussi, je te le dirai s'il se réalise.

Aucun sous-entendu dans cette phrase, du moins sembla-t-il à Sofia. Ensuite, ils récupérèrent leur vélo.

— Il est tard, la voiture ne va pas tarder à arriver à l'hôtel, il faut qu'on se dépêche ! Ça te dit, une petite course ?

— Oh oui !

Aussitôt, Sofia s'élança, pédalant à toute vitesse.

— Eh ! Ça ne compte pas !

— Oh que si !

Elle se leva sur les pédales pour donner plus de force à ses mollets et traversa comme une flèche la *piazza delle Erbe*, ensuite elle piqua un long sprint sur le *corso Sant'Anastasia* et déboula devant l'hôtel.

— Gagné !

Elle freina d'un coup sec, faillit basculer sur la roue avant et dut mettre pied à terre tout de suite pour ne pas tomber.

— Tu vois ? J'ai gagné !

Peu après, Tancredi la rejoignit.

— À mon avis, tu t'entraines le dimanche.

— N'importe quoi… Je n'avais plus fait de vélo depuis mon enfance…

Elle se passa une main dans le dos.

— Par contre, je vais devoir prendre une douche. Je suis trempée de sueur !

— D'accord. Quand tu seras prête, rejoins-moi en bas.

Sofia reprit l'ascenseur et regagna sa chambre.

Tandis qu'elle se déshabillait, elle ne put s'empêcher de sourire. Elle s'amusait beaucoup. Il y avait longtemps qu'elle n'avait pas passé une journée aussi… légère. Voilà, c'était le mot. Elle se sentait bien avec Tancredi, il avait le don de la mettre à l'aise, une qualité très importante pour elle. Elle se faufila dans la cabine de douche avec une seule pensée en tête. *Vais-je lui trouver un défaut ? Et surtout, plus grave : en a-t-il ?* Elle activa le jet, se lava rapidement, se sécha encore plus rapidement et en quelques minutes, elle fut prête.

Assis au bar, Tancredi l'attendait. Il la regarda s'avancer vers lui en souriant. Elle s'arrêta, il la rejoignit et lui prit le bras.

— Tu ne veux toujours pas me dire où nous allons ?

— Tu vas bientôt le savoir.

— J'ai l'impression d'être dans un film.

— Peut-être, mais tu es beaucoup plus belle que Julia Roberts.

Ils sortirent de l'hôtel, Savini descendit de la voiture pour ouvrir la portière à Sofia tandis que Tancredi montait de l'autre côté. Ils démarrèrent et s'immiscèrent dans la circulation de Vérone. Sofia sourit à Tancredi, puis désigna le bouton qui servait à activer la paroi de séparation d'avec le chauffeur.

— Je peux ?

— Bien sûr.

Elle fit monter la vitre. À présent, ils étaient seuls.

— Tu es vraiment un type bizarre.

— C'est aussi ce que je me dis à propos de toi.

— Non, je suis sérieuse.

— Moi aussi.

— On dirait que tu te caches. En réalité, tout devrait être beaucoup plus simple, mais c'est comme si tu refusais d'accepter ta normalité.

— Analyse intéressante. Et pourquoi, d'après toi ?

— Parce que tu as peur, peut-être ?

— Donc, si je comprends bien, c'est moi le froussard en fin de compte…

— Peut-être… Ou alors, peut-être que rien n'a d'importance pour toi.

— Voilà une autre analyse tout aussi intéressante. Laquelle est la bonne, à ton avis ? À moins qu'il y en ait une troisième ?

— La troisième pourrait être celle-ci : tu es persuadé que tout t'appartient, non seulement les choses, mais aussi les gens. Pendant un instant, tu leur offres le monde, tu les amuses, tu leur donnes l'impression qu'ils sont le centre de ton univers et puis, lorsque tu en as marre, tu les jettes.

— Tu me crois réellement si horrible ?

— Peut-être.

— Ne pourrait-il pas y avoir une autre hypothèse encore ?

Sofia sourit.

— C'est possible.

— Et toi, tu t'amuses ?

— Beaucoup, mais je ne te donnerai pas satisfaction. Je refuse de souffrir et, de toute façon, après ce soir, ce sera terminé.

Tancredi regarda par la vitre de la portière.

— Tu en es si sûre ?

Sofia marqua une pause avant de répondre.

— Oui. J'ai pris ma décision.

— Mais est-ce que tout ne pourrait pas être plus simple, comme tu l'as dit toi-même ?

— C'est-à-dire ?

— Eh bien, je n'ai jamais trouvé la bonne personne.

— Trop simple.

La Bentley évoluait dans les rues de Vérone. Elle longea l'Adige pendant un moment, puis tourna à gauche, dépassa quelques voitures avant de se déporter rapidement sur la droite et enfin déboucha devant l'amphithéâtre.

— Alors, après ce soir, nous ne nous verrons plus jamais ? insista Tancredi.

— Exact.

— Et tu ne changeras pas d'avis ?

— Non.

— Parfois, on répond avec trop d'assurance justement parce qu'on n'est pas tout à fait sûr…

— C'est vrai, mais pas dans ce cas-ci.

Tancredi se tourna vers elle.

— Bon, d'accord, mais pour l'heure, ne gâchons pas la surprise. Nous sommes arrivés.

La voiture s'arrêta devant une grande grille. Un agent de sécurité contrôla le badge posé sur le tableau de bord de la voiture. Tout était en ordre. Il fit signe à un collègue, de l'autre côté de la grille. Cette dernière s'ouvrit et ils pénétrèrent dans un parking. L'un des stewards de l'amphithéâtre vint aussitôt les accueillir. Sofia et Tancredi descendirent de la voiture.

— Merci.

— Puis-je voir vos billets, s'il vous plait, monsieur ?

Le steward y jeta un coup d'œil.

— Vos places se trouvent au fond à droite. Bonne soirée.

Tancredi prit Sofia par le bras. Elle se risqua à jeter un coup d'œil discret aux mains de Tancredi, dans l'espoir d'apercevoir un nom sur les billets. Quel spectacle avait-il choisi pour elle ? Cependant, il s'en aperçut et les rangea aussitôt dans sa poche.

— Et si nous allions nous asseoir ?

Ils s'installèrent l'un à côté de l'autre. La scène était plongée dans la pénombre. Un spot tranchait dans le noir, mais sans rien révéler de la suite. Tancredi l'observa et sourit.

— Allez, ça va bientôt commencer… Tiens bon.

Sofia étudia le décor qui l'entourait, cherchant désespérément un indice, un écriteau, un ticket dans la main d'un autre spectateur, un programme, une casquette, un tee-shirt, mais rien. Il n'y avait rien. Elle analysa les gens autour d'elle. Il y avait des personnes âgées, élégantes, mais aussi des jeunes, des adolescents, des étrangers, des Italiens, des gens de couleur, un Japonais. Rien qui soit susceptible de l'aider à comprendre. Rien.

Tancredi remarqua sa fébrilité.

— Tu veux t'asseoir ailleurs, peut-être ? Nos places ne te conviennent pas ?

Il se moquait d'elle. Pour elle, il avait réservé les meilleurs sièges.

— Non merci, c'est parfait ici…

— Ah, parce que je te vois regarder un peu partout…

À cet instant, le noir complet se fit dans les arènes.

— Elle a trente et un ans, lui annonça Tancredi d'une voix chaude, elle a gagné neuf Grammy Awards… Elle a beaucoup de succès… Oui, enfin, pas mal. En tout cas, tu l'aimes beaucoup. Son nom commence par un « N »…

Soudain, une voix à l'accent américain lança :

— Bonsoir, l'Italie !

Quelques spots s'allumèrent au fond et des feux d'artifice bleus, blancs et rouges s'élevèrent derrière la scène.

— Bonsoir, Vérone !

Elle commença à chanter tout de suite, tandis qu'elle grimpait sur la scène.

In your message you said...

Sofia resta bouche bée.

— Norah Jones !

— Oui ! Tu as deviné…

Elle se leva aussitôt et se mit à danser avec le reste du public, en rythme, les yeux fermés, les mains en l'air tandis que la chanteuse interprétait *Chasing Pirates* de sa voix suave. Les choristes exécutaient leurs mouvements en parfaite synchronie.

— Alors, ça te plait ?

— Énormément ! Cette surprise est incroyable…

Tancredi était ravi de la voir si enthousiaste. Elle dansait et remuait comme n'importe quelle ado de seize ans, et continua comme ça pendant plusieurs morceaux… *Thinking About You*. Puis *Be Here to Love Me* et enfin *December*. Norah Jones enchaîna les chansons. Les gradins du théâtre romain étaient constellés de petites lumières : téléphones et briquets la flamme au vent. À la fin, les gens réclamèrent : « Encore ! Encore ! » Quelques instants plus tard, Norah Jones réapparut sur scène et entonna *Don't Know Why*, encore mieux que tout ce qu'elle avait interprété jusque-là, comme si elle ne ressentait pas la fatigue. Puis elle enchaîna avec *Come Away with Me* comme si le concert ne faisait que démarrer et enfin clôtura le spectacle avec un magnifique sourire et un grand :

— *Grazie, Verona ! A kiss to Romeo and Juliet !*

Les lampes se rallumèrent et les gens s'acheminèrent vers la sortie.

Tancredi guida une Sofia pétulante vers la voiture.

— J'ai adoré… Trop même ! C'était démentiel !

— C'est vrai…

— Mais comment as-tu su ?

— Je l'avais lu dans le journal.

— Non, que Norah Jones était ma chanteuse préférée.

Tancredi avait espéré qu'elle ne poserait pas cette question.

— Ah, désolé, c'est ton amie Lavinia qui me l'a dit.

— Ah oui. J'aurais dû m'en douter…

Ils grimpèrent dans la voiture. Sofia devint taciturne et Tancredi s'en aperçut.

— Quelque chose ne va pas ?

Elle se tourna vers lui.

— Non, non, j'étais en train de penser que j'avais raté l'un de ses rares concerts en Italie, à Lucques. C'était en 2007, je crois.

— Alors nous avons en quelque sorte remédié à ça…

— Oui.

Ils se rendirent directement à l'aéroport, descendirent de la voiture et grimpèrent dans l'avion.

Le commandant vint à leur rencontre.

— Tout va bien ? Nous pouvons décoller ? Nous sommes pile dans les temps…

— Oui, merci commandant.

Ils s'assirent et attachèrent leur ceinture. L'avion se mit en branle aussitôt et s'avança vers le centre de la piste. Le bruit des moteurs s'intensifia, ils prirent de la vitesse et quittèrent le sol. Peu après, ils survolèrent l'amphithéâtre. Sofia regarda par le hublot.

— Il n'y a même pas une heure, nous étions juste là… Ce concert était magnifique. Merci.

— Mais avec plaisir. J'ai beaucoup aimé aussi. Tu me fais découvrir tellement de choses.

— Comme quoi ?

— La musique classique, Ekaterina Zacharova, Norah Jones. Un nouvel univers. Je crois que chaque fois que l'on rencontre quelqu'un, un nouveau champ des possibles s'ouvre à nous… Qui sait ce qui va se passer, maintenant.

Sofia sourit.

— Qui sait… Enfin, là tout de suite, je le sais, moi, et c'est très simple : je dois aller aux toilettes…

— Tu les trouveras par là, dans le fond.

Elle se leva et se dirigea vers la cabine qu'il lui avait indiquée. Elle traversa une chambre matrimoniale très élégante, en bois clair et alcantara, et se rendit dans la salle de bains. Elle se recoiffa et vérifia son téléphone. Aucun message. Andrea n'avait pas cherché à la joindre. Il savait qu'elle était avec Lavinia et il ne voulait pas la déranger. Lorsqu'elle rejoignit Tancredi, ce dernier était assis à une table. Le couvert était dressé, avec une bougie au centre. Il était en train de l'allumer.

— Tu as faim ? J'aurais voulu t'emmener dîner dans un très beau restaurant qui m'a été recommandé, sur les collines véronaises, mais nous ne serions pas arrivés à temps à Rome… Une autre fois, peut-être.

Sofia secoua la tête avant de s'asseoir en face de lui.

— Tu veux dire que tu ne veux pas manger ou…

— Non, qu'il n'y aura pas d'autre fois.

— D'accord, comme tu veux. Tiens, je t'ai préparé le menu spécial Sofia.

Il lui tendit la carte. Son nom était réellement imprimé dessus. Elle l'ouvrit en souriant. Il y découvrit toutes sortes de spécialités qu'elle aimait, des plats typiques de toutes les régions : pâtes siciliennes *alla norma*, *trofie* au pesto *alla genovese*, penne *all'arrabbiata*, escalope milanaise et espadon à la palermitaine. Sans parler des accompagnements, des fruits et des desserts.

— Je n'ai pas pu mettre plus parce que la cuisine est petite à bord. Je ne vais pas te dire que je m'organiserai mieux la prochaine fois, puisque je sais déjà que tu ferais non de la tête…

— En effet.

L'hôtesse arriva et Sofia commanda des plats siciliens.

— Quel vin veux-tu boire ? Nous en avons plusieurs dans la petite cave de l'avion, à moins que tu préfères du champagne ?

— Choisis, toi, décida Sofia après avoir jeté un coup d'œil à la carte.

— D'accord. Vous nous mettrez un Cometa de Planeta ?

L'hôtesse s'éclipsa ensuite.

— Tes plats sont tous siciliens et en général, j'aime associer ce que je mange à un vin de la même région…

Peu après, ils dînèrent dans les airs, aux chandelles, avec un excellent vin blanc frais. Ils rirent, évoquèrent chacun leur passé. Bien sûr, Tancredi connaissait celui de Sofia dans les moindres détails, mais il lui fit croire habilement qu'il entendait tout pour la première fois.

— Alors c'est comme ça que ton aventure musicale a commencé… Et tu as donné ton premier concert à huit ans seulement… Impressionnant.

Il écoutait, attentif à chaque détail, se remémorant les photos qui correspondaient à cette époque, les passages de son journal intime, les articles, les vidéos, autant de supports qui venaient enrichir son récit.

Peu de temps après, ils atterrirent.

— Voilà… Nous sommes arrivés.

— Merci…

Sofia salua l'hôtesse, le copilote et le commandant.

— J'ai passé une soirée magnifique…

Tancredi la raccompagna jusqu'à sa voiture.

— Eh bien, nous y sommes.

— Retour à la réalité.

— Tu as passé un bon moment ?

— C'était pas trop mal.

Cette réponse surprit Tancredi. « Pas trop mal », ce n'était pas ce qu'il avait l'habitude d'entendre. Sofia le regarda droit dans les yeux.

— Je ne sais pas comment tu as fait pour apprendre tout ça sur moi. Au début, j'étais agacée ; maintenant, je m'en fiche. Cela dit, tu as commis une erreur.

— Laquelle ?

— Norah Jones. Tu prétends que c'est Lavinia qui t'a donné cette information, mais elle ne savait pas que j'adorais cette chanteuse.

Elle sourit.

— Je t'avais pourtant demandé de ne pas me mentir. Je vais t'apprendre quelque chose que tu ignorais peut-être encore et de bien plus important : je déteste les menteurs.

Tancredi resta muet. Il avait bel et bien commis une erreur.

Sofia monta dans sa voiture.

— Pendant un instant, j'ai cru que tu étais l'homme parfait, ajouta-t-elle. Maintenant, je me sens beaucoup plus sereine.

Elle claqua la portière et démarra.

Tancredi resta planté là et la regarda s'éloigner. Au bout d'un moment, il sortit son téléphone de sa poche.

Sofia se dépêcha de rentrer chez elle. Elle trouva une place où se garer sans problème, descendit de sa voiture et vérifia l'heure. Minuit. Ça tenait la route. Elle s'engouffra dans l'ascenseur et appuya sur le bouton de son étage. Cela lui rappela la beauté de l'ascenseur de l'hôtel de Vérone, la suite, le balcon, le concert, l'avion, le dîner au retour… Tout cela était tellement inaccessible pour elle, même dans ses rêves… Elle sortit son téléphone de son sac. Deux messages. Le premier était de Lavinia.

Tu me pardonnes ? Alors, c'était bien ?
Mon concert a été fantastique ! On s'appelle demain ?
Je t'adore.

Elle l'effaça. Quelle gamine, cette Lavinia. Elle ouvrit le second.

Excuse-moi, je ne voulais pas te mentir.
Le concert de U2 était parfait.
Pour le dernier rappel, ils ont joué
Where the Streets Have No Name.
Je ne te dérangerai plus. Ceci est mon numéro privé.
Comme ça, tu pourras me contacter si tu en as envie.
Bonne nuit. Tancredi.

Elle resta figée devant la porte de son appartement, le téléphone dans la main, indécise. L'effacer ou pas ? Telle était la question. Son pouce était immobile sur le clavier.

Elle regarda encore ce message pendant un moment, puis prit sa décision et rentra chez elle.

La voix d'Andrea lui parvint de la chambre.

— Tu t'es bien amusée, ma chérie ?

— Oui, beaucoup…, répondit-elle du salon.

— Tu viens ?

Sofia poussa un long soupir. Elle culpabilisait un peu. Elle tâcha de se raisonner. *En réalité, je n'ai rien fait, c'est sa faute à lui et celle de Lavinia.* Alors elle alla le rejoindre dans la chambre. Andrea lisait. *Pastorale américaine*, de Philip Roth. Il posa le livre sur ses genoux et lui sourit.

— Ils sont toujours en forme ? Je les ai vus une fois au stade Flaminio en 1993. On ne se connaissait pas encore…

— Oui, c'était génial.

Elle déposa un petit baiser sur ses lèvres.

— Tu veux boire quelque chose ?

— Oui, un peu d'eau. Ah ! Et je suis curieux…

Sofia, qui avait déjà tourné les talons, ferma les yeux. Ça n'allait pas être simple. Elle se força à faire demi-tour avec le sourire.

— Bien sûr, que veux-tu savoir ?

— Il y a eu un rappel à la fin du concert ?

— Oui… Ils ont fait *Where the Streets Have No Name*.

À cet instant, une grosse bouffée de culpabilité l'envahit.

24

Les jours suivants furent particuliers pour Sofia. Comme si tout ça n'avait été qu'un rêve et qu'elle s'était réveillée étrangement de mauvaise humeur ; tout allait bien, pourtant quelque chose sonnait faux. Ou alors comme lorsqu'on est réveillé en sursaut alors qu'on était en train de rêver et qu'il est trop tard pour y retourner. Dans les rêves, tout se passe comme on le souhaite, sans tracas, tout le monde est content, personne n'a rien à redire. Les rêves sont simples.

Sa vie avait repris comme avant : elle prenait son petit déjeuner, sortait tôt, faisait les courses, rentrait déjeuner, et l'après-midi, elle donnait cours, comme d'habitude, au conservatoire ou à l'école de musique. À aucun moment dans la journée, elle ne s'autorisait à penser à lui, à tout ce qui lui était arrivé, à cette parenthèse improvisée et irréelle. Elle se l'était imposé et elle y parvenait.

— Comment ça s'est passé avec Ekaterina Zacharova ?

— Avec qui ?

— La professeure de l'autre jour.

— Oh, bien, très bien… Elle a d'abord vérifié où on en était avec toi, puis elle nous a fait jouer un truc pas trop difficile et très amusant !

Ça, c'était le retour de Jacopo, le plus critique, mais aussi le plus sympathique de ses élèves masculins, celui qui voulait transposer toute la musique classique dans son univers virtuel.

— Tu sais à quoi j'ai pensé et qui pourrait faire un carton ?

— À quoi ?

— Créer des sonneries à partir d'arrangements de morceaux de musique classique ; c'est un marché en perpétuelle expansion. Il y a moyen de se faire beaucoup d'argent…

— Je vois. Et si on regardait plutôt comment tu t'en sors dans la vie réelle ?

Elle lui plaça sous les yeux la partition des *Inventions à trois voix* de Bach. Jacopo soupira et commença à jouer lentement, sûr de lui, avec naturel. La *n° 2 en do mineur*. Sofia fut satisfaite du travail des autres également, y compris d'Alice, la plus dynamique de ses élèves, qui lui parlait toujours de ses amoureux.

— Il y a un garçon qui me plait bien, mais il est plus vieux que moi.

— Quel âge a-t-il ?

— Seize ans.

— Mais, Alice, c'est énorme ! Il a dix ans de plus que toi.

— Oui, je sais, mais il m'a dit : « Continue à grandir, y'a du potentiel. »

— Excuse-moi mais… il t'a sorti ça comme ça ? Sans te connaitre ?

— Il sort avec une fille de mon immeuble qui a le même âge que lui. On s'est déjà croisés des tas de fois parce que, quand il passe la chercher, souvent, il attend, il attend, il attend… Alors pour finir, on a un peu fait connaissance ! Moi, mon petit copain, jamais je ne lui ferais un coup pareil !

— Alors ça, on en reparlera quand tu auras un petit copain… Et donc, d'après toi, si un garçon est obligé d'attendre trop longtemps, il faut qu'il change de copine ? C'est un signe que ce n'est pas sérieux ?

— Ça me fait bizarre de parler de ça avec toi. Avec ma maman, on ne discute jamais de tout ça.

Sofia comprit qu'Alice allait dévier sur ses relations familiales et ça risquait de devenir délicat. Par conséquent, elle décida de rester en terrain connu et elle lui soumit une partition. La petite régla le tabouret et attaqua la sonate K. 457 de Mozart. Elle joua ce morceau avec une incroyable facilité, comme si elle l'avait elle-même composé.

— Eh bien ! Je devrais m'absenter plus souvent ! s'écria Sofia, surprise.

— Ah non, tu veux rire ? Tu m'as beaucoup manqué.

— Mais, je n'ai raté qu'un seul cours !

— Oui, mais ma prof, c'est toi !

— D'accord, je tâcherai de ne plus être absente, mais tu dois me promettre de continuer à travailler comme ça.

Elles échangèrent un sourire. Il y avait une belle connivence entre elles. La journée se poursuivit sur le même ton, si bien que Sofia sortit du conservatoire heureuse et sereine, sans aucune préoccupation, aucune attente. Même lorsqu'une voiture aux vitres teintées s'arrêta à sa hauteur, elle resta calme. La portière s'ouvrit et une femme en descendit. Elle salua le chauffeur et se dirigea vers un immeuble. Arrivée devant la grande porte, elle sortit des clés de son sac et entra. La voiture redémarra. Ce n'était pas lui. Sofia se dirigea vers sa propre voiture. Et si ça avait été lui ? Qu'aurait-elle dit ? Comment aurait-elle réagi ? Elle soupira. Elle n'aurait pas apprécié du tout de se retrouver dans cette situation. Elle avait été très claire. Ils ne se reverraient plus jamais et il ne cher-

cherait pas à la retrouver. Et cette fois, Sofia était certaine qu'il respecterait sa parole. Si c'était un homme intelligent, et il semblait l'être, il avait bien compris comment elle fonctionnait. Une nouvelle rencontre aurait été une grosse erreur.

Elle grimpa dans sa voiture et posa son sac à main sur le siège passager. Que savait-il d'elle ? Elle alluma le moteur. Il connaissait son numéro de téléphone, ses goûts, avait découvert où elle enseignait, rencontré Lavinia, retrouvé Ekaterina Zacharova et réussi à faire venir cette dernière à Rome ; il était au courant pour U2 et Norah Jones. Elle roula en silence jusque chez elle. Qu'avait-il appris d'autre sur sa vie ? Elle se gara et resta assise derrière le volant. À présent, elle s'autorisa à repenser à toute cette histoire. Elle aurait bien voulu inverser les rôles, jouer les espionnes, le suivre, entrer dans sa vie, dans sa maison, dans son bureau, ouvrir ses tiroirs, découvrir ce qu'il connaissait d'elle, et jusqu'à quel point. Hélas, c'était impossible. Avec effroi, elle prit conscience qu'il savait tout d'elle et qu'elle ne savait absolument rien de lui. Elle s'attarda dans sa voiture le temps de reprendre son sang-froid. Ensuite, elle rentra chez elle.

Dès qu'Andrea entendit la porte, il l'appela.

— Ma chérie ?

— Oui ?

— Viens… Je voudrais te montrer quelque chose.

— J'arrive.

Lorsqu'elle entra dans la chambre, Andrea était rayonnant ; il avait posé son ordinateur sur la table de chevet.

— Regarde…

Sofia l'embrassa, puis jeta un coup d'œil à l'écran. Une maison en 3D. Andrea lança une vidéo. L'image fit un gros plan sur la porte qui s'ouvrit.

— C'est la maison de nos rêves, déclara Andrea, tout sourire.

La visite virtuelle se poursuivit.

— Là, c'est la cuisine, grande, spacieuse, puis le salon, une chambre pour nous, celle de nos enfants… Et ça, c'est la salle de bains, avec douche, grande baignoire balnéo… Ça te plait ? C'est pour nous…

Andrea avait conçu la simulation en 3D d'une petite villa sur mesure avec de grands espaces et magnifiquement meublée. Il avait été jusqu'à choisir les tableaux, les canapés, les tapis et la couleur des serviettes, des peignoirs, des murs de la cuisine, de la chambre…

— Elle possède tout ce que j'aime, mon chéri… Merci, tu as choisi ce qu'il y a de mieux pour moi, dit Sofia avec enthousiasme.

Ils s'embrassèrent.

Ensuite, ils dînèrent et la soirée se passa tranquillement. Les jours suivants furent tout aussi calmes.

Un matin, Sofia surprit Andrea.

— Et ça, c'est quoi ? C'est nouveau ? demanda-t-il, interloqué.

— Et voilà, je le savais. Je ne te plais pas, comme ça ?

— Oh si, beaucoup, mais à l'époque où nous aurions pu en faire ensemble, tu m'as toujours répondu que tu n'avais pas envie…

Le silence retomba pendant un moment. Sofia était debout devant lui… en tenue de sport.

— Il s'est passé des milliers de choses depuis cette époque, mon chéri, finit-elle par répondre. Ne le prends pas mal, mais j'ai décidé d'aller courir. Je vais avoir trente ans et je ne me sens pas au top de ma forme, je ne bouge pas assez…

Se rendant compte de ce qu'elle était en train de dire, elle tenta de se rattraper.

— Je n'irai courir que trois fois par semaine, et le matin.

— Rassure-moi, tu ne vas pas t'inscrire dans une salle de sport, hein ?

Sofia éclata de rire.

— Non, non. Et quand bien même, jamais je n'agirais comme Lavinia.

— Oh tu sais, certains endroits sont propices aux tentations…

Une fois de plus, Sofia se revit, seule avec lui, à bord de son jet privé, à l'hôtel… Les chambres communicantes, le concert, le dîner aux chandelles au retour…

— Moi, je crois que ce n'est pas une question d'endroit. Si quelqu'un veut tromper son partenaire, il peut le faire n'importe où…

— Même en allant courir ? s'enquit Andrea avec humour.

— Oui, mais comme je n'ai pas l'intention de te tromper, il n'y a pas de problème.

Ils se dévisagèrent pendant un moment.

— Tu me le dirais, si ça devait arriver ?

— Oui. Je crois. Pour être honnête, il faudrait que je me retrouve dans le cas de figure pour le découvrir. Tu tiens vraiment à connaitre la réponse ?

— Je ne sais pas, je dois y réfléchir. Peut-être pas.

— Bon, alors réfléchis. Pendant ce temps-là, je vais courir.

Sofia s'arrêta sur le pas de la porte.

— Parfois, les gens changent. Moi, je crois, j'espère, que j'ai changé, mais dans le bon sens.

Toutefois, le plus difficile, au cours de cette période, fut de tenter par tous les moyens de reporter l'inévitable confrontation avec Lavinia. Sofia ne répondait pas à ses appels. Un jour, elle reçut un message de sa part.

Ohé ! Je t'assure, je n'ai pas vraiment eu le choix !
Et puis, excuse-moi, mais tu pouvais toujours refuser… non ?
Ou alors tu as refusé ?

Sofia n'y réagit même pas, si bien qu'un matin, elle tomba nez à nez avec Lavinia devant chez elle.

— Je peux t'accompagner ?

— J'ai ma voiture.

— Mais où vas-tu comme ça, en tenue de sport ?

— À ton avis ?

Après tout, inutile de faire tant de mystères.

— Courir.

— Mais enfin, pourquoi ne viens-tu pas à la salle de sport avec moi ?

— C'est ça… Avec toi, Fabio et les potes de Fabio… Andrea ne veut pas, il dit que c'est un lieu de perdition.

Lavinia sourit.

— Tu ne lui as pas expliqué que le monde entier était un lieu de perdition ? La trahison guette à tous les coins de rue, ça peut même arriver pendant un concert… ou dans un avion.

Ah, parce qu'elle était aussi au courant de ça. Sofia n'en revenait pas. *Il a fallu qu'il fasse le beau devant ma copine !*

— Quand l'as-tu revu ? Que t'a-t-il raconté ?

— Non, je n'ai plus entendu parler de lui. Cet après-midi-là, par contre, il m'avait expliqué qu'il comptait t'emmener à Vérone et que tu serais rentrée à temps, alors j'en ai déduit…

— Toi, déduire ? N'importe quoi !

— J'en ai surtout déduit qu'il était vachement beau gosse et qu'il était tombé amoureux de toi ! Alors je veux tout savoir : comment ça a commencé, comment ça a continué, ce qui s'est passé ce soir-là et surtout ce qui va se passer.

— Ce sera tout ?

— Oh, disons qu'au fur et à mesure de ton récit, d'autres questions me viendront sûrement ! En tout cas, ma vision, c'est que les femmes sont désormais en tout point égales aux hommes. Alors pourquoi ne pourrions-nous pas, nous aussi, tromper notre moitié ? Aller de conquêtes en victoires ? Ça fait une éternité que les mecs détiennent le monopole de l'adultère. Désolée, mais nous nous sommes battues pour l'égalité des sexes, après tout, non ?

— Je ne crois pas que c'était l'objectif des premières féministes…

— Oh, certaines devaient déjà avoir cette idée en tête, tu peux me croire. Il n'y a rien de plus divertissant. Tu t'es ennuyée ce soir-là ?

Sofia secoua la tête.

— Tu vois ? Tu me donnes raison ! éructa Lavinia, triomphante.

C'était peine perdue, alors Sofia céda.

— D'accord. Si tu veux m'accompagner au parc, je te raconterai en chemin.

Elles prirent la direction de la *via Appia*. Lavinia l'observait en silence, pendue à ses lèvres, morte de curiosité.

— Alors ? Je vais encore devoir attendre longtemps ?

— Je voulais juste vérifier combien de temps tu allais résister…

— Moi ? Mais tu le sais bien, tout de même : résistance zéro.

Cet aveu de faiblesse attendrit Sofia. Elle se lança dans le récit de sa soirée : son arrivée devant l'église, la rencontre avec sa vieille connaissance, Ekaterina Zacharova, censée la remplacer, le pari…

— Tu comprends ? J'ai tout misé sur toi, et j'ai perdu !

— Mais il est trop fort ! Voilà pourquoi il m'avait demandé d'envoyer mon message pile à cette heure-là. Il avait tout calculé. Enfin, Sofia, ce type est un génie !

— Un génie de quoi ? Il voulait surtout me mettre dans son lit !

— Oui, mais au moins, il l'a fait de façon géniale.

Sofia poursuivit son histoire. L'avion, la voiture à Vérone, l'hôtel, la suite luxueuse.

— Tu veux dire qu'il a acheté cet hôtel pour t'impressionner ? Mais Sofia, c'est un rêve…

— Ça dépend du point de vue. Pour moi, c'est surtout inquiétant.

— Qu'est-ce que je voudrais, moi, qu'un homme me procure ce genre d'inquiétude… En plus de celles que suscite déjà Fabio, bien entendu !

— Bien entendu…

Ensuite, elle lui parla du concert et du dîner dans l'avion.

— Il y avait même une cabine avec un lit matrimonial, non mais tu imagines ?

— Une cabine privée avec un lit matrimonial ?

— Oui.

— Ah oui ? Mais alors… vous avez baisé ?

— Lavi ! On est loin des beaux discours féministes, là ! On dirait une camionneuse !

— Oui ! Je n'ai jamais compris pourquoi les camionneurs avaient si mauvaise réputation. Un jour, j'en ai rencontré un très cultivé, et même plutôt élégant.

— Et où l'as-tu rencontré ? demanda Sofia, surprise.

— À la salle de sport !

Sofia secoua la tête, dépitée.

— C'est pas possible, c'est un vice !

— Oh allez ! C'était une blague. Bon, et en fin de compte, vous avez couché ensemble ou pas ?

— Pas du tout.

— Quoi ? Vous n'avez rien fait ? Tu n'as pas bais… Enfin, fait l'amour ?

— Non, je te dis !

— Un petit baiser ?

— Même pas.

— Rien ?

— Rien.

— Je n'y crois pas.

— Pas de problème. Tu es tout à fait libre de ne pas me croire.

— Pardon, mais l'avion, le dîner, le concert, la suite luxueuse… tu vas complètement à contre-courant ! N'importe quelle autre femme aurait craqué pour un dixième de tout ça.

— Tu as une bien piètre opinion des autres…

— Désolée, mais en plus de faire des surprises incroyables, cet homme est aussi super canon.

— Oui, mais tu oublies le plus important. C'est d'ailleurs ce qui m'a poussée à refuser dès le départ.

— J'écoute ?

— Je suis mariée ! Je sais que tu n'aimes pas que je te le rappelle, mais je crois me souvenir que toi aussi, tu l'es !

À ces mots, elle planta son amie avec un petit sourire en coin et se mit à courir. Figée, Lavinia la regarda s'éloigner, cherchant un bon mot, la bonne réplique. Celle-ci devait forcément exister, mais elle ne lui venait pas. Soudain, elle trouva, et quelque chose de pas mal en plus.

— Et l'amour ? Hein ? Que fais-tu de l'amour ?

Cependant, Sofia continua à courir, feignant de n'avoir rien entendu, à moins qu'elle n'ait réellement rien entendu.

Elle fit un premier tour, calmement, sans trop forcer sur les mollets. Elle était restée longtemps sans faire de sport et préférait recommencer en douceur. Elle enfila les écouteurs de son iPod, sélectionna une liste et les notes de Franz Ferdinand l'accompagnèrent avant de céder la place aux Arctic Monkeys.

À la fin du premier tour, il lui restait un peu de souffle alors elle décida de continuer. Mais au moment de repartir de son point de départ, une main l'attrapa et l'arrêta. Ses écouteurs tombèrent.

— Hé ! Tu n'as pas entendu ma question ? Et l'amour, hein ? Tu le mets où, l'amour ?

— Dans les contes de fées… Je le réserve aux contes de fées.

Et elle repartit.

Lavinia tenta de la suivre pendant un moment.

— Ma parole, ce que tu es devenue cynique ! Je n'en reviens pas ! Tu fais une grave erreur. Tu sais ce qu'a dit Borges ? « J'ai commis le plus grand péché que l'on puisse commettre, celui de n'avoir pas été heureux. »

— C'est tout ce que tu as retenu de lui ? Il a sûrement dit d'autres choses. Le bonheur, ça se construit, ça ne se résume pas à une partie de jambes en l'air dans une voiture ou dans un avion ! Décidément, nous avons deux visions très différentes de la vie.

Lavinia arrêta de courir.

— Peut-être, mais je ne vois pas pourquoi la tienne devrait forcément être la bonne !

— Nous sommes mariées. Et une femme, même si ça va te paraitre étrange, doit avoir des couilles !

25

Une semaine plus tard, Sofia surprit leur conversation alors qu'elle rentrait chez elle, tard dans l'après-midi.

— Mais tu te rends compte ? Qu'est-ce que ça signifie ?

— Peut-être avait-elle envie que tu le découvres.

Elle s'arrêta sur le seuil, souriant comme si de rien n'était, même si, au fond d'elle, elle avait déjà compris.

— Je peux entrer ?

— Salut ma chérie, oui, bien sûr… Stefano allait justement s'en aller.

— Ah, alors je te raccompagne.

Stefano sourit.

— Ne bouge pas. Depuis le temps, je connais le chemin.

— Je sais… Mais je te raccompagne quand même.

— Comme tu veux. À mardi, Andrea.

Ils sortirent de la pièce, traversèrent le couloir. Cela sembla durer une éternité. Sofia le précédait en silence, sentant dans son dos tout le poids de son regard, de ses questions, de sa curiosité morbide. Ça ne pouvait plus durer, ce silence était trop lourd.

— Tu veux boire quelque chose avant de partir ?

Elle n'osa pas le regarder dans les yeux tout de suite, craignant d'affronter un regard sévère, dur, celui d'un homme désireux de l'interroger, de tout découvrir dans les moindres détails, parce qu'une chose était certaine : elle était au courant. Mais non. Lorsqu'elle releva enfin la tête, ce fut un homme fragile qu'elle trouva en face d'elle. Stefano la dévisageait, l'air résigné ; il ne cherchait en elle qu'un maigre espoir, une infime lueur, la possibilité de continuer à vivre son amour pour Lavinia. Ils étaient arrivés à la porte.

— Non, merci, je ne veux rien.

Puis il la salua d'une voix hésitante, presque un murmure.

Sofia aurait voulu ajouter : « Alors à bientôt. On pourrait prévoir un dîner ici, ou regarder un film un soir… », mais elle n'y parvint pas.

Elle se contenta d'un simple au revoir avant de refermer la porte. Ensuite, elle rejoignit Andrea.

Il était là, les bras croisés. Lorsqu'il la vit, il secoua la tête.

— Il n'a pas besoin de nous.

— Je vous ai entendus juste avant…

Elle l'embrassa, puis s'assit au pied du lit. Andrea la dévisagea, navré.

— Tu m'as obligé à mentir.

— Moi ? Mais qu'ai-je à voir là-dedans ?

— J'aurais préféré ne pas être au courant. On est si bien quand on ne sait rien.

— Alors, autant ne pas vivre. La vie est dégueulasse, tu l'as dit toi-même, Andrea.

— Oui, mais pas comme ça. Là, c'est trop. Pour finir, j'en viens à les imaginer aussi, je vois Lavinia avec ce type… Dans la voiture.

Sofia fit semblant de tomber des nues.

— Dans la voiture ?

— Oui, ta copine l'a fait sur la banquette arrière. Ça aussi, c'est ridicule. On fait ça quand on a dix-huit ans, vingt à la rigueur… C'est comme si elle le faisait exprès ; on dirait une petite ado qui a besoin de transgresser les règles…

Non, c'était impossible. Comment avaient-ils fait pour le découvrir ?

— Mais, tu es sûr ?

— Stefano a lu tous les messages de son téléphone. Ta copine ne prend même pas la peine de les effacer, tu comprends ? Il y a des descriptions très intimes et détaillées, tous leurs échanges, leurs plaisanteries, les réactions à chaud après leurs rendez-vous… Ils l'ont aussi fait dans l'ascenseur chez elle… En plus de la voiture.

Sofia n'en croyait pas ses oreilles.

— C'est comme si on avait inventé l'iPhone pour ces messages sulfureux. Tu ne me crois pas ? Stefano me les a tous montrés, il les a imprimés. On dirait un salon de chat érotique. « Quand tu me l'as mise comme ça, quand tu m'as prise dans ce sens-là… » Plus je lisais, moins j'osais relever la tête, je te jure, je ne savais plus où me mettre, j'aurais voulu disparaitre, être enterré… Le plus horrible, ça a été de chercher quelque chose à dire ensuite.

— Et qu'as-tu dit ?

— Rien. Je n'ai rien trouvé. Je suis resté muet, comme un abruti. Il n'arrêtait pas de me dire : « Tu te rends compte ? Lavinia. Je parle bien de Lavinia, ma femme ; dix ans qu'on est ensemble, dont six de mariage… Et voilà que je tombe sur tous ces messages. Avec un type plus petit que moi en plus. Tu te figures ? » Il était hors de lui, alors il s'en prenait au détail le plus débile : la taille de ce type… Et il a continué comme ça : « Tu aurais pu imaginer ça, toi ? » Que pouvais-je bien répondre ? Ce n'est pas que je l'imaginais, c'est que je le savais…

Andrea secoua la tête.

— C'est pas juste, putain. Je me sens sale, coupable. Je te jure, j'aurais voulu ne rien savoir de toute cette histoire. Rien.

Sofia lui caressa la main.

— Mon amour, tu n'as rien à te reprocher. Si, ce jour-là, Stefano ne m'avait pas demandé comment s'était passée ma soirée et si tu n'avais pas compris que Lavinia se servait de moi comme couverture, tu n'aurais jamais deviné… C'est Stefano qui nous a mis dans cette situation.

— Ah oui, le pauvre. Parce qu'en plus, c'est sa faute maintenant…

— Il a voulu savoir, tout comme elle a voulu lui faire découvrir.

Andrea se tut pendant un moment. Il était découragé, déçu.

— Pourquoi faut-il que tout commence et se termine aussi facilement ? Pourquoi les gens ne veulent-ils plus construire, surmonter les épreuves, renoncer parfois, être forts ? Pourquoi n'ont-ils plus envie d'un amour propre, beau, honnête… Pourquoi…

Il pressa les paupières. Lentement, les larmes roulèrent sur ses joues. Soudain, il rouvrit les yeux et retrouva toute sa lucidité.

— Toi aussi, tu es comme ça ? Est-ce que je devrais fouiller dans ta vie, être mesquin, renoncer à ma dignité pour découvrir si tu as couché avec un autre type, dans une voiture ou un hôtel glauque ?

Sofia se raidit. Aucune pitié. Elle se leva du lit.

— Quand je ne t'aimerai plus, je te quitterai. Je te l'ai promis, lui rappela-t-elle d'un ton dur. Alors, s'il te plait, ne me colle pas sur le dos des fautes que je n'ai pas commises.

— Jure-moi que tu ne resteras pas avec moi par compassion.

— Non mais tu t'entends ? C'est ça ton bel amour ? Il n'y a pas l'ombre d'une miette d'amour dans tes paroles. Il faut toujours que tu me culpabilises. Pourtant, ça fait huit ans et jusque-là, nous avons été heureux, il me semble. Nous sommes heureux. Pourquoi refuses-tu de comprendre que notre amour résiste à cette épreuve-là ?

— Viens ici…

— Non.

Elle eut l'impression de redevenir la jeune fille têtue et capricieuse qu'elle avait été.

— Je te dis de venir ici.

— Et moi, je te dis non.

Andrea sourit.

— Viens, s'il te plait.

Le silence retomba pendant un moment.

— Allez…, tenta encore Andrea.

Alors seulement Sofia daigna avancer. Sans se départir de son air boudeur, elle s'approcha de lui, bras ballants, tête basse, blessée par les comparaisons de son mari, par toutes ces années ensemble qu'il évacuait sans le moindre égard. Andrea lui prit la main, la tira vers lui et l'embrassa.

— Tu as raison, excuse-moi.

— Ne redis jamais des choses pareilles.

— Je t'aime.

— Ça, par contre, dis-le le plus souvent possible.

26

Elle observait les grands plafonds du conservatoire, toutes ces poutres qui avaient vieilli au son de la musique, les petites fenêtres. Elle avait toujours fait ça lorsqu'elle se faisait réprimander.

— T'ai-je jamais demandé quoi que ce soit ? Je t'ai toujours soutenue, il me semble, sans rien dire, sans un pourquoi, sans jamais réclamer une explication. Tu ne peux pas prétendre le contraire.

Olja l'avait retenue après les cours, après le départ du dernier élève. Elles étaient restées sur les bancs en bois pour discuter, ces bancs où Sofia, à l'âge de six ans, s'était assise pour la première fois. D'ailleurs, elles avaient commencé par évoquer cette époque en plaisantant.

— Tu te rappelles ? Tu voulais toujours en faire trop, être la première.

— J'étais la première.

Olja sourit.

— Un jour, tu m'as fait peur, tu t'étais mis en tête de jouer le *Prélude en sol mineur* de Rachmaninov, mais tu n'y arrivais pas, tu n'avais encore que onze ans. Tu pleurais de rage, tu tapais des poings, tu te griffais… Cette fois-là, j'ai eu très peur, tu sais ? Tu te rappelles ?

— Bien sûr. Par contre, j'avais dix ans, et ce n'était que de la comédie.

— Tu es sérieuse ?

— C'était trop difficile pour moi, surtout avec tous ces déplacements de la main gauche. Tu penses bien, à dix ans, c'est impossible.

— C'est vrai. Va savoir pourquoi tu t'étais obstinée comme ça. Je me souviens que quand tu as vu cette jeune fille plus âgée que toi…

— Ekaterina…

— Oui, c'est ça. Elle exécutait cette œuvre à la perfection et quand tu l'as vue… tu t'es donné encore plus de mal.

— Et au bout de deux semaines, j'ai fini par y arriver aussi.

Olja sourit de nouveau.

— Je peux te poser une question ?

Sofia lui prit la main.

— Bien sûr.

— Tu sais à quel point tu comptes pour moi…

Olja voulait continuer, lui faire sa requête, mais ne trouvait pas les mots. Pour finir, elle se jeta à l'eau.

— Serais-tu d'accord pour m'accompagner quelque part lundi matin ? Je ne te demande qu'une heure de ton temps. Rien de plus.

Sofia resta silencieuse. Quelle drôle de demande. Qu'est-ce qui, et surtout qui, se cachait là derrière ? *Non.* Elle sourit intérieurement. *Impossible, il avait promis, et même juré. Et s'il avait contacté Olja aussi ? Lui, rien ne l'arrête. Tancredi est bien le genre à jurer, à donner sa parole tout en sachant très bien qu'il ne la tiendra pas. Mais pourquoi est-ce que je m'obstine à croire qu'il se cache derrière tout ce qui m'arrive dans la vie ? Et pourquoi ai-je presque envie que ce soit le cas ?*

— Ne t'inquiète pas, tu n'as aucun souci à te faire…

Olja avait tenté de lire dans ses pensées avec sa politesse habituelle, sur la pointe des pieds, comme une tsarine russe habituée à l'élégance et au respect. Elle avait tout de suite senti que Sofia était sur ses gardes.

Sofia rougit. Elles ne devaient sûrement pas penser à la même chose. Puis elle considéra sa professeure qui la couvait du regard, attendant sa réponse, pleine d'espoir. *De quoi peut-il bien s'agir ?*

— C'est pour le travail ? Ça concerne la musique ?

— Oui, mais c'est très particulier. Difficile à expliquer. Je crois que le plus simple, c'est d'aller ensemble à ce rendez-vous.

Il aurait été malpoli d'insister, alors Sofia acquiesça. Après tout, Olja ne lui demandait qu'une heure de son temps. Elle se revit, de nombreuses années plus tôt, dans cette même pièce, assise au piano à côté d'elle.

« Quand tu joues, garde les coudes collés au buste... Ton maintien, Sofia ! Tiens-toi droite ! » Olja répétait certains passages, puis c'était à son tour d'essayer. Petits doigts d'enfant qui tentaient de suivre la maîtresse en pataugeant. Par la suite, ses mains s'étaient allongées, ses doigts s'étaient effilés, avaient gagné en assurance, tandis que ceux de son enseignante vieillissaient, devenaient noueux, moins vifs. Olja avait été si patiente avec elle, lui avait donné tant d'amour… Son rêve était de former une grande pianiste, avec tous les sacrifices que cela représentait, toutes ces années d'attente, d'efforts… et puis tout avait volé en éclats.

Sofia étudia Olja, son visage fatigué, marqué par le temps, pourtant une lueur de joie brillait dans ses yeux, une lueur d'espoir. Non, elle ne pouvait pas lui refuser ça.

— Bien sûr, Olja, je t'accompagnerai avec plaisir.

Le lundi matin, debout devant l'église, Olja attendait Sofia, serrant son petit sac à main en cuir contre son ventre. Elle ne cessait de guetter autour d'elle. Ah enfin. Elle reconnut la voiture de Sofia qui avançait à une allure tranquille. Olja ne put s'empêcher de regarder sa montre : 10 h 15. Elles étaient à l'heure, le rendez-vous était prévu à 11 heures. La Golf s'arrêta devant elle. Sofia se pencha sur le siège passager pour lui ouvrir la portière de l'intérieur. La poignée était un peu capricieuse. Olja monta à bord et elles se mirent en route.

— Depuis combien de temps m'attends-tu ?

— Oh, pas longtemps…

Ce n'était pas vrai. Elle était arrivée à 9 h 40, de peur d'être en retard.

— Attends, je vais t'aider, la rassura Sofia.

Olja avait réussi à bloquer sa ceinture de sécurité.

— Tu connais le chemin ?

— Bien sûr, j'ai vérifié l'adresse sur Internet. Tiens, je l'ai même imprimée.

Sofia sortit une feuille de son sac.

— C'est dans le quartier de l'EUR[1]. On devrait y être d'ici une demi-heure.

— Très bien.

Olja s'apaisa. Elle s'installa dans une position plus confortable et ne bougea plus, les mains callées sur son sac, lui-même posé sur ses genoux. Tout en conduisant, Sofia étudia discrètement la tenue d'Olja : élégante, bien qu'un peu trop stricte. La robe grise qu'elle avait choisie était trop sombre. En dessous, elle portait un chemisier blanc boutonné jusqu'au cou, avec un tout petit col arrondi et des boutons plats en nacre. Elle arborait aussi un collier que Sofia ne l'avait vue sortir que pour les grandes occasions. Pour la première fois, elle remarqua que le médaillon renfermait une icône

1 Esposizione Universale di Roma.

russe miniature. Sofia sourit. Un symbole qui ne respirait pas la modernité.

— Tu as pris ton petit déjeuner ? Ça te dit un café ?

— Non, non. Merci.

Olja n'avait pas trop envie de parler. Il était évident qu'elle était très tendue. Sofia alluma la radio et la régla sur une station de musique pop.

— Écoute-moi cette voix ! C'est l'une des rares chanteuses italiennes à avoir percé à l'étranger, avec Laura Pausini…

Olja se tourna vers elle en souriant.

— Elle est très douée. Une très belle voix, vraiment.

Elles écoutèrent la chanson.

— Comment s'appelle-t-elle ? demanda-t-elle.

— Elisa. C'est l'un de ses plus beaux succès, ça s'appelle *Luce*.

— C'est triste, non ?

— Quand la musique et la voix sont belles, ce ne peut pas être triste. La musique peut exprimer tellement de choses… Surtout la musique classique, mais ce n'est pas à toi que je vais l'apprendre.

Olja la dévisagea avec le plus grand sérieux.

— Ça te manque ?

Sofia se concentra sur la route.

— Beaucoup.

Olja lui caressa le bras.

— Je comprends.

Peu après, elles arrivèrent à destination. Une fois la voiture garée, elles pénétrèrent dans un grand bâtiment. Sur la droite, une grande table en verre dont le plateau reposait sur deux colonnes de marbre antiques. Un jeune portier aux cheveux courts et à l'uniforme impeccable y était assis.

— Bonjour.

— Bonjour, nous avons rendez-vous avec maître Guarneri.

Le portier vérifia l'agenda ouvert devant lui.

— Quel est votre nom ?

— Olga Vassilieva.

— Ah oui. Allez-y, je vous en prie. Ils vous attendent. Cinquième étage.

Sofia appela l'ascenseur, puis balaya le grand hall du regard. Les murs étaient ornés de tableaux imposants et une sculpture en bois de Brancusi occupait de l'espace. Un peu plus loin, elle repéra une plaque en cuivre. Il devait s'agir d'un cabinet d'avocats. En plus de maître Guarneri, d'autres noms de professionnels figuraient sur cette plaque, ainsi que celui de deux sociétés : Atlantide et Nautilus. L'ascenseur arriva. Elles montèrent au cinquième étage, où une secrétaire les attendait.

— Bonjour. Par ici, je vous prie, suivez-moi.

La trentaine bien faite, celle-ci était vêtue d'un tailleur-pantalon bleu foncé très sobre. Sofia étudia le décor. De très beaux bureaux, élégants, aux murs beiges et aux moulures un peu plus claires. En passant, elle aperçut diverses pièces meublées avec goût, certaines étaient vides.

La secrétaire s'arrêta devant une porte et l'ouvrit.

— Voilà, installez-vous. Puis-je vous proposer un rafraîchissement, un café, un peu d'eau, un jus de fruits ?

— Rien pour moi, merci, répondit Sofia en entrant.

— Et vous ?

— Moi non plus.

— Vous êtes sûre, pas même un peu d'eau ?

— D'accord, alors un verre d'eau, merci.

La jeune femme sourit et le lui apporta tout de suite, puis s'éclipsa en refermant la porte derrière elle. Sofia et Olja prirent place sur un élégant canapé en cuir sombre.

Un tapis neuf, couleur crème, réchauffait le sol en béton ciré constellé d'éclats de résine marron clair. Une table basse en verre trônait au centre ; diverses revues étaient disposées sur celle-ci. Sofia s'empara de l'une d'elles et la feuilleta. Elle y découvrit des paysages à couper le souffle immortalisés à un moment où la lumière était particulière, des photos spectaculaires d'endroits parmi les plus célèbres du monde.

Peu après, la secrétaire réapparut.

— Voilà, si vous voulez bien me suivre, maître Guarneri sera heureux de vous recevoir.

Elle les emmena devant une porte close et frappa.

— Entrez.

Elle céda le passage à Sofia et à Olja, puis se retira.

Un homme vint à la rencontre d'Olja et exécuta un baisemain parfait.

— Bonjour ! Quelle plaisir de vous rencontrer. Quant à vous, vous devez être la célèbre Sofia Valentini. Je me présente, maître Mario Guarneri, avocat.

Il lui tendit la main.

— Célèbre… Vous devez confondre avec quelqu'un d'autre.

L'avocat sourit.

— Vous êtes célèbre, je vous l'assure. Mais permettez-moi de vous présenter mon ami, Arkadij Voronov.

Un monsieur distingué, à la barbe blanche très soignée, se leva d'un fauteuil et les rejoignit. Il portait de petites lunettes à monture légère et avait des mèches blanches rebelles à l'arrière du crâne. Son visage rond et son sourire agréable lui donnaient l'air sympathique. Il serra d'abord la main d'Olja, la saluant dans un russe impeccable, ensuite il s'adressa à Sofia dans un italien correct teinté d'accent russe.

— Ravi de vous rencontrer…

Maître Guarneri invita ses hôtes à s'asseoir.

— Mettons-nous ici, nous serons plus à l'aise.

Ils prirent place dans les fauteuils qui donnèrent à la réunion un caractère plus informel.

— Alors, nous y voilà, enchaîna aussitôt maître Guarneri. Nous l'avons enfin trouvée.

Sofia écoutait, intriguée, mais l'avocat ne lui laissa pas le temps d'intervenir.

— M. Voronov est le directeur de l'Institut de culture et de langue russes et il a pour mission d'organiser un événement mettant à l'honneur à la fois l'Italie et son pays. Il a décidé de confier l'ouverture de ces festivités à une artiste, à une femme qui l'a particulièrement touché par son grand talent…

Maître Guarneri s'empara de deux télécommandes sur la table basse. Avec la première, il alluma un téléviseur écran plat et, avec l'autre, un lecteur DVD. À l'image, deux mains apparurent en très gros plan sur un clavier de piano ; lorsque les premières notes retentirent, le plan s'élargit.

— Celle que nous voulons pour la cérémonie d'ouverture de notre événement… c'est vous, déclara maître Guarneri tandis que le visage de Sofia se révélait au centre de l'image.

Elle jouait la fin de l'opus 109 de Beethoven, si complexe, avec tous ces staccatos et ces trilles qui obsédaient tant le vieux compositeur, et qui d'ailleurs donneraient lieu à des variations extrêmes dans ses dernières sonates. L'interprétation de la pianiste était excellente, comme si elle avait déjà compris les travaux que Beethoven concevrait par la suite.

Bouche bée, Sofia découvrit la vidéo. Elle se rappelait parfaitement cette soirée, c'était à Paris, salle Pleyel, pour l'ouverture de la saison des concerts. Elle avait vingt ans et la robe qu'elle portait lui avait été offerte par Armani en l'honneur de cette grande soirée. Dix ans plus tôt. Dix. Elle était en couple avec Andrea depuis peu. C'était avant que tout bascule, avant qu'il ait son accident, avant la fin… Depuis lors, elle ne s'était plus jamais regardée au piano, que ce soit en photo ou dans les vidéos. Submergée par l'émotion, elle eut beaucoup de mal à contenir ses larmes. Le regard des autres pesait sur elle. Elle poussa un long soupir. D'une manière ou d'une autre, il allait bien falloir qu'elle se sorte de là. Alors elle ravala ses larmes, tâcha de défaire le nœud qu'elle avait à la gorge et parvint à parler.

— Vous m'avez fait venir ici pour me montrer cette vidéo ? Vous auriez pu vous épargner cette peine. Je l'ai aussi.

Maître Guarneri sourit.

— Nous ne vous avons pas appelée uniquement pour ça. M. Voronov m'a demandé de retrouver votre trace, ce que j'ai fait. Sa proposition est importante à tous points de vue, surtout pour les relations entre l'Italie et la Russie.

— Comment avez-vous fait pour me retrouver ?

Maître Guarneri s'était préparé à cette question.

— Tout le monde sait que vous avez été l'élève de la grande Olga Vassilieva au conservatoire.

Il se tourna vers Olja et sourit.

— Il m'a suffi de la contacter.

Olja lui rendit son sourire, puis dévisagea Sofia, cherchant sa complicité. Elle ne trouva chez elle que froideur et silence. Alors elle baissa la tête, désolée. Elle voulait tant retourner en Russie et y emmener Sofia, et si en plus c'était l'occasion de l'entendre de nouveau jouer, que demander de plus ? Tout n'était peut-être pas encore compromis ; au fond, aucune proposition ne lui avait encore été faite. M. Voronov prit enfin la parole.

— Il s'agit d'un événement de la plus haute importance, destiné à renforcer les liens entre nos deux grandes nations. Ce sera un rendez-vous culturel et musical majeur qui réunira de nombreuses personnalités.

Il se tut et lui adressa un sourire des plus convaincants, espérant avoir percé une brèche avec ces quelques mots.

Sofia resta immobile, muette. Tout à coup, elle se sentit moins revêche, plus sereine. Elle était disposée à écouter ces messieurs jusqu'au bout, mais jamais elle n'aurait imaginé la proposition qui allait suivre. Voronov se redressa.

— Nous vous offrons 250 000 euros pour vous produire à la cérémonie d'ouverture du festival ainsi que pour la clôture, trois jours plus tard. Vous serez logée dans l'un des meilleurs hôtels de Saint-Pétersbourg, le Grand Hôtel Europe. Vous aurez une voiture avec chauffeur à disposition et un voucher avec crédit illimité qui vous permettra de faire tout ce que vous voudrez pendant la durée de l'événement…

Puis il se tourna vers Olja.

— Naturellement, vous serez accompagnée de votre mentor et de toute autre personne de votre choix. Le gouvernement et nous-mêmes vous serions infiniment reconnaissants d'accepter cette invitation.

Impassible dans un premier temps, Sofia finit par sourire à Voronov.

— Je suis désolée, mais je ne peux pas accepter.

Olja crut mourir. M. Voronov s'affaissa contre le dossier de son fauteuil.

Maître Guarneri chercha aussitôt une solution.

— Vous n'êtes pas obligée de nous donner votre réponse tout de suite. Il reste vingt jours, nous avons tout le temps. Rentrez chez vous, réfléchissez, discutez-en avec votre mari… Peut-être ne verra-t-il aucun inconvénient à vous laisser y aller.

Cette phrase lui ôta les derniers doutes. Elle se leva brusquement.

— Je suis désolée, c'est non. Maintenant, je dois partir.

Guarneri et Voronov se levèrent en même temps. Olja les imita, tout à coup très lasse. M. Voronov les salua.

— C'est dommage. J'en suis bien triste.

L'avocat les raccompagna à la porte. Il s'approcha de Sofia et lui chuchota :

— Réfléchissez-y, la nuit porte conseil. Je vous laisse ma carte de visite.

Sofia prit celle-ci et la fourra dans son sac.

— Si c'est une question d'argent, je suis certain que nous trouverons un compromis, lui assura encore Guarneri. Je suis là pour ça.

Alors, Sofia changea radicalement d'attitude et adopta un ton plus sévère et cinglant. Elle se pencha vers l'avocat et lui répondit à voix basse, presque un murmure :

— Dites à votre patron qu'il avait promis de me laisser tranquille. Je ne jouerai jamais pour lui.

Puis elle redevint normale et souriante.

— Tu viens, Olja, ou tu restes ici ?

— Non, non, j'arrive.

Elle salua les deux hommes avec un petit sourire et suivit Sofia.

Elles reprirent la voiture et un silence pesant s'installa. Olja serrait les poignées de son sac de toutes ses forces, les triturait, les torturait, cherchant à apaiser sa nervosité. Sofia conduisait vite, changeait constamment de vitesse, tâchant elle aussi de relâcher la pression. Il y avait bien trop de coïncidences. Un voyage loin de l'Italie, cet avocat qui était au courant que son mari était incapable de se déplacer, une voiture avec chauffeur pour se promener dans Saint-Pétersbourg et enfin tout cet argent. C'était lui. Elle en était sûre.

— Je suis désolée, Sofia…

Elle se souvint de la présence d'Olja et ralentit petit à petit. Au bout d'un moment, elle parvint même à lui sourire avec calme.

— Ce n'est pas ta faute, tu n'as rien à voir là-dedans.

— Tout ce que je voulais, c'était remettre les pieds en Russie. Nous aurions pu y aller ensemble, et puis, tu aurais enfin été reconnue à ta juste valeur, ce qui n'a jamais été le cas. Après ça, tu aurais recommencé à jouer et tu aurais conquis le monde entier, j'en suis certaine.

Sofia la considéra avec tendresse. Elle avait l'impression de découvrir une nouvelle Olja. Pleine de fougue.

— Je t'aurais coachée pendant les vingt jours qu'il restait avant le départ ; je suis certaine que tu aurais pu jouer n'importe quoi, y compris le « Rach' 3 » !

Sofia rit.

— Tu as bien trop confiance en moi. Recommencer avec du Rachmaninov, c'est costaud !

— Ce n'est pas une question de pratique, insista Olja. Le problème est ici…

Elle se tapota la tête.

— Et ici, acheva-t-elle en posant une main sur son cœur. Tu y serais arrivée, je le sais.

Sofia la regarda avec bienveillance.

Au bout d'un moment, Olja se tourna de nouveau vers elle.

— Et puis, ça faisait un paquet d'argent ! Ça revenait à donner cinq mille cours en trois jours !

Cette fois, Sofia éclata de rire.

— Olja, c'est un homme qui me voulait, pas la Russie.

— Mais qu'est-ce que tu racontes ? demanda-t-elle, troublée.

— C'est de ça qu'il s'agit, tu peux me croire.

Olja secoua la tête.

— Un seul homme te paierait autant pour avoir ta musique ?

— Non, il veut mon âme.

— Ça, ça n'a pas de prix. Il devrait le savoir.

Sofia tendit le bras, lui prit la main et la serra très fort.

— Un jour, nous irons en Russie, je te le promets… Mais uniquement en tant que touristes.

Olja acquiesça.

— Comme tu veux.

— Ce sera bien plus amusant, tu verras.

— Quand tu es au piano, je m'amuse toujours. Pour moi, c'est comme faire le tour du monde.

Olja replaça ses mains sur son sac et regarda par la vitre. Elles ne dirent plus rien avant d'arriver à l'église.

Gregorio Savini entra dans le bureau de l'avocat. Maître Guarneri était assis à son bureau, déçu de son fiasco.

— Ça n'a pas marché, je parie.

— En effet.

M. Voronov écarta les bras, impuissant.

— Quel beau concert nous aurions eu. J'étais loin de me douter qu'elle jouait si bien. En plus, vous lui avez proposé une somme folle.

Savini mit les mains dans les poches.

— Il aurait fallu allonger le double au moins.

— Avec elle, ce n'est pas une question d'argent, mais de principe, lança Tancredi qui entra à son tour.

Guarneri le regarda avec franchise.

— Alors, je crois que ce sera plus compliqué que prévu. Elle a compris que vous étiez derrière tout ça.

— Ah bon ? Qu'est-ce qui vous fait penser ça ? demanda Tancredi, surpris.

— Avant de sortir, elle m'a chuchoté : « Dites à votre patron qu'il avait promis de me laisser tranquille. » Cela dit, nous avons déjà réussi à convaincre des gens bien plus coriaces et soupçonneux.

Amusé, Tancredi s'affala dans un fauteuil.

— Parfait. La partie devient de plus en plus intéressante. À nous de trouver une proposition qu'elle ne pourra pas refuser.

— Mais, ça existe ? s'enquit Gregorio Savini, soucieux.

Tancredi se servit un verre d'eau.

— Si oui, c'est vous, mes amis, qui allez la découvrir. Sinon, vous ferez en sorte de l'inventer. Vous êtes payés pour ça.

27

— Ça fait plus de deux ans que je ne les ai pas vus. Ils me manquent.

Sofia acheva de boucler son sac.

Andrea l'observait avec amour, serein.

— Bien sûr. Tu as raison d'y aller. Ça me fait plaisir que tu aies réussi à trouver une remplaçante.

Ekaterina Zacharova avait confirmé sa disponibilité pour les trois jours concernés, au grand soulagement de Sofia. Elle passerait le week-end aussi là-bas et ne rentrerait que le dimanche soir.

— Au revoir, mon cœur. Je t'appelle tout à l'heure.

Elle déposa un petit baiser sur ses lèvres.

Il l'arrêta avant qu'elle ne se détache de lui.

— Encore un. Je n'en ai jamais assez.

Ils s'embrassèrent de nouveau. Andrea retint ses lèvres, comme s'il ne voulait pas la laisser partir, comme s'il suffisait qu'il l'aspire pour la maintenir contre lui. Puis ils se séparèrent.

— Je t'appelle dès que je suis arrivée.

Le taxi attendait déjà devant l'immeuble. Il y eut très peu de circulation sur la route pour l'aéroport et son vol était à l'heure. Elle n'avait rien dit à ses parents, elle les avait appelés quelques jours plus tôt et leur avait posé les questions habituelles.

— Comment allez-vous ? Papa se repose ? Que faites-vous mercredi ?

— On est à la maison.

Eh oui, qu'auraient-ils bien pu faire d'autre ? Ses parents ne sortaient presque jamais et, depuis qu'ils étaient retournés vivre à Ispica, leurs visites, toujours courtes, à Rome s'étaient faites de plus en plus rares, pour finir par cesser complètement.

Son avion atterrit à l'heure. Il y avait peu de taxis à la sortie de l'aéroport de Catane. Sofia attendit patiemment avant d'en apercevoir enfin un. Sur la route pour la maison de ses parents, elle vit défiler par la vitre le paysage qui l'avait accompagnée pendant toutes les vacances lorsqu'elle était enfant. Les montagnes, tout ce vert, les cactus… C'était une terre aux couleurs fortes, la roche des montagnes offrant un contraste frappant avec la mer toute proche. Elle paya le taxi et se dirigea vers le portail, l'ouvrit avec ses clés, mais préféra sonner une fois arrivée devant la porte de la maison.

— Qui est là ? lança une voix derrière la porte.

— Mais tu attendais de la visite, Vincenzo ?

— Non… pourquoi ?

Sofia sourit en entendant la voix de ses parents et leur échange, fidèles à eux-mêmes. Puis il y eut du mouvement derrière la porte, quelqu'un déplaça le cache du judas pour vérifier l'identité du visiteur.

Sofia fit un petit signe de la main, avec le sourire.

— C'est moi… Sofia.

Aussitôt, les cliquetis empressés des serrures résonnèrent et la porte s'ouvrit.

Grazia, sa mère, apparut sur le seuil.

— Quelle belle surprise ! Sofia ! Mais tu ne m'as rien dit ! C'est super !

Elles tombèrent dans les bras l'une de l'autre. Son père, Vincenzo, ne tarda pas à émerger du salon.

— Alors ça, c'est la meilleure !

Ils s'étreignirent à leur tour. Ensuite, ils la tirèrent à l'intérieur et claquèrent la porte.

— Je n'en crois pas mes yeux ! Tu imagines si je t'avais appelée tout à l'heure et si Andrea nous avait appris que tu étais en Sicile ! Adieu la surprise !

— Andrea n'aurait pas trahi ma surprise…

— Ah bon ? Vous vous êtes mis d'accord ?

Sofia regarda ses parents avec tendresse. Ils prenaient de l'âge et la seule chose qui aurait pu leur apporter un peu d'animation était un petit-fils ou une petite-fille.

— Où est Maurizio ?

— Ah, ton frère est toujours en vadrouille. Tu sais, lui et ses ordinateurs… Il a décroché un beau contrat pour la commune de Noto et ces gens-là doivent vraiment être des incapables parce qu'ils l'appellent sans arrêt. Il y a toujours un problème !

Son père lui prit son sac des mains.

— Viens, je t'accompagne dans ta chambre.

— Merci papa, c'est gentil, mais je vais me débrouiller.

— Je n'ai jamais laissé une dame porter ses bagages.

Il emmena sa valise à roulettes légère jusque dans sa chambre et la posa sur une chaise.

— Si tu as besoin de quoi que ce soit, tu cries.

— Attends, attends ! lança sa mère juste avant qu'elle ferme la porte. Tiens, je t'ai apporté ça, dit-elle en déposant des serviettes sur le lit. Je te laisse ranger comme tu veux. On t'attend.

Puis elle sortit et referma la porte, la laissant seule.

Sofia regarda autour d'elle. Toute son adolescence se trouvait dans cette pièce : les peluches, les posters, les photos… Quelques cartes postales envoyées par ses amis au cours de leurs vacances et de belles images de lieux lointains étaient glissées sous la vitre qui protégeait la table.

Sofia se déshabilla et commença par prendre une bonne douche. Puis, elle enfila un survêtement en velours et rejoignit sa mère dans la cuisine. Celle-ci était en train de feuilleter un magazine. Lorsqu'elle vit entrer sa fille, elle le referma et posa les deux mains dessus.

— Comme je suis contente de te voir.

— Moi aussi, maman.

Sofia s'assit en face d'elle.

— Que nous vaut cette surprise ? demanda sa mère avec un air scrutateur. Tout va bien ? Andrea ?

— Tout va bien, maman. J'avais envie de passer un peu de temps avec vous.

— Ça fait si longtemps qu'on ne s'est plus vus.

— Oui, un an au moins.

— Deux, ma fille, ça fait deux ans.

— Vraiment ? C'est fou ce que le temps passe vite.

Sa mère jeta un coup d'œil à la porte. On entendait la télévision allumée dans le salon. Estimant qu'elles avaient besoin d'un peu de tranquillité, elle se leva et ferma la porte de la cuisine, puis revint s'asseoir en souriant.

— Comme ça, nous pouvons papoter un peu entre filles.

Elle lui prit les mains et les frictionna entre les siennes pour manifester sa joie.

— Tu es sûre, alors, il n'y a aucun problème ? s'inquiéta-t-elle, tout à coup sérieuse.

Sofia fit non de la tête.

— Tu me le dirais, sinon ?

— Oui, je crois.

Grazia connaissait sa fille. Quand elle affirmait quelque chose, c'est que c'était vrai. Alors, rassurée, elle put laisser libre cours à sa joie.

— Je suis si heureuse. Je t'assure que c'est sincère.

Sofia sourit.

— Et toi, maman, comment vas-tu ?

— Bien. Quelques douleurs par-ci par-là, mais c'est normal, ta vieille mère a soixante-cinq ans, tu n'as pas oublié ?

— Et avec papa, vous vous disputez encore beaucoup ?

— Plutôt pas mal.

Elle marqua une pause.

— Tu sais, une fois, j'ai bien failli le quitter pour de bon.

Sofia garda le silence. Non, ça, elle ne lui avait jamais dit et elle ne s'y attendait pas.

— Je ne sais même pas si ça vaut la peine de le raconter, poursuivit Grazia.

— C'est toi qui décides, maman.

— Tu m'énerves quand tu fais ça.

— Mais tu viens de dire que ça ne valait peut-être pas la peine…

— Mais c'est une façon de parler ! Bon, je vais te le raconter quand même.

Elle rassembla ses idées, puis commença son récit.

— C'était un bel homme, grand, avec des yeux sombres et un parfum magnétique…

Sofia tressaillit. Était-ce une blague ? Grazia remarqua sa stupeur.

— Magnétique, dans le sens très agréable, attirant. Tu es une femme, tu me comprends.

Sofia n'en croyait toujours pas ses oreilles. *Ma mère a soixante-cinq ans, mon père soixante-seize et elle me parle d'un homme au parfum magnétique ? La vie réserve bien des surprises.*

— Tu l'as déjà rencontré, lui apprit Grazia en souriant.

Sofia fut encore plus stupéfaite.

— Ah bon ?

— Oui, et je suis certaine qu'il t'a plu aussi.

— Oh, tu sais, je ne me le rappelle pas. Mais tu es bien sûre ? C'était à Rome ou ici ?

— Ici, en Sicile, pendant l'été. Tu avais quatre ans !

Sofia soupira.

— Ah… mais, c'était il y a plus de vingt ans ! Tu m'étonnes que je n'en aie pas souvenir, à cet âge.

— Nous étions au parc et il est arrivé alors que je jouais avec toi et ton frère. Il t'a prise dans ses bras. Et toi qui en général donnais des coups de pied, qui détestais te retrouver dans les bras des inconnus, cette fois-là au contraire, tu es restée bien sage. Tu t'es mise à rire, tu faisais la coquine. Je me le rappelle comme si c'était hier.

Grazia soupira tandis qu'elle remontait le temps, se souvenait d'autres épisodes, d'un coup de téléphone, de paroles échangées, peut-être d'un moment d'intimité secrète. Puis elle revint à sa fille.

— Tu ne te le rappelles vraiment pas ? Il s'appelait Alfredo et il t'a offert une poupée avec une robe rouge.

Sofia voyait très bien la poupée. Elle l'avait baptisée Fiore, comme l'une de ses petites copines d'école de l'époque, qu'elle avait perdue de vue par la suite. La poupée, en revanche, était toujours dans sa chambre.

— J'étais folle de lui, continua Grazia. Il incarnait la passion, le rêve, l'évasion… Dès que je restais sans nouvelles pendant quelques jours, je devenais nerveuse, je me mettais en colère, je pleurais. Il représentait tout ce que votre père ne m'avait jamais donné.

Elle s'interrompit pour laisser le temps à Sofia de digérer ce lourd secret, cette confession, après tant de temps.

— Pourquoi n'as-tu pas quitté papa ?

Grazia aurait voulu répondre : « Pour toi, pour ton frère Maurizio, parce que j'étais mariée, parce que ce n'était qu'une aventure sans lendemain », mais elle décida de dire la vérité.

— Je l'ai fait. Un matin, j'ai préparé ma valise. Vous étiez chez votre tante, ton père était en déplacement à Rome. J'avais trente-neuf ans, je n'avais pas besoin de grand-chose ; de l'amour, c'était tout ce qu'il me fallait. Je l'ai rejoint dans le parc. Nous nous étions donné rendez-vous dans le petit bois, juste derrière l'aire de jeu, là où nous avions l'habitude de nous retrouver.

Grazia revécut la scène comme si elle y était.

— Mon amour…

Elle courut à sa rencontre, laissa tomber sa valise à ses pieds et le serra de toutes ses forces contre elle. Ils commencèrent à s'embrasser sans retenue, sans pudeur, et aussitôt la passion se déchaîna. Elle portait une jupe légère, ses jambes bronzées embaumaient, elle venait de mettre de la crème. Ils s'assirent sur le premier banc qu'ils trouvèrent sans penser à rien. Ses mains avides glissèrent sous sa jupe, caressèrent ses jambes, saisirent ses cuisses avec poigne.

Elle se démena avec sa ceinture, parvint à l'ouvrir au bout de plusieurs tentatives et, comme par magie, tout devint plus facile. Ils étaient comme envoûtés, dévorés par le désir. Les souffles volés, le bruit lointain des cigales, leurs soupirs de plus en plus intenses, jusqu'au cri de jouissance, puis sa main pressée sur sa bouche. Et enfin, ce regard. Ils éclatèrent de rire devant la perfection de ce moment. Ils restèrent comme ça pendant un moment, l'un sur l'autre, sur ce banc, repus, satisfaits, transpirants d'amour.

Alors seulement, il sembla remarquer sa valise.

Elle suivit son regard.

— Je viens avec toi…

Il s'écarta d'elle, sourit, la serra encore contre lui.

— C'est impossible.

— Pourquoi ? Je ne veux pas attendre que tu rentres dans dix jours.

Il la lâcha en poussant un soupir.

— Je suis marié, déclara-t-il en la regardant droit dans les yeux.

Elle resta interdite. Pourquoi ne lui avait-il jamais rien avoué ? Et maintenant, quoi ? Au fond, ce n'était pas si grave. Alors elle finit par sourire.

— Moi aussi. Qu'est-ce que ça change ?

Alfredo se redressa, l'aida à se rasseoir, puis releva son pantalon, ferma sa braguette et reboucla sa ceinture. Alors seulement, il croisa de nouveau son regard.

— Oui, mais moi, je l'aime.

Le cœur de Grazia s'arrêta. Aussitôt, les larmes lui montèrent aux yeux. Elle se leva brusquement, chercha sa culotte, sans la trouver. Puis elle l'aperçut. Elle était tombée à terre, dans la poussière. Elle la ramassa, la secoua et la rangea dans son sac. Ensuite, elle alla récupérer sa valise et s'en alla. Les joues baignées de larmes, elle fut incapable de se retourner. Pourtant, elle aurait tant voulu qu'il la retienne ; à chaque pas, elle avait espéré qu'il l'appellerait. « Grazia ! » aurait-elle voulu l'entendre crier. « Ce n'est pas vrai, c'est toi que j'aime ! » Ou bien : « Grazia, toi aussi, je t'aime… » Quelque chose au moins, même si, au fond, ça aurait été pire. Mais Alfredo ne dit plus rien. Lorsqu'elle parvint enfin à jeter un dernier regard en arrière, il n'y avait plus personne sur le banc.

— Pourquoi me racontes-tu ça ?

Grazia poussa un long soupir, coinça une mèche rebelle derrière son oreille.

— Je ne sais pas.

Cependant, son regard semblait plus serein. Comme si, en confessant sa trahison, elle s'était soulagée d'un poids.

— J'avais besoin de me confier à quelqu'un.

Sofia se leva, prit de l'eau dans le frigo et se servit un verre.

— Tu as soif, maman ?

— Non, merci. Ne bois pas trop vite, elle est froide.

Sofia n'écouta pas son conseil. Elle s'apprêtait à sortir de la cuisine lorsque sa mère la retint.

— Je n'ai plus jamais entendu parler de lui et je n'ai jamais cherché à le revoir.

Sofia sourit.

— Tu as bien fait. Il était marié.

Elle regagna sa chambre et se plongea dans un livre pour se changer les idées.

Plus tard, elle entendit son frère rentrer et courut à sa rencontre.

— Alors là, j'y crois pas ! Sofia !

Ils se serrèrent dans les bras avec affection et s'embrassèrent.

— Maurizio ! Tu as l'air en forme, dis-moi !

— Pourtant, je dois commencer à loucher à force de passer des heures devant les écrans.

— Ils ont quand même un sérieux problème dans cette ville…, fit remarquer leur père, perplexe.

— Comment ça ?

— Eh bien, personne n'est fichu de se servir d'un ordinateur !

Grazia passa devant eux.

— Mais tant mieux, c'est une aubaine pour lui. Allez, à table !

Le dîner, composé de spécialités siciliennes, fut succulent. Pâtes *alla Norma*, *sarde a beccafico*, tourteaux, et une *cassata* fraîche achetée chez le pâtissier du coin.

— Vous allez me faire grossir !

— Non, non, ce n'est qu'un rappel de notre délicieuse cuisine. Comme ça, tu reviendras peut-être plus souvent ! la taquina son père.

Son frère hocha la tête.

— C'est vrai, tu devrais revenir plus souvent, parce qu'on ne mange jamais aussi bien.

Pas de réaction de la part de Grazia. Elle observait sa fille en silence. Sofia la repéra. Sa mère lui sourit. Elle baissa les yeux et continua à manger. Peut-être voulait-elle lui faire digérer le récit de sa trahison. Une fois le repas terminé, tout le monde débarrassa. Ensuite, Maurizio sortit faire une partie de billard et Grazia téléphona à une amie. Cette fois, ce fut Sofia qui ferma la porte de la cuisine, sur le conseil de son père.

— Ça vaut mieux, sinon elle va nous rendre dingue… Tu sais qu'elle est capable de parler pendant une heure d'affilée sans laisser l'occasion à celle qui est au bout du fil d'ouvrir la bouche ? Elle a fait ça avec toi aussi, non ?

— Quand ?

— Cet après-midi. J'ai remarqué que vous vous étiez enfermées dans la cuisine.

— Oui… Mais je ne me suis pas laissé faire !

— Bravo. Ça, c'est ma fille.

— Et toi, comment vas-tu, papa ?

— Oh, tu sais…, répondit-il avec un petit soupir. Mon boulot me manque un peu…

Il commença à lui parler de son quotidien de retraité, des rendez-vous sur la place avec les anciens, de ceux qui, malheureusement, avaient disparu, de ceux qui étaient devenus grands-parents. Sofia ne l'écoutait que d'une oreille, même si elle s'efforçait de paraitre attentive. En réalité, elle revivait le récit de sa mère et souffrait de voir son père trompé ne se douter de rien. Quelle vie aurait-il menée si cet autre homme avait dit à sa femme : « Oui, viens avec moi » ?

— Dis, tu m'écoutes ?

— Bien sûr, papa…

Alors Sofia lui prêta un peu plus attention.

— S'il n'y avait pas ta mère… Parce qu'en fin de compte, c'est elle qui m'oblige à participer aux fêtes organisées par les bénévoles du comité touristique de la ville.

Elle a au moins ce mérite, songea Sofia.

— Lundi prochain, par exemple, il y a un dîner sur la place. Ça me fait plaisir d'y accompagner ta mère, on va s'amuser, même si on est obligés de faire des dons et que donner trop peu est très mal vu.

— Ah oui, je comprends…

Elle continua à l'écouter, mais son esprit partit de nouveau à la dérive. Elle pensa à Stefano, aux points communs entre son père et lui. Les années passent, de nouvelles générations voient le jour, mais, hélas, certaines choses ne changent pas.

— Je vais me coucher, papa.

Elle passa saluer sa mère aussi, puis s'enferma dans sa chambre et passa un coup de fil à Andrea avant de s'endormir sans plus réfléchir. Aucun rêve ne troubla sa nuit, ou du moins elle n'en garda aucun souvenir le lendemain matin.

Les jours suivants s'écoulèrent dans un esprit de détente totale, avec quelques virées à la plage et un saut au marché où elle dégusta les immanquables *cazzilli*. Depuis toute petite, elle était incapable de résister à la tentation de ces croquettes de pommes de terre. D'ailleurs, elle avait souvent dû se mettre au régime à cause de cette spécialité.

L'après-midi de la veille de son départ, elle croisa un homme.

— Sofia Valentini !

Elle fit volte-face, surprise de se faire ainsi héler.

— Incroyable ! Je n'en reviens pas ! Que fais-tu ici ? C'est trop beau pour être vrai ! C'est bien toi, n'est-ce pas ?

Sofia éclata de rire.

— Oui, oui, c'est bien moi… Par contre, ne le prends pas mal, mais je ne me souviens plus vraiment de toi.

Le jeune homme se prit la tête dans les mains de façon théâtrale.

— Non ! Ce n'est pas possible !

Il enchaîna sans lui laisser le temps de réagir.

— Salvatore Catuzzo !

— Non ! Tu te moques de moi ?! Salvatore !

Sofia le serra brièvement dans ses bras et ils se firent la bise.

— Ça fait combien de temps ?

— Une éternité !

Sofia l'étudia avec plus d'attention. Salvatore, son rêve de gamine, bien avant Giovanni. Elle avait été follement amoureuse de lui ; il avait été son premier baiser. Tout lui revenait à présent. Un jour des vacances d'hiver, vers 17 heures, Salvatore l'avait emmenée sur la falaise dite de l'éléphant. C'était un jour de tempête et il faisait froid. Le *maestrale*, ce vent du nord-est, était piquant. Lui n'avait rien voulu entendre et ils avaient atteint le sommet de la falaise à vélo.

— Viens, mettons-nous ici !

— Mais c'est dangereux, la mer est trop grosse.

— N'importe quoi, Sofia ! Tu exagères toujours.

Pourtant, les vagues étaient si violentes que des éclaboussures d'eau de mer leur parvenaient jusque là-haut.

— Sofia, tu me plais.

— Toi aussi.

Elle n'avait pas trouvé leur déclaration grandiose. Dans les films, le baiser était toujours accompagné de déclarations enflammées, poétiques, qui la laissaient rêveuse. Toutefois, Salvatore lui plaisait beaucoup, alors elle avait fermé les yeux, comme le lui avaient conseillé ses amies, et lorsque leurs lèvres étaient entrées en contact, elle avait ouvert la bouche, toujours sur le conseil de ses amies. Mais lorsque Salvatore avait introduit sa langue au fond de sa gorge, elle avait déchanté, et pas qu'un peu. Jamais elle n'aurait imaginé que ce soit si long, et ça, ses amies avaient oublié de lui dire. Tandis qu'elle tâchait de survivre à cet étrange méli-mélo de langues, une énorme vague avait frappé les rochers et ils avaient été trempés.

— Quelle histoire, tu te rappelles ?

— Oui, comment pourrais-je oublier ?

Ce baiser avait été le premier et le dernier. Aujourd'hui, Salvatore n'avait plus rien en commun avec le jeune garçon de ses souvenirs. Il avait beaucoup grossi ; il arborait désormais un ventre proéminent et son crâne était complètement dégarni.

— Salvatore, tu viens ? Il faut qu'on rentre.

Un peu plus loin dans la rue, une jeune femme blonde du même gabarit que lui l'attendait, le regard insistant. Elle tenait un petit garçon et une petite fille par la main.

— J'arrive ! Mais, et elle, tu te souviens d'elle ?

Sofia regarda un peu mieux la jeune femme.

— Non…

— Mais enfin ! Tu as tout oublié ! C'est Gabriella Filoni ! Je l'ai épousée et nous avons deux enfants.

— Ah oui ! Maintenant, je me rappelle ! Félicitations, je suis très heureuse pour vous.

Le silence retomba.

— Bon, eh bien, je file. Gabriella m'attend. Tu restes longtemps dans le coin ?

— Non, je repars demain. Ça m'a fait plaisir de te revoir.

— Moi aussi.

Il rejoignit sa femme et prit le petit garçon par la main, puis dans ses bras. Ils se dirigèrent vers leur voiture en discutant. Gabriella se tourna vers Sofia et la dévisagea de nouveau. Ils étaient sûrement en train de parler d'elle. *Ne t'inquiète pas, je ne l'embrasserai plus, sois tranquille*, songea Sofia en pouffant. Puis elle rentra chez ses parents.

Le lendemain, alors qu'elle était sur le point de repartir, son père s'approcha d'elle.

— Tu ne veux pas que je t'emmène à l'aéroport ? Je t'assure que c'est avec plaisir.

— Papa, il est trop tard, et après, tu devras rentrer tout seul. J'ai déjà appelé un taxi.

— Comme tu veux, mais tu me promets de revenir bientôt ?

— Je te le promets.

Ils s'embrassèrent.

Elle alla dire au revoir à Maurizio qui était en train de réparer l'ordinateur de la maison.

— Celui-ci aussi est en panne, petite sœur. C'ést une véritable épidémie.

Sa mère, Grazia, l'accompagna jusque dans la rue. Elle avait tellement insisté que Sofia avait cédé. Toujours aucune trace du taxi devant le portail, alors elles attendirent en silence. Sofia croisa les doigts pour qu'il se dépêche d'arriver.

— Tu aurais préféré que je ne te le raconte pas ? finit par demander Grazia.

— Je ne sais pas. C'est possible. Oui, je crois que j'aurais préféré ne rien savoir.

— Si je te le raconte maintenant, c'est peut-être qu'il y a une raison.

Sofia la dévisagea.

— J'en doute, maman. La seule chose qui m'échappe, c'est pourquoi tu as fait ça. Ça ne t'a pas rendue heureuse et ça n'a servi à rien.

— Ce sont des choses qui arrivent.

— Oui, mais on peut aussi faire en sorte qu'elles n'arrivent pas. Hier, je regardais la télévision avec papa et, pour la première fois de ma vie, je ne savais pas quoi dire. Je n'avais qu'une envie : m'en aller…

— Je suis désolée, mais si je n'avais pas été au parc avec ma valise ce matin-là, j'aurais eu des regrets pour le restant de mes jours. Alors que, comme ça, j'ai pu poursuivre ma vie en paix.

Le taxi arriva enfin, sauvant Sofia de ce moment gênant.

— Au revoir, maman. À bientôt.

Elle l'embrassa.

— Oui. En tout cas, vis ta vie à fond. Tu sais, les comptes, on les fait seul et à la fin.

Sofia aurait eu tant de choses à répliquer, mais elle préféra se taire. Le taxi se mit en route.

Grazia rentra et alla ranger la chambre de Sofia. Sous le bureau, dans la poubelle, elle trouva la poupée Fiore et sa petite robe rouge.

28

La voiture dépassa l'église Gran Madre di Dio et s'arrêta un peu plus loin, devant le parc du Valentin. Gregorio Savini se tourna vers lui.

— La voilà, c'est elle.

Il désigna une femme vêtue d'un pantalon ample à rayures. Grande, cheveux châtains légèrement éclaircis, grandes boucles d'oreille. Elle aidait un enfant à rouler en tricycle en souriant.

— Allez, Nicolò, là, tu freines. Tu dois pousser en avant…

L'enfant réessaya, mais chaque fois qu'il mettait les pieds sur les pédales, ceux-ci glissaient et finissaient à terre. Les mains posées sur ses épaules, sa mère était prête à le guider en avant.

— C'est bon, tu vois bien que c'est un incapable !

Une jolie petite fille aux cheveux blonds venait de les rejoindre, les mains sur les hanches, arrogante.

— Greta, ne dis pas ça. Toi non plus, tu n'y arrivais pas quand tu étais petite. Laisse un peu de temps à ton petit frère !

— Mais il est trop nul, maman.

— Stop.

— Mais c'est la vérité !

La mine concentrée, Nicolò remit les deux pieds sur les pédales et poussa de toutes ses forces. Cette fois, le tricycle s'élança à toute vitesse. Sa mère tenta de rester à sa hauteur.

— Doucement… Va doucement !

Mais Nicolò accéléra encore, continuant à activer ses petites jambes avec détermination. Il fonçait tout droit. Mère et fille se mirent à courir derrière lui. Greta s'esclaffait. Pour finir, Nicolò perdit le contrôle et se retrouva dans la pelouse ; l'une des roues arrière heurta les racines d'un arbre et le tricycle se renversa. Nicolò atterrit à plat ventre, les mains en avant, le menton sur le sol.

— Nicolò ! s'écria sa mère.

Elle se précipita vers lui tandis que le petit éclatait en sanglots.

— Qu'est-ce que je disais, il est nul, railla Greta en les rejoignant.

La mère aida son fils à se relever et vérifia qu'il n'était pas blessé. Il avait le genou droit légèrement écorché.

— Mon trésor, tout va bien…

Le petit renifla. Sa mère passa une main dans ses cheveux sombres et lui caressa la joue tandis qu'il se frottait l'œil droit avec son petit poing fermé. Il ne pleurait plus.

Tancredi remonta sa vitre et fit signe à Gregorio de lui lire le dossier.

— Olimpia Diamante a deux enfants. Greta, six ans, et Nicolò, quatre ans. Son mari la trompe depuis un an et demi. Elle l'a découvert il y a sept mois. Ils ont eu une violente altercation au cours de laquelle elle lui a ordonné de partir. Il a tout fait pour rester et au final, il a réussi. Il lui a promis de ne plus jamais revoir sa maîtresse, mais au bout de trois jours, il retournait déjà chez elle. La fille en question a vingt-quatre ans, elle est secrétaire dans son entreprise. Elle s'appelle Samantha avec un « h » et est en couple avec un type originaire de Naples, Gennaro Paesanielli. C'est un ancien sorteur de boîte de nuit, il a dû déménager à Turin après une bagarre qui a dégénéré et au cours de laquelle un criminel bien connu a été blessé. Il a rencontré cette Samantha et ils ont une relation très houleuse depuis deux ans.

Gregorio Savini releva la tête de ses notes.

— Le mari d'Olimpia s'appelle Francesco D'Onofrio. Il était dans ton école, au collège Sacra Famiglia.

Tancredi continuait à observer la jeune femme par la vitre.

— Oui, je me le rappelle. Continue.

— La semaine dernière, Olimpia a découvert que la relation entre Samantha et son mari n'était pas terminée. Ils ont de nouveau eu une violente dispute au cours de laquelle elle s'est blessée avec un tesson de verre cassé. Elle a dû se faire recoudre la main gauche…

En effet, en y regardant de plus près, Tancredi remarqua le bandage qui dépassait de la veste d'Olimpia.

Elle avait redressé le tricycle et aidait son fils à remonter en selle. Savini poursuivit sa lecture.

— Elle s'est rendue dans le cabinet Levrini, spécialiste des séparations et des divorces. Là, elle a consulté maître Alessandro Vinelli qui lui a expliqué toutes les procédures qui l'attendaient et le temps qu'il faudrait pour divorcer. Pour l'instant, elle n'a pas encore pris de décision.

Savini referma le dossier.

— Ensuite, j'ai recueilli pas mal de détails sur les dépenses du ménage, les vacances qu'ils ont faites, les autres biens immobiliers qu'ils possèdent, sans oublier les escapades et les hôtels où le mari a emmené Samantha au cours de l'année qui vient de s'écouler.

Il lui tendit une enveloppe.

— J'ai quelques photos de lui avec sa maîtresse.

Tancredi l'ouvrit et observa les clichés. Samantha était un joli brin de fille, toujours habillée de façon flashy, talons hauts, jupes très courtes, tops à imprimé léopard ou très colorés, décolleté provocant, cheveux attachés avec des pinces de pacotille. Il trouva quelques photos de baisers volés dans un parc, dans une voiture… Sur d'autres, on les voyait entrer dans un hôtel, mais aussi se déshabiller, par la fenêtre. D'autres prises de vue étaient encore plus indécentes. Tancredi rangea le tout dans l'enveloppe et rendit celle-ci à Gregorio qui garda le silence.

À présent, Olimpia riait avec ses enfants. Ils étaient tous les trois montés sur un petit carrousel et elle s'efforçait de faire tourner le grand volant central. L'engin se mit en branle et prit petit à petit de la vitesse. Elle s'amusait avec ses enfants, la tête rejetée en arrière, et peut-être avait-elle un peu le tournis, mais au fond d'elle, il était évident qu'elle n'était pas heureuse. Son rire et son regard étaient voilés par la tristesse. Pourtant, il fut une époque où elle était bien différente.

— Ne me regarde pas, j'ai trop honte.

Olimpia couvrait sa poitrine, les bras croisés, à moitié cachée derrière la porte. Tancredi était en train de remplir la baignoire ; l'eau était trop chaude et il s'évertuait à trouver la bonne température.

Il se tourna vers elle avec un grand sourire.

— Comment ça, tu as honte ? Après tout ce qu'on a fait !

Olimpia lui donna une petite tape dans le dos.

— Idiot ! Quel est le rapport ? Ça n'a rien à voir.

Tancredi feignit de ressentir une douleur atroce.

— Aïe ! Tu m'as fait mal !

— C'est ça, comme si j'allais te croire… Bon, c'est bientôt prêt ?

Elle plongea une main dans l'eau.

— Allez, c'est parfait comme ça. Viens dans l'eau…

Olimpia s'installa délicatement dans la baignoire. Tancredi ferma le robinet et resta debout devant elle, complètement nu. Malicieuse, Olimpia leva une jambe et se mit à caresser la cuisse de Tancredi. Elle avait un peu de mousse sur le genou. Petit à petit, son pied remonta et elle sourit.

— Mmm, je te fais de l'effet.

— T'as pas idée.

Tancredi était très excité. Le pied d'Olimpia refusait de s'arrêter. Soudain, elle effleura son érection. N'y tenant plus, Tancredi la rejoignit dans la baignoire ; il s'installa à genoux et lui écarta les jambes.

— Hé ! Doucement…

— C'est ça, comme si j'allais te croire…, la taquina Tancredi.

— Tu dois me croire, je me suis cognée contre le robinet.

Ils éclatèrent de rire tandis qu'il cherchait tant bien que mal des appuis pour pouvoir s'allonger sur elle. Il finit par y parvenir et, avec une infinie douceur, appuya le bassin pour la pénétrer.

— Voilà, comme ça.

Olimpia s'agrippa à ses épaules et le serra avec force. Toute mouillée, le visage enfoui dans son cou, elle se mordit les lèvres tandis qu'il la prenait tendrement.

Soudain, Tancredi releva la tête.

— Au fait, à quelle heure rentrent tes parents ?

— Plus tard.

— Tu es sûre ?

— Oui, c'est ce qu'ils ont dit… Allez, ne t'arrête pas.

Tancredi n'y pensa plus et ils continuèrent à s'aimer dans cette baignoire, à vivre leur passion dans l'eau chaude et la mousse.

Tout à coup, un Klaxon retentit.

Olimpia se raidit.

— Oh mon Dieu !

Elle se redressa brusquement alors qu'il continuait à bouger en elle.

— Stop.

Elle tendit l'oreille, à l'affût du moindre bruit. Elle repéra celui d'un volet qui se met en branle.

— C'est notre garage ! Mes parents sont là ! Ils sont déjà rentrés.

— Quoi ?!

— Je te jure. Allez, bouge !

Ils sortirent de la baignoire en quatrième vitesse. Tancredi glissa.

— Allez, remue-toi ! Qu'est-ce que tu fiches !

— Mais je suis tombé !

Il se releva, les membres endoloris. Tout son désir s'était volatilisé. Ils foncèrent dans la chambre d'Olimpia et s'habillèrent en un éclair. Encore mouillé, Tancredi se débattit avec ses chaussettes, puis renonça, il enfila son boxer, son pantalon, sa chemise et enfin ses chaussures. Il roula ses chaussettes en boule et les fourra dans sa poche.

— Tu en mets du temps ! Active-toi un peu, ils sont en train de monter.

Ils coururent dans le salon et allumèrent la télévision pile au moment où les parents d'Olimpia entraient dans la maison.

— Olimpia, tu es là ? C'est toi ?

— Oui, maman, on est au salon.

Tancredi se leva lorsque les parents arrivèrent.

— Bonsoir…

— Ah, salut Tancredi.

— Bonsoir, madame.

Giorgio, le père d'Olimpia, sourit.

— Mais, tu ne regardes pas le match ?

— Si, on allait justement changer de chaîne, s'excusa Tancredi. De toute façon, je dois rentrer chez moi. Je dois me préparer pour la soirée de tout à l'heure.

— Ah oui, c'est vrai. Les dix-huit ans de votre copine Guendalina.

Le père d'Olimpia consulta sa montre.

— Tu ferais mieux de te dépêcher.

— Oui, d'ailleurs j'y vais. Au revoir, madame. Bonne soirée.

Tancredi se dirigea vers la porte, mais au moment de prendre la clé de sa voiture dans sa poche, il fit tomber l'une de ses chaussettes. Olimpia plongea et la rattrapa au vol, devançant son père.

— Tiens, ton mouchoir… Je te raccompagne.

Ils se dirigèrent vers la cuisine.

Giorgio échangea un regard avec sa femme.

— C'était vraiment un mouchoir ?

— Oui, nous n'avons qu'à faire semblant que oui, tout comme nous ferons semblant de croire qu'ils regardaient la télé.

Tancredi et Olimpia s'embrassèrent sur le pas de la porte.

— Ton père allait ramasser ma chaussette, quelle gêne !

— Eh oui… Et comme d'habitude, je t'ai sauvé… Je me demande bien ce que tu ferais sans moi !

Sur ce, elle le poussa dehors.

Tancredi se tourna vers elle.

— À ton avis, ils ont capté ?

— N'importe quoi… Ils gobent tout ce que je leur raconte.

Tancredi sourit.

— O.K. Alors à tout à l'heure. Tu n'oublieras pas de vider la baignoire…

— Oui, à toute ! Ne sois pas trop en retard.

— Non, non.

Il se tourna une dernière fois et sourit.

— Est-ce qu'on pourra reprendre la conversation là où on l'a laissée ? Je trouvais ça passionnant. Il doit bien y avoir une baignoire chez Guendalina, non ?

— Ouste !

Et elle claqua la porte.

Tancredi se précipita chez lui avec sa Porsche. Il se déshabilla, fonça sous la douche, se sécha en un éclair, enfila un costume sombre, une chemise blanche, des chaussettes noires. Il ne put s'empêcher de sourire en mettant ces dernières. Il laça ses Church's dernier modèle et sortit de sa chambre. Il dévalait les marches lorsqu'il la croisa. Il s'arrêta net.

— Salut.

Claudine était immobile dans l'escalier, debout, appuyée contre le mur, dans la pénombre.

— Ah, tu es là… Je croyais que tu dormais.

— Je t'ai entendu rentrer.

— Zut, je t'ai réveillée ? Excuse-moi.

— Je ne dormais pas.

— Tant mieux alors, petite sœur.

Il l'embrassa sur la joue et s'apprêtait à s'enfuir lorsqu'elle l'arrêta.

— Je dois te parler.

— Je suis hyper en retard. Ça ne peut pas attendre demain ?

— Non.

Elle baissa la tête.

— Maintenant, ajouta-t-elle.

Alors Tancredi la raisonna calmement, finit par lui arracher un sourire et la convaincre de reporter cette conversation au lendemain. Il sortit en courant, bondit dans sa Porsche, démarra, contourna la pergola en faisant voler le gravier et sortit de la propriété en trombe.

Il referma le dossier Olimpia avec un long soupir. Ce soir-là, ils s'étaient éclatés à la soirée de Guendalina, ils avaient déniché une salle de bains et avaient fait l'amour. Pas dans la baignoire, mais à terre, sur un tapis. Un moment merveilleux. Il observa de nouveau Olimpia, son sourire, ses enfants. Elle avait épousé Francesco D'Onofrio, le garçon auquel il avait proposé sa sœur Claudine par un bel après-midi d'été, au bord de la piscine. Celle-ci ne l'avait pas trouvé à son goût. La vie est un grand puzzle auquel il manque toujours une pièce.

Cette réflexion lui rappela un puzzle très compliqué qu'il avait fait avec son père, Vittorio, un soir. Une reproduction de la Mona Lisa. Ils avaient mis plus de trois heures à l'assembler et, alors qu'ils avaient presque terminé, ils s'étaient aperçus qu'il manquait la dernière pièce, celle qui complétait le célèbre sourire mystérieux de la Joconde. Ils l'avaient cherchée partout. Pourtant, ils avaient déballé et ouvert la boîte dans le salon et n'avaient pas bougé de là. Au bout d'un moment, ils s'étaient résignés ; cette œuvre resterait incomplète à jamais, il lui manquerait toujours un morceau. Cependant, Tancredi avait remarqué que Buck, leur golden retriever, remuait la queue dans un coin du salon. Il s'en était approché et…

— Je tiens le coupable !

La pièce manquante était là, dans sa gueule. Il la lui confisqua sans difficulté et, bien qu'elle soit mouillée et un peu mâchouillée, parvint à la mettre à sa place, à compléter le sourire de Mona Lisa.

Hélas, il existe des morceaux de puzzle perdus que l'on ne retrouvera jamais.

Après ce soir-là, il n'avait plus revu Olimpia, il n'avait plus jamais répondu à ses appels. Aujourd'hui, vingt ans plus tard, il avait eu envie de la revoir. Elle n'était pas heureuse. Exactement comme lui depuis cette funeste soirée.

— Démarre, Gregorio.

La voiture repartit et ne tarda pas à se perdre dans la circulation de Turin.

Savini jeta un coup d'œil dans le rétroviseur. Plongé dans un mutisme complet, Tancredi avait le regard perdu dans le paysage, revivant Dieu sait quel souvenir. Il décida que le moment était bien choisi pour lui annoncer.

— J'ai peut-être trouvé une solution.

29

— As-tu idée de toutes les belles choses qu'il y a dans la vie ?

— Beaucoup, mais ce n'est pas une raison pour toutes se les permettre.

Lavinia la dévisagea en silence.

— Tu ne parviens toujours pas à accepter mon point de vue, hein ? continua Sofia avec le sourire.

Comment l'aider à comprendre ?

— Regarde, mon rapport à la musique, par exemple. J'adorais jouer du piano, ça reste ma passion et j'adore toujours ça. Pourtant, j'ai arrêté. Parfois, quand je me retrouve seule et que le dernier élève est parti, tu crois que l'envie ne me prend jamais de poser les mains sur le clavier ?

Elle marqua une courte pause.

— Pourtant, je résiste, malgré mon amour incommensurable pour Bach, Mozart, Chopin, Rach'… Aucun d'entre eux ne me convaincra de trahir la personne qui compte plus que tout pour moi.

— Andrea ? suggéra Lavinia, pensant avoir compris.

— Non, moi-même. Et ma promesse. Cette douleur, ce manque ne m'empêchent pas d'aimer la musique… au contraire. Je crois que mon amour pour elle s'est encore renforcé. Je prie tous les jours pour pouvoir recommencer à jouer…

Lavinia poussa un long, très long soupir.

— Écoute, Sofia, j'abandonne. Je ne te comprends pas. Si quelque chose me plait à ce point, si je l'aime, comme tu dis, alors pourquoi me l'interdire ? Ça n'a pas de sens, c'est comme renoncer à vivre.

Sofia secoua la tête, dépitée. Elle n'avait pas réussi à la convaincre. *Tout le monde a sa propre sensibilité. Après tout, moi non plus, je ne comprends pas le plaisir qu'elle éprouve dans cette relation extraconjugale. Je ne comprends pas son besoin de liberté, si grand qu'il la pousse carrément à piétiner le vœu qu'elle a prononcé le jour de son mariage…*

Cette fois, ce fut Lavinia qui lui sourit.

— J'ai une autre hypothèse, déclara-t-elle en haussant les épaules. Si ça se trouve, la musique ne te passionnait pas tant que ça. Sinon, pour rien au monde, et encore moins une promesse, tu n'aurais fait une croix dessus. Regarde, moi, il y a des années que je ne m'étais plus sentie aussi vivante. C'est quand je suis chez moi, au contraire, que j'ai l'impression de me trahir, d'être morte, éteinte. Voilà ! Quand on est amoureux, on est amoureux point barre. Inutile de se prendre la tête pendant des siècles. D'ailleurs, je vais te dire une chose qui va peut-être te paraitre absurde : je suis si heureuse que j'ai presque envie de le crier sur tous les toits, y compris à Stefano. Je te le jure ! Tu n'imagines pas le nombre de fois où j'ai failli tout lui avouer…

— Pourtant, tu ne l'as pas fait. T'es-tu demandé pourquoi ?

— Oui, j'y pense souvent. Parce qu'il risquerait de mal le prendre, sans doute… Il ne comprendrait pas. Parfois, je laisse trainer mon téléphone sur la table et je change de pièce. Je l'abandonne exprès sous ses yeux parce que je voudrais qu'il lise les messages et comprenne ce que je vis.

— Mais, Lavinia, parles-en avec lui, va au bout de la démarche, un peu de courage ! Pourquoi tout miser sur un téléphone… ?

Sofia se rappela ce que lui avait raconté Andrea. Stefano avait déjà lu ces messages. Il avait tout découvert. Il avait déjà eu le cœur déchiré par ces mots, ces descriptions, ce désir affamé de jeunes amants insouciants et distraits.

— Et s'il les avait déjà lus ?

— Tu crois qu'il ferait semblant de rien, qu'il ne me dirait rien ? Tu crois qu'il ne serait pas entré dans une rage folle ? Si c'est le cas, alors il ne m'aime pas.

— Et si, au contraire, c'était la preuve de son amour pour toi ? Peut-être qu'il n'ose pas t'en parler parce qu'il a peur de te perdre…

— Tu te compliques vraiment trop la vie. Si j'aime quelqu'un et découvre qu'il me trompe, je pique une crise, c'est tout.

— Nous n'avons pas tous la même façon d'aimer. L'amour de Stefano est peut-être bien plus grand qu'on ne l'imagine. Il se dit peut-être que c'est juste une aventure sans importance et que ça finira par te passer…

Lavinia réfléchit.

— Si c'est ça, je ne suis pas sortie de l'auberge…

— Exact.

Pour une fois, elles étaient d'accord sur un point. C'était bien le seul. Sofia se leva du banc où elles étaient assises.

Lavinia l'arrêta.

— Que ferais-tu à ma place ?

— Pourquoi cette question ? Tu me fais rire. Tu veux toujours savoir ce que je ferais à ta place et puis tu fais exactement le contraire.

Lavinia sourit.

— D'accord. Allez, juste un dernier petit effort, s'il te plait…

— Tu es bien consciente que je ne pourrai jamais être à ta place, n'est-ce pas ?

— Oui ! Oh là là, ce que tu peux être pénible, parfois ! Donc : imagine que tu t'éveilles un matin et que, par je ne sais quel phénomène bizarre, tu te retrouves dans mon corps, dans mon esprit, dans mon cœur. Et imagine, mais c'est tout à fait hypothétique, que tu puisses prendre toutes les décisions que tu veux à ma place. Ça te va comme ça ?

Sofia commença à s'éloigner.

— Très bien. Alors, pour commencer, je me donnerais une bonne paire de claques.

— Eh ! Ça ne compte pas !

— Si tu le dis… Bon, tu es prête ? Je te donne la solution : quitte-le ! lança Sofia avant de se mettre à courir.

Lavinia commença par sourire, avant d'être assaillie d'un doute.

— Oui, mais, lequel des deux ?

— Écoute : moi, je t'ai donné une solution. Là, tu me demandes un miracle !

Plus tard, lorsqu'elle rentra chez elle, elle trouva Andrea à table, dans le salon.

Il était plongé dans la lecture de documents éparpillés autour de lui. Il sourit en l'apercevant.

— Salut, ma chérie…

Son visage rayonnait de bonheur, d'un nouvel éclat, d'une joie inédite.

Sofia s'approcha, intriguée.

— Salut.

Elle l'embrassa tandis qu'il rassemblait ses papiers, se penchant aussi loin que son fauteuil roulant le lui permettait pour attraper les plus éloignés.

— Attends, je vais t'aider.

— Non, non, je m'en occupe. J'aimerais les remettre dans l'ordre pour te montrer quelque chose…

Il se déplaçait avec agilité autour de la table, s'aidant de ses bras musclés par des années d'efforts. Lorsqu'il eut reconstitué la pile, il vérifia le numéro des pages et en déplaça quelques-unes pour tout reclasser. Enfin, il fit claquer le tas deux fois sur la table pour égaliser la tranche.

— Voilà. Tiens, regarde.

Sofia s'assit sur le canapé et commença à lire.

Andrea vint se placer en face d'elle avec son fauteuil et attendit, dans un silence religieux, bras tendus, posés sur les cuisses, le visage lumineux. Arrivée au bout de la première page, Sofia entama la deuxième, puis en feuilleta quelques autres. Après un certain temps, elle le dévisagea, surprise.

— Attends, c'est incroyable. Ils auraient trouvé une solution ? C'est presque trop beau pour être vrai.

Andrea opina du chef, les yeux humides, mais ne craqua pas. Il fit rouler son fauteuil avec vigueur et vint se placer à côté d'elle.

— Une opération chirurgicale qui consiste en l'insémination de cellules souches dans la moelle osseuse, à la base de la colonne vertébrale, et qui redonne vie aux nerfs et aux tissus paralysés… Tu vois ? C'est expliqué ici, fit-il en lui montrant la deuxième page.

Sofia continua à lire. Puis s'arrêta.

— Oui, mais ils n'ont pas encore réalisé beaucoup d'interventions.

— En tout cas, elles ont toutes parfaitement réussi.

L'enthousiasme d'Andrea était impressionnant ; un nouvel élan, un nouvel espoir, la possibilité d'une nouvelle vie. Il considéra Sofia avec une expression fragile, presque enfantine, comme pour dire : « S'il te plait, laisse-moi rêver, n'émets pas d'objections. Nous ne le ferons peut-être jamais, mais laisse-moi au moins rêver. »

Sofia en eut le cœur serré. Alors elle continua à lire jusqu'à ce que sa vue se trouble. Les lignes devinrent floues et sa lèvre inférieure se mit à trembler. Les premières larmes roulèrent en silence, l'une après l'autre, tel un fleuve contenu par un barrage depuis bien trop longtemps. Andrea passa un bras autour de ses épaules et la serra contre lui. Sofia s'appuya sur son épaule et se mit à sangloter. Il posa la tête sur la sienne en souriant.

— Mais enfin, on ne peut plus rien dire, avec toi ! Allons, ma chérie… Moi qui avais envie de t'en parler depuis si longtemps… et voilà le résultat ! la taquina-t-il.

Il s'écarta un peu, essuya ses larmes avec ses doigts puis lécha ceux-ci.

— Mmm… c'est bon… Un peu salé, peut-être.

— Que tu es sot !

Sofia alterna rires et pleurs pendant quelques instants, reniflant par intermittence, puis termina par une drôle de moue, comme si tout était sa faute.

Andrea reprit ses documents et se lança dans une longue explication.

— J'ai fait pas mal de recherches sur Internet. J'avais entendu parler d'un laboratoire privé, Berson, qui soutient le travail d'un très éminent spécialiste japonais basé au *Shepherd Center* d'Atlanta. Au cours de ses expérimentations, il a tenté d'appliquer les cellules souches à différents niveaux de médecine. En fait, ces cellules peuvent « sur commande » être utilisées pour régénérer diverses fonctions du corps. Ce professeur a fini par mettre au point un type particulier de cellules, les GRNOPC1.

Il montra à Sofia une page qui proposait une véritable démonstration scientifique du type de transplantations que ce professeur Mishuna Torkama avait réalisé au cours de ses premières interventions.

— Les lésions sont soumises à l'injection massive de millions de cellules, un véritable bombardement…

Il lui indiqua plusieurs passages sur les pages suivantes.

— Voilà, tu vois, ces cellules sont programmées pour générer des oligodendrocytes qui sont responsables de la transmission des signaux entre les neurones. En gros, grâce à ces cellules, ma colonne vertébrale retrouverait sa sensibilité nerveuse. Bref, ce serait un miracle…

Le silence retomba brièvement. Puis Andrea prit une autre page.

— Malheureusement, de nos jours, même les miracles ont un prix. On parle de cinq millions d'euros. Pour me permettre ce traitement, je devrais dessiner les plans d'un tas de bâtiments pour les plus grands magnats de la terre et ils devraient me payer à prix d'or. Même si je me jetais à corps perdu dans le boulot pendant les prochaines années, je ne pourrais réunir qu'un dixième de cette somme.

Cinq millions d'euros. Sofia resta songeuse pendant un long moment.

— Ou alors… Je pourrais me remettre à jouer, finit-elle par déclarer d'un ton ferme.

Andrea la regarda avec tendresse. Au bout de huit ans, pourrait-elle redevenir la grande pianiste qu'elle avait été ? Et quand bien même, pour obtenir une telle somme, il aurait fallu tellement de concerts… Cependant, il se garda bien de lui faire part de ses doutes. Sofia semblait gagnée par une étrange détermination.

— Si c'est pour cette opération, je pourrais recommencer.

Elle se leva et alla préparer le dîner. Le repas se déroula dans le silence. Ils regardèrent un peu la télé et échangèrent à peine quelques mots. Ensuite, elle l'aida à se mettre au lit.

— Et toi, tu ne viens pas ?

— Non, je n'ai pas sommeil, je vais lire un peu au salon.

Ils s'embrassèrent, elle sortit de la chambre et referma la porte derrière elle. Elle se pelotonna dans le canapé et reprit les documents. Elle relut tout avec plus d'attention, sans se laisser dépasser par ses émotions, cherchant à bien comprendre les passages qui concernaient les différentes étapes de cette opération. De temps en temps, elle revenait en arrière pour contrôler telle ou telle chose. Elle se connecta à Internet pour traduire quelques termes un peu trop techniques et pour vérifier la véracité de toutes ces informations. Sur YouTube, elle trouva des vidéos de l'intervention et des reportages de journaux télévisés. Tout était vrai. Depuis 1999, cette société privée, Berson, travaillait sur les cellules souches. Elle pensait enfin avoir tout compris. La technique consistait à reconstituer la myéline, une gaine qui entoure les fibres neuronales, et ainsi à permettre aux neurones endommagés de recommencer à communiquer. C'était risqué, mais le *Shepherd Center* d'Atlanta était spécialisé dans les traitements de la moelle épinière. Cette avancée représentait à la fois un danger et un grand espoir.

Après ça, elle se rendit dans la salle de bains, se démaquilla, se rinça le visage, se brossa les dents et enfila sa chemise de nuit. Elle éteignit toutes les lampes et entra dans la chambre sur la pointe des pieds. Andrea dormait déjà. Sa respiration lente et paisible s'élevait dans la pièce. Était-il en train de rêver ? De cette opération, qui sait ? Elle se glissa sous les draps. Petit à petit, elle s'habitua à l'obscurité. Les yeux ouverts, elle resta immobile, couchée sur le dos. Son cerveau continuait à bouillonner, émettait des hypothèses, prenait tous les paramètres en considération, éliminait certaines déductions, évaluait les conséquences. C'était possible, c'était faisable, ce ne serait pas trahir sa promesse. Lorsque, enfin, tout fut clair dans son esprit, elle sombra dans le sommeil.

30

Sofia Valentini avait une mémoire photographique. Elle se rappelait d'images, de phrases, de scènes de film, d'épisodes de sa vie, et aussi des itinéraires. Bon nombre de ses souvenirs étaient liés à ses émotions, à un événement qui l'avait fait rire ou pleurer, à un fait étrange ou particulièrement touchant. Ses amis, Lavinia, et même Andrea se moquaient souvent d'elle et de sa mémoire qui la « rattachait toujours au passé », qui l'empêchait d'aller de l'avant.

« Et si, pour une fois, tu essayais d'oublier ! »

Elle en riait, plaisantait avec les autres, mais au fond d'elle, elle savait qu'ils avaient raison. Elle n'avait aucune difficulté à jeter un pull ou tout autre objet encombrant. En revanche, elle était incapable d'oublier.

Voilà pourquoi, même si la première fois elle avait conduit sans prêter particulièrement attention au trajet, elle put retourner là-bas sans la moindre difficulté.

Quelques coups discrets à la porte. Maître Guarneri ôta ses lunettes et posa le contrat qu'il était en train de lire.

— Entrez.

Silvia, sa secrétaire, apparut dans l'embrasure, intimidée.

— Excusez-moi…

— Je vous ai pourtant dit que je ne voulais surtout pas être dérangé.

— Oui, je sais, mais…

— Mais quoi ? assena maître Guarneri avec une expression sévère.

— C'est Mme Valentini. Elle est revenue sans prévenir. J'ai pensé qu'il était peut-être opportun de vous déranger…

Maître Guarneri se leva aussitôt.

— Installez-la dans la salle de réunion. J'arrive tout de suite.

Silvia referma la porte et poussa un soupir. Son métier consistait aussi à faire des choix. Et cette fois-ci, elle avait fait le bon, elle en était certaine.

Elle emmena donc Sofia dans la salle de réunion.

— Je vous en prie, mettez-vous à l'aise. Maître Guarneri sera à vous dans une minute. Puis-je vous offrir à boire ?

— Un café, merci.

Peu après, Silvia réapparut avec un plateau. Elle déposa celui-ci sur la grande table, adressa un petit sourire à Sofia et referma la porte. L'arôme du café flotta jusqu'aux narines de Sofia. Elle mit un sucre dans la petite tasse, mélangea, puis but lentement ; c'était très chaud.

Maître Guarneri s'empara d'un calepin, s'arrêta devant le miroir, rectifia le nœud de sa cravate et s'aperçut qu'il avait les cheveux défaits. Il les aplatit de la main et lissa quelques épis derrière ses oreilles. *Qu'est-ce que tu fiches, Mario ? Tu as envie de te faire beau, de lui plaire ? Tu sais très bien que tu es hors jeu, pas vrai ? Une fille comme elle ne te remarquera jamais. Même si tu n'as pas encore cinquante ans et que tu gagnes bien ta vie, même si beaucoup prétendent que tu es bel homme.* Il soupira. *Ce qui m'ennuie le plus, c'est d'avoir perdu. Il avait parié qu'elle reviendrait aujourd'hui et il a gagné. Rien à faire, c'est un fin psychologue, surtout en ce qui concerne les femmes.* Il referma la porte de son bureau derrière lui et se dirigea vers la salle de réunion, résigné à ne jouer que son rôle d'avocat et rien de plus.

— Bonjour, quel plaisir de vous revoir.

Guarneri lui fit le baisemain, puis s'installa en face d'elle. Il constata tout de suite un grand changement chez elle par rapport au premier rendez-vous. Elle était maquillée, portait un tailleur beige très élégant, des collants légers, couleur miel, et des escarpins à talons hauts marron foncé, impeccablement cirés. Elle lui avait déjà tapé dans l'œil la première fois, mais là, elle était encore plus belle que dans son souvenir. Il avisa son chemisier en soie crème ; il était transparent et laissait entrevoir un soutien-gorge clair en dentelle.

Sofia le repéra et croisa son regard en haussant un sourcil, comme pour dire : « Ça va, tout est à sa place ? » L'avocat rougit et tenta de prendre un air professionnel. Il ouvrit son calepin, sortit un stylo de sa poche, le posa sur la page blanche et joignit les mains.

— Alors ! Que me vaut cette agréable visite ? Et comment se fait-il que vous ne soyez pas accompagnée de votre mentor ?

Sofia sourit.

— Je suis tout à fait capable de jouer seule aussi.

— Oui, oui, bien sûr.

Guarneri comprit que ça n'allait pas être simple.

— Vous avez réfléchi à notre offre ? Peut-être pouvons-nous tenter un événement ultérieur. Le festival en Russie a déjà commencé…

Sofia le toisa.

— Vous me prenez pour une idiote ?

— Je ne me permettrais jamais.

— Pourtant, c'est ce que vous faites.

Elle marqua une pause éloquente.

— Mon prix est de cinq millions d'euros, non négociables.

Maître Guarneri resta bouche bée. Jamais il n'aurait imaginé qu'elle puisse réclamer une telle somme. Il déglutit.

— Je ne suis pas autorisé à prendre ce genre de décision. Je dois en parler… Oui, enfin, je dois m'entretenir avec lui…

Sofia se leva.

— Pas de problème. Mais dépêchez-vous.

Elle jeta un coup d'œil à sa montre.

— Il est 10 heures. Il me faut une réponse avant midi.

— Ah, mais je ne sais pas si je vais y arriver. Tout va dépendre des fuseaux horaires.

Sofia sourit.

— Où qu'il soit dans le monde, il sera joignable. Vous n'avez qu'à le réveiller. Après tout, vous lui apportez une bonne nouvelle. Il y tenait tellement. Dites-lui simplement que j'ai réfléchi et qu'il avait raison : il y a toujours un prix.

Sofia fit mine de s'en aller.

— Attendez, comment puis-je vous recontacter ensuite ?

— Il a mon numéro. D'ailleurs, je crois qu'il n'y a rien que vous ne sachiez déjà sur moi. Au revoir.

Elle sortit de la salle.

Sofia se rendit ensuite dans le centre. Une liberté qu'elle n'avait pas prise depuis longtemps et, pour la première fois, elle éprouva une sensation étrange. Celle d'être une étrangère, une touriste. Beaucoup de choses avaient changé : les enseignes des magasins, les vendeuses, les gens, les clients qui entraient et sortaient de chez Hermès, Bulgari, Louis Vuitton. Cela lui rappela ce film qu'elle avait regardé un soir avec Andrea avant son accident et qui l'avait vraiment marquée. *Eyes Wide Shut*. Ce n'était pas le film en lui-même qu'elle trouvait exceptionnel, même si Stanley Kubrick était inégalable, mais la perspective adoptée. Un beau jour, il avait suffi que le personnage incarné par Tom Cruise sorte une heure plus tard de chez lui par rapport à d'habitude pour que tout ce qui lui était toujours apparu d'une certaine manière se révèle différent. Il voyait tout sous un autre jour et, peut-être, à certains égards, sous le véritable jour. Elle était en train d'éprouver la même sensation. Tout avait changé, même si tout était resté exactement pareil. Tout à coup, elle se fichait de bien présenter, d'être bien maquillée et habillée. Elle était libre. Elle entrait dans les boutiques, demandait le prix de tel ou tel article, essayait une tenue sans se sentir observée ou jugée, sans s'excuser. Elle était sûre d'elle. Que lui arrivait-il ? Elle ne trouva pas la réponse. Tout ce qu'elle savait, c'était qu'elle se sentait bien. Elle s'arrêta devant un magasin et se mira dans la vitrine. Elle était différente ; cette impression d'avoir vieilli qu'elle avait eue peu de temps auparavant s'était envolée. Elle était belle. Elle esquissa un sourire malicieux ; elle avait compris. Soudain, une bouffée de chaleur l'envahit, une étrange passion la submergea. Elle n'éprouvait plus la moindre culpabilité. Libre. Elle avait désormais le permis de tromper. Un homme croisa son regard dans la vitrine et lui adressa un compliment avec un petit sourire. Puis il détourna le regard et se perdit dans la foule, comme s'il avait deviné que cette femme était déjà prise. En effet, elle avait un rendez-vous à cinq millions d'euros. À cet instant, son téléphone sonna.

31

La secrétaire l'accompagna jusque dans le bureau.

— Je vous en prie.

Sofia entra. La porte se referma dans son dos. Devant elle, maître Guarneri et, sur le côté, assis dans un canapé, un homme qu'elle connaissait déjà : Gregorio Savini.

L'avocat se leva.

— Bonjour.

Il contourna son bureau.

— Venez, asseyons-nous ici, proposa-t-il en lui indiquant un fauteuil tandis qu'il en prenait un autre.

Gregorio Savini était à présent entre eux. Il se leva et tendit la main à Sofia.

— Ravi de vous revoir.

— Merci.

Maître Guarneri avait pris un carnet avec quelques notes. Gregorio Savini souriait. Que pouvait-il bien avoir derrière la tête ? Il se disait peut-être qu'elle avait fini par céder, comme toutes les autres, que ça n'avait été qu'une question d'argent. Cependant, elle savait qu'il en allait tout autrement. Cet argent était son passeport pour une nouvelle vie.

Guarneri prit la parole.

— Alors… Je suis content que nous ayons trouvé un accord.

— En réalité, c'était non négociable, précisa Sofia.

Guarneri haussa un sourcil.

— Oui, oui, bien sûr…

Gregorio Savini baissa la tête avec un petit sourire.

L'avocat prit quelques documents et les tendit à Sofia.

— Je voudrais que vous lisiez ceci, c'est un *pro forma* à compléter, afin que tout soit bien clair.

Sofia resta de marbre.

— Écoutez, tout ça est ridicule. Je vous ai soumis ma condition et elle a été acceptée. Cinq millions d'euros sur mon compte. Que cela nécessite un contrat me parait un peu disproportionné. Je ferai ce qu'il veut. Inutile d'en débattre pendant des heures.

— Oui, mais…

Savini leva la main pour interrompre l'avocat. Celui-ci se tut aussitôt et lui laissa la parole.

— Madame… C'est uniquement pour éviter le moindre problème, pour plus de transparence, lui assura-t-il en souriant.

Sofia lui rendit son sourire.

— Il paie pour me baiser. Plus transparent que ça, je vois pas. Je vous ai donné mon prix.

— C'est un peu plus précis que ça. Il veut cinq jours Un million d'euros par jour, pendant cinq jours. Il choisit l'endroit, vous choisissez les dates !

— Mais comment veut-il que je justifie une disparition de cinq jours ? Ce n'est pas crédible.

— Ne vous inquiétez pas. Vous bénéficierez d'une couverture complète. Vous aurez des concerts à cette période. Des articles sortiront dans la presse, avec foule de détails qui rendront tout cela plausible. Cinq concerts grandioses, pour lesquels cinq millions d'euros seront tout à fait justifiés.

— Bien entendu, je ne partirai que lorsque l'argent sera sur mon compte.

— Pour cela, vous devez nous communiquer le compte sur lequel vous désirez être payée, intervint maître Guarneri.

— Sur le mien. J'imagine que vous le connaissez déjà. Sinon, vous mettrez moins d'une seconde pour le trouver.

Elle se tourna vers Savini.

— Bien, je crois que tout est dit. Il est bien entendu que, passé ces cinq jours, plus aucune contrainte ne me liera à vous. Vous ne me contacterez plus et je ne le reverrai plus jamais.

Savini sourit.

— À moins que vous n'en ayez envie…

Sofia se tut pendant un instant. C'était pourtant vrai. Il n'avait plus cherché à la revoir. C'était elle qui était revenue à la charge. Pour la première fois, elle sourit aussi.

— Vous avez raison. À moins que j'en aie envie.

Elle serra la main de Savini, salua l'avocat d'un signe de tête et sortit.

Guarneri s'installa à son bureau.

— Elle n'a rien signé. Et si elle se rétractait ?

Savini se servit un verre d'eau.

— C'est une femme de parole.

— Et si tu te trompais ?

— Tu avais dit qu'elle ne reviendrait plus, lui fit remarquer Savini, amusé. Alors que lui était persuadé du contraire.

— C'est vrai. Vous avez fait très fort.

Savini but son verre d'une traite.

— J'ai découvert la clé, mais c'est lui qui a tout élaboré à partir de là.

32

Sofia se levait tôt le matin et allait courir au parc. Ensuite, elle rentrait, passait sous la douche, prenait son petit déjeuner avec Andrea et ressortait presque aussitôt. Elle se promenait beaucoup, se rendait dans le centre, s'amusait, se sentait légère dans cette toute nouvelle dimension, comme quelqu'un qui attend un rendez-vous important en sachant qu'il ne pourra pas le rater. De temps en temps, elle s'arrêtait devant les plus belles boutiques et s'attardait devant une superbe tenue en vitrine, puis elle entrait et l'essayait, se contemplait dans le miroir, demandait le prix. Toujours trop cher, bien entendu. Une fois, elle fut même prise d'un fou rire. *Trop cher ? Mais bientôt j'aurai cinq millions d'euros...*

Ce jour-là, elle ressortit une fois de plus sans rien acheter. Oui, parce que cet argent n'était pas pour elle. Raison pour laquelle elle pouvait l'accepter, d'ailleurs. Elle avait commencé à en parler à Andrea, tâtant un peu le terrain.

— Tu te souviens d'Olja, ma prof ?

— Oui, bien sûr…

— Elle a pris contact avec les plus grosses agences internationales pour tenter d'organiser quelques concerts un peu partout dans le monde…

Andrea cessa de taper à l'ordinateur et la couva du regard. Cinq millions d'euros. Combien de concerts faudrait-il pour atteindre une telle somme ? Sofia lut dans ses pensées.

— Tu sais, il n'y a pas si longtemps, on m'a fait une très grosse offre en Russie… Ils me proposaient un paquet d'argent et j'ai refusé.

— Et pourquoi ?

— Parce que j'avais une promesse à respecter et surtout, aucune raison d'accepter à l'époque…

Andrea lui sourit avec amour.

— Quoi que tu décides, je serai heureux. Et si tu réussis…

Il inclina la tête sur le côté.

— … je le serai encore plus. Tu sais, tout ça n'était pas prévu ; il n'y a pas si longtemps, jamais je n'aurais même osé l'espérer…

Il se concentra sur son écran, comme s'il passait à autre chose. Puis il reprit la parole, d'un ton plus grave, sans la regarder.

— L'idée seule de pouvoir un jour remarcher, c'est un peu un rêve éveillé… Ça me parait impossible. En fait, je m'interdis même d'y croire…

Il releva la tête.

— Je ne peux pas me retrouver paralysé une seconde fois.

Le cœur de Sofia s'emballa. Elle se débarrassa de sa robe, de son soutien-gorge, de sa culotte et se glissa dans le lit à côté de lui. Elle l'embrassa ; elle voulait l'aimer et être aimée. Elle remonta la jambe gauche vers son ventre, entra en contact avec sa peau, avec son désir qui ne tarda pas à durcir. Brusquement, elle se releva, baissa le volet, lui prit l'ordinateur des mains, déplaça la desserte et lui bondit presque dessus, frémissante d'excitation. Elle se mit à onduler lentement sur lui, libre, dans un abandon total, sans pensées ni attentes, sans réfléchir à son rendez-vous, au passé, à l'avenir. L'orgasme enfla rapidement en elle et bientôt elle jouit en soupirant, en gémissant, toujours plus fort, presque au point de hurler. Enfin, elle retomba sur lui, en sueur, les cheveux éparpillés sur son visage, la bouche entrouverte, haletante, les lèvres humides, trempées. Il l'embrassa.

— Ça va, ma chérie ? Est-ce que tout va bien ?

— Oui... C'était super...

Elle n'avait toujours pas repris son souffle.

Andrea sourit.

— J'imagine.

Alors elle lui donna un petit baiser, puis s'enfonça sous les draps en gloussant, descendit un peu plus le pantalon de son pyjama et lui donna du plaisir avec sa bouche jusqu'à ce qu'il gémisse à son tour.

Elle revint à sa hauteur et l'embrassa une dernière fois avant de s'effondrer à côté de lui. Ils restèrent comme ça, immobiles, tandis que leur souffle retrouvait peu à peu un rythme normal. Le silence régnait dans la chambre. On n'entendait que le battement de leur cœur. De temps à autre, le bruit d'une voiture au loin. Une alarme qui se déclenche encore plus loin. Des feux d'artifice, écho incongru puisque aucune festivité n'était à l'ordre du jour.

— Mon amour, merci pour tout ce que tu fais pour moi, dit Andrea.

Sofia ne répondit pas. Lentement, ses joues se couvrirent de larmes, chaudes, salées. Elle aurait voulu les arrêter, pouvoir résister, et même sourire, être heureuse, ne pas culpabiliser, mais impossible. Elle ferma les yeux. Si seulement elle avait pu être loin, redevenir un enfant, oui, voilà, un enfant que l'on aime inconditionnellement, un enfant sans contraintes, sans responsabilités, avec pour seule mission de se laver les dents, aller au lit et faire de beaux rêves… Mais ça, c'était terminé. Les années avaient passé. Alors elle embrassa Andrea avec plus de force, le serra contre elle en priant pour qu'il ne comprenne rien, puis s'éclipsa dans la salle de bains. Le lendemain, elle reçut le coup de fil décisif.

33

Silvia, la secrétaire, l'emmena au dernier étage et l'invita à s'installer dans une salle d'attente très chic qui semblait tout droit sortie d'un magazine de décoration.

— Je peux vous apporter quelque chose ?

— Non merci, c'est gentil.

— Très bien.

La secrétaire se retira en souriant. Celle-ci n'avait rien dit ni fait pour la mettre dans l'embarras, elle s'était comportée exactement comme si c'était la première fois qu'elles se rencontraient. Pourtant, Sofia était nerveuse. Sans doute parce qu'il était trop tard pour faire marche arrière ou changer d'avis ; sans doute aussi parce qu'elle savait que d'autres personnes connaissaient désormais son histoire et ce qu'elle s'apprêtait à faire. Elle pensa à Lavinia, à la notion de culpabilité et à l'Église, mais elle n'eut pas le temps de prolonger sa réflexion, car la porte s'ouvrit.

— Bonjour. Comment allez-vous ?

Maître Guarneri lui tendit la main.

— Bien, merci.

— Je vous présente Marina Recordato, mon assistante personnelle. Elle va vous accompagner dans toutes les petites démarches que nous devons effectuer afin que tout soit en ordre…

— Bonjour.

Marina Recordato était une femme d'environ quarante-cinq ans. Cheveux courts, lunettes, tailleur gris à rayures, elle avait un beau corps et beaucoup de prestance. À combien de « missions » de ce genre avait-elle déjà participé ? Mieux valait ne pas y penser.

— Mais je vous en prie, asseyez-vous.

Sofia reprit sa place sur le canapé, l'assistante s'installa à côté d'elle et l'avocat dans un fauteuil en cuir en face d'elles. Il ouvrit un dossier.

— Vous partez dans dix jours, voici le contrat qui vous lie à la Fondation culturelle d'Abu Dhabi. Cinq concerts importants sont prévus à Abu Dhabi, un événement inédit où la culture primera sur la richesse… Vous comprenez, bien sûr, à quel point votre participation est capitale ?

Sofia n'était pas d'humeur à plaisanter et Guarneri s'en aperçut.

— Bien, continuons. Vous devez signer ici, au bas de la page ; une copie pour vous et trois pour nous. En réalité, vous ne serez pas aux Émirats Arabes. Vous recevrez un téléphone portable avec la possibilité d'appeler et de recevoir des appels sans aucun problème. D'ici à trois jours, nous commencerons à faire la publicité de ce grand événement ; un site sera bientôt créé avec des mises à jour régulières. Après votre premier concert, des commentaires émanant de spectateurs qui auront apprécié votre spectacle seront publiés. Voici les cinq concerts prévus…

Il lui remit un dossier de presse contenant un programme détaillé de très bonne facture. Elle découvrit avec stupéfaction les morceaux qu'elle allait devoir interpréter : c'était une véritable provocation, mais aussi un message codé mûrement réfléchi et intelligent. On lui demandait de reprendre le programme légendaire que Glenn Gould avait interprété en 1957 dans la grande salle du conservatoire de Moscou, rien de moins ! Impossible de confondre. À l'époque, Gould avait vingt-cinq ans et n'était pas encore connu, même s'il s'était distingué deux ans plus tôt avec un enregistrement particulièrement brillant des *Variations Goldberg* de Jean-Sébastien Bach. Le soir de son premier concert à Moscou, la salle était presque vide, mais son exécution fut tellement extraordinaire que la nouvelle se répandit dans toute la ville, si bien que le second concert, qui se tint le 12 mai, soit cinq jours à peine après le premier, rencontra un véritable triomphe. Le conservatoire fut pris d'assaut, des centaines de personnes furent refoulées à l'entrée, faute de place, et la police dut intervenir pour apaiser les tensions. Boris Pasternak et Maria Youdina, la célèbre pianiste admirée par Staline, étaient présents dans le public. Cela rappela une anecdote à Sofia, selon laquelle Staline, après avoir entendu Youdina interpréter Beethoven à la radio, avait demandé à ce qu'on lui fasse parvenir son disque. Lorsqu'il lui avait été répondu que c'était impossible car il n'existait aucun enregistrement de l'artiste, il avait répliqué : « Je le veux demain. » Le lendemain, le support audio était prêt.

Au programme pour Sofia, donc, des morceaux de Berg, de Webern, de Krenek et enfin de Bach, avec trois contrepoints tirés de *L'Art de la fugue* et six passages des *Variations Goldberg*. La prestation de Gould avait été inoubliable, originale, exaltante. Il existait un enregistrement de ce concert. Sofia possédait la version restaurée de l'édition Glenn Gould de Sony. D'où leur était venue cette idée et surtout qui l'avait eue ? Guarneri ? Savini ? Tancredi ? Cela dit, un article consacré à ce concert était paru récemment dans le *Corriere della Sera*. Au fond, ce n'était pas si confidentiel…

— Vous pouvez bien entendu modifier le programme si vous le souhaitez.

Guarneri avait bien noté son silence.

— Non, c'est parfait.

Guarneri lui jeta un regard appuyé, comme s'il attendait un autre commentaire, mais Sofia n'avait rien à ajouter.

— Très bien. Vous pouvez emmener ce dossier chez vous comme souvenir.

Il lui tendit ensuite cinq programmes imprimés sur un papier blanc très raffiné, avec un piano en filigrane d'or embossé au centre. Elle en ouvrit un. Toutes les œuvres que Sofia allait interpréter au cours de la soirée y étaient inscrites, ainsi que le nom d'un orchestre et du célèbre chef d'orchestre allemand qui dirigerait l'ensemble. Elle en resta coite.

— Mais que se passera-t-il lorsque ce monsieur s'apercevra que tout le monde parle de son concert à Abu Dhabi, alors qu'il était ailleurs ?

Guarneri sourit.

— Ce cher maestro est ravi de pouvoir prendre cinq jours de vacances. Il était très stressé et c'est un grand amateur de jeu, peut-être un peu trop d'ailleurs, au vu de l'état de ses finances. Il avait beaucoup de dettes, vraiment beaucoup, et nous nous sommes fait un plaisir de les éponger. Il vous fait d'ailleurs savoir qu'il est très fier de vous diriger, même s'il ne vous connait pas personnellement.

— Et si un jour il décide de parler ?

— Ce sera sa parole contre celle des nombreux journaux et de tout un réseau de personnes qui auront assisté à votre concert. Nous mettons tout en œuvre pour résoudre les problèmes, pas pour en créer… Voici vos billets d'avion.

Son assistante retira ceux-ci d'une chemise en plastique et les posa sur la table.

— Vous décollerez de l'aéroport de Fiumicino le 20 juin à 10 h 30 et rentrerez le 26 à Rome. Vous voyagerez en première classe.

Sofia avisa les billets.

— Sont-ils vraiment pour Abu Dhabi ?

— Bien sûr. Vous partirez et reviendrez d'Abu Dhabi. Là, un jet privé vous attendra pour vous emmener jusqu'à votre véritable destination.

— Et où est-ce ?

— Ça, c'est la seule chose que j'ignore. Ils n'ont pas souhaité m'en informer. Peut-être ont-ils eu peur que je cède face à votre insistance.

Pour la première fois depuis leur rencontre, Guarneri lui fut sympathique.

— Résumons : vous avez les billets et le contrat à signer. Je suppose que vos coordonnées bancaires sont correctes… ?

L'assistante lui tendit un document sur lequel figurait son numéro de compte Iban.

Sofia sortit son agenda de son sac et vérifia.

— C'est bien ça.

— Bien.

L'assistante rangea le document.

— Après-demain, continua Guarneri, les cinq millions d'euros seront versés sur votre compte. Tout est en ordre ? Avez-vous des questions, des doutes ?

Sofia réfléchit.

— Non, tout me parait très clair.

— Une voiture viendra vous prendre en bas de chez vous le 20 juin. C'est bien votre adresse ?

L'assistante lui présenta un autre document.

— Oui, c'est là que j'habite, mais je préfère aller à l'aéroport par mes propres moyens et prendre un taxi, c'est possible ?

Guarneri semblait avoir envisagé ce cas de figure.

— Aucun problème. N'oubliez pas de prendre votre passeport…

— Oui, bien sûr. Il faut juste que je m'assure qu'il…

— Il est en règle, il arrivera à échéance dans deux ans. Encore une chose : pouvez-vous me confirmer les données reprises sur ce document ?

Sofia parcourut celui-ci en vitesse. Il s'agissait de ses mensurations : pointure, taille, tour de poitrine, etc. S'ensuivait une sorte de dossier médical : allergies éventuelles, examens faits au cours des dernières années et autres détails la concernant. Tout y était.

— Avons-nous oublié quelque chose ? Y a-t-il des informations que nous ignorons, qui nous ont été cachées ou que nous n'avons simplement pas envisagées et qui pourraient être importantes ? Si c'est le cas, mieux vaut nous le signaler tout de suite. Nous ne voulons prendre aucun risque…

— Non, je crois que vous savez absolument tout de moi.

Guarneri ne cilla pas et lui tendit un stylo. Sofia signa tous les contrats sans les lire et les lui rendit.

— Je peux y aller maintenant ?

Guarneri vérifia les papiers.

— Un dernier point. Je vais vous demander de suivre mon assistante, nous avons besoin de quelques photos.

Sofia ne voyait pas du tout de quoi il parlait, mais ce n'était pas le moment de protester.

— Bien sûr…

Guarneri se leva, lui prit la main et s'inclina en l'effleurant à peine de ses lèvres.

— Au revoir, madame. Je ne sais pas si nous nous reverrons, mais ça a été un plaisir de traiter avec vous. Je regrette de ne pas avoir la chance de vous entendre jouer.

Sofia sourit.

— Merci.

Elle aurait voulu ajouter : « Ce sera peut-être possible un jour, dans d'autres circonstances », mais il était clair pour tous les deux qu'ils ne se reverraient plus jamais.

Elle sortit et suivit Marina Recordato. Au bout du couloir, celle-ci appela l'ascenseur et elles attendirent en silence. Une légère gêne planait entre elles. Lorsque les portes s'ouvrirent, l'assistante lui céda le passage.

— Je vous en prie.

Ensuite, elle entra à son tour et appuya sur le bouton du deuxième étage. De quoi était-elle au courant ? Peut-être de très peu, voire de rien du tout. En général, les gens aussi puissants que Tancredi savent très bien protéger leurs secrets.

Arrivées au deuxième étage, Marina Recordato la précéda.

— Par ici, s'il vous plait.

Elles parcoururent un long couloir d'un bon pas, tournèrent au fond à droite et pénétrèrent dans une grande salle. Plusieurs personnes y travaillaient sur des ordinateurs. Des profils très variés, dont certains très jeunes. L'un portait un sweat à capuche et des dreadlocks sur la tête ; un autre, un peu plus grand, était rasé et avait des lunettes à montures colorées ; plusieurs filles présentaient un look alternatif, à l'exception de l'une d'entre elles, plutôt élégante, style femme d'affaires new-yorkaise.

Un homme, qui semblait être le patron de cette espèce de communauté digitale, vint aussitôt à la rencontre de Marina Recordato.

— Ah, vous voilà, je vous attendais. Venez.

Marina et Sofia le suivirent.

— Au fait, moi, c'est Steve.

Il sourit et serra la main de Sofia qui se présenta à son tour.

— Enchantée.

— Pareil… Par ici.

Il les fit entrer dans une pièce exigüe. Devant elles, une grande vitre les séparait d'un genre de cagibi équipé d'une console de mixage. Un jeune homme qui ne devait pas avoir vingt ans y officiait. Cheveux bouclés, sweat sombre et quelques piercings.

— Salut !

Il leva la main et leur adressa un salut de rappeur, comme pour dire : « Je suis dans la place et je suis prêt. »

— O.K. ! fit Steve avant de s'adresser à Sofia. Tiens, assieds-toi ici.

Il était passé au tutoiement sans préambule. De l'autre côté de la vitre, le jeune aux piercings appuya sur le bouton de l'Interphone. Sa voix légèrement déformée s'éleva dans la pièce.

— Essaie de ne plus bouger. O.K. Parfait. Souris…

Sofia obéit. Une série de cliquetis métalliques retentirent.

— Parfait. Maintenant tourne-toi un peu sur la gauche.

Sofia remarqua seulement à cet instant que son tabouret pivotait. Elle suivit les indications.

— Très bien, souris… Nickel ! Maintenant, j'aimerais que tu fasses semblant de jouer du piano. Imagine que le clavier est devant toi…

Sofia tendit les bras et exécuta quelques accords dans le vide.

— Alors, c'est pas mal, mais tu dois juste faire semblant, pas jouer, même si j'imagine que tu le fais plutôt bien.

Sofia se tourna vers Marina en souriant et celle-ci lui rendit son sourire. Elle devait connaitre une partie de l'histoire. En tout cas, maintenant, elle savait qu'elle jouait du piano.

— Voilà, je pense que c'est bon. Regardez un peu si ça vous convient ?

Plusieurs images apparurent sur de grands écrans dans la pièce. Des photos de femmes assises au piano dans différents théâtres, devant des centaines de spectateurs. Le visage de Sofia avait été collé sur leur corps, mais de façon parfaitement crédible : il avait été agrandi, rétréci, étiré, si bien que toutes ces femmes étaient à présent Sofia. Intriguée, elle s'approcha. Les photos pour lesquelles elle venait à peine de poser avaient directement été intégrées à ces images et chaque détail avait été retravaillé avec une extrême précision : vêtements, bagues, colliers, autant d'accessoires qu'elle avait portés à la grande époque de ses concerts. Tous ces éléments devaient avoir été prélevés sur d'anciennes vidéos afin de créer la nouvelle version virtuelle de Sofia.

Elle se pencha sur la dernière image.

— Malheureusement, j'ai perdu ce bracelet il y a trois ans. Ce détail n'est pas plausible.

De l'autre côté de la vitre, le jeune homme acquiesça. Il intervint sur l'image en direct et, petit à petit, le bijou disparut sous leurs yeux, se conformant à la réalité. Sofia étudia les autres montages. Tout ce matériel provenait d'archives datant de divers moments de sa vie : ses premiers succès, les voyages à l'étranger, ses dernières années de tournées. Que possédaient-ils encore d'autre sur elle ? Elle n'eut pas le temps de leur poser la question.

— C'est bon comme ça, nous pouvons y aller ?

— Oui, oui, bien sûr. Au revoir.

Sofia salua Steve et le jeune homme à la console dont elle ignorait le nom.

— Au fait, moi, c'est Martino…, lança-t-il à cet instant précis.

— Et moi, Sofia. Bonne journée.

Et elle sortit de la pièce.

Marina Recordato la raccompagna à la sortie.

— Voilà, je crois que c'est tout. Tenez, voici votre contrat…

Elle lui tendit une enveloppe rigide.

— Vous trouverez également mon numéro de téléphone privé, au cas où vous auriez le moindre problème, des doutes, des peurs, ou besoin d'éclaircir certains points. Vous pouvez m'appeler à toute heure. Si vous pouviez penser à emmener les vêtements que vous portiez lors de ces concerts – je parle de ceux des images retouchées que vous venez de voir –, ça nous serait très utile. Ça rendrait plus crédibles les vidéos sur lesquelles nous planchons et qui seront mises en ligne pendant votre séjour. S'ils ne sont plus en votre possession, prévenez-nous. Nous nous débrouillerons pour en faire fabriquer d'autres, identiques, en peu de temps.

— Ne vous inquiétez pas, ils seront dans ma valise.

— Très bien. Après-demain, nous vous ferons parvenir vos billets aller-retour par DHL. Vous avez une tranche horaire préférée pour la livraison ?

— Entre 9 et 12 heures, ce serait parfait, merci.

— Je prends note…

Ensuite, elles se saluèrent et Sofia sortit du bâtiment.

Au bout de quelques pas, elle prit une profonde inspiration. Elle avait l'impression de sortir d'un rêve étrange, ou mieux, de revenir d'un voyage dans une dimension parallèle. Pourtant, tout était bien réel. Un tout petit détail la chiffonnait : elle allait devoir raconter autour d'elle un tas de choses qui ne se produiraient jamais.

34

Sofia erra dans la ville sans lâcher son dossier. Elle le serrait fort, comme si elle avait peur de le perdre. Comment allait-elle s'en sortir ? Qu'allait-elle dire au moment où elle le montrerait à Andrea ? Mais la question qui la tourmentait le plus, c'était : est-ce que tout cela tenait la route ? Ce dossier pesait lourd. Dans tous les sens du terme. C'était la première fois de sa vie qu'elle était obligée de raconter un mensonge d'une telle envergure. Bien sûr, elle avait beaucoup changé ces derniers temps, il s'était passé beaucoup de choses, mais là, c'était différent. Se rendre dans un autre pays, faire semblant de donner cinq concerts, recevoir cinq millions d'euros, et surtout passer cinq jours avec un inconnu, lui appartenir.

Elle rougit. Il faisait très chaud tout à coup. Une fébrilité incroyable montait en elle. Elle s'installa à la terrasse d'un petit bar, comme une touriste étrangère, posa dossier et contrat sur la table et ferma les yeux pour imaginer tout ce qui l'attendait. Elle visualisa Tancredi qui lui souriait, lui offrait à boire, bavardait, lui racontait une anecdote, haussait un sourcil face à son indécision…

Tancredi. Un très bel homme, mais froid, parfois cynique, blasé. Un homme plein de charme et de mystère, un homme inaccessible. Un homme qui ne voulait pas aimer. Voilà. Elle sourit presque devant cette soudaine évidence. Que lui était-il arrivé dans la vie ? Pourquoi était-il comme ça ? Trop d'argent ? Une déception amoureuse ? Elle pouffa. *Je suis bien trop romantique.*

Ce n'était sans doute qu'un homme qui s'ennuyait un peu trop, tout simplement.

— Vous désirez commander ?

Sofia rouvrit les yeux. Un jeune homme se tenait devant elle, un plateau chargé de verres sales à la main.

— Oui, un thé, merci.

— Avec du lait ou du citron ?

— Citron, merci.

Le serveur disparut à l'intérieur du bar et réapparut peu après avec une théière chaude et des sachets de thé à part.

— Je vous en ai apporté deux ou trois : pêche, myrtille et thé noir anglais. Comme ça, vous avez le choix.

— Merci, c'est gentil.

Sofia paya et lui laissa un petit pourboire. Ensuite, elle laissa le thé à la pêche infuser dans sa tasse. Au bout d'un moment, elle ajouta une tranche de citron, du sucre et se mit à siroter. Elle avait un peu de temps à tuer avant son premier cours de musique.

Ses pensées revinrent inévitablement à lui. Pourquoi était-il comme ça ? Où allaient-ils passer ces cinq jours ? Qu'allait-il lui arriver ? Et si elle ne revenait plus jamais ? L'inquiétude s'insinua en elle. Personne n'était au courant de cette histoire. Soudain, elle eut une idée. Elle devait mettre quelqu'un d'extérieur dans la combine.

Oui, mais qui ? Lavinia ? Pas fiable. Olja ? Lui imposer une telle responsabilité n'était pas juste, et puis, comment allait-elle réagir ? La jugerait-elle ? Leur relation était proche de celle d'une petite-fille avec sa grand-mère. Olja l'avait vue grandir, l'avait toujours tenue en haute estime. Elle avait compris lorsqu'elle avait décidé d'arrêter de jouer, mais cette fois, elle ne comprendrait pas. Ses parents ? Surtout pas. Elle aurait trop de mal à leur expliquer et sa mère risquait de lui donner raison et de l'encourager. Elle sourit. C'était fou ce qu'il était parfois difficile de comprendre les autres, mais aussi de leur expliquer son propre point de vue. En réalité, c'était bien simple : elle n'avait personne à qui se fier. Il ne lui restait plus qu'une solution : coucher toute cette histoire sur papier et se l'envoyer à elle-même. Oui, elle allait préparer une lettre qu'elle confierait à Olja. Rien de bien compliqué. Elle lui dirait qu'elle préparait une surprise pour Andrea. Olja n'y verrait que du feu. Si elle ne rentrait pas, l'enveloppe arriverait chez elle deux jours plus tard et dévoilerait le pot aux roses. Elle y glisserait une photocopie des programmes et des billets d'avion, l'adresse du cabinet d'avocats, les numéros de téléphone dont elle disposait et une longue lettre reprenant le déroulement des événements, depuis sa première rencontre avec Tancredi, à l'église, jusqu'aux derniers jours avant son départ. Rassurée, elle acheva son thé, sortit son agenda de son sac et commença à écrire. Une heure plus tard, elle se rendit chez un imprimeur pour faire quelques photocopies et acheter une enveloppe dans laquelle elle glissa le tout. Elle la scella, écrivit son nom, son prénom, son adresse, puis fila à l'école et alla tout de suite trouver Olja.

— Pourrais-tu m'envoyer ça le 28 juin ?

— Bien sûr !

Olja lui prit l'enveloppe des mains et lut le nom du destinataire.

— Mais, c'est pour toi.

— Oui, je prépare une petite blague pour Andrea.

Elle sourit, amusée.

— Ah. Toujours en train de faire des blagues, toi… Le petit Claudio Porrini est déjà arrivé.

Sofia consulta sa montre.

— J'y vais tout de suite.

Elle descendit au rez-de-chaussée et trouva effectivement son élève qui l'attendait dans la salle de cours habituelle.

— J'ai un peu de retard, excuse-moi.

— Oh, pas de souci. Je jouais à la Nintendo DSi…

Il haussa les épaules et éteignit sa console.

— Allons-y.

Ce jour-là, les cours lui parurent plus légers que d'habitude, les élèves se succédèrent rapidement. Lorsque Elena, l'une des plus douées, entama la célèbre *Grande Valse brillante* de Chopin, Sofia l'interrompit aussitôt. Elle s'installa à sa place et commença à jouer le morceau.

— Tu vois ? Comme ça.

Il lui arrivait souvent de corriger un élève en jouant le passage qui posait problème d'une main, mais personne ne l'avait jamais vue s'asseoir au piano. Le fait que Sofia ne tourne même pas les pages de la partition rendit le moment encore plus impressionnant. Elle connaissait toutes les valses de Chopin par cœur. Mais plus époustouflant encore furent son doigté, sa maîtrise des pédales, son phrasé, bref tout ce qui rendait complexe même le plus facile des morceaux de Chopin. Avec une grâce innée, Sofia se baladait sur le clavier comme si c'était un jeu d'enfant. Lorsque le morceau s'acheva sur le sol à l'octave, un silence ébahi s'installa dans la salle de cours.

Sofia avait les larmes aux yeux.

— Mais, madame, pourquoi vous pleurez ? C'était super !

Sofia caressa les cheveux d'Elena.

— Tu n'es jamais émue, toi ? Imagine que tu as perdu quelque chose d'important, auquel tu tenais beaucoup, par exemple une paire de boucles d'oreille que t'auraient offerte tes parents, et puis que tout à coup tu la retrouves…

— Ah oui, je vois !

— Parfois, on pleure aussi parce qu'on est heureux. Maintenant, du balais, le cours est terminé.

Plus tard, sur le trajet de retour, dans sa voiture, elle repensa à sa dernière conversation avec Olja. Comme lui avait suggéré Guarneri, elle venait de lui expliquer que le cabinet l'avait rappelée pour lui proposer cinq concerts dans un autre pays, pour une somme que, cette fois, elle n'avait pas pu refuser. Elle avait accepté cet argent dans un seul but, réaliser son rêve : rendre à Andrea l'usage de ses jambes.

— Un grand chirurgien japonais a mis au point une nouvelle intervention chirurgicale avec des cellules souches… Apparemment, il fait des miracles. Bien entendu, c'est très cher. C'est pour ça que j'ai accepté de recommencer à jouer. Avec ce que je vais gagner, Andrea pourra tenter cette opération.

Olja l'avait regardée avec une grande tendresse et lui avait caressé la joue.

— Tu mérites que tous tes rêves se réalisent.

Elle avait compris qu'elle ne faisait pas partie de ce nouveau projet et s'était contentée d'ajouter :

— Je penserai à toi.

Cependant, Sofia avait lu dans son regard sa douleur de ne pas pouvoir assister à son retour sur scène. Malgré cela, Olja l'avait laissé partir en souriant, sans la moindre protestation. Seuls ceux qui aiment vraiment sont capables de faire passer l'être aimé avant eux.

Avant de rentrer, Sofia tourna longuement dans la ville. Elle était nerveuse. Elle ne voulait surtout pas commettre d'erreur. *Dans quel état serais-tu si tu devais réellement donner ces concerts ? Comment affronterais-tu la situa-*

tion ? Si tu veux être crédible, tu dois rester naturelle. Alors elle retourna en arrière, effaça de sa mémoire tous les événements de la matinée et tenta de vivre la situation de la façon la plus authentique possible. En un éclair, elle se projeta. *Tu serais à la fois surprise, heureuse et motivée. Tu retrouverais foi en la vie et l'infinité de ses ressources ; la vie qui, au moment où t'y attends le moins, parvient à te surprendre.* Elle passa en revue tout ce qui lui passerait par la tête, puis se décida à rentrer chez elle.

— Mon chéri ! J'ai une nouvelle incroyable !

— Que se passe-t-il ?

Andrea était devant la télé, dans le salon.

— J'ai réussi ! Tu te souviens, je t'avais expliqué qu'une importante organisation m'avait approchée, ils me voulaient à tout prix pour un festival russe ? Eh bien, aujourd'hui, ils m'ont recontactée. Il parait que des Arabes se sont montrés très intéressés aussi. J'ai été intransigeante sur le prix et ils ont accepté ! Je vais donner cinq concerts pour cinq millions d'euros ! On dirait un rêve. Pourtant, c'est la vérité ! Tout est bien réel.

Elle s'agenouilla devant lui, le serra dans ses bras et fondit en larmes. Elle ne faisait pas semblant, elle était elle-même. C'était Sofia, la jeune femme confrontée à une erreur commise longtemps auparavant et heureuse d'avoir enfin trouvé le moyen de se racheter. Et surtout de recommencer à vivre. Elle l'embrassa. Andrea sourit.

— Ma chérie, ne pleure pas.

— Je suis si heureuse.

Elle se releva et ramassa son sac. Andrea éteignit la télévision.

— Voilà, tiens, regarde.

Elle lui tendit le dossier. Andrea l'ouvrit et commença à lire avec attention. Sofia se réfugia dans la cuisine et écouta le bourdonnement du frigo pendant qu'il découvrait son programme.

— C'est dingue, hein ? lança-t-elle au bout d'un moment. Pile ce dont nous avions besoin…

Elle regagna le salon.

— Je jouerai de nouveau, pour toi, pour nous… Pour tout ce qu'il y aura après.

Andrea posa les documents sur ses genoux.

— Je ne veux pas que tu y ailles, déclara-t-il après un long silence.

— Quoi ?

Sofia prit une chaise, s'installa devant lui et lui prit les mains.

— Mais qu'est-ce que tu racontes, mon chéri ?

Andrea la regarda droit dans les yeux.

— Je ne crois pas que je pourrai remarcher un jour.

— Et pourquoi pas ? Pourquoi cela ne pourrait-il pas marcher ? Ça te parait impossible ? Nous avons lu beaucoup de choses sur ce médecin, Stefano nous en a parlé aussi. Il a réussi tout ce qu'il a tenté, c'est un génie de la chirurgie. Pourquoi ne serait-ce pas le cas pour toi aussi ?

Il prit les documents et les secoua.

— Parce que tout ça, ça ressemble à une bonne blague du destin, c'est comme s'il se foutait de moi. Comme par hasard, un médecin spécialisé dans mon handicap débarque de nulle part. Le seul hic, c'est que son traitement coûte une fortune, mais, comme par hasard, voilà que des millionnaires arabes se pointent et s'intéressent à une pianiste qui n'a plus joué depuis plus de huit ans. Et, comme par hasard, ils sont disposés à débourser cinq millions d'euros, justement la somme dont nous avons besoin. Sans vouloir insulter ton talent, ce montant à lui seul est invraisemblable. Et tu voudrais que j'avale ça ? Ça ne te parait pas grotesque, toi ? Franchement, ça ressemble à une blague de mauvais goût, non ?

Sofia se leva et resta campée devant lui.

— Je ne vois pas pourquoi tu ne devrais pas y croire.

— Je viens de te le dire, Sofia, c'est trop gros. On dirait un complot bien ficelé…

— Mais enfin, qui serait assez méchant, assez cynique pour manigancer un truc aussi énorme ? C'est imposs…

Elle s'arrêta net et resta muette. *Et si ce grand médecin n'existait pas ? Et si tout cela n'était qu'un coup monté, dans le seul but de passer ces cinq jours avec moi ? Non. C'est impossible.*

— À quoi penses-tu ? demanda Andrea, tout à coup soupçonneux.

Sofia comprit que le moment était décisif, elle devait jouer le tout pour le tout et remettre ses doutes à plus tard. Même si tout cela n'était au final qu'une mise en scène, elle ne pouvait pas se trahir maintenant.

— Je pense qu'il faut avoir le courage de vivre.

À ces mots, elle se retrancha dans la chambre et claqua la porte. Elle avait besoin de temps, juste un peu de temps pour reprendre ses esprits. Elle était en train de tomber dans un gouffre. Elle s'affala dans le fauteuil et se passa les mains dans les cheveux. *Non. Non, c'est impossible, il ne peut pas avoir été si loin. Si c'est le cas, je le dénoncerai, ou plutôt non, je partirai avec lui, mais je le tuerai...*

Un petit grincement l'avertit que la porte s'ouvrait.

Andrea apparut dans l'embrasure.

— Ma chérie… Excuse-moi, je n'ai pas été très délicat. Tu as fait tout ça pour moi, pour nous, et moi, je remets tout en doute comme un idiot. Pardonne-moi, je t'en supplie.

Sofia le rejoignit et le serra dans ses bras. C'était lui qui pleurait à présent.

— C'est juste que tout ça parait si improbable. Ce ne peut être qu'un rêve. J'ai peur de me réveiller.

— Chhh… Tout est vrai, mon amour. Nous avons beaucoup de chance que cette occasion se présente… Peut-être l'avons-nous méritée.

Sofia ne savait plus quoi penser. Elle n'était plus du tout convaincue de ce qu'elle affirmait.

— Ce que nous devons absolument vérifier, c'est si ce professeur est réellement capable de…

Andrea s'écarta d'elle. Son visage avait changé du tout au tout.

— Oui ! J'en ai parlé avec des médecins de l'hôpital, eux aussi en ont entendu parler, lui assura-t-il avec un regain d'enthousiasme.

Sofia se rappela cette salle pleine de jeunes qui travaillaient sur des ordinateurs, de la facilité avec laquelle ils avaient retouché ces photos de son passé, de la vitesse à laquelle ils avaient effacé ce bracelet de son poignet. Ces jeunes pouvaient rendre n'importe quoi plausible.

— Ça ne peut pas être faux, insista Andrea. J'ai lu des interviews de patients qui ont été opérés. On trouve de tout sur Internet… Ça fait plusieurs mois que l'information circule, si c'était un canular, ça aurait été démenti depuis longtemps.

Cela rassura Sofia. Ce professeur japonais n'était pas virtuel. Elle déposa un baiser sur les lèvres d'Andrea et sourit.

— En fait, c'est surtout le fait que tu aies réussi à te procurer une telle somme qui me parait incroyable…, se justifia Andrea.

— Oui, ça l'est pour moi aussi. Je ne sais pas quoi dire. Quand ce genre de chose arrive, je crois qu'on ne peut que se réjouir, tout simplement. Allez, viens…

Elle regagna le salon, Andrea dans son sillage.

— Je l'ai prise pour fêter ça, annonça-t-elle en sortant une bouteille de champagne. Tiens, ouvre-la… Vivons ça comme un rêve éveillé. Ce ne sera sans doute pas facile, le chemin sera peut-être long et parsemé d'embûches, mais il nous faudra avoir la patience de les accepter quand nous ne pourrons pas faire autrement et la force de les surmonter quand ce sera possible… Cette fois, nous y arriverons peut-être.

Andrea fit sauter le bouchon qui ricocha contre le plafond et se perdit quelque part dans la pièce.

— C'est de bon augure.

Sofia lui tendit les flûtes qu'elle avait prises dans la cuisine. Andrea les servit tandis qu'elle déballait un petit paquet.

— J'ai aussi pris un gâteau mimosa chez Cavalletti. Aujourd'hui, j'ai vraiment envie de faire la fête, et si je prends deux kilos… Eh bien, je les perdrai plus tard !

Andrea lui donna un verre en la regardant dans les yeux. Sofia posa le gâteau et leva celui-ci pour porter un toast. Ils attendirent en silence que l'un d'eux trouve les bons mots. Andrea parla en premier.

— À tout ce que tu as fait pour nous et à ton amour qui semble être… miraculeux.

Il était ému. Sofia était au bord des larmes, elle aussi.

— Bon, ça y est. Voilà que ça recommence, pfff…

Andrea éclata de rire.

— C'est vrai, tu as raison, nous devrions être joyeux. En plus, nous avons du gâteau ! Que nous faut-il de plus ?

Cette fois, ils trinquèrent en faisant tinter les flûtes, firent danser le champagne avant de le boire d'un trait, jusqu'à la dernière goutte. Puis ils s'attaquèrent au mimosa.

— Mmm, délicieux.

Andrea l'observait. Elle avait l'air d'une enfant. Elle coupa un morceau de sa part, se dépêcha de porter la cuillère à sa bouche et à peine l'eut-elle avalé qu'elle en prit un autre. Elle repéra son regard.

— Qu'y a-t-il ?

— Je voudrais que tu me dévores comme ce gâteau…

Sofia sourit, la bouche pleine.

— Attends que j'aie terminé, tu vas voir ce que je te réserve…

Il continua à la contempler.

— C'est fini, oui ? Tu veux bien me laisser manger tranquille ?

— Oui. C'est juste que… j'ai un peu peur.

Sofia retrouva tout son sérieux.

— Peur de quoi ?

— Je voudrais que rien ne change entre nous, je suis heureux comme ça.

— Que veux-tu que ça change ?

— Parfois, un changement en entraine d'autres…

Sofia le dévisagea.

— C'est un risque que tu dois prendre… Dans tous les sens.

Puis elle lui ôta son assiette des mains et attaqua sa part de gâteau en souriant.

35

Quelques jours plus tard, ses billets d'avion arrivèrent par DHL. Le grand jour approchait. Sofia essayait de ne pas y penser. Lorsqu'elle traversait la ville, elle remarquait des choses qu'elle n'avait jamais vues jusque-là. Des arbres, des plantes, des constructions, des monuments, la couleur de certaines habitations… Elle levait le nez et découvrait de magnifiques façades, des merveilles qui avaient pourtant toujours été là. Elle était passée à côté de toutes ces beautés, de tous ces détails, telle une aveugle. Elle s'arrêta chez un fleuriste et commanda plusieurs bouquets pour leur appartement. Des tulipes, des marguerites jaunes, des renoncules de toutes les couleurs et des lys au parfum puissant.

— Pourriez-vous me les faire livrer pour l'heure du déjeuner ?

Ensuite, elle acheta quelques bouteilles de vin, du rouge et du blanc. Un Lacrima di Morro d'Alba Pergiovanni Giusti et du pinot blanc Penon Nals Margreid ; elle les avait repérés dans un magazine qui vantait leur bon rapport qualité-prix.

— Excellent choix, lui confirma le caviste installé non loin de chez elle. Je suis sérieux. Beaucoup de gens dépensent jusqu'à une centaine d'euros pour des vins de qualité inférieure. Pourtant, comme je dis toujours, on a vite fait de jouer les connaisseurs. Tous ces nouveaux riches choisissent des bouteilles qui leur permettent de se la raconter quand ils invitent d'autres ploucs qui s'y connaissent encore moins…

Ne sachant que répondre, Sofia se contenta d'acquiescer, en alternance avec de petits « eh oui… ».

— Alors qu'avec ceux que vous avez choisis, on fait vivre les petits producteurs, qui proposent de la qualité et qui sont bien plus méritants que les autres.

— Eh oui…

Il lui tendit enfin son sac, elle paya et le salua. *Ce qu'il y a de bien avec certains vendeurs, c'est qu'ils t'expliquent le fond de leur pensée.*

Elle rentrait chez elle, amusée, heureuse de ses choix, du moins en termes de vins, lorsque son téléphone sonna. Elle le chercha désespérément dans son sac, au milieu des mouchoirs, de ses clés, de son portefeuille, de son agenda… et finit par mettre la main dessus. Numéro privé. Qui cela pouvait-il être ? N'importe qui. Lui ? Son cœur se mit à tambouriner comme un fou. *Pour quelle raison m'appellerait-il ? Que pourrait-il s'être passé ?* Elle prit une longue inspiration, et décrocha.

— Allô ?

— Madame Valentini ?

— Oui.

— Sofia Valentini ?

— Oui.

— Excusez-moi de vous déranger, Luigi Gennari à l'appareil.

Sofia se tut pendant un instant. *Luigi Gennari... J'ai déjà entendu ce nom quelque part, mais où ? Pas moyen de me le rappeler.* Son interlocuteur vola à son secours.

— Le directeur de votre banque.

Voilà ! Ce type courtaud, chauve et moustachu qui n'avait jamais daigné lui accorder un regard. Que lui valait cet honneur ? Ah, mais oui ! Elle avait compris.

— J'espère que je ne vous dérange pas, mais vous n'êtes pas sans savoir… enfin, je ne pense pas que ce soit une erreur… Je veux parler de…

— Des cinq millions qui sont arrivés sur mon compte.

— Voilà, c'est ça. Je tenais à vous appeler personnellement pour voir si nous pouvions vous être utiles, au cas, par exemple, où vous souhaiteriez investir… Sachez que je me ferais un plaisir de vous recevoir. J'ai préparé diverses propositions de plan d'investissement. Je peux aussi vous envoyer l'un de nos spécialistes financiers à l'heure que vous souhaitez… Allô ?

Sofia sourit. Elle était toujours là. Elle mourait d'envie de lui raccrocher au nez, mais il y avait encore mieux à faire.

— D'autres virements devraient arriver au cours des prochains jours, mais ne m'appelez pas chaque fois, directeur, je vous contacterai moi-même lorsque j'aurai du temps.

— Oui, oui, bien sûr. Je vous prie de m'excuser.

— Vous êtes tout excusé.

Et elle mit fin à la communication. Au moins, cela faisait un souci en moins. Elle se précipita vers le distributeur le plus proche, inséra sa carte, pianota discrètement son code, plus attentive que jamais, et cliqua sur « Consulter le solde ». Elle n'en crut pas ses yeux. Le montant était bien celui-là : 5 019 843 euros. Inconsciemment, elle cacha encore plus l'écran et jeta un coup d'œil derrière son épaule, puis elle se moqua de son excès de méfiance. Elle appuya sur quelques touches pour obtenir l'impression d'un relevé de compte. Le petit papier sortit de la machine, elle le plia plusieurs fois et le glissa dans son portefeuille. Quelques instants plus tard, elle était chez elle.

— Regarde…

Elle posa le relevé sur la table où Andrea était en train de dessiner. Le papier atterrit sur un projet de villa à Ladispoli. Le montant indiqué aurait suffi à en acheter plus de trente. Andrea prit le document comme s'il s'agissait d'une précieuse pièce à conviction, d'un parchemin millénaire découvert dans des fouilles archéologiques ou encore d'une information qui allait bouleverser l'humanité. En réalité, c'était l'annonce que sa nouvelle vie n'était plus inaccessible.

— Je n'arrive pas à y croire. Tout cet argent est là, pour de vrai. Il était temps que le monde reconnaisse ton talent. Le don que tu possèdes n'a pas de prix. Mon amour, si ce miracle se produit, ce sera uniquement grâce à toi, fit-il en désignant ses jambes. Chaque note que tu joueras sera guidée par ton cœur. Merci.

Sofia resta muette, incapable d'articuler le moindre mot et encore moins de sourire. Pourtant, elle savait que ce moment arriverait. Cette scène, elle l'avait imaginée mille fois, mais cela n'avait servi à rien. Elle se mit à pleurer. Les larmes dévalèrent ses joues sans un bruit, l'une après l'autre, inlassablement, toujours plus grosses, douloureuses, conscientes de cette arnaque monumentale, de ce mensonge éhonté.

— Oh ! Pourquoi pleures-tu, ma chérie ?

Andrea propulsa son fauteuil vers elle, lui prit les mains et tenta de la consoler.

— Ne fais pas ça, je ne sais plus quoi dire, ni comment réagir… Mon amour, s'il te plait.

Mais Sofia continua à sangloter. Ces derniers temps, elle était particulièrement à fleur de peau. *Pourquoi ?*

Andrea tentait de sécher ses larmes.

— S'il te plait…

Mais plus il parlait, plus elle pleurait. *Comment peut-il être aussi naïf ? Comment peut-il ne pas comprendre ? C'est pour autre chose que l'on me paie, Andrea, et certainement pas pour ma musique, mes dons ou mon talent... Je me suis vendue. Vendue.* Entendre ce mot résonner dans son esprit fut encore plus douloureux. Elle grimaça et Andrea s'en rendit compte.

— Ce n'est pas grave. Alors n'y va pas.

À cet instant, Sofia aurait voulu cesser cette mascarade, sortir de ce rêve en carton-pâte, l'embrasser, tout lui raconter, se sentir de nouveau libre, lui appartenir, à lui, et à personne d'autre, à aucun prix…

Cependant, c'était impossible, et ça aurait été idiot. Elle était arrivée jusque-là, elle devait continuer.

Alors elle finit par sourire et reprit son rôle.

— Non, tout va bien, mon chéri. Je suis un peu émue, comme toi.

Ils s'embrassèrent et restèrent comme ça longuement sans rien dire. Au bout d'un moment, Andrea s'écarta d'elle et lui caressa la joue en souriant.

— Tout ira bien, tu verras. Nous avons de la chance. Il n'y a qu'une seule chose qui me chagrine…

— Ah bon, laquelle ?

Le cœur de Sofia fit une embardée. *Et maintenant, que va-t-il me sortir ? Qu'a-t-il compris ? Quelle erreur ai-je encore commise ? Et voilà, je le savais...*

Andrea prit sa main, la tourna paume vers le haut, puis y déposa un baiser. Elle ne distinguait que ses yeux, emplis d'amour.

— J'aurais tellement voulu t'accompagner.

36

Tout devait paraitre naturel. Sans cela, rien ne serait crédible. Surtout avec un caractère comme le sien. *Si ce doit être les* Goldberg, *alors qu'il en soit ainsi !* se dit Sofia. L'œuvre la plus complexe, la plus difficile, la plus tout. Attribuée à Bach, il se disait que c'était Dieu lui-même qui l'avait créée et que le célèbre compositeur n'avait fait que la retranscrire. Sofia était consciente de la présence d'Andrea dans l'autre pièce, à quelques mètres d'elle ; il allait l'entendre. À vrai dire, il allait être obligé d'écouter ses huit heures de répétition. Elle ne voulait pas donner l'impression de prendre ces concerts à la légère. Elle était très, très émue ; pour la première fois après tant d'années, le moment était venu de prouver ce qu'elle valait encore, ils allaient pouvoir comparer.

Elle observa le clavier, puis la partition ouverte à la première page, l'aria, et fut prise de vertige. Mais elle refusa de céder à la tentation, celle de lire les *Variations* de la première à la dernière page. Elle allait plutôt commencer par se concentrer sur une seule de ces variations, la n° 26. Jamais, au grand jamais, elle ne serait parvenue à préparer ce passage à temps si celui-ci n'avait pas fait partie de son répertoire dès l'âge de seize ans et si elle ne l'avait pas exécuté en public plusieurs fois alors qu'elle en avait dix-neuf.

Elle se concentra sur ses mains, les croisa sur le clavier et attaqua d'emblée à la bonne vitesse, c'est-à-dire hallucinante. Dans un premier temps, une salve de sauts d'accords à la main gauche et une succession de gammes avec la droite ; jusque-là, tout allait bien, mais voilà que les rôles s'inversaient et que la main gauche prenait le relais à partir de la troisième octave. Les chevauchements d'une technicité complexe et raffinée s'enchaînaient, avec ce rythme et ce doigté tant de fois étudiés et réajustés. C'était à peine si l'on devinait ses mouvements.

En pleine extase, elle ne faisait plus qu'un avec cette variation, avec Bach, avec le piano, avec chacune des touches ; elle était la messagère de Dieu. Aussitôt la dernière note posée avec l'auriculaire de la main gauche, elle repartait du début avec la droite, et ainsi de suite, sans plus s'arrêter.

Dans la pièce voisine, Andrea, les yeux brillants, détacha le regard du mur et baissa la tête.

À l'heure du déjeuner, Sofia prit une pause, puis se rendit au conservatoire pour étudier quatre heures sur le Steinway. Plus tard dans l'après-midi, elle alla au rendez-vous qu'elle avait donné à Ekaterina Zacharova. Sofia lui expliqua son voyage et elles se mirent d'accord pour que celle-ci la remplace une fois de plus.

— Je t'envie, ça va être une expérience fantastique, lui assura Ekaterina en l'embrassant.

Elle semblait sincère.

— Tu vas devoir me remplacer dès aujourd'hui, je dois absolument être à la hauteur pour ces cinq concerts.

— Bien sûr, avec plaisir, Sofia.

Elles se quittèrent comme ça. Ekaterina la regarda s'éloigner, immobile au milieu de la place, un peu jalouse de cette occasion exceptionnelle qui se présentait à elle.

Le matin de la veille du départ, elle prépara sa valise. Suivant le conseil de l'assistante de maître Guarneri, elle exhuma les robes qu'elle portait sur les images qu'elle avait vues dans la salle de montage et les essaya. Elle rentrait toujours dedans. Elle n'avait peut-être plus le brio d'autrefois, mais au moins, elle n'avait pas grossi. Ce soir-là, ils ouvrirent l'une des bouteilles qu'elle avait achetées chez le caviste, le pinot blanc Penon Nals Margreid. Ils dînèrent en silence. Spaghettis aux fruits de mer et une excellente daurade cuite au four. Puis, avec une tendresse naturelle, ils finirent au lit.

— Mmm, tu sais que ce que tu nous as cuisiné ce soir était vraiment délicieux ?

Sofia sonda son regard.

— Tu es sérieux ou tu te moques de moi ?

— C'est très sérieux, je t'assure. D'ailleurs, ça m'inquiète un peu. Tu n'as jamais aussi bien cuisiné !

Elle lui donna une petite tape.

— Idiot ! J'ai déjà préparé bien mieux que ce soir. Seulement, tu es comme tous les hommes…

— C'est-à-dire ?

— C'est quand vous ne contrôlez plus tout que vous commencez à vous rendre compte de ce que vous risquez de perdre…

Andrea la dévisagea.

— Pourquoi ? Je suis en train de te perdre ?

— C'est sûr que si tu te mets à critiquer ma cuisine, tu risques gros.

— Tu as toujours été le meilleur cordon-bleu à mes yeux.

— Arrête, tu t'enfonces…

Sofia descendit du lit et traversa la chambre, nue. Le pâle clair de lune caressa son corps svelte, ses seins pleins et ronds, ses fesses menues, mais toniques, musclées.

— Je crois que j'ai de nouveau une érection…

— Il faut qu'on dorme. Demain, je dois partir tôt.

Elle disparut dans la salle de bains.

Andrea entendit l'eau couler.

— Tu me manques déjà.

De la douche, Sofia éleva la voix.

— Ce n'est pas beau de mentir !

— Mais c'est la vérité !

Elle regagna la chambre et s'allongea à côté de lui. Andrea lui caressa les jambes.

— Tu as prévu de jolies tenues ?

— Oui… Des robes de gala pour les concerts, et puis des trucs plus simples.

Sa main remonta petit à petit sur ses cuisses.

— Ton passeport ?

— Il est sur le guéridon dans l'entrée.

Il grimpa encore d'un cran. Elle écarta les jambes. Il l'entendit soupirer, mais continua à bavarder en souriant.

— Tu as pensé à prendre des pulls ? Il fera peut-être froid.

— Un seul… Il fera chaud…

Andrea la sentit frissonner au contact de ses doigts.

— Tu m'appelleras ?

— Ça risque d'être compliqué, mais ils m'ont dit qu'ils me donneraient un téléphone portable. Apparemment, les lignes fixes sont très perturbées là-bas. Et nous devrions souvent nous déplacer, d'après ce que j'ai compris…

— Ah…

Andrea continua à la caresser. Elle ferma les yeux dans un soupir de volupté.

— Viens sur moi…

En un clin d'œil, Sofia se retrouva à califourchon sur lui. Andrea lui agrippa les hanches.

— Tu vas me manquer, mon amour.

— Toi aussi…

Elle commença à remuer le bassin, de plus en plus vite, pressant son bas-ventre sur lui ; elle était très excitée. Les yeux fermés, elle bascula la tête en arrière et jouit en poussant de petits cris. Il atteignit l'orgasme en même temps qu'elle. Ensuite, ils restèrent allongés au milieu de leur lit défait par l'amour, récupérant peu à peu leurs forces.

— Ma chérie, ces derniers jours, je t'ai entendue jouer et ça m'a beaucoup touché. C'était magnifique. Quel gâchis, tout ce temps perdu…

— Peut-être est-ce justement parce que j'ai renoncé pendant toutes ces années qu'il nous arrive tout ça.

— Tu vas jouer à la perfection. Ces cinq concerts vont être exceptionnels. Et après ça, tu ne pourras plus jamais t'arrêter.

Sofia le dévisagea dans la pénombre de la chambre.

— Nous en reparlerons quand je reviendrai.

— Oui, tu as raison.

Peu après, Andrea s'endormit. Avant de se recoucher, Sofia s'acquitta des derniers préparatifs et ajouta quelques sous-vêtements dans sa valise. Elle repensa à ses derniers mots. *Une nouvelle vie commence.*

Que va-t-il se passer au cours de ces cinq jours ? Elle regarda l'heure. Demain, à la même heure, elle serait avec lui. Une étrange effervescence s'empara d'elle. Comme lorsqu'elle était petite et que le départ pour les vacances à la mer approchait. Elle allait y retrouver ses amis et surtout ce garçon qui lui plaisait et qu'elle ne voyait que l'été. Elle éprouvait la même émotion que les soirs de veille de concert. Ça ne se limitait pas à de l'appréhension ou à de l'impatience. Chaque concert représentait un défi, une mission qu'elle devait mener à bien, à la perfection même. Cependant, le défi était d'une tout autre nature, cette fois, et le contrat sans précédent, avec cinq millions d'euros à la clé. L'argent était déjà sur son compte. Oui, mais il était là dans un but bien précis. Cette pensée la rassura, lui donna de l'assurance. Cinq petits jours avec un inconnu. Qu'avait-elle à perdre ? Hélas, il n'y avait pas de réponse à cette dernière question. Pour finir, elle s'endormit à son tour.

37

— Le taxi est là.

Andrea lâcha le rideau de la fenêtre.

Sofia se pencha pour l'embrasser.

— À bientôt, mon chéri.

Elle prit sa valise, sa trousse de toilette et sortit sans se retourner. Lorsqu'il l'aperçut, le chauffeur descendit du taxi et mit ses bagages dans le coffre.

Sofia leva la tête. À la fenêtre, Andrea lui fit un petit signe de la main. Elle lui sourit et prit place dans la voiture. Quelques instants plus tard, ils tournaient au coin de la rue et étaient engloutis par le trafic. Le chauffeur jeta un coup d'œil dans le rétroviseur.

— Où allons-nous ?

— À l'aéroport de Roma Fiumicino, s'il vous plait.

Tandis qu'ils roulaient, Sofia rassembla ses cheveux en deux tresses qu'elle attacha ensemble, histoire de tuer le temps. À l'aéroport, elle paya et descendit. Elle n'eut aucune difficulté à trouver le comptoir d'embarquement où elle remit son passeport à une hôtesse et posa sa valise sur le tapis roulant. Elle franchit le contrôle de sécurité et alla flâner dans les boutiques en attendant que son vol soit annoncé. Elle entra dans une librairie. Il ne fallait que quelques heures pour atteindre Abu Dhabi, mais combien d'heures de vol l'attendaient ensuite ? Elle affronterait ce voyage plus sereinement avec un bon livre pour se distraire. *Pourquoi n'y ai-je pas pensé plus tôt ? J'ai une pile à lire énorme à la maison.* Elle fit le tour des rayonnages de la librairie et étudia les titres. Pour finir, son choix se porta sur un vieux classique : *Anna Karénine*. On lui en avait souvent parlé, mais elle ne l'avait jamais lu. Qui sait ce qu'elle allait trouver dans cette œuvre ? Un signe ? Une similitude avec ce qu'elle était en train de vivre ? Après être passé à la caisse, elle rangea le livre dans son sac et continua le lèche-vitrine. Elle repéra de beaux bagages. *Si je voyageais plus souvent, je m'offrirais cette valise Prada. Elle est superbe, et puis elle a l'air à la fois spacieuse et pratique.* Elle la referma. *Mais quand aurai-je encore l'occasion de voyager ?* Hormis son court séjour en Sicile, elle n'avait plus quitté Rome depuis une éternité.

Elle s'arrêta devant une boutique de maillots et de paréos dont la vitrine alléchante représentait une plage de sable blanc. *Zut, c'est vrai ! J'ai oublié de prendre un paréo. Bon, de toute façon, je serai seule avec lui. Au pire, je lui demanderai de me prêter une de ses chemises.* Elle rit toute seule. *Franchement, cette histoire de paréo devrait être le cadet de mes soucis.* Mais l'espace d'un instant, elle eut l'impression d'avoir dix-sept ans et de quitter le nid familial pour la première fois, avec ses mille peurs, ses mille incertitudes, persuadée de ne pas avoir pensé à tout, d'avoir oublié quelque chose d'une importance capitale pour ses vacances. *Vacances ?* Sofia croisa un grand miroir et s'examina. *Tu n'es pas en vacances, ma vieille. Tu ne vas pas prendre du bon temps. Tu pars le retrouver pour lui donner ce qu'il veut, accéder à ses désirs, à tout ce qu'un homme pourrait bien vouloir de toi, en échange de cinq millions d'euros. Cinq jours. Cinq jours, ce peut paraitre tellement long, interminable.* Et si elle ne le supportait pas, le détestait même ? *Mais Sofia, qui crois-tu tromper ? Cet homme est beau comme un dieu, il te plait, il te fascine, il t'excite. Non seulement tu as une bonne excuse, mais en plus, tu es bien trop payée pour baiser avec lui. Tu crois qu'il ne sait pas déjà tout ça ? Ce type connait tout de toi, le moindre de tes secrets, ton numéro de compte en banque, les photos de ton passé, les vidéos de tous tes concerts. Tu t'imagines vraiment qu'il n'a pas compris ton petit manège ?*

À cet instant, une voix retentit et annonça son vol. Elle se dirigea vers la porte d'embarquement, montra son billet et son passeport à l'hôtesse et passa le contrôle. Dans l'avion, elle gagna directement sa place et s'installa sur le siège confortable réservé pour elle en première classe. Aussitôt, un steward lui apporta des journaux et une coupe de champagne.

— Merci.

Voilà, ses vacances « un peu particulières » commençaient. L'avion s'éloigna de la passerelle et alla se placer sur la piste pour attendre l'autorisation de décoller. Peu après, il braqua légèrement et avança. Le vrombissement des moteurs s'intensifia, l'appareil prit de la vitesse et un instant plus tard, ils s'envolaient. Sofia aperçut la mer, les vagues qui s'écrasaient sur la plage, les rides à la surface de l'eau, au large, puis elle se retrouva au milieu des nuages. Alors elle sortit son livre et se mit à lire pour se détendre. Les mots et les pages défilèrent ; cette écriture classique lui plaisait.

Au bout d'un certain temps, elle utilisa son billet comme marque-page, ferma le livre, le posa sur le bras du siège, ferma les yeux et sombra dans le sommeil. Un grand fracas la réveilla en sursaut. Elle s'agrippa aux accoudoirs et regarda autour d'elle. Tout le monde était calme, avait l'air serein. Elle soupira. Rien de grave, ils étaient tout simplement en train d'atterrir.

Elle descendit de l'avion, récupéra sa valise et sortit.

Et maintenant ? Comment vais-je reconnaitre la personne qui m'attend ? Et surtout, y aura-t-il quelqu'un ? Peut-être qu'il m'a fait une blague. Et si je me retrouvais ici, à l'aéroport, pendant cinq jours ?! La bonne grosse blague à cinq millions d'euros !

— Madame Valentini ?

— Oui.

Un homme très élégant, vêtu d'un complet sombre et d'une cravate bleue, tendit la main vers sa valise en souriant.

— Nous vous attendions. Permettez que je me charge de vos bagages.

— Oui, merci.

L'homme lui indiqua le chemin.

— Par ici. Votre vol s'est bien passé ?

— Oui, très bien.

— Vous désirez quelque chose, un café peut-être ?

— Un peu d'eau, si c'est possible…

— Nous avons tout à votre disposition dans la voiture.

Devant l'aéroport, une voiture se gara sur le trottoir. L'homme qui l'avait accueillie lui ouvrit la portière.

— Je vous en prie.

Sofia grimpa à bord. Son guide rangea ses bagages dans le coffre et s'installa au volant, relayant le chauffeur initial. Il attacha sa ceinture et actionna le levier de la boîte automatique sur D. La grosse Mercedes S5000 démarra sans un bruit.

— Vous trouverez tout ce que vous désirez dans le frigo, devant vous. Les bouteilles d'eau tempérée et les verres, par contre, sont dans la petite armoire, juste en dessous.

Sofia se servit un verre d'eau minérale. La Mercedes tourna et s'immobilisa devant une grille. Après l'avoir franchie, elle continua sa course silencieuse pendant un moment avant de s'arrêter devant des hangars. Un luxueux jet Gulfstream G200 attendait au milieu de la piste. Le chauffeur de la Mercedes descendit et ouvrit la portière.

— Nous sommes arrivés.

En posant le pied sur le tarmac, Sofia fut frappée par la chaleur qui régnait à l'extérieur. Au bout de la piste, des reflets scintillaient dans une sorte de brume à l'horizon, devant le grand désert.

— C'est un effet dû à la chaleur, madame, lui expliqua l'homme avec un sourire.

Il prit les bagages de Sofia et l'emmena jusqu'au pied du petit escalier du jet.

— Voilà, vous y êtes.

Au même instant, une hôtesse apparut à la porte de l'avion.

— Bonjour.

Sofia gravit les marches. Très souriante, l'hôtesse la salua d'un petit signe de tête.

— Où voulez-vous vous asseoir ?

— Oh, ici, ce sera très bien.

Cet avion était plus grand que celui qui l'avait emmenée à Vérone, mais tout aussi élégant ; tout était soigné jusque dans les moindres détails. L'équipage n'était pas le même. Le commandant vint se présenter.

— Bonjour. Nous pourrons partir dès que vous le souhaiterez.

— Oh, si ça ne tient qu'à moi, nous pouvons décoller tout de suite.

— Alors en route. Vous serez notre unique passagère.

Du sol, le chauffeur de la Mercedes la salua.

— Si vous avez besoin de prendre quelque chose dans votre valise, n'hésitez pas à leur demander, ils savent où la trouver. Bon voyage.

Le petit escalier s'écarta et l'épaisse porte se referma. Sofia était installée sur un grand canapé, au milieu de l'avion, à côté d'un hublot et d'une table basse sur laquelle elle posa son sac. Elle attacha sa ceinture. L'avion se mit en branle, accéléra et s'envola rapidement, sans un bruit. Rien.

Sofia repéra la Mercedes sombre qui franchissait la grille dans l'autre sens avant de s'élancer sur la longue route qui s'étirait dans le désert. Les palmiers rétrécirent et bientôt le jet fut haut dans le ciel. Il vira à gauche et prit la direction du soleil. Sofia entendit les moteurs monter en puissance, puis plus rien. L'appareil fonçait, traversant de temps à autre de petits bancs de nuages qui lui permettaient de se rendre compte de la vitesse à laquelle ils volaient.

L'hôtesse s'approcha.

— Vous pouvez détacher votre ceinture, si vous le souhaitez. Nous ne rencontrerons aucune turbulence.

— Dans combien de temps arriverons-nous, d'après vous ?

— Oh… Le vent nous est favorable. Le voyage sera long, mais nous mettrons tout en œuvre pour que vous ne vous en aperceviez même pas.

Sofia brûlait d'insister : « Tiens, mais où allons-nous, au fait ? » Toutefois, elle savait qu'elle récolterait un petit sourire énigmatique pour toute réponse. Alors elle ne posa à l'hôtesse que des questions auxquelles celle-ci pouvait répondre.

— Y a-t-il une salle de bains à bord ?

— Bien sûr. Nous en avons deux. Vous pouvez utiliser celle qui se trouve au fond, derrière vous.

Sofia se leva et l'hôtesse lui céda le passage.

— Si vous avez besoin de quoi que ce soit, surtout n'hésitez pas à m'appeler.

— D'accord, merci.

Sofia ouvrit la porte de la salle de bains. Carrelage en marbre noir veiné d'anthracite un peu plus clair, grand miroir, douche, baignoire avec hydromassage, évier de style japonais et petites serviettes en lin blanc. Elle referma derrière elle et s'avança devant le miroir. Elle se lava les mains, se recoiffa. Derrière elle, elle repéra un grand peignoir en éponge, blanc, moelleux. Elle s'approcha. La lettre S y était brodée. Des pantoufles de la même couleur l'attendaient en dessous. Elle ôta ses chaussures et les essaya. Bien entendu, celles-ci étaient à sa pointure.

Peu après, elle ressortit de la salle de bains et regagna sa place. Une pochette porte-documents avait été déposée sur la table basse. Son prénom était inscrit sur l'étiquette.

L'hôtesse s'approcha.

— On m'a dit de vous remettre ceci et que vous étiez au courant.

— Ah oui, bien sûr…

En réalité, elle n'avait aucune idée de ce dont il s'agissait. L'hôtesse s'éloigna et Sofia ouvrit la fermeture Éclair. À l'intérieur, elle trouva un téléphone portable et une feuille imprimée.

Voici votre téléphone. Vous pourrez l'utiliser au cours des prochains jours. Le numéro sortant sera localisé à Abu Dhabi et les numéros préenregistrés dans le répertoire sont ceux que vous appelez le plus souvent.

Sofia consulta le répertoire. Elle y trouva un contact « maison » suivi de son numéro de fixe, mais aussi

« maison parents », « Andrea », « Olja », « Lavinia », « Stefano ». Ils avaient tous ses numéros, ils étaient tous là, il ne manquait personne. Ces gens étaient dangereux, ils avaient accès aux pans les plus privés de sa vie, ils pouvaient tout savoir, tout acheter, tout, à l'exception d'une seule chose. Et cette idée la rassura.

Elle reprit la lecture de son livre. Plus tard, on lui servit un dîner léger, meilleur que tout ce qu'elle avait pu manger à bord d'un avion : saumon vapeur accompagné d'une julienne de pommes de terre et de petits légumes, une salade très fraîche et enfin de petits desserts français. Le tout arrosé d'un excellent vin blanc, du riesling Sommerberg d'Alsace, un grand cru. Elle prenait le café lorsque l'avion atterrit. Elle rangea son nouveau téléphone dans son sac et salua l'hôtesse.

Une grosse berline sombre l'attendait sur la piste, une magnifique Bentley Mulsanne. On chargea ses bagages dans le coffre. Son nouveau chauffeur la salua avec le sourire, un jeune homme au teint hâlé, sans doute originaire de la région. Il lui tint la portière, puis s'installa au volant.

Sofia retrouva le confort des sièges en cuir et, devant elle, le désormais habituel frigo. Cette fois, elle ne prit aucune boisson et se plongea dans l'observation du paysage. Une végétation très dense jalonnée de plantes aux feuilles très larges bordait la route. De temps à autres, de grandes fleurs colorées jaillissaient au milieu de tout ce vert. Sur la route, ils croisèrent des hommes et des femmes enveloppés d'étoffes colorées, bleues, beiges, marron. Ceux-ci saluaient la voiture d'un signe de la main, puis continuaient leur chemin.

Après un dernier virage, la Bentley emprunta une longue piste droite au bout de laquelle on apercevait l'océan. Au fur et à mesure de leur progression, le paysage s'aéra, se réduisant peu à peu à l'immensité bleue de la mer et à une longue bande de sable d'une blancheur éclatante. Arrivée au bout de la piste, la berline prit à droite et parcourut encore une centaine de mètres avant de s'immobiliser devant un ponton. Un grand hors-bord, seule embarcation en vue, y était amarré. Le chauffeur y accompagna Sofia. Le bruit de leurs pas sur les planches en bois s'éleva dans le silence à peine troublé par le murmure régulier des vagues.

À bord, un homme sortit de la petite cabine.

— Bonjour, madame. Venez. Vous ne risquez rien sur la passerelle.

Il s'exprimait dans un italien laborieux, mais compréhensible. Sofia le rejoignit en se tenant à la main courante.

— Voilà, installez-vous où vous voulez. La mer est un peu agitée, mais ne vous inquiétez pas…

Sofia choisit une grande banquette, à la poupe. De là, elle avait une vue dégagée. L'homme largua aussitôt les amarres et le moteur vrombit. Le hors-bord s'écarta du ponton et prit rapidement de la vitesse, atteignant les 60 miles à l'heure en un rien de temps. Au large, les flots s'apaisèrent, le bateau survolait la vaste étendue bleue. Parfois, la coque heurtait une vague plus imposante et les passagers étaient légèrement ballotés. Sofia tentait de dompter ses cheveux fouettés par le vent, mais ces rebelles lui revenaient sans cesse dans le visage. Soudain, une île se matérialisa dans son champ de vision, une bande de terre qui se rapprochait. La silhouette de grands palmiers se détachait dans le ciel tandis que d'autres, plus petits, rejoignaient la mer, certains s'inclinant sur la plage comme pour saluer les invités. Sur la droite, le paysage était plus escarpé. Une partie de l'île semblait avoir été sculptée dans la roche. La végétation y était plus dense et, en contrebas, l'eau était plus sombre.

Le hors-bord ralentit, exécuta un large virage, puis s'approcha du seul ponton qui, jusque-là, avait été caché par une dune plus haute que les autres. Il était là, souriant. Il tenait une rose rouge avec une très longue tige.

Dès que le hors-bord s'immobilisa, il se précipita pour aider Sofia à descendre et lui tendit la rose.

— Bienvenue.

— Merci…

Elle rougit comme une idiote.

De son côté, il eut l'intelligence de faire semblant de ne pas s'en apercevoir.

— Viens, je vais te faire visiter l'île.

Ils grimpèrent à l'arrière d'une petite voiture électrique décapotable conduite par une jeune métisse.

— Bonsoir…

— Cameron, s'il te plait, montre l'île à notre invitée.

— Bien sûr, Monsieur.

La voiture s'ébranla, parcourut quelques mètres sur le chemin de terre qui longeait la plage, puis s'engouffra dans la végétation. Ils évoluèrent pendant un moment au milieu de cette jungle dense avant de déboucher dans une clairière où ils longèrent un petit lac.

— C'est de l'eau douce, on peut s'y baigner. Et ça, c'est une cascade naturelle…

Il indiqua une grande chute d'eau d'au moins trois mètres qui s'écrasait sur les rochers en donnant vie à un arc-en-ciel.

Le petit véhicule se fraya de nouveau un chemin dans la forêt pour en ressortir quelques instants plus tard.

— Voici la plage principale, c'est la plus abritée de l'île. D'ici, on aperçoit la barrière de corail, là-bas, au large.

Ils suivirent une longue surface de sable blanc qui s'étendait sur trois kilomètres à peu près ; quelques palmiers au tronc courbé effleuraient la mer. La voiture dépassa un petit pavillon très chic abritant deux grandes couches recouvertes de toile de jute.

— Ici, on peut prendre un bain de soleil en toute intimité.

Un peu plus loin, sous un auvent constitué de grosses tiges de bambou, Sofia aperçut une grande cuisine extérieure. Celle-ci comportait plusieurs frigos, un vaste plan de travail et une série de plaques de cuisson en fonte. Un grand mur couvert de plantes luxuriantes isolait ceux qui profitaient de la plage des regards indiscrets du personnel de cuisine.

— Ici, c'est le coin des petites faims et des petites soifs…

Sofia sourit.

— Tout ça me rappelle *Le Lagon bleu.*

— Oui, sauf que, dans le film, les héros arrivent sur l'île alors qu'ils sont enfants et surtout par hasard. La plage se termine là-bas, un peu plus loin. Maintenant nous allons tourner…

Cameron exécuta un virage en douceur et s'arrêta peu après. C'est là que Sofia la remarqua. Une splendide villa bâtie au cœur de la végétation et de la roche.

— Voici la maison. Ici, nous sommes vraiment à la pointe de l'île, on peut accéder à la villa des deux côtés. Comme tu peux le constater, ce n'est pas très grand. Viens…

Ils pénétrèrent dans un salon au parquet de bois clair. Un grand tapis blanc, très moelleux, délimitait les espaces au sol. Le soleil couchant se déversait par les grandes baies vitrées, réchauffant des canapés couleur crème avec ses rayons. L'une des baies offrait une vue imprenable sur la pointe de l'île, l'extrémité de la plage, la mer et la sphère rouge feu qui était en train d'y plonger.

À droite, un grand mur enduit de stuc vénitien blanc et crème servait de support à des tableaux éclairés par de petites lampes dissimulées dans les cadres : un Gauguin et un Hockney, deux chefs-d'œuvre contemporains.

— Viens…

Ils pénétrèrent dans une cuisine exclusivement en Inox. Un chef à la peau noire et ses trois commis, tous vêtus de blanc, les saluèrent avec le sourire.

— Et ici, c'est la salle à manger.

Une pièce très claire, presque suspendue dans le vide. Au sol, le parquet blanc s'interrompait par endroits pour céder la place à une paroi en verre très épaisse. La falaise démarrait sous leurs pieds, malmenée par les courants marins qui étaient plus puissants de ce côté de l'île. Les vagues venaient se briser juste sous le plancher, projetant d'impressionnantes éclaboussures blanches en l'air. Cependant, aucun bruit ne parvenait jusque-là, le bâtiment était parfaitement insonorisé.

Ils continuèrent la visite.

— Ici, c'est mon bureau…

Il ouvrit une porte. Sofia fut frappée par sa chaîne stéréo hyper sophistiquée et le gigantesque écran plat.

— Mais, à vrai dire, lorsque je viens ici, c'est avant tout pour me détendre…

Sur le côté, sous les canapés de cuir clair, la roche et la mer étaient également visibles. Il ressortit et la précéda dans le couloir.

— Pour trouver les chambres à coucher, il faut rebrousser chemin. Celle-ci sera la tienne.

Il ouvrit une nouvelle porte. Là aussi, le parquet était très clair, presque blanc. Il était agrémenté d'un grand tapis lilas. Sofia découvrit aussi une porte-fenêtre qui donnait sur la plage et une grande penderie sur la gauche. Sa valise et sa trousse de toilette l'attendaient déjà sur un banc.

— Ici, c'est ta salle de bains.

Une partie du plafond était ouverte, laissant la lumière pénétrer dans la pièce et offrant une belle vue sur le ciel parsemé de légers nuages roses. La salle de bains comprenait également une grande douche, une baignoire balnéo et une longue banquette ornée d'un coussin blanc en éponge. Un fauteuil en bois ancien incrusté de perles et de coquillages trônait dans un coin, à côté d'un grand miroir enchâssé dans un cadre en argent. Les serviettes de toutes tailles et de différentes nuances de lilas étaient assorties aux murs indigo très clairs. À côté du lavabo, de vrais lilas parfumaient la grande pièce. La lettre S était brodée sur toutes les serviettes et sur la sortie de bain.

Tancredi sourit.

— Ma chambre est identique, mais dans des tons un peu plus masculins. Cela dit, on peut échanger si tu préfères…

— Non, non, celle-ci est parfaite.

— Bon, alors je te laisse. J'ai une ou deux choses à vérifier. Mets-toi à l'aise, repose-toi, prends une douche, téléphone… Normalement, tu devrais avoir reçu un téléphone.

— Oui.

— Parfait. Il est 18 heures. Officiellement, tu te trouves dans le fuseau horaire d'Abu Dhabi. C'est plus facile comme ça. Lorsque tu seras prête, je te propose qu'on se retrouve pour l'apéritif.

Sofia sourit.

— Il n'y aura pas trop de gens ?

— Aucun risque. Au pire, tu tomberas sur moi…

38

Une fois seule dans sa chambre, Sofia ouvrit la porte-fenêtre et sortit dans le jardin. Ce dernier était bien entretenu. Au fond, une petite barrière en bois donnait accès à la plage. Elle découvrit également un vélo, posé sur sa béquille, et un peu plus loin, deux couchettes sous un auvent. Le jardin voisin était conçu à l'identique ; on aurait dit deux petites villas attenantes, séparées par un sentier en caillebotis tout en teck qui bifurquait à droite et à gauche pour continuer dans la végétation, ou se prolongeait tout droit vers la mer. L'idéal pour une promenade ou un tour en vélo.

Elle rentra, referma la porte-fenêtre et sortit son téléphone de son sac. Elle réfléchit un instant, puis remarqua qu'elle avait reçu un message. Elle l'ouvrit.

Avant chaque appel,
vérifier l'ordinateur qui se trouve à côté de la télévision.

Elle s'approcha de la télévision et découvrit l'ordinateur en question. Elle appuya sur la barre d'espace et il s'alluma aussitôt. L'écran affichait l'heure, la température et le bulletin météo du pays où elle aurait dû se trouver. En dessous, un dossier portait son nom. Elle cliqua dessus et tomba sur plusieurs vidéos et de nombreuses photos. On la voyait descendre de l'avion et certaines anticipaient déjà ses concerts. Elle trouva aussi quelques articles parus dans divers journaux locaux. Elle s'empara de son téléphone et composa l'un des numéros préenregistrés dans le répertoire.

Andrea décrocha dans la seconde.

— Ah ! Ma chérie, te voilà ! Alors, tout va bien ? Tu es arrivée ?

— Oui, tout va très bien. Le voyage a été parfait.

— Super. Tu me manques déjà, tu sais ?

— Toi aussi.

Le silence s'installa. Il fallait qu'elle lui dise, qu'elle se lance.

— Mais quand je reviendrai, tu verras, ce sera incroyable. Ces cinq jours vont passer en un éclair.

— Oui…

Ensuite, ils échangèrent quelques banalités.

— Quel temps fait-il, là-bas ?

Sofia consulta l'ordinateur.

— Pas trop moche. Dans les vingt-cinq degrés.

— C'est bien, tu vas pouvoir bronzer sans prendre de coups de soleil.

— Oui, si j'ai un peu de temps libre l'après-midi, j'irai à la plage, mais j'ai l'impression que la mer n'est pas très belle par ici…

— En tout cas, c'est pratique de pouvoir au moins te joindre… Ils ont été sympas de te fournir ce téléphone.

— Oui, il capte assez bien. Apparemment, il y a beaucoup de problèmes avec les réseaux de lignes fixes ici.

— Qu'est-ce que tu vas faire maintenant ?

— J'ai une répétition, ensuite une petite pause, le temps de se reposer un peu, et à 21 heures, c'est le premier concert. Je ne connais pas ce chef d'orchestre… Je suis un peu nerveuse.

— Tout ira bien. Si ça ne se termine pas trop tard, appelle-moi.

— J'ai peur que la répétition soit longue, et après ça, il faudra que nous allions dîner. J'espère au moins qu'ils ne regretteront pas leur investissement.

— Je te parie qu'ils seront ravis… Même si tu n'as plus joué depuis longtemps, tu restes la meilleure. Concentre-toi sur la musique. Si on ne réussit pas à se joindre ce soir, on s'appelle demain.

Sofia raccrocha et resta un moment les yeux rivés au téléphone. Elle poussa un long soupir. Mentir. Pour elle, ça avait toujours été l'exercice le plus difficile au monde, et voilà qu'elle se surprenait à être plutôt douée. Quelques images d'Andrea s'imposèrent brièvement dans son esprit : son sourire, un dîner en amoureux, une soirée tendre devant la télé… Elle s'empressa de les chasser. Ce n'était pas du tout le moment. Elle se déshabilla et prit une douche. Peu à peu, elle se détendit sous l'eau chaude ; les muscles de ses épaules se décontractèrent. Elle bascula la tête en arrière et effectua quelques rotations, d'abord à droite, puis à gauche. Le jet puissant eut raison des dernières tensions. Elle était prête.

Elle sortit de la douche, enfila la sortie de bain et se sécha les cheveux. Nue devant le miroir, elle se maquilla sans avoir la main trop lourde, un voile de fond de teint, un fin trait de crayon sur les yeux, un peu de mascara…

Soudain, elle se figea. Elle venait de remarquer une petite enveloppe, dans un coin. Elle l'ouvrit. À l'intérieur, toutes les analyses médicales de Tancredi. Celles-ci étaient parfaites. Elle sourit. C'était comme s'il voulait la rassurer. Elle ouvrit sa valise et sortit ses vêtements. Qu'allait-elle mettre ? Elle ouvrit la penderie pour y prendre des cintres et resta bouche bée. À l'intérieur, vingt tenues époustouflantes signées Armani. Du noir, du blanc, de l'argent, du bleu foncé, du rouge, sans parler de la collection de chaussures assorties, avec des talons de toutes les tailles. Quant aux tiroirs, ils débordaient de magnifiques ensembles de lingerie en soie et de bien d'autres matières. Là encore, elle avait le choix : blanc, noir, bleu, rouge. Naturellement, tout était parfaitement à sa taille.

Peu après, elle sortit de sa chambre. Le soleil n'était pas encore tout à fait couché. Elle tomba nez à nez avec une jeune fille qui l'attendait et qui l'invita à la suivre en souriant. Elles arrivèrent au pied d'un escalier en colimaçon en bois clair et acier givré. La jeune fille s'arrêta là et lui fit signe de monter. Sofia gravit les marches. Une partie du mur était en verre et donnait sur la mer en contrebas, l'autre, en revanche, était constituée par la roche elle-même. Arrivée au sommet de cette tour, elle déboucha sur une terrasse.

Tancredi était là, le regard perdu au loin, les mains enfoncées dans les poches d'un très bel ensemble bleu foncé. Il se tourna et lui sourit.

— Je pensais te voir dans l'une des tiennes.

— Je peux aller me changer si tu préfères, mais cette garde-robe était si belle que ne pas enfiler une de ces tenues aurait été un péché.

Tancredi s'approcha. Encore un peu. Et pour finir s'arrêta à quelques millimètres d'elle, sans un mot. Le ressac était le seul bruit environnant. La nature embaumait, pourtant il huma son parfum, puis il lui susurra à l'oreille :

— Ce n'est pas vrai. J'espérais que tu porterais ça.

Elle sourit.

Le soleil couchant colorait délicatement les joues de Sofia, le vent caressait ses cheveux, encadrant subtilement son visage. Ses lèvres étaient entrouvertes, comme dans son souvenir, lorsqu'il les avait vues remuer pour la première fois, avec cette chorale à l'église. Tancredi brûlait de l'embrasser, de goûter ses lèvres si douces, sa peau de pêche, de les mordre, de les sucer. Il continua à la dévorer du regard avec avidité. De son côté, elle le dévisageait, arrogante, intriguée, le défiant presque. Tancredi resta immobile, surpris par sa propre hésitation. Comment était-il possible que lui, lui qui n'avait jamais eu la moindre incertitude vis-à-vis de femmes parfois bien plus belles que Sofia, se retrouve désemparé comme ça ? Non. Ce n'était pas vrai. Il mentait. Aucune femme n'avait jamais été plus belle qu'elle, et ses yeux ne s'y trompaient pas, pas plus que son esprit, son désir et son cœur… Après l'avoir encore observée longuement, il se lança :

— Que dire, dans un moment tel que celui-ci, sans risquer de tout gâcher ?

— C'est vrai, surtout quand il n'y a rien à dire.

— Je suis heureux que tu sois là…

— Moi aussi, même si nous ne nous réjouissons pas pour les mêmes raisons, je crois. En tout cas, cette île paradisiaque dépasse tout ce qu'on peut imaginer… Tout y est pensé, soigné jusque dans les moindres détails. Elle t'appartient ?

— Oui, mais pas depuis longtemps. Cela doit faire trois ans. Et c'est la première fois que j'y emmène une femme.

Sofia le scruta, interloquée, puis éclata de rire.

— Quoi ? Qu'est-ce qui te fait rire ?

Elle secoua la tête, remuant ses cheveux.

— C'est ridicule… Je n'en reviens pas !

— Mais de quoi ?

— Que tu oses me mentir !

— Je n'ai raconté aucun mensonge.

Sofia lui décocha un regard appuyé.

— Écoute, je ne sais pas si c'est bien clair pour toi, mais tu m'as achetée. Tu as déboursé cinq millions d'euros pour que je sois à toi pendant cinq jours. Rassure-moi : ils t'ont prévenu ? Non, parce que, au cas où tu ne serais pas au courant… Ils m'ont fait un virement.

Sa réaction amusa Tancredi.

— J'avoue que ça m'a bien fait rire.

Il s'empara d'une bouteille de Cristal qui attendait dans un seau rempli de glaçons et la déboucha machinalement.

Sofia s'approcha de lui, plus détendue.

— C'est bien joli, tous ces trucs romantiques, la rose, le champagne, l'exclusivité sur ton île… mais ce n'était pas nécessaire pour me mettre dans ton lit. Et tu pourrais très bien avoir amené un harem sur cette île, ça ne changerait rien pour moi.

Il lui tendit une coupe de champagne et leva son propre verre en souriant.

— À ton rire, qui te rend encore plus belle… Et un peu à moi aussi, qui pour une fois ai dit la vérité et qui n'ai pas été cru.

Ils trinquèrent et le tintement de leurs verres résonna dans l'air. Cette fois, ce fut au tour de Tancredi de lui décocher un regard intense.

— C'est la première fois que je viens sur cette île avec une femme, je te le jure.

Puis il but.

Ils continuèrent à déguster le champagne, assis l'un à côté de l'autre dans de grands fauteuils. Peu à peu, le soleil finit par disparaitre, ne laissant qu'un léger reflet rosé sur l'eau. Ils bavardaient et riaient comme deux quidams prenant l'apéritif dans n'importe quelle ville.

— Et si nous allions dîner ?

— Volontiers. Mais ne faut-il pas réserver ?

Tancredi sourit et la prit par la main.

39

La lune montait dans le ciel. Une grande table était dressée sur la plage, à un endroit préservé du vent. De longues torches avaient été plantées dans le sable tout autour de celle-ci, en guise d'éclairage.

Sofia ôta ses chaussures et les abandonna dans le sentier qui les avait menés jusque-là. Tancredi décida de l'imiter et ils continuèrent pieds nus dans le sable.

— C'est froid…

— Un peu.

Il tira galamment une chaise pour Sofia, puis s'installa en face d'elle. Des serveurs sortis de nulle part s'approchèrent et déposèrent des assiettes devant eux.

— Ce sont des langoustes fraîches, pêchées cet après-midi même juste pour nous.

Sofia goûta.

— C'est délicieux.

Ils dégustèrent ensuite un autre plat froid, aromatisé à l'orange, puis les plats chauds les plus variés, mettant toujours à l'honneur les produits de la mer. De temps en temps, un serveur jaillissait de l'obscurité pour remplir leur verre avec un excellent chardonnay Marcassin bien frais. Le homard grillé succéda au tartare de bar.

Sofia et Tancredi se délectèrent et n'hésitèrent pas à briser les pinces pour ne rien perdre de cette chair si tendre et si fine. Enfin, ils eurent l'embarras du choix pour le dessert.

— Ce soufflé au chocolat saupoudré de cacao me tente beaucoup.

Elle reçut celui-ci chaud, à peine sorti du four ; un moelleux et un goût sans pareil. Sofia se régala comme une gamine.

— Ce cuisinier est fabuleux !

Pour accompagner ces douceurs, on leur servit un Muffato della Sala d'Antinori. Ensuite, les serveurs apportèrent une grande desserte en bois ancien présentant tous types de grappa, de rhum et de whisky vieilli.

Pour finir, le chef vint les saluer.

— Tout s'est bien passé, madame, monsieur ?

— Très bien, nous nous sommes vraiment régalés.

— Pouvons-nous vous apporter le café ? Souhaitez-vous autre chose ?

Tancredi consulta Sofia du regard. Elle secoua la tête en souriant.

— Non merci.

— Très bien. Dans ce cas, à demain.

Le chef et les serveurs s'éloignèrent par la plage. Ils disparurent bientôt dans la nuit noire, pour réapparaître un peu plus loin, sur un ponton éclairé. D'autres membres du personnel les rejoignirent. Des moteurs démarrèrent et quatre embarcations quittèrent l'île. Sofia observa la scène, intriguée.

— Mais où vont-ils ? Pêcher ?

— Non, ils vont se coucher.

— Mais où ça ?

— Sur l'île voisine.

— Je pensais qu'ils dormaient ici.

— Non. Je ne veux personne sur l'île. À part toi, bien entendu.

— Ah… J'ai cru que tu allais me renvoyer aussi.

— N'importe quoi.

Il lui prit la main et retourna celle-ci.

— C'est à cause de ces mains-là, dans l'église… C'est à cause d'elles.

— Ah bon, pourquoi ?

— Elles m'ont fait rêver.

Il déposa un baiser dans sa paume.

Sofia ferma les yeux. Elle n'avait plus été aussi ébranlée depuis des années.

Plus tard, ils se promenèrent en silence le long de l'eau. Les vaguelettes allaient et venaient, doux murmure de cet océan immense.

Tancredi la prit par la main. Elle se laissa guider. Ils continuèrent à marcher comme ça, l'un contre l'autre, comme n'importe quel couple. Pourtant, ils étaient là au mépris de toutes les règles, de toute contrainte horaire, sans pouvoir se fausser compagnie, se mentir, se décevoir, parfaits dans leur imperfection.

Sofia se laissa aller à poser la tête sur son épaule, il lui enlaça la taille. Ils s'arrêtèrent dans le silence de la nuit, sous la lune désormais haute dans le ciel. Leurs profils se découpèrent sur le fond bleu du ciel constellé d'étoiles et de la mer. Peut-être y avait-il de la vie quelque part au loin, une terre lointaine, mais trop lointaine pour représenter un quelconque inconvénient.

Tancredi et Sofia se regardèrent, se sourirent, sans aucune timidité, sans aucune préoccupation. Comme seuls un homme et une femme peuvent le faire à certains moments, comme si plus rien d'autre n'existait, comme si ce qui allait se passer était la chose la plus naturelle au monde. Un baiser. Un baiser aux saveurs diverses. D'un côté cherché, voulu, désiré, obtenu non sans mal. De l'autre combattu, évité et pour finir vendu. Ainsi, Sofia s'abandonna dans ses bras et s'agrippa à lui. Au début, ses lèvres répondirent de façon presque pudique, intimidée, mais ensuite, elles s'animèrent, se firent avides, puis étourdies et enfin surprises par un tel déferlement de passion. Tancredi écarta ses cheveux de son visage et continua à l'embrasser. De temps à autre, il relevait la tête pour sonder son regard timoré, fuyant ; parfois, leurs yeux se croisaient enfin, pour mieux se perdre ensuite, comme si Sofia faisait face à une vérité désespérée, incontestable.

— Cinq jours. Cinq jours et je ne serai plus à toi, murmura-t-elle.

Il sourit.

— Peut-être, mais pour l'heure, tu es à moi. Et la journée n'est pas terminée.

Sofia tenta de se rebiffer, mais il la maintint fermement contre lui et l'embrassa de plus belle. Elle le mordit, il continua comme si de rien n'était, puis il la prit de nouveau par la main et elle le suivit en silence. Ils rentrèrent. Dans les couloirs de la villa, la lumière était tamisée. Tancredi l'emmena dans la seule pièce qu'ils n'avaient pas encore visitée. Une grande salle, une piscine creusée dans la roche. Le bassin en verre semblait immergé au plus profond de l'océan, de l'île.

— Elle est chauffée. On peut se baigner.

Tancredi diminua encore un peu l'intensité des lampes, si bien que les grandes voûtes du plafond étaient désormais à peine éclairées. Le sol aussi était chauffé. Des sorties de bain blanches et des serviettes étaient accrochées dans un coin. Non loin, Sofia repéra deux couchettes munies de coussins en éponge aussi grands que des matelas.

Tancredi appuya sur un autre interrupteur. Des spots s'allumèrent sous le fond transparent de la piscine. On apercevait clairement le corail et les poissons colorés qui évoluaient au milieu de celui-ci, mais aussi des pieuvres. Les rochers s'enfonçaient toujours plus bas, et les fonds marins révélaient d'autres poissons, des barracudas, des mérous qui jaillissaient de leur tanière… Soudain, un banc de balistes changea de direction, fuyant devant l'arrivée d'un petit requin. On avait l'impression de se trouver à l'intérieur d'un aquarium géant, d'être plongé au fond de l'océan dans une cage transparente.

Tancredi acheva d'éteindre les dernières lampes. À travers les grandes baies vitrées, la lune illuminait la salle par intermittence.

— Tu as envie de te baigner ?

— Mais… c'est un requin, ça, non ?

Tancredi rit.

— C'est de la mise en scène, tu ne risques rien. Le seul danger ici, c'est moi.

— Alors je n'ai pas peur.

Sofia laissa glisser sa robe à terre, dégrafa son soutien-gorge et ôta sa culotte. Tancredi resta figé. Elle était parfaite dans sa nudité, debout devant lui, de profil. L'ombre des boucles de son pubis se détachait dans le contrejour. Elle tourna la tête vers lui. Dans l'obscurité, elle remarqua ses dents blanches. Il souriait.

— Ne me regarde pas, lança-t-elle avant de descendre les échelons.

Elle se retrouva dans l'eau chaude et s'élança en avant, la tête sous l'eau. Elle nagea quelques mètres, puis refit surface. Elle avait l'impression d'être suspendue au-dessus de ce bleu infini. Sous elle, une multitude d'espèces de poisson évoluaient, séparées par cette grande paroi de verre. Sofia scruta le fond. C'était une sensation très étrange. Elle-même était plongée dans le noir, cachée, tandis que, là-dessous, des raies mantas, des espèces marines de toutes sortes et de grands récifs de corail rouge étaient sous le feu des projecteurs.

Tancredi se déshabilla à son tour et la rejoignit dans l'eau en souriant.

— Si je pouvais le raconter, on ne me croirait pas, nota Sofia.

— Ça te plait ?

— C'est incroyable. Comment l'idée t'est-elle venue ?

— Je ne sais pas, c'était un vieux rêve, mais je l'ai toujours cru irréalisable. Et puis, un jour, un ingénieur m'a persuadé du contraire.

— Comment ?

— Il m'a dit : « Si tu en as rêvé, alors c'est possible. »

— Voilà une belle philosophie.

— Oui, mais ce n'est pas valable pour tout.

Une étrange tristesse transparaissait dans cette phrase, mais Sofia n'eut pas le temps de l'interroger ; Tancredi s'approcha d'elle. Ils étaient dans un recoin de la piscine où le niveau était plus bas, le fond du bassin formant un long banc de verre sous eux. Il l'attrapa par la taille, l'attira contre lui et recommença à l'embrasser. Leurs jambes s'effleurèrent. Il lui caressa les seins, palpa ses mamelons, petits mais durs, puis, lentement, il descendit. Sofia écarta les cuisses, lui permettant de descendre encore. Il se mit à la caresser avec douceur, la sentit frémir, de plus en plus exaltée au contact de ses doigts. Sofia entreprit de le caresser à son tour, d'abord ses bras musclés, son torse puissant, son ventre plat, ses abdominaux. Elle se risqua plus bas et le trouva prêt, gonflé de désir, dur. Bientôt, leurs baisers se muèrent en soupirs toujours plus profonds, plus passionnés. Tancredi se déplaça sur elle, se glissa entre ses cuisses et, peu à peu, la pénétra en douceur. Elle referma les jambes autour de sa taille et s'agrippa au rebord de la piscine tandis qu'il redoublait la force de ses coups de reins, s'enfonçant en elle, toujours plus profond, mais sans empressement. Pour la première fois depuis qu'elle était avec Andrea, elle faisait l'amour avec un autre homme. Elle le sentait bouger sur elle, en elle. Elle resserra un peu plus les jambes, enfonça les doigts dans son dos, puis plus bas, dans ses fesses, dans ces muscles puissants qui se contractaient, le propulsaient, leur donnant du plaisir.

Sofia pencha la tête en arrière, ses seins effleurèrent la surface, illuminés par le clair de lune, et la bouche de Tancredi s'empara de ses tétons tandis qu'il continuait à remuer en elle. Puis il plaça les mains sous ses cuisses et la pressa contre lui tout en continuant à lui embrasser les seins, le cou, les lèvres. Les soupirs de Sofia ne cessaient de s'intensifier. Complètement abandonnée, submergée par la passion, elle le sentait bouger en elle, toujours plus fort, tenant le rythme, infatigable. À la fin, elle n'y tint plus.

— Je vais jouir.

L'orgasme frappa Tancredi en même temps qu'elle, de plein fouet.

Ils restèrent comme ça, l'un au-dessus de l'autre, haletant, trempés de tout, écoutant leur souffle saccadé dans le silence de la salle. Autour d'eux et sous eux, l'océan. Dans ce coin de la grande piscine, deux corps nus l'un sur l'autre, encore brûlants d'amour. Sofia releva la tête et le regarda. Il écarta ses cheveux mouillés, lui caressa le visage, puis l'embrassa. Un baiser lent, doux, empreint d'amour. Sofia s'écarta, incapable de résister plus longtemps. Cette question, elle la portait en elle depuis le jour où elle avait découvert sa richesse et sa puissance, en plus de sa beauté.

— Pourquoi moi ? Pour cinq millions d'euros, tu aurais pu avoir n'importe qui, des femmes bien plus belles que moi.

Tancredi sourit.

— Je me suis peut-être un peu trop laissé influencer par cet ingénieur. Parce que j'en ai rêvé… Le plus ennuyeux, c'est que c'était un rêve éveillé.

Peu après, ils prirent une douche chaude ensemble, se séchèrent, enfilèrent un peignoir et s'installèrent sur l'une des grandes couches matrimoniales avec matelas en éponge. Tancredi sortit une bouteille de champagne glacée d'un frigo sombre encastré dans la roche. Il remplit deux flûtes. Ils le savourèrent en riant, en plaisantant, en évoquant des souvenirs de lycéens et des voyages de jeunesse. Dans leurs récits, ils se découvrirent de nombreux points communs ; ils n'étaient pas si différents qu'on aurait pu le croire. Puis, à la faveur d'un sein trop découvert, d'un regard malicieux, d'une gorgée de champagne de plus, leurs jambes s'effleurèrent à nouveau et Tancredi glissa la main sous son peignoir.

— Tu es de nouveau toute mouillée.

— Avec toi non plus, ça ne plaisante pas.

Ils recommencèrent à se caresser, sans pudeur cette fois, comme s'ils se connaissaient depuis toujours, tantôt les yeux dans les yeux, tantôt observant le sexe de l'autre, curieux, délibérément provocants. Tancredi lui écarta les cuisses et joua avec sa langue dans son intimité. Elle enfonça les mains dans ses cheveux, guida sa tête encore plus bas, puis tenta de l'arrêter lorsqu'elle se sentit de nouveau sur le point de jouir.

Ensuite, il se retrouva devant elle avec son érection et elle commença à le caresser ; elle l'attira vers elle et le prit dans sa bouche en le regardant. Elle le suça, lentement d'abord, puis plus fort et le plus loin possible, l'engloutissant presque tout entier. Soudain, Tancredi l'écarta, il voulait la prendre. Il recommença à lui faire l'amour, augmentant progressivement la cadence de ses coups de reins, sentant le désir enfler à nouveau. Au bout d'un moment, il bascula sur le côté sans se retirer et l'installa à califourchon sur lui. Sofia continua à onduler sur lui, chaude, excitée, toujours plus fort, toujours plus vite, jusqu'à ce qu'elle pousse des petits cris. Ils jouirent de nouveau ensemble. Elle s'affaissa sur Tancredi, en sueur, encore chaude, gorgée de désir et surprise par la tournure qu'avait prise cette soirée.

— Je n'en reviens pas. Mais, c'est le homard, tu crois ? Ou alors tu as mis quelque chose dans le champagne ?

— Cinq jours. Cinq petits jours, lui rappela Tancredi avec le sourire. Et il ne faudra pas m'en demander un de plus.

Plus tard, ils se retrouvèrent dans la chambre de Sofia. Ils firent à nouveau l'amour, de façon encore plus débridée, plus sauvage, sans limites, sans honte, en proie à une étrange faim insatiable. Ils se découvraient, se connaissaient de mieux en mieux. Il la prit par-derrière et elle le guida.

— Comme ça, oui, continue, encore… plus profond, fais-moi jouir comme ça aussi.

Elle accompagna ses coups de boutoir en se caressant seule et l'orgasme les frappa de nouveau au même moment. Lorsqu'ils finirent par s'endormir, l'aube n'allait pas tarder à poindre.

Sofia s'éveilla à midi. Elle était seule. Elle se rendit dans la salle de bains, sourit à son reflet dans le miroir et repensa aux différents épisodes de la soirée de la veille en haussant les sourcils. Ensuite, elle alluma l'ordinateur. Incroyable. Les commentaires affluaient sur son site. Uniquement des compliments, des remerciements pour le superbe concert de la veille et même quelques courtes réponses de sa part. Elle lut quelques réactions portant sa signature et fut surprise par le choix des mots. Ils avaient écrit exactement comme elle l'aurait fait. Cela dit, plus rien ne l'étonnait venant d'eux. Elle consulta l'heure et la météo d'Abu Dhabi sur l'écran ; il ne fallait plus qu'elle tarde. Il était grand temps. Elle prit le téléphone dans son sac et composa son numéro. Andrea décrocha à la deuxième tonalité.

— Ma chérie ! J'ai cru que tu ne m'appellerais plus jamais. Comment ça s'est passé hier ?

— Très bien.

— Ah, tu vois ? Bravo ! Génial ! Et pourtant, tu devais être épuisée après un tel voyage ! Je suis allé sur Internet et j'ai vu que tu avais reçu plein de commentaires. Tu as même réussi à répondre à quelques-uns d'entre eux… avant de m'appeler.

— Je sais… Mais je les ai écrits de mon lit, pendant que je prenais mon petit déjeuner. J'avais peur de te réveiller.

— Quoi ? À midi ?!?

— Je ne suis pas là, tu en profites peut-être…

— Qu'est-ce que tu racontes ? Non, par contre, j'ai vu que tu avais même fait un rappel à la fin !

Zut, elle n'avait pas pensé à ça ! Elle courut jusqu'à l'ordinateur, cliqua sur le programme de la soirée de la veille, dans un coin du bureau, et le parcourut en quatrième vitesse. Tout à la fin, elle trouva le rappel : Bach, la gigue de la *Suite en mi mineur*.

— Oui…

Elle reprit son souffle.

— J'ai fait la gigue.

— Bien. Écoute, je suis vraiment content pour toi. Alors, tu vois que tu n'étais pas si rouillée ?

Ils bavardèrent encore quelques minutes, il lui donna quelques nouvelles de Rome, de son travail, puis Sofia décida d'en rester là.

— Excuse-moi, mais je vais déjà devoir te laisser, les répétitions de l'après-midi vont bientôt commencer.

— O.K. On se rappelle dès que tu peux.

— Oui, mon chéri. À plus tard.

Elle raccrocha et resta devant son téléphone, hébétée. Incroyable : pas la moindre trace de culpabilité. *Comment est-ce possible ? Pourquoi ai-je l'impression d'être en mission ?* Elle sourit. *Remarque, on ne peut pas dire que ça t'ait demandé un gros sacrifice !* Cette ironie ne lui ressemblait pas du tout, pas plus que la volonté de couper si vite la communication avec Andrea. D'ordinaire, ils avaient de longues conversations, elle lui racontait toujours tout avec beaucoup de détails, le rendait acteur de tout ce qui lui arrivait. Bien sûr, cette fois, ce serait un peu plus délicat de tout lui raconter. De nouveau, cette autodérision surprenante. Non. Ça n'avait rien à voir. En réalité, elle avait hâte de prendre son petit déjeuner. Et surtout, après une telle nuit, de le revoir.

40

— Bonjour, bien dormi ? J'ai préféré te laisser te reposer…

Sofia s'assit en face de lui et lui sourit derrière ses lunettes de soleil.

— Très bien, merci. J'avoue que je meurs de faim…

Tancredi lui désigna la table.

— J'ai fait préparer pour toi de délicieux croissants français, des œufs brouillés, du jus d'orange, du café noir et du lait frais… Et puis, macédoine de fruits, ananas, pêche, mangue, kiwi.

— Mmm… C'est bon, n'en jette plus. Je ne résiste pas.

Elle commença à manger.

— C'est succulent, dit-elle la bouche pleine.

Tancredi se mit à rire.

— Quand je te dis que je ne suis pas un menteur.

Il lui servit une tasse de café et y ajouta du lait.

— Tu le veux plus clair ?

— Non, non, c'est parfait comme ça. Sans sucre, s'il te plait.

Tancredi sourit.

— Je sais. Uniquement du sucre de canne.

— Ah oui, c'est vrai, j'oubliais.

Elle dévora l'ananas et la mangue, puis goûta aux œufs. Elle accompagna ceux-ci de petits triangles de pain grillé qu'un serveur avait posés sur la table.

— Ils sont encore chauds.

— Merci.

À côté, elle découvrit du beurre français légèrement salé. Elle en étala sur le pain encore chaud et y mordit à pleines dents.

Tancredi l'observait, amusé.

— Mmm… C'est fou ce que c'est bon. On vit dans un rêve ici…

— C'est toi, le rêve. C'est un spectacle de regarder une femme manger de si bon cœur.

— Mmm, c'est vrai…

Elle se lécha les doigts, les suça avec une moue de petite fille gâtée tout en étant sensuelle.

Tancredi s'adossa à sa chaise.

— Il parait qu'il suffit d'observer la façon de manger d'une femme pour comprendre comment elle se comporte au lit…

Sofia rit.

— Parce qu'il te reste encore des choses à découvrir après notre folle nuit ?

Tancredi la dévisagea avec intensité.

— J'y ai pensé toute la matinée, certains passages m'ont semblé un peu complexes, j'aimerais en réessayer certains. J'en viens à me demander si je n'ai pas rêvé…

Sofia tendit la main vers le pot à café, mais Tancredi la devança et la resservit.

— Merci… Peut-être bien. C'est vrai que tu es un grand rêveur.

— Quand c'est possible, pourquoi pas ?

— Et si l'un de ces rêves se transformait en cauchemar ?

— Alors je n'aurais qu'à me réveiller.

— Tu parviens toujours à tout maîtriser comme ça ? À contrôler tes émotions ?

— Je crois, oui. Cela dit, je ne prends peut-être pas assez de risques.

Le silence retomba. Puis Sofia ôta ses lunettes.

— Tu es certain de ne toujours pas mentir ?

— Je te l'ai dit. Je ne mens pas.

Ses yeux semblaient aussi sereins que l'océan lisse et bleu qui s'étirait à perte de vue devant eux.

— Ah oui, c'est vrai. Bon, d'accord, je te crois. Et puis, tu n'en as pas besoin.

Elle reprit un peu d'ananas.

— Tu es tellement indépendant à tous points de vue que tu fais partie des rares personnes sur cette terre qui peuvent se permettre le luxe de ne pas mentir.

— Je n'arrive pas à comprendre si tu te moques de moi.

— Absolument pas. Je suis sincère et tu sais ce que je pense ?

— Non, dis-moi.

— Eh bien, que ce doit être terrible de vivre avec toi.

— Pourquoi ? demanda-t-il d'un ton amusé. Ça ne t'a pas plu hier ? J'ai gâché quelque chose ? Si c'est ça, dis-le ! Je tâcherai de m'améliorer pour les prochains jours.

— Qui sont au nombre de quatre, donc…

— Oui, pour les quatre prochains jours.

— Tu es si riche…

— Et alors ? C'est ça, le problème ?

Sofia haussa les épaules.

— Je ne saurais jamais quoi t'offrir. J'adore faire des cadeaux ! Seulement tu as déjà tout.

Soudain, Tancredi se leva et la prit dans ses bras.

— Ce n'est pas vrai. Tu m'as fait le plus beau des cadeaux. Tu es ici.

Puis il l'embrassa.

Les quatre jours qui suivirent furent bien remplis, amusants, étonnants, inattendus. Ils ne se disputèrent pas une seule fois. Ils firent l'amour, encore et encore. Ils parlèrent beaucoup, de tout, de rien, évoquèrent de nombreuses anecdotes comiques, leurs amis, leurs voyages, leurs premiers amours. Ils apprirent à se connaitre. Ils allèrent à la pêche en compagnie de l'un des meilleurs pêcheurs du pays. Sofia eut la chance d'attraper presque tout de suite un poisson.

— J'ai peur, il tire comme un malade…

— Ne le perds pas ! Ne le perds pas !

Ils parvinrent à le ramener sur la barque. C'était un gros mahi-mahi.

— Attention, ne t'approche pas.

Le pêcheur s'en occupa aussitôt et le mit dans un panier. Ce soir-là, le chef fit préparer une grosse marmite sur la plage dans laquelle il cuisina le fameux mahi-mahi ainsi que d'autres poissons, du crabe et des moules. Il fit mijoter le tout, l'assaisonna d'huile, de poivre et de safran. Lorsque Sofia goûta, elle ferma les yeux.

— Je n'arrive pas à y croire, c'est fantastique.

— C'est le poisson que tu as pêché qui donne toute sa saveur à ce plat.

— Alors il faut croire que je suis douée !

Ils continuèrent leur repas, l'accompagnant d'un excellent montrachet 2005 de Romanée-Conti. Ensuite, ils dégustèrent du homard vapeur avec des sauces très délicates, ainsi qu'un filet de lotte avec une sauce à l'orange. Enfin, lorsque tout le personnel eut quitté l'île, ils s'attardèrent au sommet de la tour pour bavarder en buvant du château d'Yquem.

— Je peux te poser une question ?

— Bien sûr.

— Quelle sensation ça fait de tout posséder ?

— Comment peux-tu affirmer que je possède tout ? Si ça se trouve, je voudrais que tu sois à moi pour toujours, mais pour ça, il n'y a sûrement pas de prix.

— C'est une demande ?

— Non, parce que je connais déjà ta réponse.

Sofia leva la tête vers lui.

— Que s'est-il passé ?

— Dans quel sens ?

— D'habitude, les gens riches comme toi en sont déjà à leur quatrième mariage, et souvent, celui-ci est déjà en train de battre de l'aile, mais la remplaçante, beaucoup plus jeune que les précédentes, est déjà prête, et ainsi de suite. À quatre-vingts ans, on les retrouve dans le journal, sur le point d'épouser une jeunette de vingt ans. Mais toi, tu n'es pas pareil, il y a quelque chose de différent chez toi.

— Je fais trembler tes certitudes ?

— Disons que tu attises ma curiosité.

— Tu attends quoi, un conte de fées ?

— Non, la vérité, tout simplement. Si tu peux me la raconter, bien sûr.

— Disons que je suis parvenu à la conclusion que j'étais mieux seul.

— Je n'y crois pas. Cette fois, tu mens, y compris à toi-même. Imagine au contraire comme ce serait merveilleux de partager tout ce que tu as avec une femme… Tu t'amuserais avec elle, peut-être même aurais-tu des enfants, avec lesquels tu t'amuserais aussi. Vous feriez les choses les plus simples. Autour de toi, un tas de gens font tout pour toi, mais pense à quel point ce doit être fantastique d'être capable de réaliser quelque chose et, un jour, de l'expliquer à ton enfant. Par exemple, lui apprendre à pêcher…

— C'est une proposition ?

— Tu sais très bien que je suis déjà mariée.

Le silence retomba brièvement. Puis il lui posa la question la plus difficile.

— Et tu es heureuse ?

Elle lui donna la seule réponse possible.

— Pour l'instant, je ne pense pas à ça.

Le lendemain matin, ils firent un peu de plongée dans les eaux peu profondes, pêchèrent quelques étoiles de mer, de grands coquillages et jouèrent même à cache-cache avec un hippocampe. Sofia suivit ce dernier, intriguée par son étrange façon de nager, repliant et tendant la queue.

— Je n'en avais jamais vu !

Ils firent également du ski nautique, puis une balade à vélo et achevèrent l'après-midi avec un thé et d'excellents biscuits au beurre anglais.

— Je crois que je ne vais pas m'en sortir sans prendre quelques kilos !

— En tout cas, tu restes magnifique.

— Comment ça, « en tout cas » ?! Alors, tu confirmes ? Mais c'est horrible !

— Bon, allez, je veux bien me sacrifier. Ça te dit de les perdre tout de suite ?

Ils firent l'amour au coucher du soleil sur la tour, à l'abri des regards. Plus tard, ils recommencèrent, en pleine nuit, après un bain de minuit au clair de lune, sur la plage, quand il n'y avait plus personne pour les voir.

Le dernier jour finit par arriver.

Tout se déroulait à merveille, les commentaires sur le site, les photos des concerts, les coups de fil à la maison. Andrea ne se doutait de rien. Ils n'avaient guère eu l'occasion de s'entendre souvent au téléphone, à peine un coup de fil vers 19 heures, mais c'était normal, elle était très occupée.

Ils sortirent faire le tour de l'île à la voile. De la mer, la villa était encore plus spectaculaire.

Peu après, ils regagnèrent la terre ferme, amarrèrent le bateau, grimpèrent sur le ponton et marchèrent en silence jusqu'à la table que Tancredi avait fait apprêter au beau milieu de la jungle, au bord du lac. Ils déjeunèrent : de succulentes pâtes aux langoustes arrosées d'un délicieux sancerre Edmond. Sofia sauta le plat principal afin de prendre un dessert, un parfait. Le chef se surpassa.

— Je suis réellement dans un rêve. Ce n'est pas possible.

Elle en reprit un morceau et resta paupières closes, la cuillère dans bouche, comme si c'était une sucette.

— À mon avis, il a dû y mettre une drogue spéciale !

Tancredi rit.

— Prends-en encore un.

— Mais je ne peux pas !

— Bah, de toute façon…

— De toute façon quoi ?

— Ce qui est fait, est fait. Même mes séances spéciales n'ont pas réussi à limiter les dégâts !

Sofia se palpa les hanches en soupirant.

— O.K. ! Tu as raison. Je peux en avoir un autre alors ?

Elle dévora le deuxième parfait en un clin d'œil.

— Il est déjà terminé, ça ne compte pas ! Ça ne te dérange pas si j'emporte le chef avec moi ?

— Pas du tout, mais ce ne serait pas une bonne idée. Il te rappellerait en permanence ces cinq jours et je ne crois pas que tu en aies envie.

Le silence s'abattit entre eux.

Le chef apparut.

— Madame, monsieur, puis-je vous servir autre chose ?

Sofia se leva.

— Non, merci. Tout était parfait.

Cette fois, ce fut elle qui prit Tancredi par la main et l'entraina vers la maison. Ils firent l'amour sans un mot. Tendrement. Tancredi la contemplait, elle avait les yeux fermés. Soudain, elle les ouvrit et en le découvrant, son regard devint avide, sauvage, comme si cet acte était désespéré, comme si cette débauche de sexe ne suffisait pas. Ils se mordirent, comme si ces marques pouvaient leur permettre de prolonger ce qui désormais touchait à sa fin.

Un peu plus tard, un hélicoptère survola l'île. Ils contemplaient la mer, en sueur, allongés sur le lit, l'un à côté de l'autre. Tancredi lui caressait le dos, jouait avec les deux petites fossettes qui en marquaient l'extrémité. Il prit une profonde inspiration et lui susurra quelque chose à l'oreille, presque une supplique.

— Ne pars pas.

Sans répondre, elle le serra contre elle avec force, puis elle se leva et se rendit dans la salle de bains. Elle tourna le robinet et remplit la baignoire, y versa quelques sels parfumés qui colorèrent l'eau d'un beau bleu azur. Ensuite, elle s'immergea dedans. Son corps se détendit. Elle ferma les yeux, posa la tête sur le coussin moelleux qui servait de dossier et se laissa glisser un peu plus profondément dans cette eau chaude et parfumée. Les mots de Tancredi résonnèrent en elle. *« Ne pars pas. »* Elle poussa un profond soupir. Non. Le pacte ne prévoyait pas ça.

— Je peux ?

Sofia rouvrit les yeux. Tancredi était debout dans l'embrasure de la porte, deux flûtes de champagne à la main.

Elle lui adressa un sourire tendre.

— Bien sûr. Fais comme chez toi.

Il se glissa dans la baignoire, en face d'elle, et lui tendit un verre.

— Excuse-moi. Je n'aurais pas dû te demander ça.

Puis il leva sa flûte.

— À notre bonheur, quel qu'il soit.

Sofia sourit et trinqua avec lui. Elle but la moitié du verre et le posa sur le rebord de la baignoire. Ensuite, elle se déplaça de façon à se retrouver assise derrière lui et l'agrippa entre ses jambes. Elle passa les bras autour de son cou et les croisa sur son torse.

— Chhh. Laisse-toi aller.

Tancredi obéit. Il posa la tête en arrière, sur son épaule, et ferma les yeux. Il fut le premier surpris par ce qui se produisit ensuite. Il lui raconta tout.

41

Tancredi se précipita chez lui avec sa Porsche. Il se déshabilla, fonça sous la douche, se sécha en un éclair, enfila un costume sombre et une chemise blanche, des chaussettes noires. Il ne put s'empêcher de sourire en mettant ces dernières. Il laça ses Church's dernier modèle et sortit de la chambre. Il dévalait les marches lorsqu'il la croisa. Il s'arrêta net.

— Salut.

Claudine était immobile dans l'escalier, debout, appuyée au mur, dans la pénombre.

— Ah, tu es là… Je croyais que tu dormais.

— Je t'ai entendu rentrer.

— Zut, je t'ai réveillée ? Excuse-moi.

— Je ne dormais pas.

— Tant mieux alors, petite sœur.

Il l'embrassa sur la joue et s'apprêtait à s'enfuir lorsqu'elle l'arrêta.

— Je dois te parler.

— Je suis hyper en retard. Ça ne peut pas attendre demain ?

— Non.

Elle baissa la tête.

— Maintenant, ajouta-t-elle.

Tancredi lui prit le menton et tenta de lui faire relever la tête, mais elle résista. Il finit par y parvenir et la regarda droit dans les yeux.

— C'est important ?

Claudine acquiesça, elle était au bord des larmes.

Tancredi soupira.

— Petite sœur, j'aimerais rester… mais j'ai un rendez-vous et je ne peux vraiment pas reporter.

— On peut toujours reporter.

— Alors ta discussion aussi !

Le silence retomba et il comprit qu'il s'y prenait mal. Alors, posément, il la raisonna.

— Quoi que ce soit, ça finira par s'arranger, j'en suis certain. La nuit porte conseil, va te coucher, et peut-être que demain, tu verras les choses sous un autre jour.

Ensuite, il se moqua un peu d'elle, comme il le faisait depuis tout petit, et parvint à lui arracher un sourire. Pour finir, la décision fut prise : ils en reparleraient le lendemain. Avant qu'elle ne change d'avis, il sortit en courant, bondit dans sa Porsche, démarra, contourna la pergola en faisant voler le gravier et sortit de la propriété en trombe.

Claudine s'avança sur le pas de la porte d'entrée, regarda sa voiture arriver au bout de l'allée, passer la grille, puis disparaitre dans la nuit. Elle était de nouveau seule. Seule. On n'entendait que les cigales au loin. Tout autour, il faisait noir. Elle observa les alentours et ressentit un bref soulagement. Elle avait pris sa décision. Tancredi avait raison. Tout finissait par s'arranger dans la vie.

Elle prit une profonde inspiration, regagna sa chambre, ouvrit son tiroir et les prit. C'était la seule solution. Ensuite, elle sortit. Tancredi les trouverait et comprendrait. Elle regagna la maison peu après. Un bruit retentit. Elle était rentrée juste à temps. Ça ne pouvait plus attendre. Elle ôta ses chaussures et, pieds nus, se dépêcha de grimper l'escalier, le plus discrètement possible. De temps en temps, elle jetait un coup d'œil en arrière. Peut-être l'avait-il entendue. Elle devait se dépêcher. Ce soir, c'était au-delà de ses forces. Elle n'y arriverait pas. Elle ouvrit la porte du grenier, lentement, les yeux fermés, priant pour qu'elle ne grince pas. Par chance, ce ne fut pas le cas. Alors, sur la pointe des pieds, elle s'avança vers la petite fenêtre qui donnait sur le toit. Elle déplaça un coffre, grimpa dessus et sortit. Dehors, il faisait frais, et noir ; il n'y avait pas de lune. Elle chercha une étoile, haut dans le ciel, mais n'en trouva aucune. Un vent léger remuait la cime des arbres. Et ce bruit qui revenait sans cesse. Autour d'elle, l'obscurité était totale. On n'y voyait rien. *Est-ce que ce sera comme ça ?* Elle n'était sûre que d'une chose : son problème serait résolu. Elle n'en pouvait plus. Alors, elle esquissa un dernier sourire, fit trois petits pas. Et sauta.

42

Tancredi pleurait en silence dans ses bras. Peu à peu, il émergea de ses souvenirs. Sofia ne savait pas quoi dire. Elle le serrait contre elle de toutes ses forces, tentant de le consoler.

— Ce n'est pas ta faute, tu ne pouvais rien faire.

— J'aurais dû rester. J'aurais dû l'écouter.

— Pourquoi ne l'as-tu pas fait ? Tu ne voulais pas savoir ?

— J'étais pressé.

— Mais où devais-tu aller ?

Il se tut. Il avait trop honte de ne pas avoir été capable de renoncer, de ne pas avoir entendu le dernier appel à l'aide de sa sœur.

— Une fille. J'avais rendez-vous avec une fille.

Tancredi poussa un long soupir. Il avait réussi à l'avouer. Sofia lui caressa les cheveux.

— On voudrait tous pouvoir retourner en arrière, on a tous quelque chose à réparer. Seulement, c'est impossible. On doit apprendre à cohabiter avec les remords. On peut essayer d'oublier ou de surmonter, de compenser par autre chose pour se sentir mieux, mais on ne peut pas renoncer à vivre pour un événement qui aurait peut-être eu lieu quoi qu'on fasse.

Involontairement, elle pensa à ce qu'elle-même devait réparer, à sa promesse, à la musique dont elle s'était privée. Lentement, elle vint se placer en face de lui et lui prit le visage entre les mains. Tancredi avait la tête baissée, exactement comme Claudine ce soir-là.

— Regarde-moi, Tancredi.

Il finit par relever le menton et croisa son regard, et son sourire.

— Tu n'es pas coupable. Ta sœur avait un problème dans sa vie…

— Mais elle a essayé de se confier à moi et je ne lui en ai pas laissé l'occasion.

— Elle n'a pas laissé une lettre ou autre chose ? Peut-être tenait-elle un journal intime à cette époque ? L'explication de son acte s'y trouve peut-être.

— J'ai fouillé partout.

— C'est bizarre qu'elle n'ait rien laissé. Quand on va si mal, souvent on éprouve le besoin d'écrire, de raconter, ne fût-ce qu'à soi-même. N'y a-t-il pas un endroit qu'elle aimait particulièrement ?

Tancredi resta silencieux. Il avait déjà cherché partout, il avait tellement voulu découvrir ce que sa sœur avait tenté de lui dire.

— Rien. Elle n'a rien laissé.

— Et après sa mort, il ne s'est rien passé d'étrange ?

— Non. Rien n'a changé, tout est resté exactement comme avant.

D'ailleurs, cela avait encore accentué sa douleur, en tout cas pour sa part. La famille avait repris sa vie comme si de rien n'était. Comme s'il était normal qu'un jour, Claudine se suicide, comme si tout le monde s'y attendait un peu. Et comme si tout le monde partait du principe qu'elle était la seule en tort.

Mais tout cela, bien sûr, il ne parvint pas à le formuler.

Ils restèrent longuement comme ça, face à la mer, face à cette nuit, avec le firmament au-dessus de la tête. Sofia lui donna un baiser d'une tendresse infinie, elle s'écarta et inclina la tête sur le côté. Ses cheveux lâchés tombèrent en cascade sur son épaule. Elle le regarda avec douceur.

— Tancredi, ce n'est pas ta faute. Il est temps de recommencer à aimer.

— C'est ce que tu veux ?

Elle sourit.

— C'est un conseil.

Plus tard, ils dînèrent sur la tour qui surplombait l'endroit de l'île où la mer était plus profonde. Sofia arriva dans la robe rouge Armani, les cheveux relevés. Elle portait une fine rangée de perles au cou et des boucles d'oreille assorties. La mer était un peu agitée, un vent rebelle, mais chaud, remuait sa robe et ses cheveux. Elle était belle, pensa Tancredi. Très belle. Extrêmement belle. Peut-être plus encore parce que c'était leur dernier soir.

Ils mangèrent sans un mot. De temps en temps, le bruit des couverts posés délicatement sur les assiettes troublait le silence, ou celui du chablis versé dans les verres, ou encore de la serviette que l'on prend sur ses genoux pour s'essuyer la bouche. De temps à autre, une vague plus puissante que les autres s'écrasait contre le mur et éclaboussait en partie la paroi de verre sans les atteindre. À la fin du repas, le chef arriva comme chaque fois pour demander s'ils avaient encore besoin de lui.

— Non, merci.

— Tout s'est bien passé ?

— C'était parfait, comme toujours.

Alors il prit congé. Peu après, Sofia et Tancredi virent les bateaux quitter l'île. Ils étaient seuls.

Tancredi lui prit la main.

— Maintenant, j'aimerais te demander une faveur…

— Dis-moi.

— Viens avec moi.

Ils se dirigèrent vers le salon. Tancredi ouvrit la porte et Sofia resta muette de stupeur. Il devait avoir été apporté par hélicoptère dans l'après-midi. Au centre de la pièce, devant les grandes baies vitrées, éclairé par une lampe au plafond, trônait un piano à queue noir, un Steinway.

— Je voudrais que tu joues pour moi.

Dehors, la mer était de plus en plus houleuse, les vagues se fracassaient contre la villa, même s'ils n'entendaient rien. Sofia garda le silence. Dans l'obscurité de la nuit, on ne voyait que l'écume qui explosait sur les vitres. Elle inspira longuement et se tourna vers Tancredi. Il semblait très calme.

— Uniquement si tu en as envie.

Alors elle lui sourit.

— Bien sûr. Je vais le faire.

Sofia baissa ses bretelles et laissa tomber sa robe sur le sol. Elle se déshabilla complètement et fit quelques pas, nue. Elle s'assit sur le tabouret, souleva le couvercle et ôta le tissu qui protégeait les touches. Puis elle resta immobile, silencieuse. Dehors, la mer se déchaînait. Les vagues se succédaient, s'abattaient sur les grandes baies vitrées, incapables cependant de briser le silence, l'attente qui régnait dans la pièce. On aurait dit qu'elles s'acharnaient pour entrer et écouter, elles aussi, la musique qui n'allait pas tarder à s'élever. Seulement, c'était impossible, alors elles glissaient et regagnaient l'océan. Derrière les fenêtres mouillées, la lune apparut.

Sofia se mit à jouer. Déjà toute petite, on lui enviait son extraordinaire capacité à interpréter sans hésitation, en clé de fa ou en clé de sol, le morceau qu'elle étudiait sans regarder une seule fois le clavier. Un frisson parcourut tout son corps. Devant elle, elle visualisa la partition d'*Après une lecture de Dante* de Franz Liszt, l'un des morceaux les plus difficiles du répertoire pianistique de tous les temps. Elle attaqua les six premières octaves qui descendaient dans les graves, majestueuses, péremptoires. Puis la pièce se remplit d'un tourbillon de notes martelées avec une passion bouleversante : échelles chromatiques, forêts de demi-croches et puissants accords se donnèrent la réplique avec des écarts spectaculaires à la main gauche.

Sous l'effort spasmodique, une fine pellicule de sueur recouvrit le corps superbe de Sofia ; peu à peu, son visage se mit à luire, tout comme ses épaules, ses seins et ses mains parfaites, fines, implacables. Les yeux rivés sur une partition imaginaire qu'elle seule pouvait voir, elle exécuta, mesure après mesure, cette œuvre qui aurait découragé jusqu'au plus expérimenté et talentueux des pianistes. Tout à coup, ce fut comme si Liszt en personne, le grand virtuose, était assis à côté d'elle, presque épaté par ce potentiel que lui-même, auteur et interprète acclamé de cette prodigieuse musique, n'avait pas pu voir, pressentir.

Le son du Steinway avait envahi le salon et Tancredi était incapable de penser à autre chose – lui qui était toujours maître de la situation, même les plus difficiles et les plus risquées, était littéralement envoûté. Cette musique était en train de lui creuser l'âme et la créature qui sévissait au clavier s'était métamorphosée. Il ne la contrôlait plus ; ce n'était plus la douce Sofia des nuits d'amour, des conversations passionnées, des rires complices. Pour la première fois, il entendit l'amour, non pas celui qui unissait deux personnes, mais l'amour absolu.

Lorsque Sofia plaqua le dernier accord, Tancredi avait compris que le contrôle qu'il pensait exercer sur sa vie à elle et sur celle des autres n'était qu'une illusion. Bizarrement, il en ressentit un certain soulagement. Il la contemplait désormais avec un regard neuf, plus serein, et enfin lucide. C'était elle, Elle avec un grand E, Elle et personne d'autre. Il se leva, s'approcha du piano et lui caressa la joue avec beaucoup de simplicité. D'ici peu, ils seraient de nouveau tous les deux, même s'ils ne seraient plus jamais les mêmes.

— Je n'avais encore jamais été ému comme ça de toute ma vie.

Sofia le serra dans ses bras. Une femme complètement nue s'agrippait à sa taille, et pourtant, tout semblait naturel, dépourvu de malice. Ses seins éclairés par la lune avaient les mamelons durcis. Ils étaient tous les deux très émus. Le silence se prolongea longuement, jusqu'à ce que Tancredi propose :

— Et si nous allions nous baigner dans la piscine ?

Quelques instants plus tard, ils étaient dans l'eau. Sofia se détendit ; peu à peu, la tension de sa prestation, de cette difficile épreuve, s'envola. Elle nagea jusqu'à lui et l'embrassa. Leurs jambes se mêlèrent dans l'eau chaude. Elle sentit aussitôt monter son désir tout comme celui de Tancredi. Ils firent l'amour en douceur, suspendus au-dessus des fonds marins.

Plus tard, ils recommencèrent dans la chambre avec fougue, sans dire un mot. Inutile de parler tant chaque regard était chargé de passion, de sexe, de détermination.

Le lendemain matin, lorsque Sofia s'éveilla, elle était seule. Elle prépara sa valise puis descendit prendre son petit déjeuner et lui dire bonjour, et au revoir. Cependant, elle ne trouva qu'une très belle rose rouge avec une longue tige et un petit mot.

Pour toi. Rien que pour toi.

Après le petit déjeuner, Cameron, la jeune fille qui l'avait accueillie à son arrivée, s'approcha de la table.

— Quand vous serez prête, je vous accompagnerai à la plage.

— Merci.

Un peu plus tard, la voiture électrique s'arrêta devant le ponton principal de l'île. Un hors-bord l'attendait, moteur allumé. Sofia descendit de la voiture et grimpa à bord. On chargea sa valise et sa trousse de toilette, puis le bateau démarra, vira et prit la direction du continent.

Sofia regarda l'île s'éloigner. Tancredi était en haut de la tour où ils avaient dîné la veille. Les mains dans les poches, les cheveux au vent, il avait la tête tournée ailleurs, vers le soleil.

43

Le taxi s'arrêta. Sofia paya et descendit.

Elle se retrouva seule, au milieu de la rue, immobile, devant son immeuble, avec ses valises aux pieds. Elle prit l'ascenseur et arriva devant sa porte. Sans attendre, elle inséra la clé dans la serrure et ouvrit. Andrea se précipita dans le salon et appuya sur la télécommande de la chaîne stéréo. La musique se déclencha.

— Ah te voilà ! Bienvenue !

Sofia regarda autour d'elle. Quelques étoiles filantes en papier pendaient, désordonnées, à une lampe. Au centre du salon, sur la table, elle découvrit un bouquet de fleurs des champs et un grand carton rose sur lequel Andrea avait dessiné Mickey et Minnie qui se regardaient, timides et amoureux, surplombés d'un gros cœur dans lequel étaient inscrits leurs deux noms : « Andrea et Sofia ». Elle repéra également des petits fours et non loin une bonne bouteille de Bellavista Franciacorte.

Sofia considéra cette tentative de surprise pleine de gentillesse et s'approcha d'Andrea pour l'embrasser.

— Tu m'as manqué.

Puis, incapable de se retenir, elle fondit en larmes.

— Pourquoi tu pleures, ma chérie ? Oh… ne fais pas ça.

Sofia s'agenouilla et posa la tête sur ses jambes. Andrea lui caressa les cheveux, puis avisa les étoiles filantes qui pendouillaient à la lampe, le bouquet champêtre, Mickey et Minnie avec leurs noms dans le cœur, plutôt satisfait de lui. Sofia continua à sangloter. Les émotions sont toujours prêtes à nous jouer de vilains tours, surtout lorsqu'on est sensible, comme Sofia. Il continua à lui caresser le visage en souriant.

— Toi aussi, tu m'as manqué.

Les jours suivants furent difficiles.

— Dis donc, tu as vachement bronzé ! Tu t'es bien amusée, là-bas ? Et ce chef d'orchestre allemand ? Il était bon ?

Elle enchaînait les mensonges, mais elle ne pouvait pas se trahir. Dans l'avion, sur le retour, elle avait trouvé un dossier de presse concernant tous ses concerts. Elle l'avait parcouru rapidement et avait tout mémorisé sans difficulté. C'était une série de notes sur le déroulement de ces cinq jours à Abu Dhabi, ce qu'elle avait mangé, la météo et puis les petites particularités des marchés locaux, les mots les plus employés par les gens qu'elle avait croisés et dans quelle langue, bonjour, au revoir, bonne nuit, les hôtels les plus importants et, enfin, une exposition qu'elle pouvait très bien avoir visitée. Sofia ne fit que répéter tout ce qu'elle avait lu dans ce dossier.

Puis arriva le moment le plus compliqué.

— Mais dis donc, tu as été bien nourrie pendant ton absence ! Viens un peu ici…

Sofia s'approcha du lit.

— Tu me plais encore plus comme ça, avec quelques rondeurs.

Il lui caressa les jambes en remontant délicatement. Sofia ferma les yeux. Naturelle, crédible, elle devait avoir envie de lui. Elle finit par plus ou moins se laisser aller, mais faire l'amour fut le plus difficile. Ne pas penser à ces cinq jours fut presque impossible. Pendant un instant, elle culpabilisa même. Elle eut l'impression de tromper Tancredi.

Petit à petit, les choses reprirent leur cours normal.

Ils avaient soumis leur candidature au *Shepherd Center* d'Atlanta avant son départ.

À peine deux semaines après son retour, une réponse leur parvint. Ils remplissaient toutes les conditions, les procédures avaient été respectées et l'hôpital s'était prononcé favorablement. L'opération se tiendrait donc vingt jours plus tard.

Pour tuer le temps, Sofia retourna à l'école de musique. Elle demanda à Olja de lui rendre la lettre qu'elle n'avait pas envoyée et lui raconta ses concerts.

— Pour le dernier rappel, j'ai fait la gigue de la *Suite en mi mineur* de Bach.

— Et… ?

Sofia sourit.

— Tout s'est bien passé.

Olja l'embrassa, satisfaite.

— Je le savais. Tu es une excellente pianiste. Moi, je ne voulais pas que tu sois la meilleure, je voulais surtout que tu sois unique. Et j'y suis arrivée.

Sur ce, elle s'éloigna dans le couloir.

Sofia la regarda descendre l'escalier, un peu vacillante, mais heureuse. Au moins, là-dessus, elle n'avait pas dû mentir.

Le jour du départ arriva en un éclair.

44

Dans son bureau de New York, Tancredi sirotait un café tout en regardant les photos du dossier qui était posé devant lui. Elles avaient été prises sur l'île. Il devait y en avoir une centaine. Sofia en train de se baigner, de se changer, de se promener au coucher du soleil… Même leur premier baiser avait été immortalisé. Le premier jour, un photographe bien caché avait mitraillé leurs divers moments, y compris avec une lentille infrarouge. Dans la chambre, en revanche, c'était Tancredi qui avait allumé la caméra. Il alluma le grand écran, le lecteur et lança une vidéo.

Elle apparut, nue, magnifique. Affriolante. Il écouta sa respiration. Elle lui manquait. Beaucoup. Cependant, n'était-ce pas parce qu'elle ne lui appartenait plus ? Non, elle lui manquait parce qu'elle était Elle. L'Interphone lui annonça une visite. Il éteignit tout et referma le dossier.

— Faites-le entrer.

Davide fit irruption, particulièrement remonté. Il s'arrêta devant son bureau et Tancredi le regarda, surpris.

— Salut, mon ami, quel bon vent t'amène ? J'ignorais que tu étais à New York.

— Je suis ici pour toi. Tu voulais un penthouse à Manhattan, je suis en train de mettre la main à la pâte.

— Et comment se déroulent les recherches ?

— Mal. Par contre, j'ai trouvé ça.

Il jeta une lettre sur le bureau. Tancredi l'observa, intrigué.

— Lis, ordonna Davide en la désignant.

Tancredi l'ouvrit.

C'était l'écriture de Sara.

Mon amour, je ne peux plus continuer à vivre comme ça. Depuis ce soir-là dans la piscine, j'ai compris que plus rien ne pourrait jamais être comme avant...

Tancredi la lut jusqu'au bout. Elle ne citait pas son nom. Davide avait le regard vissé sur lui.

— C'est Sara. Tu ne reconnais pas son écriture ?

— Si, en effet, on dirait bien la sienne.

— Elle ne cite pas de nom, mais j'ai compris de qui elle parle. C'est à toi que cette missive enflammée est adressée. Pourquoi tu ne m'as jamais rien dit ?

— Mais qu'aurais-je à te dire ?

— Je ne sais pas, que tu l'as baisée ?

— Et toi, qu'en penses-tu ?

— Tu peux avoir toutes les femmes que tu veux. Alors pourquoi elle ? Pour ta collection personnelle ?

Tancredi but une gorgée de café. L'Interphone sonna de nouveau. Tancredi répondit.

— Oui ?

— Tu as besoin de moi ?

C'était Savini.

— Non, merci. Tout va bien.

Il coupa l'Interphone et se laissa aller contre le dossier de son fauteuil avec un soupir.

— Tu ne veux pas t'asseoir ?

— Je préfère rester debout. Je t'ai posé une question. Est-ce que tu l'as baisée ?

— Et elle, que t'a-t-elle dit ?

— Elle m'a confirmé que oui.

Tancredi éclata de rire.

— Je ne vois pas ce qu'il y a de drôle.

— Elle a toujours détesté notre amitié. Je crois même qu'elle était jalouse, comme si j'étais ton amant.

— Mais elle t'aime.

— Elle n'a jamais aimé personne. Elle me voulait uniquement parce que je lui étais inaccessible.

— Pourquoi es-tu aussi sûr de toi ?

— Parce que je suis ton ami. Même si j'avais eu le moindre sentiment pour elle, je tenais bien plus à toi, à notre amitié. Et ça, elle le sait très bien.

Tancredi le regarda dans les yeux.

— Désolé, mais je ne l'ai pas baisée. Et pas parce qu'elle ne me plaisait pas…

Davide l'étudia en silence pendant un moment. Tancredi soutint son regard avec calme. Il était serein, il ne s'était rien passé, il n'avait rien à se reprocher. Davide finit par pousser un long soupir.

— Je commence à comprendre certaines choses.

Il tourna les talons pour sortir.

— Tu lui transmettras mon bonjour.

— Je ne sais pas où elle est. Elle est partie.

— Tiens, reprends la lettre.

— C'est elle qui m'a dit de te la remettre. C'est pour toi.

Davide s'en alla et Tancredi resta seul. Le téléphone sonna. C'était son frère. Il n'avait pas envie de répondre, il rappellerait plus tard.

Il se servit un autre café, prit la lettre de Sara, la déchira et la jeta dans la corbeille. Ensuite, il rouvrit son dossier et se mit à parcourir les photos. Sofia qui riait. Sofia qui courait sur la plage. Sofia qui faisait du vélo. Sofia qui sortait de l'eau avec un maillot clair. On devinait ses tétons à travers le tissu mouillé. Son corps, ses jambes musclées. Sur cette photo, elle ramenait ses cheveux mouillés en arrière en riant. Sur une autre, on la voyait seule, assise sur un transat, en train de contempler la mer. Elle semblait perdue dans ses pensées et son visage portait un voile de tristesse. Elle avait ôté ses grandes lunettes de soleil noires et regardait au loin, comme si elle cherchait à l'horizon la réponse à Dieu sait quelle question. Il analysa cette photo d'un peu plus près. Ses yeux, son expression particulièrement intense. À quoi pensait-elle à cet instant précis ? Était-elle en train de prendre une décision ? De faire un choix ? Il reposa le cliché.

Cet après-midi-là, ils avaient bavardé de tout et de rien, comme s'ils se connaissaient depuis toujours. Et le soir, pour la première fois, il s'était confié, il lui avait tout raconté sur Claudine. Sofia était d'abord restée silencieuse, puis elle avait essayé de l'aider. Elle avait longuement tenté de le convaincre de ne plus culpabiliser. Mais ce n'était pas facile. L'une de ses phrases lui revint en mémoire : *« C'est bizarre qu'elle n'ait rien laissé. Quand on va si mal, souvent on éprouve le besoin d'écrire, de raconter, ne fût-ce qu'à soi-même. »*

Claudine avait tenté de raconter, à lui. C'était à lui, son frère, qu'elle s'était adressée. Mais son frère n'avait pas trouvé de temps à lui consacrer. Et ça, Tancredi ne pourrait jamais se le pardonner. Elle était morte à cause de lui. Il avait été le dernier à la voir vivante, le dernier qui aurait pu lui faire changer d'avis.

Ce qu'avait dit Sofia était vrai : il ne voulait pas aimer. Il ne pouvait appartenir à personne, puisqu'il appartenait déjà à sa culpabilité. Il but un peu de café. Cette douleur l'accompagnait depuis des années, refusait de le lâcher, ne l'abandonnait jamais. Lentement, il fit pivoter son fauteuil et se retrouva face à la baie vitrée qui donnait sur la Septième Avenue. À ses pieds, la circulation évoluait avec lenteur, c'était l'heure de pointe. Sur la droite, une longue file de taxis avançait presque à pas d'homme, les trottoirs étaient bondés de gens pressés. Là-dessous, toutes les dernières tendances de la Grosse Pomme étaient réunies sur quelques mètres carrés. Pourtant, rien ne changeait. D'une certaine façon, tout restait immuable. Il se rappela une autre phrase de Sofia : *« Et après sa mort, il ne s'est rien passé d'étrange ? » « Non. Rien n'a changé, tout est resté exactement comme avant »,* avait-il répondu.

Ça, en revanche, ce n'était pas tout à fait exact. Il avait beaucoup repensé à cette période qui avait suivi la mort de Claudine. Comment cela avait-il pu lui échapper ? En effet, quelque chose d'étrange était bel et bien survenu, un petit changement, peut-être insignifiant, mais qui méritait d'être vérifié. Il sortit de son bureau et alla trouver Savini.

— Quelles nouvelles ?

— Ils sont arrivés, ils ont pris leurs quartiers dans la chambre 539 au cinquième étage. Ils doivent faire des analyses et des tests dans la matinée. Je crois que l'opération est prévue pour demain matin à 9 heures.

— O.K.

Tancredi tendit une feuille à Savini.

— Je veux tout savoir sur cette personne le plus vite possible. Compte courant, dernières acquisitions, adresse, ce qu'elle fait dans la vie…

Savini lut le nom de la personne en question. Ce n'était pas la première fois qu'il croisait celui-ci, mais il décida de faire ce qu'on lui demandait sans réclamer d'explications.

— Après ça, tu feras préparer l'avion.

— On part pour Atlanta ?

— Non. Lorsque tu auras découvert où se trouve cette personne, nous irons lui parler.

45

La chambre 539 du *Shepherd Center* d'Atlanta se composait de trois pièces. La première, destinée au patient, était très spacieuse, avec un téléviseur au mur, une armoire et une magnifique vue sur le parcours de golf Bobby Jones. Dans le salon attenant, on trouvait un petit meuble bar, une table et quatre chaises, un autre téléviseur, un canapé pour les invités. Enfin, la troisième pièce était la salle de bains. Le service était impeccable. Il y avait toujours des fleurs.

Les spécialistes rendirent visite à Andrea l'un après l'autre, lui expliquèrent les diverses étapes de l'opération en employant des termes techniques qu'il se fit répéter plusieurs fois pour bien comprendre ce dont il s'agissait. Puis ce fut au tour du célèbre professeur de se présenter. Mishuna Torkama était un homme de petite taille, mais lorsqu'il entra, tout le monde se tut.

— Bonjour. Le *Shepherd Center* est heureux de vous accueillir.

Il lui sourit avec beaucoup d'assurance et d'un coup, Andrea s'apaisa. Il écouta ses explications. L'opération était compliquée, on ne pouvait pas le nier. Ils allaient manipuler des cellules souches ; l'intervention durerait entre six et douze heures. En réalité, c'était une durée purement indicative : jusqu'à présent, ils avaient eu une intervention de quatre heures et une autre de vingt-quatre heures. Toutefois, toutes avaient parfaitement réussi. Un seul patient était mort, mais des suites de complications ultérieures à l'opération.

— Tous nos autres patients ont obtenu d'excellents résultats et une capacité de récupération miraculeuse, conclut Mishuna Torkama en souriant de nouveau.

Cette dernière affirmation était censée éliminer le moindre doute.

— Bien, alors à plus tard.

Il salua Andrea et sortit de la chambre. D'autres médecins apportèrent à Andrea les résultats de ses analyses, de l'électrocardiogramme et de tous les tests auxquels il avait été soumis au cours des jours précédents.

— Il ne devrait y avoir aucun problème. Par contre, vous devez signer ces documents.

Un médecin lui fit signer un consentement éclairé qui énumérait toutes les complications possibles. Andrea devait déclarer officiellement en avoir été informé.

Lorsque le dernier spécialiste eut pris congé, ils se retrouvèrent seuls.

— Bon, j'ai l'impression d'avoir légué mon corps à la science, ou plutôt aux petites expériences de Mishuna Torkama !

— Pourquoi dis-tu ça ?

— Ils rejettent toute forme de responsabilité. En gros, ça revient à dire : « Mesdames et messieurs les cobayes, nous, on essaie ; pour le reste, c'est à voir. »

Sofia tenta de faire preuve d'humour.

— Oh allez, ne dis pas ça ! Ce sont des professionnels, et puis, on n'a jamais entendu parler d'un homme qui devait payer pour livrer son corps à la science. En général, c'est plutôt l'inverse !

— C'est vrai… Surtout une telle somme !

— Mon chéri, le professeur Mishuna Torkama va très bien s'en sortir, le rassura Sofia, et je suis certaine que tout le monde est prêt dans ce super-hôpital…

Andrea pensa à cet unique cas de décès. Ce patient-là avait-il lui aussi signé la décharge ? Avait-il été pris en charge par la même équipe ? Inutile de faire part de ses inquiétudes à Sofia. Elle s'était démenée pour qu'il arrive jusque-là, elle avait écrit à l'hôpital, rassemblé tous les documents nécessaires, scrupuleusement respecté la procédure. Et surtout, elle avait dégoté tout cet argent.. Il poussa un soupir. Elle espérait une nouvelle vie et c'était tout ce qui comptait. Il ne pouvait pas tout gâcher avec son cynisme.

— Tu as raison…

Il aurait voulu ajouter autre chose, mais n'eut pas le temps. Deux infirmières enjouées entrèrent.

— Andrea Rizzi ? Il faut y aller, c'est l'heure.

Andrea sourit, mais ne répondit pas. Il était loin d'être aussi détendu qu'elles. Il avait l'impression d'être dans le couloir de la mort, à l'américaine, plutôt que sur le point de subir une intervention chirurgicale. Les deux infirmières décrochèrent le lit du mur et ôtèrent le frein des roues.

Andrea eut à peine le temps de regarder Sofia. Elle serra sa main.

— À tout à l'heure, mon chéri. Je t'attends ici.

Andrea avait des sueurs froides. Il déglutit avec peine. Il avait la bouche sèche. Ce fut à peine s'il parvint à lui adresser un petit sourire crispé. Le lit fut emmené hors de la chambre et entama son trajet dans le couloir pour rejoindre l'ascenseur. Andrea avait les infirmières dans le dos, il ne les voyait pas. Il ferma les yeux et prit une profonde inspiration. Les portes de l'ascenseur se rouvrirent. Ils étaient descendus très bas dans le bâtiment. Au bout d'un autre long couloir, où il faisait beaucoup plus frais, deux grandes portes s'ouvrirent et le lit fit son entrée dans le bloc opératoire.

Le professeur Mishuna Torkama était au centre de la pièce, les bras levés. Son assistante achevait de lui enfiler ses gants.

— Ah, voici notre ami…

Tout de suite après son arrivée, plusieurs infirmières se penchèrent sur le lit et Andrea se retrouva encerclé de blouses bleues. On lui brancha des perfusions et l'anesthésiste l'avertit qu'il n'allait pas tarder à sombrer. Sous le dernier masque, il reconnut les traits du professeur asiatique.

— Vous dormirez bientôt, imaginez un endroit où vous voudriez aller. À la mer, en montagne… ou imaginez que vous participez à un marathon. Rêvez de ce que vous voulez…

Andrea était déjà en train de s'assoupir.

— Parce que si tout se passe bien, si nous…

Le professeur jeta un coup d'œil à ses collègues.

—… si nous travaillons bien, votre rêve se réalisera.

Ils éclatèrent tous de rire. Quelqu'un lança une réflexion, mais Andrea n'y prêta pas attention. Enfin, il se sentit gagné par une grande sérénité. Il tenta de rester éveillé, mais ses yeux se fermaient malgré lui.

Un marathon. Ce ne sera pas facile. Disons que je manque un peu d'entrainement. Je serais plutôt partant pour des vacances. Il battit péniblement des paupières, mais celles-ci étaient trop lourdes. *Oui, à la mer. Avec de longues promenades sur la plage.* Exactement comme il l'avait dit à Sofia. Et c'est confiant, l'esprit focalisé sur cette nouvelle vie, qu'il sombra complètement.

46

Maria Tondelli marchait tranquillement dans la rue. Elle avait fait ses courses dans ce nouveau supermarché qui avait poussé comme un champignon, à un kilomètre de là où elle avait emménagé quatre ans plus tôt. Ce quartier récent de Turin était en train d'acquérir de l'importance et de la valeur. Les derniers immeubles avaient été construits avec beaucoup de goût et de soin. Une nouvelle ligne de bus avait également vu le jour, avec de nouveaux véhicules aux sièges colorés. Une aubaine de pouvoir se rendre dans le centre sans se retrouver coincé dans les bouchons.

Le seul petit détail qui clochait, c'était que jamais Maria Tondelli n'aurait pu se permettre de vivre dans un quartier comme celui-ci. La villa où elle habitait était au-dessus de ses moyens ou du moins des moyens qu'elle prétendait avoir. Originaire des Marches, elle était le huitième enfant d'une famille très humble. Son père était berger et sa mère couturière dans une petite boutique. Pour être exact, sa famille vivait dans un petit village, non loin de Chiaravalle, où la vie nocturne se résumait à un petit pub. Tous ses frères étaient restés au village où ils vivotaient et avaient noué des relations plus ou moins heureuses avec des filles du coin.

À côté d'eux, Maria Tondelli faisait figure de véritable aventurière. Elle avait quitté le nid et avait trouvé du travail.

Tancredi consulta les documents que Savini lui avait procurés. Il avait retrouvé la trace de cette femme en très peu de temps et tout y était : économies, rémunérations, comptes en banque, métiers précédents.

Elle avait commencé par fréquenter des hommes plus âgés pendant un certain temps, elle se faisait littéralement payer de véritables prestations. Ensuite, et ce passage n'était pas très clair, elle avait réussi à se faire engager comme femme de chambre à la villa Ferri Mariani. Elle y avait travaillé pendant trois ans, jusqu'à ce que, deux semaines à peine après la mort de Claudine, elle quitte sa place. Une fois l'étiquette « suicide » collée sur le décès de Claudine, la police avait essayé, comme c'est souvent le cas lorsqu'une famille importante est concernée, de classer l'affaire le plus vite possible. Il n'aurait pas fallu attirer l'attention des médias pendant trop longtemps, par respect pour la douleur des proches…

Et c'était ce qui s'était passé. Tout était rentré dans l'ordre très rapidement et, dans les salons et les cercles qu'ils avaient l'habitude de fréquenter, on s'était empressé de parler d'autre chose. Après les funérailles de Claudine, on aurait dit que tout le monde s'était mis d'accord pour ne plus jamais aborder le sujet. Pas étonnant, dès lors, que personne n'ait prêté attention à la bonne, à l'époque. Pourtant, une dizaine de jours après la mort de Claudine, Maria Tondelli, jeune femme d'origine modeste, native des Marches, avait quitté la maison des Ferri Mariani et un emploi où elle bénéficiait d'un très bon salaire, sans raison apparente. Pourquoi ? Avait-elle eu des problèmes familiaux ? Son petit ami lui manquait-il trop ? Avait-elle décidé de se marier ? Avait-elle trouvé une meilleure place ailleurs ? Si elle s'était liée d'amitié avec Claudine, peut-être que continuer à vivre sous ce toit lui était devenu insupportable ? Savini avait vérifié partout, il avait creusé toutes les pistes, mais il n'avait rien trouvé. Cette décision ne semblait être justifiée par aucune de ces raisons, ni aucune autre valable.

À l'époque, Tancredi avait à peine remarqué le départ de Maria Tondelli. D'ailleurs, la douleur était telle qu'il avait lui aussi fui cette maison. Cependant, s'il savait parfaitement ce qui l'avait lui-même poussé à partir, le motif de Maria Tondelli, lui, demeurait un mystère.

D'après les documents dont il disposait, cette Maria Tondelli était propriétaire de la villa où elle habitait. Pourtant, elle n'avait pas gagné au Loto ni à l'EuroMillions, ni à aucune autre loterie, ticket à gratter, jeu, pari. Renseignements pris, cette villa lui avait été offerte par une société fantôme. Hélas, malgré tout son talent, Savini n'avait pas réussi à retrouver la trace du ou des propriétaires de cette société. Cela remontait à trop longtemps. Mais le plus étrange et incompréhensible, c'était que Maria Tondelli était toujours rémunérée par la famille Ferri Mariani.

La Mercedes suivit la jeune femme pendant quelques mètres, puis passa à sa hauteur sans s'arrêter. Maria sortit ses clés et rentra chez elle.

Savini se gara un peu plus loin et coupa le moteur.

— Normalement, elle est seule.

Ils attendirent quelques minutes, puis se présentèrent à sa porte et sonnèrent.

La voix de Maria résonna quelque part dans la maison.

— J'arrive…

Elle avait déjà commencé à s'affairer dans la cuisine. Elle s'essuya les mains sur son tablier, l'ôta et alla ouvrir. Elle reconnut aussitôt Tancredi et Savini et, passé un moment de stupeur, elle tenta de refermer la porte. Savini fut plus rapide et glissa son pied dans l'entrebâillement. Tancredi dévisagea Maria Tondelli à travers la petite ouverture. Lorsque leurs regards se croisèrent, il lui sourit.

— Tu te souviens de moi ? demanda-t-il d'un ton assez dur.

— Je ne vous avais pas reconnu, mentit Maria. Ça fait si longtemps…, tenta-t-elle de se justifier.

— C'est vrai, on ne s'est plus vus depuis la mort de ma sœur.

Tancredi ne mâchait pas ses mots.

— On peut entrer ?

— Je ne comprends pas, déclara-t-elle sans bouger de la porte.

Savini sourit.

— Tu as envie de perdre cette jolie maison et tout cet argent qui tombe tous les mois de la famille Ferri Mariani ? Tu veux que tes parents, Damiano et Manuela, et tout ton village découvrent tes secrets les plus inavouables ? Tes vieux amants ? Je continue ?

Abasourdie, Maria comprit qu'il valait mieux coopérer et les laissa entrer. Elle referma la porte derrière eux et les emmena au salon.

— Vous voulez boire quelque chose ?

— Non. Nous voulons savoir ce qui s'est passé et pourquoi.

Tancredi n'y était pas allé par quatre chemins. Soudain, son regard fut attiré par quelque chose, sur le buffet. Ça alors ! Jamais il n'aurait imaginé ça. Une photo. Elle avait été prise ici même, dans ce salon. On y voyait Maria Tondelli, souriante, à côté d'une personne qu'il n'aurait jamais cru mêlée à tout ça.

Tancredi s'empara du cadre et sortit la photo. Quand avait-elle été prise ? Il la retourna, mais aucune date n'y figurait.

— Nous ne nous voyons plus depuis longtemps, intervint Maria.

Alors c'était ça, son secret ? Ils avaient été amants ? Pourquoi s'était-il senti obligé d'accorder un traitement de faveur à cette femme, de l'éloigner, de lui offrir une maison et de l'entretenir pendant tout ce temps ?

— Si tu ne parles pas, tu perds tout. Comment as-tu obtenu tout ça ?

— Je ne sais pas.

— Peut-être n'ai-je pas été clair, lui rappela Savini d'un ton dur. Je peux faire de ta vie un enfer. Pourquoi t'a-t-il donné cette maison ? Pourquoi continue-t-il à t'entretenir ?

Maria Tondelli ne desserrait toujours pas les dents. Alors, Savini enfonça le clou.

— Je ruinerai ta famille, tes frères, je contacterai tous tes anciens amants. Tu me supplieras à genoux pour que j'arrête…

Maria s'effondra sur le canapé, la tête entre les mains, et se mit à pleurer. Elle était dans tous ses états. Tancredi et Savini lui accordèrent un peu de temps avant de revenir à la charge.

— Alors ?

Enfin, Maria Tondelli se mit à table.

— Le soir où Claudine s'est ôté la vie…

Elle se tourna vers Tancredi.

— … vous êtes passé à la villa en coup de vent pour vous changer, puis vous êtes ressorti.

Une évocation douloureuse pour Tancredi.

— Oui. Tu étais censée te trouver dans la dépendance, avec le reste du personnel. Seulement, il n'y avait personne d'autre.

Maria baissa la tête et poussa un long soupir. Elle avait toujours su que ce moment arriverait, tôt ou tard. Alors elle releva le menton, regarda Tancredi droit dans les yeux et lui confessa ce secret qu'elle gardait depuis des années.

— Non, ça ne s'est pas passé comme ça. Ce soir-là, après votre départ, il est arrivé.

47

Plusieurs heures s'étaient écoulées. Dans le silence de cette chambre d'hôpital, Sofia se voyait presque obligée de faire le bilan de sa vie. Ce qui allait, ce qui n'allait pas, ce qui pouvait encore lui arriver, à quel point elle avait changé. Bref, une longue introspection, ce que beaucoup de gens ne parviennent pas à faire.

Il faut du courage pour prendre le temps de s'arrêter, de s'interroger sur soi et d'apprendre à se connaitre sur le bout des doigts.

Voilà des semaines qu'elle ressassait ces cinq jours avec Tancredi. Elle revivait en continu chacune de ces journées. Dès le réveil, elle fouillait sa mémoire pour se rappeler tout dans les moindres détails : le départ, l'arrivée, la rencontre, la découverte de l'île, la villa, les chambres, le salon, l'apéritif, le dîner sur la plage, le premier baiser, et tout ce qui s'était passé après ce baiser. Ce n'était pas possible. Ce n'était pas elle. Jamais elle n'aurait cru être capable de vivre ce genre d'expérience avec une telle exaltation. Avec un inconnu qui plus est, une personne qu'elle n'avait presque jamais vue auparavant. Atteindre un tel degré d'intimité, sans limites ni barrières… Tout ce qu'elle avait fait de son corps, de celui de Tancredi, sans la moindre inhibition, sans honte, sans pudeur. Elle avait changé, oui. C'était une nouvelle

Sofia qui menait cette réflexion, sûre d'elle, libre, qui s'était laissé aller comme jamais elle ne l'avait fait de toute sa vie, pas même avec Andrea. C'était comme si elle avait ouvert une porte et s'était retrouvée nez à nez avec une femme portant son nom, son prénom, qui avait le même visage, le même corps, mais dont tout le reste était différent, le maquillage, les cheveux, la voix, l'intonation, tout. Où était cette Sofia-là, pendant toutes ces années ? Comment était-il possible qu'elle ne l'ait jamais rencontrée ?

Prise d'une impulsion, elle sortit de la chambre et longea le grand couloir dont l'un des murs était une immense baie vitrée. De là, on apercevait des gratte-ciel et quelques nuages suspendus entre ceux-ci. Elle continua. On n'entendait que le bruit de ses talons dans le couloir. Il n'y avait personne, pas même une voix au loin, trahissant une présence humaine. Toutes les portes étaient closes, il n'y avait aucun signe de vie, pas le moindre courant d'air, pas même une plante verte. Un couloir parfaitement aseptisé.

Arrivée au bout de celui-ci, elle repéra enfin du mouvement derrière la vitre opaque d'une porte fermée. Les infirmières de l'étage, sans doute, celles qui s'occupaient des chambres le matin, qui apportaient et reprenaient les plateaux repas, et qui se tenaient prêtes à accourir en cas d'urgence.

Sofia arriva devant les ascenseurs. Elle lut les indications correspondant aux divers étages, repéra ce qu'elle cherchait et descendit au niveau renseigné. Elle en avait besoin. Arrivée au bon étage, elle déambula dans le couloir jusqu'à ce qu'elle tombe sur la bonne porte. Elle l'ouvrit le plus discrètement possible, afin de ne déranger personne. La chapelle était presque vide. Il n'y avait qu'une vieille dame agenouillée au fond à droite.

Elle faisait défiler les perles de son rosaire entre ses doigts. Huit ans que Sofia n'avait plus mis les pieds dans un lieu sacré pour prier. La dernière fois, c'était aussi dans un hôpital. Andrea était alors sur la table d'opération, entre la vie et la mort.

La vieille dame sortit de la chapelle. Elles échangèrent un sourire entendu, sorte de signe de solidarité, parce qu'elles avaient toutes les deux foi en quelque chose et que, de toute façon, elles se trouvaient là en cet instant. Sofia était seule, mais elle n'eut pas le courage de s'agenouiller. Elle s'assit au dernier rang et garda la tête baissée, les yeux rivés au carrelage. C'était une chapelle moderne, avec de grandes fenêtres rectangulaires aux vitraux de divers tons de violet. Un Jésus stylisé était représenté au centre de la plus grande fenêtre. Un peu plus bas trônait un grand crucifix en métal sur lequel était fixé un Christ couleur chair au visage à peine suggéré. *Pourtant, il a la même valeur religieuse que les christs de milliers d'autres églises à travers le monde. Le Seigneur qu'on trouve ici est le même que dans la paroisse à côté de chez moi. Mais, où qu'il soit, aura-t-il du temps à me consacrer ? A-t-il seulement envie de m'écouter ? De prendre mon cas en considération ?*

Sofia releva la tête et étudia le Jésus stylisé, puis le Christ en croix moderne. Il semblait la dévisager avec son regard empreint de bonté. Elle eut presque honte, parce qu'elle avait conscience qu'il savait déjà ce qu'elle allait lui demander. Pourtant, on aurait dit qu'il voulait l'entendre de sa bouche, énoncé clairement, pour être sûr de ne pas se tromper. Alors Sofia lui expliqua dans son cœur, à haute voix, mais aussi en silence. *Je voudrais être heureuse.* Tout à coup, elle eut l'impression que le Jésus stylisé et le Christ moderne descendaient de leur support et s'approchaient d'elle, pour l'écouter, pour mieux comprendre. C'était quoi, exactement, cette requête : *« Je voudrais être heureuse »* ? Qu'entendez-vous par là ? Ils la scrutaient, sondaient son cœur, creusaient, cherchaient le véritable sens de ses paroles. Sofia baissa la tête, se sentant plus sale que jamais. Sa demande était abjecte. Elle voulait s'en laver les mains, ne plus se soucier de rien, elle voulait que son bonheur lui soit dicté par Dieu lui-même, ou pire, par la mort. Oui, parce que si l'opération échouait, elle serait libre. Sans devoir avouer ni expliquer quoi que ce soit, sans aucune responsabilité. Et surtout, elle ne serait pas obligée de choisir.

Si Andrea venait à mourir, elle pourrait être heureuse sans culpabiliser.

Soudain, elle se visualisa dans un tribunal, assise sur le banc des accusés. Le juge réclama le silence, puis :

— *Avez-vous rendu un verdict ?*

— *Oui, votre honneur.*

Le juré tenait la sentence dans sa main, la considéra pendant quelques secondes, puis lut tout haut :

— *Coupable innocente.*

Ensuite, Sofia reprit l'ascenseur et regagna la 539. Elle attendit en silence, assise sur le canapé, la tête entre les mains. Les secondes s'égrenaient sur la grande horloge accrochée au-dessus de la porte. Chaque mouvement de l'aiguille la rapprochait inexorablement d'une fin.

Plus bas, beaucoup plus bas, dans le froid d'une salle d'opération, le chirurgien et ses assistants se relayaient autour de la table. On se serait cru à une partie de billard, sauf que dans le cas présent, un seul homme risquait de perdre.

Plus de dix heures s'étaient écoulées. Sofia avait un verre à la main, elle venait de se le remplir lorsqu'on frappa à la porte. Elle renonça à boire et posa le verre sur la table.

— Entrez…

La clenche s'abaissa lentement, une infirmière qu'elle n'avait encore jamais vue apparut. Elle resta un instant sur le seuil, comme si elle ne savait pas quoi dire, comme si elle cherchait les bons mots. Puis le professeur passa devant elle.

— Tout s'est très bien passé.

Quelques heures plus tard, d'autres infirmiers ramenèrent le lit dans la chambre. Andrea était toujours dans les vapes. Ils l'installèrent, rectifièrent sa perfusion, puis l'anesthésiste lui donna deux petites gifles pour vérifier qu'il était bien conscient. Andrea réagit.

La chambre se vida. Sofia s'approcha du lit. Andrea ouvrit les yeux et l'aperçut. Il remua faiblement la main sur les draps dans sa direction, comme s'il la cherchait, comme s'il avait besoin de vérifier que tout était bien réel. Alors Sofia lui prit la main et la serra de toutes ses forces. Andrea referma les yeux, plus serein, et sourit. À cet instant, Sofia crut mourir de honte. Comment avait-elle osé demander au destin une chose aussi horrible ?

48

Villa Ferri Mariani.

Le silence et l'écho se répondaient dans les pièces vides. Le grand salon, avec la grande cheminée au centre. L'escalier qui menait aux chambres.

Dans le hall, Tancredi avait presque l'impression d'entendre l'effervescence joyeuse des jours de fête, le bruit des couverts, des assiettes, des bouteilles de vin, du champagne, des desserts posé sur les tables. Les dates importantes qui avaient jalonné leur existence ici ; les dix-huit ans de son frère Gianfilippo, puis de Claudine et enfin les siens. Réminiscence d'une famille heureuse.

« Venez, allons ouvrir les cadeaux, il est presque minuit... »

Tous ces Noëls passés ensemble.

« Et si on dessinait sur les œufs ? On n'a qu'à dire que c'est des personnages : le flic, la danseuse, le cowboy, la squaw... » Avec leurs parents, en train de découper du papier pour habiller leurs œufs de Pâques, les colorier au pinceau ou au feutre.

« Regardez, je vous ai apporté du saucisson. Et ça, c'est un soufflé au fromage que je vous ai préparé exprès... »

Leur mère, Emma, et ses nombreuses petites attentions.

« Mais papa, c'est pas juste ! Gianfilippo est en train de manger tout le fromage ! »

« Tu as raison. Laisses-en un peu pour ta sœur... »

Leur père, Vittorio, et ses tentatives pour qu'ils ne se chamaillent pas.

« Papa, la pâte d'amande ça fait grossir et Claudine est déjà toute boulotte ! »

Tancredi ne put réprimer un petit rire à cette évocation. Ce n'était pas vrai, bien sûr. Claudine était mince, toujours en forme et très belle. Il avait lancé ça parce qu'il voulait en manger, lui aussi. Il était le plus petit et avait toujours eu l'impression d'être le moins gâté.

Claudine.

Où es-tu passée, Claudine ? Pourquoi es-tu partie comme ça, sans dire au revoir ? Ça ne se fait pas. Ce n'est pas juste.

Une fois de plus, les souvenirs de ce soir-là affluèrent, la douleur de ne pas être resté pour l'écouter. Son dernier sourire, alors qu'elle avait peut-être déjà pris sa décision. *Que voulais-tu me dire, Claudine ?*

Il gravit l'escalier. Arrivé à l'étage, il traversa le long couloir des chambres : la sienne, celle de Gianfilippo et enfin, tout au fond, celle de Claudine. Il ouvrit lentement la porte. Quelques toiles d'araignée, un peu de poussière. La maison n'était plus habitée depuis longtemps. Ses parents avaient déménagé dans une villa sur la Côte d'Azur. Le climat y était plus favorable pour son père qui souffrait de problèmes respiratoires. Il culpabilisa. Voilà deux mois au moins qu'il ne les avait pas appelés. En réalité, ça en faisait même six. Après la mort de Claudine, ça n'avait pas été simple entre eux. Il n'avait plus que des contacts occasionnels avec Gianfilippo.

Il entra dans la chambre de Claudine. Tout était intact. Les peluches sur le lit, quelques-unes sur le bureau, les rideaux fuchsia maintenus par des cordons d'une nuance plus claire. Tout était resté comme il l'avait toujours été. Soudain, quelque chose le frappa. Il en prit seulement conscience parce qu'il revoyait cette pièce après de nombreuses années. Cette chambre était celle d'une enfant. Tous ces petits objets un peu partout, ces bonbons, ces poupées, ces peluches, ces stylos au capuchon comique… Pourtant, lorsque Claudine s'était suicidée, elle avait vingt ans. Pourquoi n'avait-il rien remarqué plus tôt ? Sa sœur n'avait jamais grandi. Elle ne voulait pas grandir. Mais de quoi avait-elle donc si peur ?

Il ouvrit tous les tiroirs, fouilla dans ses affaires : photos, flacons de parfum, clés, multitude de bagues sans valeur, crayons de couleur, gommes, quelques cartes postales, quelques lettres. Il avait déjà vérifié tout ça, tout passé à la loupe, tout retourné dans tous les sens. Pendant deux ans au moins après le drame, il était repassé régulièrement ici. Il avait lu et relu ces cartes postales et ces lettres mille fois ? Hélas, il n'avait jamais rien trouvé, pas le moindre indice, pas d'idée, rien qui puisse l'aider à comprendre cet acte désespéré.

Et soudain, l'impensable se produisit. Après toutes ces années de vaines recherches.

Il était en train d'inspecter le pêle-mêle rempli de photos, de souvenirs de fêtes d'anniversaire, des dix-huit ans de Claudine, de ses amies, de ses amis, d'autres bribes de sa vie, au collègue, au lycée, de ses rares voyages, de ces nombreux étés, lorsque tout à coup, une photo lui sauta aux yeux. Sur celle-ci, Claudine était encore petite, elle devait avoir autour de onze ans. C'est lui qui avait pris cette photo. Il la détacha du panneau et l'étudia de plus près. Claudine souriait. Sa tête émergeait au milieu de la végétation ; on n'apercevait que son visage et ses mains qui écartaient des branches. Aussitôt, Tancredi fit un bond dans le temps et se retrouva ce jour-là.

— Mais c'est super facile !

— Oui, eh ben moi, j'y arrive pas !

Impuissant, Tancredi retournait un petit appareil photo sans comprendre comment s'en servir.

— Tu dois juste appuyer sur le bouton du dessus, à gauche !

— Celui-ci ?

— Oui, c'est ça.

Claudine grimpa dans son arbre à l'aide des planches de bois qu'elle avait elle-même clouées sur le tronc en guise d'échelle. Arrivée en haut, elle passa la tête au milieu des branches.

— Voilà. Maintenant, regarde par le petit trou et cadre la photo.

Elle déplaça quelques feuilles qui retombaient devant elle et fit son plus beau sourire.

— Allez ! Vas-y !

Tancredi appuya sur le bouton.

— Voilà.

Claudine sauta à bas de l'arbre. Son poids l'entraina en avant, mais elle se rattrapa avec les mains au sol et parvint à ne pas tomber. Elle se redressa et frotta ses paumes sur son pantalon.

— Fais voir, lança-t-elle en lui prenant le Polaroid des mains. Oui. C'est parfait.

Elle passa un bras autour de ses épaules et ils s'éloignèrent. Ils étaient dans le bois qui se situait au fond de leur immense jardin, loin de la maison.

— Il n'y a que toi qui connais cet endroit… Et tu ne dois en parler à personne.

Tancredi l'écoutait en silence.

— Tu as vu les planches sur le tronc ? C'est moi qui les ai clouées toute seule, une par une.

Soudain, Claudine devint très sérieuse.

— Si un jour tu ne me retrouves pas, c'est que je suis ici. Mais si tu le racontes à quelqu'un, je ne t'adresserai plus jamais la parole. Compris ?

— Oui.

Elle le lâcha et le fit pivoter de façon à le regarder droit dans les yeux.

— Tancredi, jure-moi que tu ne diras rien à personne.

— Et comment elle s'appelle, ta cabane ? Tu lui as donné un nom ?

— Pas encore. Je vais y réfléchir. Allez, viens, le dîner doit être prêt.

Tancredi emprunta le sentier qui menait dans le bois. Il s'en souvenait, à présent. Claudine avait fini par baptiser cet endroit « le Pays imaginaire», après avoir vu le dessin animé *Peter Pan*. Comment avait-il pu oublier ça ? C'était le seul endroit qui ne lui était jamais venu à l'esprit. Il avait fouillé son ordinateur, épluché son courrier, ses messages, à l'affût du moindre indice, d'un détail, d'un motif qui puisse justifier la décision radicale qu'elle avait prise cette nuit-là. Mais jamais il n'avait songé à son Pays imaginaire. Peut-être parce qu'il n'y était plus jamais retourné et qu'ils n'en avaient plus jamais reparlé. Cette cabane avait été oubliée comme si elle avait appartenu à une autre époque, à une autre personne.

Tancredi arriva au pied du fameux arbre. Il voyait encore la Claudine d'une dizaine d'années y grimper, se hisser sur les planches et lui faire signe de la suivre. Il posa la main sur la première planche. Celle-ci était détrempée. Sans doute avait-il plu la nuit précédente. L'odeur de la pluie flottait encore, ce parfum d'herbe fraîche, de mousse. Il escalada le tronc avec précaution, veillant à placer son pied sur les planches de façon à ce qu'elles ne se détachent pas. Il n'était plus aussi léger qu'à l'époque, mais il finit par atteindre le Pays imaginaire.

Les grandes lattes en bois qui faisaient office de plancher oscillaient sous son poids, grinçaient, mais elles avaient été bien fixées. Les clous étaient rouillés, les planches rongées de petits trous, témoins du passage du temps. Il regarda autour de lui. On se serait cru dans une petite maison. Claudine avait dû se donner beaucoup de mal. Combien de temps lui avait-il fallu ? Avait-elle construit ça seule ? Il repéra plusieurs cageots de fruits vides. Ceux-ci avaient dû faire office de chaises, puisqu'un peu plus loin, deux grandes planches avaient été clouées entre elles pour former une table.

Soudain, il l'aperçut et son cœur se serra. Il la prit. Elle était mouillée, décolorée, abîmée par des années de pluie et de froid.

Pivoine, c'était comme ça que Claudine avait baptisé sa poupée de chiffon. Les boutons de sa robe pendaient tristement sur sa poitrine, ne tenant plus qu'à un fil. Lorsqu'il la posa sur la « table » de la cabane, il remarqua quelque chose derrière l'endroit où il avait trouvé Pivoine. Une boîte en osier, fermée par un nœud rose effiloché. Il la prit, la posa sur la « table » et l'ouvrit. Une chemise en plastique transparent protégeait son contenu. Claudine avait envisagé la possibilité qu'il pleuve. Elle avait donc laissé cette boîte là intentionnellement… Toutefois, elle n'avait peut-être pas imaginé qu'il faudrait si longtemps pour qu'on la retrouve. *Peut-être était-elle destinée à quelqu'un en particulier. Peut-être qu'elle m'attendait depuis tout ce temps.* Alors, il déroula la chemise en plastique et l'ouvrit.

D'abord, il tomba sur une lettre. Il reconnut aussitôt l'écriture de sa sœur.

Salut, Tancredi. Tu es le seul qui pouvait arriver jusqu'ici. Maintenant, tu vas comprendre ce que je tenais tant à te dire, et pourquoi je ne pouvais pas continuer comme ça. J'avais quatre ou peut-être cinq ans la première fois que j'ai été son amoureuse...

Il dévora les mots, une ligne après l'autre, espérant qu'il se trompait, que ça n'avait rien à voir avec ce qu'il croyait avoir compris.

Au début, j'étais heureuse de recevoir tous ces cadeaux.

Le souffle de Tancredi se raccourcit.

Toutes ces attentions...

Sa respiration était de plus en plus laborieuse.

Me sentir plus importante que vous deux... Mais ensuite, j'ai compris que ce n'était pas vrai.

Il se pétrifia. En une fraction de seconde, toute son enfance, ce beau royaume de conte de fées, se désintégra sous ses yeux.

La première fois que papa m'a fait ça, ça a été horrible. J'ai hurlé, mais nous étions seuls. J'ai beaucoup pleuré, j'étais désespérée. J'ai eu très mal et je n'ai rien compris.

Il continua à lire, hébété. Chaque mot lui faisait l'effet d'un coup de poignard, une blessure de plus, encore une et une autre. Puis la lame revenait au même endroit et s'enfonçait encore plus profondément. La douleur ne cessait d'enfler.

Il a recommencé et je hurlais chaque fois, mais nous étions toujours seuls. J'ai fini par m'y habituer, mais c'était de plus en plus affreux. Il s'est mis à inventer toutes sortes de jeux, sauf que moi, ça ne m'amusait pas.

Tancredi jeta un coup d'œil au fond de la chemise en plastique et ce qu'il vit décupla sa rage. Il prit les photos et n'en crut pas ses yeux. On aurait dit qu'elles étaient maculées de sang, qu'elles pesaient plus lourd qu'un rocher ; elles le brûlaient tel un fer rouge à peine sorti du brasier ; cette vérité inconcevable était en train de le marquer à jamais. Un hurlement retentit dans son esprit, un mot resterait à jamais gravé dans sa conscience, à vif : coupable. Coupable de ne pas avoir compris, de ne pas être resté ce soir-là, d'avoir laissé faire ça pendant des années, de ne jamais avoir eu le moindre soupçon. Coupable.

Son cœur se brisa et il se mit à pleurer comme si Claudine venait de mourir pour la seconde fois.

Gregorio Savini faisait les cent pas devant la Mercedes noire. Il tuait le temps en déplaçant des brins d'herbe mouillée du bout du pied ou en expédiant un petit caillou sur le bas-côté. Lorsqu'il vit arriver Tancredi, il ne le reconnut pas tout de suite. Son visage était marqué, déformé par la rage, la douleur, la haine et la folie. Déconcerté, Savini resta sans voix. Il ne l'avait jamais vu dans un tel état. Alors il se contenta d'ouvrir la portière. Tancredi s'engouffra à l'arrière et s'effondra sur la banquette. Il déposa une sorte de poche en plastique contenant quelque chose à côté de lui. Savini remonta en voiture, posa les mains sur le volant et attendit, en silence. Il n'avait pas le courage de regarder dans le rétroviseur. Puis, Tancredi cracha des mots que Gregorio n'aurait jamais cru entendre dans sa bouche.

— Je vais le tuer.

49

Lorsqu'ils arrivèrent à destination, le soleil se couchait. Savini n'eut pas le temps de couper le moteur que Tancredi bondissait de la voiture et se ruait sur la sonnette du portail.

Une femme de chambre vint ouvrir et le reconnut.

— Bonsoir, monsieur…

Elle ne put rien dire d'autre car il fonça dans la propriété en courant, traversa le salon, ouvrit toutes les portes, l'une après l'autre : bureau, cuisine, chambre, une autre chambre, salle de bains et enfin…

Sa mère était là, assise dans un fauteuil. Lorsqu'elle le vit entrer, elle sourit.

— Tancredi, quelle belle surprise !

Elle se leva avec peine pour aller à sa rencontre et l'embrassa.

— Je t'ai beaucoup cherché ces derniers jours, mais je n'ai jamais réussi à te joindre. J'avais même demandé à Gianfilippo de te prévenir…

Puis elle s'écarta et lui prit la main.

— Viens…

Telle une mère avec son fils cadet, elle l'emmena jusqu'à un lit.

Son père, Vittorio, y gisait, les yeux clos. Une machine bourdonnait, un petit soufflet vert montait et descendait, pompant de l'oxygène, cherchant par tous les moyens à le faire respirer, à le maintenir encore en vie. Son bras était relié à toute une série de perfusions.

— Il est dans le coma.

Tancredi le regarda. Il était couché là, devant lui, inerte.

Paupières closes, Vittorio avait l'air serein. On devinait même une sorte de sourire sur ses lèvres. Comme s'il se moquait de lui, comme si ça l'amusait. Cynique, il semblait lui dire : « Tu vois comment ça marche, le destin, fils ? La vie nous joue parfois des tours. Maintenant que tu sais enfin tout, tu ne peux plus rien faire, tu ne peux plus me punir. Non seulement ça, mais es-tu vraiment sûr de vouloir tout raconter ? Vas-tu apprendre la mauvaise nouvelle à ta mère ? À ton frère ? Non, je n'y crois pas. Tu n'oseras pas révéler la véritable nature de ton père, tu ne les décevras pas. Tu vas devoir porter seul le poids de cette vérité à jamais. »

— Le pauvre est dans cet état depuis trois jours.

Sa mère porta sa main à sa bouche et se mit à pleurer en silence. Elle, cette femme parfois distraite, qui avait si souvent pardonné les trahisons de son époux Vittorio, sans avoir la moindre idée du monstre qu'il était.

— Mais comment se fait-il que tu sois ici ? Gianfilippo a réussi à te joindre ? Je lui avais dit de t'appeler.

Tancredi garda le silence. Il observa de nouveau son père, ses traits tirés, ses rides, ses mains immobiles. L'espace d'un instant, il imagina ces dernières en action et ferma aussitôt les yeux, horrifié. Puis il se tourna vers sa mère. Elle était debout à côté de lui, sans une once de culpabilité. Avec l'âge, son innocence paraissait encore plus fragile. Alors il lui sourit.

— Oui, maman. Il m'a prévenu. Je suis venu dès que j'ai su.

Le poids du mensonge l'accabla aussitôt. Cette vieille dame fatiguée, naïve, peut-être encore amoureuse de cet homme, ne pouvait pas apprendre ça. Elle ne devait pas savoir.

Sa mère l'embrassa de nouveau et le serra dans ses bras.

— Ton père est fort… Mais cette fois, j'ai bien peur.

Les bras le long du corps, Tancredi palpa sans le vouloir la poche de sa veste. La lettre, les photos atroces, tout était là, à quelques centimètres de sa mère. Il aurait suffi d'un rien pour lui révéler le vrai visage de celui qui avait partagé sa vie, du monstre qui avait dormi dans son lit tout en abusant de sa fille. Depuis l'âge de quatre ans jusqu'à cette dernière nuit, lorsque Claudine, épuisée, ne sachant plus comment supporter le poids de cette souffrance, avait trouvé une solution. Et s'était ôté la vie.

Claudine. Claudine qui n'avait pas connu l'amour, qui n'était jamais sortie avec un garçon, qui n'avait jamais embrassé, qui n'avait jamais dit « Je t'aime », qui n'avait jamais pleuré après une rupture ni fêté le début d'une histoire. Claudine, qui avait vécu le sexe comme une torture, comme une punition de la part de celui qui, plus que quiconque, aurait dû l'aimer.

Tancredi déposa un baiser sur la joue de sa mère et se mit à pleurer à son tour. Un peu surprise, elle s'écarta de lui, essuya ses larmes, lui caressa les cheveux et lui sourit, cherchant à le consoler.

— Allons, allons, ça va aller.

Petit à petit, Tancredi reprit le contrôle.

— Je t'aime, maman. Je t'appelle bientôt.

Et il s'en alla en emportant avec lui cette souffrance incommensurable et le poids de la vérité.

50

— Sofia, regarde…

Le déambulateur évoluait lentement. Andrea parvenait à faire quelques pas hésitants. Il avançait doucement, un pied à la fois, infligeant une bonne partie de son poids à ses bras, trainant parfois les jambes, même s'il était désormais capable de les plier.

— Tu as vu ? J'ai l'impression d'être redevenu un bébé !

Il souriait, heureux, et son enthousiasme emplissait l'appartement. Il y régnait désormais une nouvelle énergie, celle de cette nouvelle vie, à portée de main, presque palpable.

Sofia l'observait en souriant. Andrea s'écarta du déambulateur et s'effondra dans le canapé.

— Stop. Je n'en peux plus.

— Ça ne fait qu'un mois. Il en faudra au moins six de plus pour être indépendant et réussir à faire quelque chose sans appuis. Ils te l'ont dit.

Andrea était en sueur.

— Peut-être, mais pour moi, c'est un miracle. Si tu avais vu mon état quand j'ai reçu cette newsletter et que j'ai appris l'existence de ce professeur, de ses recherches sur les cellules souches inoculées dans la moelle osseuse… Quelle révélation, je n'en croyais pas mes yeux ! C'est ça, la magie des réseaux sociaux, d'Internet ! On les critique beaucoup, mais ça nous permet de rester informés en permanence.

Sofia lui caressa le bras.

— C'est vrai.

Il avait les veines saillantes après l'effort.

— Ça te dit de manger un bout ?

— Oui, pourquoi pas.

Elle se leva, alla dans la cuisine et réapparut peu après avec une bouteille de Gatorade.

— Tiens, en attendant. Maintenant, c'est un peu comme si tu faisais une véritable partie de foot chaque fois.

Andrea sourit.

— Peut-être que d'ici à un an, ça arrivera réellement.

Il but une longue gorgée.

La sonnette retentit. Sofia se leva et alla répondre à l'Interphone.

— Oui, je t'ouvre.

Elle regagna le salon.

— C'est Stefano, il monte.

Andrea tenta de se redresser en s'appuyant sur les accoudoirs et finit par y parvenir.

Sofia approcha le fauteuil roulant et le tint fermement tandis qu'Andrea se hissait dessus.

— Voilà.

Elle attrapa un torchon et lui essuya le front en vitesse.

— De toute façon, j'imagine que tu vas aussi transpirer là-bas.

La sonnette de la porte retentit et elle alla ouvrir.

— Salut !

Stefano était de bonne humeur.

— Notre champion est prêt ?

— Oh que oui ! lança Andrea en s'élançant vers la porte avec son fauteuil, obligeant Stefano à faire un bond en arrière.

— Eh ! Tu as bien failli m'avoir !

— Tôt ou tard, j'y arriverai, tu verras !

Stefano se tourna vers Sofia.

— Lavinia m'a demandé de vous inviter à venir dîner à la maison samedi…

— Pourquoi pas. Je l'appellerai tout à l'heure.

Elle referma la porte derrière eux et se retrouva seule dans le silence soudain de l'appartement. Elle s'assit à table et se mit à réfléchir. La vie et ses retournements de situation inattendus. Stefano s'était proposé pour accompagner Andrea à sa séance de rééducation cet après-midi. Le bon Stefano, ou peut-être le Stefano qui se sentait redevable ? À moins que ce ne soit grâce à la rupture entre Lavinia et Fabio ? Pour finir, Lavinia et Stefano n'avaient jamais parlé ouvertement de cette relation extraconjugale, ils avaient préféré faire semblant de rien. Le couple était redevenu aussi uni qu'avant, et peut-être même plus qu'avant, heureux comme jamais. Sofia balaya le salon du regard, s'arrêta sur leurs quelques photos de vacances, celle de leur mariage, et puis le déambulateur. *Est-ce la vie dont je veux ? Cette seconde chance pour Andrea marque-t-elle aussi un renouveau pour moi ?*

Elle songea à sa mère, au jour où celle-ci était partie avec sa valise et ses illusions amoureuses, prête à tout plaquer. Pourquoi ne l'avait-elle pas fait ? Parce que ce type était marié et qu'il aimait sa femme. Mais est-il nécessaire de toujours être aussi sûr de soi, faut-il des certitudes pour abandonner une vie qui ne nous plait pas et la troquer contre une vie heureuse, tout simplement ? Oui, voilà, une vie heureuse. Est-ce la vie qui se charge de susciter notre bonheur ou a-t-on une influence sur celle-ci ? Soudain, une bribe de sa dernière conversation avec Andrea jaillit dans sa mémoire, comme ça, par hasard. *« Si tu avais vu mon état quand j'ai reçu cette newsletter et que j'ai appris l'existence de ce professeur... »* Ses paroles résonnèrent dans son esprit, comme un écho dissonant. Comment était-ce possible ? Il avait toujours prétendu avoir tout trouvé lui-même et avoir découvert l'existence de ce chercheur en surfant sur le Net. Sofia prit l'ordinateur. D'où sortait cette histoire de newsletter ? Une seule personne pouvait l'aider.

— Quoi ? Tu veux dire que je suis exempté de cours à condition de résoudre ton énigme ?

Jacopo Betti, jeune élève de douze ans obsédé par les nouvelles technologies, dévisagea Sofia, stupéfait.

— Oui, et le plus vite possible. Je dois le rapporter chez moi avant ce soir.

— D'accord… Je marche. Je serai de retour d'ici deux heures maximum.

Sofia poursuivit ses cours avec la jeune Alessandra, une petite prometteuse à sa façon, ne fût-ce que par sa capacité à rendre la musique classique hyper tendance.

— Je voudrais ressembler à Giovanni Allevi, le pianiste.

— C'est-à-dire ?

— Ce type est un génie, il fait toujours l'ahuri. Comme ça, il peut se permettre de dire n'importe quoi tout en se faisant un max de fric avec ce qu'il aime le plus : le piano. Comme dit mon frère, l'avantage d'être intelligent, c'est qu'on peut toujours faire l'imbécile, alors que l'inverse est impossible !

Sofia éclata de rire.

— Mais tu ne crois pas qu'il est tout simplement passionné par ce qu'il fait ?

Alessandra haussa les épaules.

— Oh, je ne sais pas. Aujourd'hui, les gens sincères, ça devient très rare.

Sofia l'observa plus attentivement. Onze ans et déjà si désabusée. Et elle, comment était-elle à onze ans ? Elle aimait la musique, point. Elle écoutait des disques de musique classique, les jouait au piano, tentait désespérément de répéter à l'oreille des concertos impossibles à reproduire. Elle s'amusait, à onze ans. Elle était sincère, à onze ans.

Une fois le cours terminé, Sofia resta seule dans la classe. Soudain, on frappa à la porte. Elle ouvrit, intriguée.

— Coucou, je passais te dire au revoir.

C'était Olja.

— Tu rentres chez toi ?

— Oui, mais chez moi pour de vrai. Je rentre en Russie.

Le cœur de Sofia se serra. Pour elle, Olja était bien plus qu'une enseignante. Elle était déjà sur le point de pleurer, ce qui avait tendance à se produire un peu trop souvent, ces derniers temps.

Olja lui prit la main et la serra.

— Allons, ne sois pas triste. La Russie n'est pas loin. On vient en plus d'inaugurer une nouvelle ligne de train. Pour l'instant, elle s'appelle « 17 18 ». Ça me rappelle le vieil Orient-Express. Bref, je prends ce train et tu pourras me rendre visite quand tu veux. Après, si tu insistes et si tu tiens absolument à recommencer à jouer… ce n'est pas moi qui t'en empêcherai, au contraire, je serai ravie de te servir de…

— Mentor.

— Oui, de mentor.

Elles échangèrent un sourire, comme deux amies. La différence d'âge ne comptait plus, on ne voyait que le grand amour qui les unissait.

Une fois seule, Sofia joua quelques accords, pour tuer le temps. Il était déjà tard, alors elle se résigna et sortit. Alors qu'elle descendait l'escalier, il se précipita vers elle en courant.

— Eh ! Madame ! Désolé, mais ça n'a pas été facile.

Jacopo Betti, en sueur, avec son ordinateur sous le bras.

— Voilà ! Tenez, tout est là !

Il lui remit une feuille, l'air satisfait.

— Martin Jay est le meilleur hacker de toute l'Europe, et même du monde selon moi ! Si ça a été difficile pour lui, ça veut dire que c'était impossible pour n'importe qui d'autre. Bref, j'ai découvert d'où provient cette newsletter, le nom est indiqué sur cette feuille. Si tu as encore besoin de mes services, n'hésite pas.

Il sourit et repartit comme il était venu, le pantalon un peu trop bas sur les hanches. Un bien étrange jeune homme, sorte de mix entre un rappeur et un hacker, obligé de se farcir du Chopin à cause de ses parents.

Sofia ouvrit le papier et vacilla en découvrant le nom qui y était inscrit : Nautilus. Une société installée dans le même bâtiment que maître Guarneri.

Ainsi, c'étaient bien eux qui avaient suggéré cette opération à Andrea, par le biais d'un e-mail. Peut-être même avaient-ils eux-mêmes fixé le prix. Cinq millions d'euros, un montant impossible, mais qui avait l'avantage de jouer contre elle. C'était son point faible, la condition pour qu'elle cède et se laisse acheter. Mais pourquoi Andrea avait-il prétendu avoir découvert l'existence de ces recherches en surfant sur Internet ? Pourquoi ne lui avait-il pas parlé de cette newsletter ? Un oubli ou un mensonge ? Andrea était-il au courant de tout ? Que savait-il au juste ? Avait-il compris et accepté ? Cependant, si Sofia l'avait fait par amour pour Andrea, lui-même avait fait semblant de rien uniquement dans son propre intérêt, pour retrouver l'usage de ses jambes. Si ça s'était bien passé comme ça, elle avait peut-être été achetée, mais c'était lui qui l'avait vendue.

Elle avait l'impression d'avoir reçu un coup de massue. Vérité cachée, ou apparente, tout et son contraire… Tout s'embrouillait dans son esprit, mais il lui restait une seule certitude : elle voulait une vie heureuse.

51

Elle marchait sur le trottoir opposé. Plusieurs mois s'étaient écoulés depuis ces cinq jours. Il ne l'avait plus contactée. Il n'avait plus cherché à la revoir. Pourtant, dans son cœur, dans sa tête, elle ne l'avait pas quitté une seule seconde.

Il regardait sans cesse ses photos, s'abreuvait d'images, regardait continuellement les vidéos. Il avait faim d'elle. Alors, lorsqu'il la vit surgir au coin de la rue, il faillit s'étrangler. Son cœur se mit à battre la chamade, toujours plus fort, si fort qu'il suffoquait presque.

Sac à main à l'épaule gauche, vêtue d'un long manteau à chevrons gris, Sofia avançait d'un bon pas, les mains plongées dans ses grandes poches. Elle portait aussi un pantalon gris à larges rayures, des bottes noires et un pull à col roulé couleur crème. Ses cheveux étaient en partie attachés. Elle était belle. Une beauté fascinante et désinvolte. Alors il composa son numéro et se cacha dans la pénombre d'une entrée d'immeuble toute proche. De l'autre côté de la rue, Sofia s'arrêta. Elle ouvrit son sac, fouilla dans son bric-à-brac jusqu'à ce qu'elle mette la main dessus. Elle reconnut son numéro. Elle ne l'avait jamais effacé. Il était enregistré dans son répertoire avec un point d'interrogation comme seul nom. Elle se figea, ferma les yeux, prit une grande inspiration. Elle attendait ce coup de fil depuis longtemps. À vrai dire, elle aurait préféré ne jamais le recevoir, mais elle savait que ça arriverait. Alors elle décrocha, sans rien dire. Elle entendit sa respiration. Au bout de la rue, dans la pénombre d'une entrée anonyme, Tancredi l'observait. Il sourit.

— J'étais… J'étais en train de penser à toi.

Sofia resta murée dans le silence.

— Je réfléchissais et me rendais compte à quel point tu me manquais. Pas depuis nos cinq jours. Non, depuis toujours. Je pensais au bonheur que nous pourrions connaitre ensemble, le bonheur de n'être qu'un couple quelconque, et même de s'ennuyer devant la télé sur un canapé, main dans la main. Je pensais à la joie que ce serait de discuter avec toi, de chercher la destination de nos prochaines vacances. Nous ne serions sans doute pas d'accord, je te laisserais gagner et j'adorerais ça… ou pas.

Sofia sourit. De loin, Tancredi le remarqua et continua.

— Je me disais aussi que tu avais raison. J'ai découvert que Claudine ne s'était pas donné la mort à cause de moi, et, si tant est que ce soit possible, je me sens un peu plus serein. J'ai perdu tellement de temps. Tout a toujours été très difficile pour moi, mais au bout du compte, je me rends compte que j'ai de la chance… Je t'ai entendue jouer.

Sofia baissa la tête et remua les pieds, gênée.

— Mais le plus important dans tout ça, c'est que j'ai envie d'aimer et j'ai envie de t'aimer toi, Sofia.

Elle se taisait toujours.

— Alors, je t'attendrai au bar près de l'église où nous nous sommes rencontrés, là où tu n'as pas voulu venir prendre un apéritif avec moi, la première fois. Je t'y attendrai ce soir… Je serai là à partir de 19 heures. Un avion sera prêt à décoller pendant toute la nuit, il pourra nous emmener où tu veux.

Sofia poussa un long soupir. Il l'interpréta comme un : « Tu n'as rien d'autre à me dire ? »

Alors il ajouta tout simplement :

— Je t'aime.

Et il raccrocha.

Sofia tourna les talons et rentra chez elle.

Andrea fut surpris de la revoir si vite.

— Salut ! Déjà de retour ?

— Oui, j'ai oublié un truc.

Elle se précipita dans leur chambre, ouvrit un tiroir, prit son passeport et le fourra dans sa poche.

Lorsqu'elle repassa dans le salon, Andrea lui décocha un grand sourire, plus heureux que jamais.

— Regarde…

Il leva les mains du déambulateur, déplaça son poids en avant et fit un pas, puis un autre et enfin un troisième. Ça y était, il pliait et tendait de nouveau les jambes.

— J'y arrive ! J'y arrive !

À cet instant, il faillit tomber, se rattrapa au déambulateur de justesse. Celui-ci fit mine de basculer en avant. Heureusement, Andrea parvint à s'y cramponner et à le redresser.

Sofia sourit.

— Bravo, tu as fait beaucoup de progrès, et tu vas de plus en plus vite.

— Oui, c'est incroyable, je suis si content. Ils me l'ont dit aussi à la rééducation…

Il remarqua que Sofia le regardait sans l'écouter ; son visage exprimait une tristesse contenue, mais aussi une lueur inédite. Il comprit.

— Tu ressors ?

Sofia acquiesça, sourit, s'approcha pour lui donner un petit baiser sur la joue et sortit du salon. Andrea aurait voulu lui demander : « Mais tu reviens, pas vrai ? », mais il n'en eut pas le temps. La porte de l'appartement claqua.

Elle qui d'habitude appelait l'ascenseur descendit l'escalier quatre à quatre, comme si elle voulait fuir cet endroit le plus vite possible, comme si elle risquait encore de changer d'avis et de faire demi-tour. Non. C'était fini.

Elle s'élança dans la rue, prit une longue inspiration, regarda en l'air, vers le ciel. Elle avait les yeux pleins de larmes, mais elle était heureuse. Elle enfonça ses mains dans ses poches et partit d'un bon pas. Il fallait qu'elle se dépêche.

52

Tancredi était assis à une table. Il attendait dans ce bar. Il avait commandé son deuxième cappuccino. Il racla le peu de crème qui restait dans le fond de la tasse du premier et porta la cuillère à sa bouche. Sous cette mousse désormais froide, le café renfermait une certaine amertume.

Il jeta un coup d'œil à sa montre : 19 h 20. Elle était en retard. Les femmes sont presque toujours en retard. Son téléphone sonna. Il le sortit de la poche de sa veste et s'empressa de décrocher sans même regarder qui l'appelait.

— Allô ?

— Salut…

C'était son frère, Gianfilippo.

— Je voulais t'annoncer que j'ai pris une décision importante.

On aurait dit que Tancredi ne l'entendait pas, qu'il était distrait, ne parvenait pas à saisir le sens des mots. Bien sûr, ce n'était pas du tout le coup de fil qu'il attendait.

— Tu as compris ce que je viens de dire ? Tu te souviens de Benedetta, cette fille que je t'ai présentée ? Voilà, elle est enceinte. Tu ne peux pas savoir comme je suis heureux. Je crois que je commençais à désespérer que ça arrive un jour. J'en venais à me persuader que cette vie-là n'était pas pour moi, tu sais, fonder une famille, tout ça…

Gianfilippo s'étonna du silence étrange qui accueillit sa nouvelle.

— Tancredi ? Tu es là ? Tu m'écoutes ?

Enfin, il répondit.

— Oui. J'ai entendu. Et je suis content pour toi.

Ils bavardèrent un peu, Gianfilippo lui expliqua qu'ils avaient décidé de se marier, lui parla de l'église qu'ils avaient choisi et en profita pour lui demander s'il accepterait d'être son témoin, mais Tancredi était ailleurs.

Gianfilippo s'en aperçut.

— Bon, j'entends que tu es occupé. On se rappelle bientôt…

— Sans faute. Moi, j'entends que tu es très heureux. C'est super.

Ils raccrochèrent. Tancredi consulta de nouveau sa montre : 19 h 25. C'est vrai, les femmes sont toujours en retard, mais Sofia n'était pas n'importe quelle femme. Alors, sans demander la note, il déposa de l'argent sur la table et s'apprêta à sortir.

Accoudées au bar, deux jeunes femmes le regardèrent passer, frappées par sa beauté. L'une murmura quelque chose à sa copine qui pouffa. Tancredi n'y prêta pas attention, il remonta le col de sa veste et sortit. Le vent faisait danser les arbres. Un ballet de feuilles mortes s'improvisa à son passage, comme si celles-ci s'étaient mises d'accord. Elles tourbillonnèrent un instant puis retombèrent un peu plus loin. Cela rappela à Tancredi un mois d'octobre heureux de son enfance. Il se revit au coin du feu, avec sa mère, son frère et sa sœur. Ils se régalaient de châtaignes chaudes. Lorsqu'elles semblaient prêtes, ils les retiraient du feu à l'aide d'une longue pince en fer et les laissaient tomber dans un grand plat. Ensuite, ils se battaient pour les prendre pile au bon moment, lorsqu'elles ne brûlaient plus.

« Aïe ! Celle-ci brûle encore ! »

La châtaigne échappa des mains de Gianfilippo et roula à terre. Claudine se dépêcha de la ramasser et souffla dessus pour la nettoyer et la refroidir en même temps. Elle la fit sauter dans ses mains pour vérifier la température.

— Eh ! Ça ne compte pas, c'était la mienne !

Claudine esquiva Gianfilippo juste avant qu'il ne la lui reprenne.

— Maman ! C'est pas juste !

— Ne vous disputez pas, il y en a plein d'autres.

Claudine ôta l'écorce et croqua dans le fruit. Elle mangea la moitié. La chair était délicieuse, douce et chaude à point. Elle repéra Tancredi qui l'observait avec attention. Alors elle lui sourit et, sans un mot, lui mit le reste dans la bouche. Tancredi ferma les yeux. Oui. Cette châtaigne était délicieuse. Dehors, il faisait froid. C'était une magnifique soirée au coin du feu, et ils étaient heureux. Innocents et heureux, comme on peut l'être à cet âge.

Le téléphone de Sofia se mit à sonner. Elle l'éteignit sans même regarder de qui il s'agissait. Elle ôta même la batterie et la glissa dans son sac. Elle était arrivée in extremis et le train s'ébranla doucement. Quelques personnes restées à quai saluèrent des passagers. L'une d'entre elles envoya un baiser. Peu à peu, le convoi gagna en vitesse, quitta la gare et s'élança dans la nuit. Sofia appuya la tête contre le dossier et ferma les yeux. D'ici à quelques heures, elle serait à Milan et de là, elle irait la rejoindre.

Lorsque Olja l'avait appris, elle avait été folle de joie.

— C'est vrai ? Tu viens me voir à Moscou ?

— Uniquement si ça te fait plaisir.

— Mais bien sûr ! Tu seras mon invitée dans la maison familiale. Nous pourrons donner des concerts dans toute la Russie, de Moscou à Vladivostok, en passant par Saint-Pétersbourg et l'île Ratmanov. Nous pourrions même aller en Amérique !

Sofia se mit à rire.

— Mais moi, je veux juste faire du tourisme, et toi, tu n'as que le boulot à la bouche…

— Tu as raison, alors quand tu seras prête et que tu en auras envie, nous ferons des concerts, mais d'abord, nous prendrons de belles vacances. Nous irons à Kislovodsk, aux thermes, nous irons boire l'eau de Narzan, l'eau de vie ; tu pourras te reposer. Ou alors nous irons dans un sauna, et même, dans le meilleur de tous : les bains Sandounovskie. Je te fouetterai avec des *veniki*, comme devrait le faire tout enseignant qui se respecte avec ses élèves…

— C'est quoi, des *veniki*, madaaame ?

— Ce sont des branches de bouleau séchées.

Elles avaient bavardé longuement, elles avaient ri, plaisanté, évoqué tout ce qu'elles pourraient faire ensemble. Ensuite, Sofia était allée réserver son billet.

Le train roulait désormais à très vive allure. Elle ne s'était plus sentie aussi sereine depuis une éternité. Elle regarda par la fenêtre. Il faisait nuit et seul un tout petit croissant de lune éclairait le firmament. Les champs et les grands immeubles se succédaient, défilant sous ses yeux à toute vitesse. Dans l'un de ces immeubles, Sofia repéra, par une fenêtre éclairée, une femme qui s'affairait en cuisine. L'appartement voisin semblait vide, à l'exception d'une télévision allumée, et dans le dernier, il y avait un homme qui fumait dans l'obscurité, accoudé à son balcon, sur la terrasse. La seconde suivante, tous ces gens avaient déjà disparu. Elle les avait laissés là et de grandes collines avaient pris le relais. Sofia n'avait jamais visité la Russie. Elle allait recommencer à jouer. Peut-être même tomberait-elle à nouveau amoureuse. En tout cas, une chose était sûre : elle serait heureuse. C'était sa seconde chance. Celle de mener une vie heureuse.

❋

Pièces de musique classique citées dans le livre

Au cours de l'écriture de ce roman, je me suis plus d'une fois retrouvé sur YouTube à écouter les morceaux que Sofia et ses élèves jouaient. Ceux-ci m'ont tenu compagnie pendant plusieurs mois et ont, par la force des choses, trouvé leurs « meilleurs interprètes », si j'ose dire. Je tenais à partager ces références ici avec vous.

BACH, JEAN-SÉBASTIEN

- *Invention à trois voix n° 2 en do mineur*, BWV 788 – Glenn Gould (p. 238)
- *La Passion selon saint Matthieu,* Erbarme dich – Marilyn Horne (p. 85)
- *Ich will hier bei dir stehen* (p. 80)
- *Suite anglaise en la mineur*, BWV 807 – Ivo Pogorelich (p. 124)
- *Toccata en mi mineur*, BWV 914 – Glenn Gould (p. 361, 382)
- *Variations Goldberg*, BWV 988 – Glenn Gould (p. 307, 308, 330)

BEETHOVEN, LUDWIG VAN

- *Sonate pour piano n° 30 en mi majeur,* op. 109 – Daniel Barenboim (p. 258)

Chopin, Frédéric

- *Valse n° 3 en la bémol majeur,* op. 64 – Tatiana Fedkina (p. 317)

Liszt, Franz

- *Après une lecture de Dante* – Lazar Berman (p. 17, 33, 377)
- *Douze études d'exécution transcendante* – Boris Berezovsky (p. 63)

Mozart, Wolfgang Amadeus

- *Sonate pour piano n° 14 en ut mineur,* K. 457 – Alfred Brendel (p. 238)
- *Sonate pour piano n° 16 en do majeur,* K. 545 – Christoph Eschenbach (p. 59)

Pachelbel, Johann

- *Canon* – arrangement de Funtwo (p. 59)

Prokofiev, Sergueï

- *Concerto n° 3 pour piano et orchestre en do majeur,* op. 26 – Martha Argerich (p. 93)

Rachmaninov, Sergueï

- *Prélude op. 23 n° 5 en sol mineur* – Valentina Lisitsa (p. 252)
- *Concerto pour piano et orchestre n° 3,* op. 30 – Olga Kern (p. 262)

Remerciements

Si un roman possède souvent un seul auteur, je crois que nous sommes en réalité bien plus nombreux derrière sa création. Certains de ces acteurs ne s'en rendent peut-être pas compte, pourtant ils sont bien là. J'espère n'avoir oublié personne et je remercie quoi qu'il arrive toute personne ayant contribué d'une façon ou d'une autre à l'écriture ou à l'amélioration de ce livre.

Je remercie tout particulièrement Stefano Magagnoli, dont les conseils musicaux m'ont accompagné tout au long de ce roman, m'ont ému, amusé et permis de découvrir une foule de choses que j'ignorais. J'en ressors grandi.

Merci également à Michele Rossi qui s'est précipité à Rome à peine le livre refermé pour me communiquer son enthousiasme et partager avec moi son expérience d'une aide précieuse.

Un merci spécial à Paolo Zaninoni, à Marco Ausenda et à Angela Di Biaso. C'est un plaisir de collaborer avec eux. Lorsque je leur ai parlé de mon projet, ils m'ont tout de suite prêté l'oreille avec enthousiasme. Et ça, c'est fondamental pour pouvoir rentrer chez soi et se mettre à écrire. Le plus important, c'est qu'ils n'ont jamais perdu cet enthousiasme.

Merci aussi à Paola Mazzucchelli, avec laquelle j'ai passé des heures au téléphone à vérifier les épreuves, même si je n'ai pas vu le temps passer en sa compagnie. Merci à Gemma Trevisani, à Caterina Campanini, à Andrea Canzanella et à Cecilia Nobili. Un merci spécial à Maria

Cardaci qui met parfaitement mes textes en page avec une rapidité impressionnante.
Merci à Rosella Martinello et à son inventivité irrésistible et brillante. Ses idées ont toujours ce petit truc en plus...
Merci à Annamaria Guadagni qui a d'emblée été en phase avec cette nouvelle aventure, ainsi qu'à Federica Fulginiti et à toute l'agence de presse.
Merci à tous les représentants commerciaux. Lorsque j'ai présenté ce livre à Milan, ils m'ont écouté avec attention et je sais que certains d'entre eux ont apprécié mon choix. Je les remercie tous, même si je n'ai pas eu la chance de rencontrer tout le monde en personne. J'en suis d'ailleurs peiné car chacun d'entre eux joue un rôle primordial. Ils s'attachent aux livres et lorsque l'un d'entre eux marche, ils sont aussi heureux que s'ils l'avaient écrit eux-mêmes.
Merci aux libraires et à tous les efforts qu'ils déploient. Je les imagine dans leur librairie, discutant avec des clients de tous âges et s'efforçant de trouver l'histoire qui correspondra à chacun.
Merci à Ked, ou plus exactement à Kylee Doust. Tes annotations écrites m'ont manqué, mais j'ai mis à profit toutes celles que j'ai reçues de vive voix. Tu avais raison.
J'adresse aussi ma plus profonde gratitude à Marco Belardi. Je lui ai souvent lu quelques pages le soir, après le dîner, et son enthousiasme m'a tenu compagnie tout au long de ce voyage.
J'exprime également toute ma reconnaissance à tous mes amis de Giuliopoli. Quel magnifique été j'ai passé dans cette ville. Chaque matin, je commençais par me promener, puis je me retirais dans cette maison sur la colline pour écrire. Lorsque je prenais une pause, je sortais sur la terrasse et contemplais ce panorama superbe. C'est là que j'ai écrit une bonne partie de ce roman et si celui-ci contient quelque chose de bon, c'est certainement grâce à eux. Merci Loreta et Romano.
Merci également à Mimmo Renzi. Parfois, il me rend visite lorsque j'écris. Je l'invite alors à s'asseoir devant moi et je lui lis quelques chapitres. Il ferme les yeux et

m'écoute en silence, avec beaucoup de patience et sans s'endormir. Je le sais, parce que quand j'ai terminé, il me fournit toujours des remarques très justes et très utiles.
Merci à ma tante Annamaria Amenta. Merci pour ce coup de fil. Ton enthousiasme m'a fait oublier les tracas, m'a redonné le sourire et l'envie de continuer.
Un merci tout particulier aussi à Ilaria Amenta. Avec sa grande sensibilité, elle m'a permis d'éviter une grosse erreur.
Je tiens aussi à remercier toutes les personnes qui me connaissent, me fréquentent, me parlent d'elles, vivent et se laissent vivre autour de moi. Certaines d'entre elles ne s'en doutent peut-être pas, mais elles ont aussi contribué à ce livre.
Un merci rempli d'affection à toute ma famille. Fabiana, Valentina, Luce et mon grand ami Giuseppe, que beaucoup connaissent sous le nom de Pipolo, et qui est toujours avec moi.
Enfin, un dernier merci plein d'amour à Giulia. En plus de m'avoir fait le plus beau cadeau du monde, notre petit prince, elle m'a souri et, avec cette simplicité que je lui envie tellement, elle a résolu un passage de cette intrigue. Le plus important.

T'AIMER, ENCORE.

FEDERICO MOCCIA

Beau gosse au cœur tendre, le coup de poing facile, l'âme rebelle, Stefano était une légende vivante aux yeux de sa bande de copains romains. Mais c'était il y a dix ans... Aujourd'hui, le jeune homme est rentré dans le rang, devenu producteur de télévision, il va se marier et avoir un enfant. Sa vie semble toute tracée. Jusqu'au jour où par hasard, lors d'une exposition à la Villa Medicis, il croise le chemin de Babi, la femme qui a été son premier amour. Cette rencontre fait voler en éclats toutes ses certitudes. Est-il vraiment heureux ? Babi n'est-elle qu'un souvenir agréable ou un feu que le temps n'a pas réussi à éteindre ? Et lorsqu'elle lui révèle un secret issu de leur passé, Stefano va devoir faire un choix. La vie réserve toujours des surprises qui la rendent si belle...

Peut-on aimer encore,
comme si c'était la première fois ?

city-editions.com

Achevé d'imprimer en octobre 2020
sur les presses de la Nouvelle Imprimerie Laballery
58500 Clamecy
Numéro d'impression : 010303

Imprimé en France

La Nouvelle Imprimerie Laballery est titulaire de la marque Imprim'Vert®